目的地：青海湖

[美] 钟拓奇 著

新星出版社 NEW STAR PRESS

图书在版编目（CIP）数据

目的地：青海湖 /（美）钟拓奇著. -- 北京：新星出版社，2012.8

（墨龙系列）

ISBN 978-7-5133-0630-0

Ⅰ.①目… Ⅱ.①钟… Ⅲ.①长篇小说－中国－当代 Ⅳ.①I247.5

中国版本图书馆CIP数据核字（2012）第170072号

目的地：青海湖

[美] 钟拓奇 著

责任编辑： 东　洋

责任印制： 韦　舰

装帧设计： 王丽丽

出版发行： 新星出版社

出版人： 谢　刚

社　　址： 北京市西城区车公庄大街丙3号楼 100044

网　　址： www.newstarpress.com

电　　话： 010-88310888

传　　真： 010-65270449

法律顾问： 北京市大成律师事务所

读者服务： 010-88310800　service@newstarpress.com

邮购地址： 北京市西城区车公庄大街丙3号楼　100044

印　　刷： 北京佳顺印务有限公司

开　　本： 910mm×1230mm　1/32

印　　张： 14

字　　数： 350千字

版　　次： 2012年8月第一版　2012年8月第一次印刷

书　　号： ISBN 978-7-5133-0630-0

定　　价： 30.00元

为爱乐，灵感的源泉

墨龙故事里很多的细节、背景和有关知识，源自多位不同国家、不同组织的相关人士。我希望在这里感谢他们的参与和支持，特别是江宏文先生、Ms.Weiseman、Mr.Aldrich、唐悦辛先生、吴奈光先生、Mr. Levin 和何青女士。

在这里，我还要特别感谢帮助把墨龙系列带给读者的人们，包括出版社的编辑、印刷厂的工人和书店的员工。

当然，我还要感谢我的家人和朋友们，以及所有喜欢墨龙故事的读者们。希望墨龙能和你们的鼓励一起成长。

钟拓奇

目录

序

深夜，淡淡的星光透过轻纱般的浮云悄悄地洒在静谧的乡间公路上，轻风不时掠过两边的树林，带起树叶轻轻的"飒飒"声响。草丛里的虫鸣此起彼伏，让这个寂静的夜有了生命。

忽然，一辆卡车从拐弯处驶了过来。氖气灯发出两道刺眼的白色光柱撕裂了眼前的黑暗，将前方的道路照得雪亮。"突、突"的卡车发动机的轰鸣伴随着轮胎碾压公路的摩擦声，在寂静的深夜中传出很远。路边草丛中的小虫们似乎受到了惊吓，它们收敛起刚才还充满兴致的鸣叫，静静地缩回自己的窝里。

这是通往大理白族自治州的一条颇为荒凉的县级公路。沿着这条路走，可以绕开主干道上的收费站，省下一笔过路费，然后连接上杭瑞高速公路直通大理。所以，这里是不少开夜车的货车司机们的首选道路。

看着外面漆黑一片，司机老王心不在焉地打了个哈欠。他右手扶着方向盘，伸出左手取下挂在车窗边的水杯，"咕咚"一声重重地喝了一口杯子里的浓茶。

茶水滑进嗓子，浓重的苦涩味开始刺激他的神经，有些犯困的老王顿时清醒了很多。他将水杯放回原处，忍不住叹了口气，夜晚开车，真不是

1

一件轻松的活！

老王今年其实只有二十八岁。之所以被称为老王，并不是因为他长相衰老，而是因为他那成熟稳健得有些"老"的性格。他做事低调，并且遇到事情也往往瞻前顾后，少了些年轻人的朝气。

卡车驾驶座上，老王正全神贯注地盯着前方，不敢大意。因为是月末，鲜有月光，所以全靠车前的灯光照亮前方的道路。

"嗖"的一下，突然一个黑色的影子猛地从路边的草丛中窜了出来，那影子似乎受到了车灯的惊吓，竟然不知所措地停在了马路中间。

眼见车头就要撞上那个影子，老王猛地一踩刹车，卡车的轮胎和地面的摩擦拖出一阵尖锐的摩擦声，幸好车速不快，卡车在稍稍左右偏移后，在那个黑影前停了下来。

老王借着明亮的车灯俯身向前定睛一看，竟是一条不知从哪里窜出来的野狗。这狗看到卡车停住，竟然还站在马路中央，似乎在看着老王。

"该死的！哪里的野狗！"老王咒骂了一句。

那狗似乎听懂了他的话，只见它尾巴一甩，"噌"地一下钻进了路边的树林里。

老王恨恨地说了声"晦气！"。他拧动钥匙想将车再次发动起来。不料他连打了四五次火，都没能把引擎启动。"突、突、突……"打火声传播在寂静的夜里，显得格外的空洞。

"这破车！早就该把你换掉了！"老王嘟嘟哝哝地说了一句，打开车门，翻身下车，想看看到底是哪出了毛病。

虽然现在马上就到六月份了，大理又处于中国的亚热带地区，但是凌晨的气温还是有些偏低，老王刚一下车，迎面扑来的凉意让他顿时一激灵。

老王驾驶这卡车将近五年了，对这辆车是了如指掌。打不着火这种小毛病对他来说并不是一个问题，不到十来分钟的时间，老王便将问题解决了。他擦了擦手上的油污，走回驾驶室，启动引擎，把车开到路边。

他又歇了火，下了车，从口袋中摸出一支烟，点燃后叼在嘴里。

这里距离杭瑞高速公路大概还有两个小时的车程吧！老王想着，或许将来不要再开这种夜车了，这车跑的公路数也够多了，万一真有点事，这前不着村后不着店的，找个人帮忙也难。

老王深深地吸了口烟，烟头在黑黑的公路上忽明忽暗，草丛里的小虫们又开始鸣叫起来。

突然老王像想起了什么，把还剩大半支的烟头扔到地上，用鞋碾碎。开长途车为防寂寞和犯困，老王养成了吸烟的习惯，但现在有孩子了，还在坐月子的老婆抱怨过很多次他身上的烟味。"我还得努力戒掉。"老王想着，伸了个懒腰，走到路边，想撒泡尿继续赶路。

老王刚拉下裤子上的拉链，蓦然发现路边沟里似乎躺着一个人。他一个激灵，头发都竖了起来，尿也憋了回去。他退回路的中间，心里在打鼓："死人？不会吧。"

老王一抬脚跑回了驾驶室。他把卡车的大灯打开，又从工具箱中拿出一个大号的扳手，又带上了座位后面的强光手电。他咬了咬有些上下打颤的牙，心想："大概是眼花了，怎么可能。"

他摁亮手电，握着沉甸甸的扳手，深吸一口气，小心翼翼地回到路边。卡车的车灯把前方的道路照得通亮，手电筒的光柱把他身前的一切照得清清楚楚。老王感觉心里踏实多了。

他拨开挡路的草丛，手电筒的白光向沟里照了过去。他仔细一看，不由得倒吸一口冷气，果然有个人趴在沟里。老王心里又是一跳。

他捏了捏手里的扳手，对着手电筒的光柱中趴伏在干枯的沟里的人喝道："谁？站起来说话！"

那个趴伏着的人似乎没有听到老王的声音，仍然一动不动。老王一时没了主意，他顿了几秒后弯腰捡起一块石头，朝那人扔了过去。

石头准确地砸在那个人身上，可他仍然没有反应。大概是个醉鬼。

手电的强光照在那人身上，那是个男人，穿一件深蓝色的夹克衫，牛仔裤，短发，躺在那里一动不动。

老王不敢大意，他一手拿着手电，一手握着扳手，慢慢走近沟里的那个人。他正打算再喊他，忽然觉得有些不对劲，如果这人真的醉了，怎么一点鼾声也没有？难道……

老王试着把扳手伸到那人的胳膊下，用力一挑，将那个人翻了个身。

3

手电照过去，老王几乎被吓得魂飞魄散：他看到了两只睁得像灯泡大的眼睛正瞪着他。

"妈呀！死人！"

老王险些一屁股坐倒在地。他连滚带爬地爬回了马路上。

"报警！"他的脑袋里空空荡荡就剩这一个词。

老王跌跌撞撞地朝自己的卡车跑去。他拉开驾驶室的车门，一把抓起放在座位上的手机，用有些哆嗦的手指，拨了"110"。

篇一 ————

角力

章一

次日上午八点，大理白族自治州，紫云派出所。

老王坐在紫云派出所的会议室里，宽大的椅子托着他那略微瘦小的身子，他的脸色蜡黄，眼睛里布满了血丝。他觉得很困，但又不敢合眼。

门外传来一阵轻轻的脚步声，老王抬起头来，先前接待他的年轻警官走了进来，把一杯热茶和一碗泡好的方便面放到老王面前。

老王眼前一亮，焦急地问："警官，我什么时候可以走？我还有货要送啊！"

年轻警官微微一笑，说："王先生别着急，我也在等上边核实。一有消息，您就可以走了。我们真的非常感谢王先生报案。"

老王舒了口气，他端起桌子上的茶杯，轻轻地啜了一口，说道："谢谢警官，谢谢警官。唉，我还真是倒霉啊，拖了这么长时间，我老婆回头一定会骂死我的。对了，警察大哥，那死人是什么人啊？"

那个警官看了老王一眼，说："好像是个饲养员。您也看到了，他是

3

被人用利器刺穿了喉咙。"

老王突然想到了什么，不由得打了个哆嗦。他小声地问："那个，警察大哥，到现在还不让我走，不会是怀疑我吧？"

警官笑了一下，说道："怎么可能，我们非常感谢您报案。只有广大群众都像您一样配合我们的工作，我们社会的安定才有保证。"

老王心中的石头落地，连声说："是，是。我一定配合，一定配合。"

"那您先休息一下，吃点面条，我会尽快催着上面，一有消息我就回来。"警官说着，便要离开。

老王忙不迭地感谢道："那麻烦警察大哥了。谢谢了。"

看着警官走出房间，老王叹了口气。他要给老婆打电话，可手机还在警官那儿，刚才也没敢开口要。

他走到窗前，窗外的院子里一片绿色，绿色中绚丽的花在他眼里有些呆板。这死的是个什么人呢？一个饲养员，怎么会招来这种杀身之祸？

"他们什么时候还我手机？"

章二

中国某城市。

天很久没有这么蓝了。有些厚重的白云在蓝色的天空中变幻着形态慢慢地移动着。半年多前上海的危机似乎和这里没有任何关系，人们只是从电视里了解到东海岸的一些城市经历了一场前所未有的洪灾。

洪灾并非只发生在中国，全世界的网民们通过各种渠道已经把洪灾的最微小的细节都挖掘了出来并相互传播，最后的结论是，或许地球真的不会毁灭了，因为2012年已经过去，这个意外的洪灾也已经过去，而且这场巨大的灾难并没有削弱人类生存的意志，他们正期待着一个崭新的世界。

肖先生静静地站在窗前，出神地看着楼下街道上堵塞着的汽车和忙碌着走动的人群。从楼上往下看，他们是那么的微小。

肖先生叹了口气，轻轻地摇了摇头。

他从窗前走回他的座位。房间里还有两位中年人，他们都阴沉着脸，思考着什么。肖先生回到座位后，问他们："你们确定？"

5

"是的。"

"两件事都确定？"肖先生再次问。

"是的。"中年人中稍瘦的那位继续说，"第一件事，我们中东的朋友已经确认了那里核武器库的意外爆炸。有三百多颗核弹头。因为在沙漠里，所以辐射需要一些时间转移，但很快就会覆盖欧洲、亚洲和北美洲。"

稍胖的那位继续解释道："海平面上涨造成的太平洋沿岸的核泄漏消息虽然被各个国家的政府所屏蔽，相关的阴谋论也基本不再被人们所相信，专家们解释的最新科学论证即人体可以承受原先所知的十倍的核辐射也已经被接受，但这次中东的核辐射将导致现在已经在空气中的核辐射超过临界点。"

稍瘦的中年人接过他的话："这个临界点对于一些国家将是毁灭性的，比如欧洲的那个国家，总人口才五百多人，而这次意外核爆炸的核武器控制国总共也才不到八百万人口。"

"不是说欧洲已经成功研制了抗辐射的药了么？"肖先生深沉的声音打断他的话。

"我们也曾以为那是真的，但那似乎只是个幌子。"

"事实上可能也只有我们的'青海一号'能解眼下之危。我们能在两天内完成大规模的生产，而受辐射患者一旦得到注射就能产生抗体而不再受伤害。"

"你刚才说已经开始生产了？"

"是的，是一周前开始的，因为提速的大试结果刚刚被认可。但高博士负责的研究还在继续。"

肖先生手一挥，说："好。那第二件事？"

"大试基地的一名动物饲养员的确是被谋杀，尸体是被一名卡车司机昨晚在云南的一条公路边发现的。该名饲养员没有家人，但我们检测到前一个星期，他在当地预交了一笔购房款，而他的工资收入明显不能和此笔购房款吻合，我本来就此事要向他了解，却不料昨天他被人谋杀了。"

"你认为事有蹊跷，可能和大试基地有关？"

"是的。我们少了五十克安慰剂。这是我的失职，我接受任何处罚。"

"现在还不要谈处罚。我们要赶快弄清楚背后的真相。"

"我们已经提高了大试基地的保护级别，也已经通知了李古力小队去日照。"

"其他方面有没有新的进展？"

"有，青海湖方面在等待他们那边的墨龙三队归来，但相约时间已过，他们担心已经发生意外。"

"那你和他们那边保持联系，如果有任何需要我们配合的地方随时通知我们。"

"是。"

"那你们今天就飞回云南？"

"是的。对了，还有一点。"

"什么？"肖先生问。

"欧洲那边，最多七天，靠近核爆炸的地区便会开始出现群体死亡。"

稍胖的人进一步解释道："是的，那时候世界上所有政府所做的为掩盖核辐射真相的一切努力就都会被曝光而白费。"

肖先生没有应答，他脸上没有任何表情。他站起身来，说："你们一路顺风。"

房间里只剩下肖先生一个人。周围静静的，街道上的喧嚣声飘到空气中，但被窗子上双层的玻璃有效地阻隔住了。

他在想：一旦消息泄露，是核辐射会先重创人类，还是人类不再相信任何政府，一个无政府的人类先重创自己？

章三

云南大试基地。

高雅妮怔怔地看着手上的传真，强压内心的震惊，将传真递给李古力。

李古力看完，皱起了他浓浓的眉毛，国字脸上明显露出焦急的神情："小高，你觉得会是这样吗？"

高雅妮脸色有些苍白："队长，如果在平常，这次中东的事故本来不会有多大影响。但现在不比以前。金乌人造成的冰融导致了太平洋沿岸那么多的核电站泄漏，这就已经超过了 2011 年日本福岛核电站的泄漏的数十倍，人们已经在高辐射的环境中生存。而中东这次核爆炸的结果，会让空气中的核辐射密度提高到正常人会快速死亡的程度。"

关凯疑惑地问："不是说有一个什么半衰期吗？对了，不是说这一切都会慢慢消散的吗？"

"半衰期是核辐射消散一半所需的时间。有些核原子，比如钋215，它的半衰期只是 0.0018 秒，所以基本上不会对我们的健康造成危害，但碘137的半衰期有八天，也就是说，如果它的密度够大，这个八天里，它将对我们造成巨大的伤害，而且，八天后还会有害，只是相对减弱。而有些核原子，比如钚239，它的半衰期长达几千年，所以它将伴随我们的一生。事实上，核辐射中最主要的就是碘，还有铯、锶、铈，它们破坏人体大分子化学键造成细胞分裂，使得人体代谢和其他生理活动产生异变，并导致正常细胞成为癌细胞。我们如果没有抵抗能力，那人类就只会消亡。"说到这里，高雅妮又补了一句，"就像南极人到金乌船上一样。"

"那么可怕？"

"是的。所以我们的'青海一号'是目前我所知道的人类生存下去的唯一希望，因为普通的干细胞已经没有办法救治所有因为辐射患了癌症的病人。上海每百个人已经有四个人患有癌症，这也是为什么他们在加班加点地生产，准备投入使用，不然他们就真没有救了。而如果中东的辐射蔓延到亚洲来的话，只有'青海二号'才能保住我们的人民。"

"不管如何，我们收拾一下，赶去日照。"

"为什么去日照？不是这边少了安慰剂么？"

"基地这边由其他人负责追查，迟军在日照那边也有着全部的工艺路线，而我刚刚接到那边小刘的通知，说有'青海二号'的工艺资料失窃。"

"啊！"高雅妮几乎惊呼出声来，"'青海二号'是一号的改进，如果有人得到二号工艺，一号很容易就能被仿制出来了。"

"事不宜迟，我们必须马上动身，需要赶上最早去青岛的航班。"说着，李古力拿出手机，"小王吗？"

王贵华在电话里回应道："是。队长。有事么？"

"你收拾一下马上过来，我们有新的任务。"

"是。"

"我打电话给迟军。"高雅妮也拿出电话。

"好。"李古力点点头，他的国字脸上深锁的剑眉并没有舒展开。如果有人得到"青海二号"的工艺资料，墨龙的前期投入将前功尽弃；而且，国家也将失去和其他大国讨价还价的最大筹码。

章四

清晨七点，海滨城市日照青岛路东侧的太阳广场沉浸在一片柔和的金色光芒里。广场门口花坛上紫色小花的花瓣上，晶莹的露珠还闪闪亮着。广场上人不多，显得很空旷。

"岚岚，小心。"迟军说着，扶住了有五个月身孕的妻子。他的眼睛里布满了血丝，又是一夜没睡的结果。

"没事啦，大军，我又不是小孩子，别把我弄得跟国家保护动物似的。"迟军的妻子笑着从车上下来，迟军顺手关上车门。

从停车场走出，他们来到太阳广场。迟军答应带妻子到这里散步已经很久了，没有想到第一次带她来还是在一个早晨。昨天晚上完成了"青海二号"合成的最关键一步，就等着今天的检测结果，他高兴之余，赶回家第一件事，就是把妻子和她肚里的孩子接到早晨的阳光下散步。

放眼望去，偌大广场的正中央是一个大大的喷泉。可惜的是，此刻喷泉没有水柱喷涌的壮观景象。迟军不禁说道："可惜这不是晚上。"

妻子安慰他："没事啦。我们哪天晚上再来看喷泉。对了，那些是什么？"她指着广场两侧的架子问。

"那是灯光廊架，你看，里边还有一个雕塑，叫'胜利之门'，白天是雕塑，晚上它们就是一组绚丽的灯光景观。"迟军解说道。

"你上次是什么时候来的，知道得这么详细？"妻子逗他。

迟军摸了摸头，憨憨地笑着说："我也是刚到这里时来过一次。偶尔经过都看到，就是没有进来过。"

"我说嘛。"她又指着南边的一片树林说，"那是个植物园？那么多树。"

"对。听说里边非常漂亮，只是我从来没有进去过。"迟军又呵呵地傻笑道。

"今天就这边走走吧。回头你忙你的，我自己去植物园。这么漂亮的地方，我来日照几个月了，竟然都不知道。"

"嗯，嗯。"迟军不知如何接话。

"对了，你觉得这里好还是上海好？"

"这里。"这次迟军没有迟疑，"上海虽然是大城市，东西多，但对于我们的宝宝来说，这里环境好，空气好，安静。"

妻子下意识地把手放到微微隆起的腹部，感觉里边的孩子。

迟军低头看妻子的手，幸福感替代了疲劳。他很感谢妻子愿意跟着他到处奔波，她说过，西宁长大的人能适应世界任何地方。

见迟军不说话，妻子问道："大军，在想什么？"

"哦，没有。"迟军赶忙笑道，"岚岚，我在想日照是哪年获得联合国人居奖的。好像是2009年，又感觉是2007年，弄混了。"

妻子听是这个，微微一笑："这个我知道，是2009年。"

"这个你也知道？"迟军略带吃惊地问。他知道岚岚平时就不大出门，也不太多上网，大多只是看她喜欢的书，再说日照获得这个奖已经很多年了，她怎么会知道。

"呵呵。我是听小区的阿姨说的。白天没事的时候，我也出去和她们聊天，一来二去，我也算是个日照通了，当然只是知道，却没有去过。"

"这样啊。"迟军笑了。

"再说了，刚才我看见马路边广告牌上写着日照是最适合人类居住的城市呢！"

"呵呵，没想到你比我还了解日照。"迟军讪讪地笑道，心里觉得有些过意不去，自己应该多陪陪妻子的。

妻子似乎看出了迟军的心思："其实你也不用担心我。我和小区那些阿姨和老太太们关系都很好。她们还教了我好多带小孩的窍门呢，好像我们的孩子明天就出生似的。"

听到妻子这么说，迟军有些释然："是啊，日照这边的人很好的。"

"所以嘛，我很喜欢这里。"迟军的妻子说完，抬头看到迟军布满血丝的眼睛，心疼地说，"你看你，都这么累了还出来陪我……"

迟军帮妻子拢散下来的头发，微笑道："没事的，前段时间太忙了。今天好不容易有空，所以得陪陪你和咱们的孩子啊！"

"实验做成了？"

"是的。"讲到这里，迟军有些兴奋，"实验室那边，我已经交给小刘了，检测结果一出来，他会马上通知我的。"

"嗯，那就好。"

"岚岚，有件事我想跟你说一下。"迟军像是做了很长时间的思想准备。

看到迟军很严肃的样子，妻子有些诧异："什么事？"

"资料上都说，海水导致的一些核电站的辐射对胎儿不会有什么影响，但是，我还是有些担心。"

"书上说了，胎儿在八到十五周的时候最容易受到辐射影响。我们的孩子已经过了这个时间段，而且前几天我们去医院检查的时候，医生说孩子一切正常，所以你就别担心这个了！"妻子抓住迟军的手，安慰道。

迟军点头道："希望如此。而且，我们的青海二号蛋白比一号更优势的地方在于能有效地保护母亲和胎儿，所以我也希望二号能赶快出结果。"

妻子抓紧了迟军的手。

"而在这之前，你是不是该回西宁？"过了一会，迟军终于开口道，像是在做什么大的决定，"那边辐射程度相对会低一些。"

"嗯，好的，我听你的。你安排。"迟军的妻子知道自己如果在这里的话，非但不能照顾他，还会给他带来压力。

"好。那过几天我送你和孩子回家。"

妻子点点头，两人不再说话，缓缓朝前走去。

太阳广场中央是一条蜿蜒曲折的溪流水景带，溪流清澈见底，水底是五颜六色的石子，每隔不远处，便是一座铜铸的雕塑，有的是快艇冲浪，有的是单人划桨，他们形态各异，栩栩如生。

妻子饶有兴趣地看着眼前的一切，老家西宁和日照远隔两千多公里，一个在高原，一个在海边，这里的一切都很是不同。但她很喜欢日照，这里也有西宁的兰州牛肉拉面，味道也挺正宗，而且，这里还有五十公里连贯的金沙滩海岸线，可惜，还是刚到日照的第一天，迟军带她去看的海，之后再也没有机会去看海。

迟军小心地在她身边站着，生怕她出什么差错。

经过小溪上一个弯曲的拱形木桥时，迟军下意识地上前抓紧了妻子的手。

妻子故作嗔怒道："没事啦，你呀，这么小心，弄得我很不自在。"

迟军不好意思地挠挠头，笑道："岚岚，这不是特殊时期特殊对待嘛！"

"不用不用，我又不是小孩子。"她笑着抽开手，走上了拱桥。

站在拱桥上，她的目光停留在了不远处的一个女孩身上，那个女孩在溪流上不远处另一个石桥上跳来跳去。

"喂，要不要休息一下，你都走这么长时间了，一定累了！"迟军了解妻子的性格，他怕她突发奇想，和那个女孩一样跳起来。

"没事，我不会跳啦。"妻子偷笑道。自从怀孕后，迟军变得十分得小心翼翼，看到一个大男人做起事来瞻前顾后的模样，她的心里流露出前所未有的温暖。

迟军有些疑惑地看着自顾自走在前面的妻子，有些疑惑，网上说怀孕的女人都把自己整得跟国宝似的，可是她却跟没事人一样。他摇了摇头，快步跟上。

岚岚在一座蓝色雕像前停下脚步。迟军上前，看到雕像下的字：2007

年水上运动会吉祥物水娃。"这是水娃么。"他有些假装内行地说。

"呵呵。我看的不是这个。我是看广场的介绍。这个广场能容纳三万人哪。"

"是吗？这个我也不知道。不过小刘倒是和我说过，你看那个海湾里的水上舞台，"迟军向东面指过去，"那个舞台和这边有一个一百二十米的地道连接。"

"是吗？我还正要问呢。对了，舞台东边那里，像是喷泉的设施？"

"是的。小刘说它是中国东海岸最大的音乐喷泉呢。小刘是个音乐迷，这里好像每隔一段时间就有国际音乐节，他是一次不落。"

"呵呵，是吗？"

"对了，你别动。"迟军突然神秘地说道。

"怎么了？"他妻子不解地看他。

迟军弯下腰，把耳朵贴到了妻子的腹部。妻子没想到他突然会这样，害羞地看了下四周，发现并没有人看他们，才放下心来。她轻轻地拍了拍迟军的背，故作生气道："大军，你干吗，也不怕被人看到。"

迟军完全不理会妻子的羞怯，自顾自地听着："嘘，别说话，咱们的孩子在跟我说话呢。"

妻子微笑着看着迟军，不再说话。

"宝贝，你告诉爸爸你喜欢这里吗？"迟军小心翼翼地询问道。

"我们家宝贝说很喜欢这里，他说爸爸带他去哪他都喜欢。"迟军抬起头，像是在跟妻子报告他得到的消息，说罢他又低下头认真地听着。

"你呀……"妻子看着迟军，满脸幸福。

迟军直起身子，对妻子说道："岚岚，平时孩子有没有跟你说话？"

"没有啊，我总不能跟你一样趴在我的肚子上听吧！"

"嗯，这就对了。"

"怎么了？"

"说明咱家宝贝更喜欢爸爸呗。"迟军故作神秘道。

"怎么会，十月怀胎，孩子跟妈亲近。"妻子不服道。

看她激动的样子，迟军赶忙认输道："是，是，跟妈近。"

他们在太阳广场最东面的海岸站了一会儿，迟军妻子说："真的很美，就是这些沙包有些碍眼。"

"什么？"迟军有些疑惑地看她。

"你看那些沙包，放在那里看上去怪怪的。"妻子笑着说道。

迟军笑了笑："这可能是海水下去后还没有处理的沙袋吧。"接着，他又逗道，"对了，你没事的时候，可以给这里的市长提提建议啊。他们不是老发手机短信让市民参政么，你也可以参参呀。"

说话间，迟军的手机响了起来。

"什么？"刚才脸上还挂着笑容的迟军突然变得严肃起来，"好，我尽快赶到。"

"怎么了，检测不合格？"妻子看到迟军紧紧皱在一起的眉头。

"小刘找我有点急事。我先送你回家。"迟军看着妻子，十分无奈。但工作要紧。

"嗯，好吧。"迟军的妻子在迟军说话的瞬间明显地捕捉到了他眼神中的焦急，她本来想说她自己打车回去，但是为了不让迟军担心，她还是答应了让他送自己回去。

迟军感激地看了妻子一眼，拉着她的手朝广场外走去。

章五

学校的大门收缩栅栏永远开着能让一个小车进出的宽度。门卫认识迟军的车，没有阻拦，让他缓缓开了进去。

把车停到停车场，迟军直奔工业技术学院的实验大楼。

小刘从实验大楼的玻璃大门迎了出来："迟哥，你终于来了。"

"小刘，什么情况？"迟军下车后，快步走到小刘身边。小刘是组织内部的安全人员，他的职责是在外围保护"青海二号"的开发。

小刘看了看四周，道："我们进实验室再说。"

上楼走近自己的实验室，迟军问道："怎么了，小刘，发生了什么事？"

"我们少了一份实验工艺资料。"

"什么？"迟军吃了一惊，差点喊出声来，"怎么可能？"

"我刚刚接到高雅妮组长的电话。"小刘说道。

迟军看着小刘，等他说下去。

"我们基地的一个猴子饲养员被杀。"

"那边损失了什么没有？"一提到和云南的猴子相关的东西，迟军的神经就不由得绷紧，那是他多少年的心血。

"少了五十克安慰剂。"小刘说道。

听到这个，迟军暗自松了口气。基地用的安慰剂只是葡萄糖粉，安慰剂的使用是为了和"青海一号"有一个明确的对比。只有当"青海一号"有效而安慰剂无效的情况下，"青海一号"才能被认为有效。有些条件下，因为医学实验设计所产生的错觉，或者简单的异常生理反应会给病人带来错觉，安慰剂能甄别实际药物在使用者身上的有效性。

很明显的是，这个饲养员把安慰剂带出了基地，以为安慰剂就是"青海一号"。多亏有了它，如果单纯地用抗辐射的药物的话，不谈比对作用，"青海一号"也就被暴露了。想到这里，迟军又不禁捏了把冷汗："一定是那个饲养员的问题。"

小刘点头同意道："应该是有人收买了那个饲养员，饲养员把'青海一号'偷出基地，交给了收买他的人。"

"收买饲养员的人发现是安慰剂，所以杀人灭口？"迟军接着小刘的话问。

"嗯，我也是这么想。而且，李队长他们怀疑有什么组织盯上了我们的实验室。"小刘说道。

"然后我们就少了一份工艺资料？"迟军不敢相信这是真的。

"我一接到通知就开始核查。发现少了资料后，赶紧叫你回来也是想和你确认两位参与实验的老师的事。"

"哪两位？"

"朱逸安和周南。"

"朱老师原先就安排的今天请假，周老师呢？"

"我不知道，还在查。"

"怎么可能。"迟军焦急地搓着手，"怎么可能？你不知道他去哪儿了？昨天下午他还在和我一起做实验。"

"正因为这样，我开始也没有在意他。但现在他的电话没有人接。"

"你去他家里找他。"

"那这里你先找找看着，高组长他们今天会到。"

“好。你快去！一有消息赶快通知我。”

小刘答应了一声，出了屋子。

看着小刘走出去的背影，迟军心里一时如一团乱麻。自从上海的实验室被海水摧毁后，他们转移到了这里。这里的一切对外都是绝对保密的，包括这所大学的管理人员也只知道这是一个学校和企业互惠的研究项目，而对实验产品的目的一无所知。而"青海二号"关键一步的成品也已经出来，就等检测结果。眼看所有的事情都有了眉目，竟然出现这样的事情。

“叮、叮、叮、叮。”一阵电话铃声响起。他猛然一惊，思绪被彻底打断。

“高组长？……你们已经上了飞机？”

章六

　　万平口海滨风景区是日照市区内最大的海滨景区。放眼望去，蓝色的天空下是清澈透明的海水，南北延伸五公里长宽阔洁净的金色沙滩上，赶海的人和游客们稀稀落落。现在还不是真正的旅游季节，对大多数人来说，海水还没有达到下海游泳的温度。

　　但不管什么季节，这里是游客们必到的地方。沿着万平口的海岸再往北走，人们就可以走到日照奥林匹克水上公园、山海天旅游度假区，再往北，还有日照海滨国家森林公园。游客们很少关注万平口以南的地区，因为那里是当地的工业区日照港。

　　万平口海滩和市区被一片湖水隔开。涨潮时，海水从海湾逶迤而来，从万平口大桥下涌入这片波光粼粼的泻湖区，晃动起湖中的游船。

　　鲍勃昨天晚上风尘仆仆地赶到日照，说是风尘仆仆，因为他是坐大巴从上海来的。这是上海通往日照的最便宜交通工具，虽然七个小时的旅途中大多都在平坦的高速路上，但鲍勃依旧认为没有家乡的灰狗大巴舒适。抵达日照走下车的那一刻，他心里在感谢着上帝：总算到了。

鲍勃不得不选择大巴，因为这样，他才能在他的预算内完成最后青海湖的旅游。

鲍勃属于背包一族，二十多岁的他身高一米八，背上背包的长度大约就有一米三四。他的身材偏瘦，但透过衬衫还是显露出强健的肌肉。他喜欢探险，在大学研究的是海洋生物。到日照来是因为他了解到这里有着中国北方最美也最长的金沙滩。他在美国佛罗里达州的萨拉索塔长大。他到过许多国家，还没有看到比家乡的白色沙滩更美的沙滩，所以他非常想看到金色的沙滩，以和家乡的白沙滩做个比较。

当然，鲍勃已经在网上确认过，从日照有开往西宁方向的火车。西宁才是他此次旅行的真正目的地。

第二天凌晨四点半，天幕上刚刚泛出一丝曙光，鲍勃已经走在万平口的海滩上。离太阳出来还有一些时间，所以沙滩还不是金黄的颜色。海风从波涛起伏的大海上缓缓吹来，淡淡的白色雾气渐渐被海风吹散。除了他，沙滩上刻着"万平口"三个大字的岩石周围也开始聚拢一些来看日出的游人。

不知道过了多久，沙滩上的人们开始骚动起来。水天相连的东方开始渐渐变红，天空中游荡起片片红色的薄云，朝着太阳即将升起的地方慢慢集结。

"朝霞！"不知道人群中谁在喊。是的，刚才的薄云已经变成绚丽多姿的云彩，周围似乎镶嵌了一道道亮红色的金边。

"太阳出来了！"一声小女孩的尖叫打破了沙滩上阵阵海浪衬托出的平静。人们举首翘望水天一线的东方天际，那里，一个红点缓缓变大，红色的光芒向四周照耀。出来了，小半个太阳从海面上升起，人们手中的相机开始"咔嚓、咔嚓"地响起。突然，一片云彩掠过，挡住了太阳的红色脸庞，人群中传来一阵轻轻的叹息，可是，短短的几秒钟后，太阳以它执著的劲头，再次冲破遮挡，整个跃出云层，瞬间由红变白，一下将耀眼的金辉洒向大海、沙滩和沙滩上雀跃的人们。

人们渐渐散去。鲍勃打了一个哈欠，也正准备随着人群回附近的酒店再睡一会儿。他把相机对着不远处海边的灯塔，正要拍今天早晨的最后一张照片，发现镜头里站着两个人围着立在沙滩上的一个仪器在看着什么。他按下快门，同时走了过去。

鲍勃很奇怪这么早就开始有人工作。他走近他们，他在南佛罗里达大学孔子学院学到的中文派上了用场。

两人中的年轻人在问："为什么我们没有感觉到异常？"

年长的人回答道："肯定是有的，数值这么高。不过科学家都已经说了，我们的抗辐射能力比我们想象的要高得多。"

年轻人又问："从记录上看数值一直还在增高呢，以后会怎么样？"

年长的人有些忧虑地看了看大海，安慰年轻人道："应该不会有问题吧，离临界点还差很多。只要地球上不再发生核渗漏或者巨大的核爆炸，我们应该说是安全的。"

年轻人还想说什么，但年长的人打断他的话。他也注意到了鲍勃正走过来。他对年轻人说："我们的工作是检测和记录数据，其他的回头再说。对了，把东西收拾一下，我们中午再来。"

鲍勃有限的中文无法让他听明白他们刚才的对话，但他隐约听出他们似乎在说着关于辐射的事情。他很好奇，因为他是半个阴谋论的爱好者，网上博客中有关辐射的阴谋论虽然已经不被大众所关心，但他却仍然好奇。他想知道这两个中国人在干些什么。他好奇地打招呼："你们好，我能问一下你们这是在干什么吗？"

年长的人似乎没有兴趣接话："啊，没什么。"

鲍勃没有放弃努力："你们是在说核辐射么？"

年轻人很有兴趣地看鲍勃，要和他说话，却再次被年长者打断："没什么。我们就走了。你玩得开心啊。"说完，他看着年轻人提起仪器，走了。

鲍勃觉得中国人有些奇怪。这是怎么回事，孔子学院的介绍里都说中国人热情好客，这两人是怎么了？

再次来到海边的时候，鲍勃体会到了这里海边和家乡海边真正的不同：这里的海边简直就是一个游乐场，飞镖游艇还有海滩车。这里的欢笑和吵闹充满在空气中，和家乡只听到海浪相扑的海滩太不同了。

鲍勃信步来到这里的工艺品市场。这里有点像家乡周末时候的市场，但那是街边，却不是在海边。不管如何，他应付着小店店主们的热情招呼，把他们的宝贝都看了一遍，也算满足自己的好奇心吧，虽然贝壳海螺等等和家乡的并没有太多的不同。

在市场的最后一个角落，终于有一块心状的青色玉石吸引了他的目光。他走过去，刚拿起来，就听到有人在不远处喊："看，有人从海里走出来！"

他很好奇什么人在这个温度的海水中"从海里走出来"。他放下手中的玉石，走到海边。真的是一个人从海里出来了。那人即将走到岸边，一边走一边四处巡视着，他左手捂着自己的腹部，似乎先前曾被海里什么东西撞着了。

从小在海边长大的鲍勃有些不敢相信，这里的水下有什么会把他撞成那么痛苦的样子？

他很好奇地举起相机拉近焦距拍了几张照片。他想走过去和他搭讪，但一来他和那人还有些距离，二来他几乎同时想到清晨的时候那两个人对他不理不睬的态度。他想，算了，还是去看我的玉吧。

海里出来的人似乎没有在意海边人们对他的注视。他走出海水之后静静地穿过沙滩，在海边游乐的人群里消失。没有人注意到他走进了景区的卫生间，而且是女卫生间。

很快，一个穿着 T 恤衫和牛仔裤的女子从卫生间里走了出来。她手上还提着一个口袋，没有人知道那口袋里是她脱下的潜水服。

她在海边游乐场里四处张望了一下，向西走去。她穿过马路，那里是5 路、6 路、32 路的公交车停车场。她停住脚步，摸了摸口袋，这才意识到身无分文，于是改变方向，走到一个正在捡纸片的环卫工人身前，问："阿姨，请问哪儿有小商店吗？"

阿姨抬起头看，是一个模样俊秀的女孩在问话。她向西指了过去，说："走过前面的万平口大桥，再往前走二百米就可以看到。"

女子说了声"谢谢"，转身离去。阿姨看她的背影，觉得奇怪，好端端一个俊秀的女孩，怎么让人觉得有些苦着脸呢？

章七

　　万平口桥西的一家旅游品商店里，中年老板看她进来，赶紧上前招呼道："你好，美女，需要点什么？"

　　女子径直走到店里的柜台前，从口袋里取出潜水服。她把它铺到柜台上，问老板："您这里收潜水服吗？"

　　小店老板本以为她是来买东西的，没想到她却是来卖东西的，于是不再那么殷勤。他随手摸了摸潜水服，觉得不错，心不在焉地问："多少钱？"

　　女子听出老板态度的变化，说道："一千块。"

　　老板惊讶道："一千块？你这潜水服是黄金做的，这么贵？"

　　她知道老板不识货，解释道："您仔细看看，这是干式潜水服，很贵的。"

　　老板本来就不想买，也就没有心思去仔细看："什么干式湿式，这样吧，二百块，你想卖就留下，不想卖就算了。"

　　她知道老板不识货也没有兴趣，心想再试两家吧，起码得卖到足够去

23

西宁的车票钱。她刚要收起潜水服，店里两个女游客走了过来。其中一个摸了摸潜水服，问："你刚才说一千块？"

她镇定一下自己："是，一千块。"

"便宜点行不行？"

她以为又是一个外行，拿起潜水服就想走。

游客见状拦住她，又问道："这是莱卡布做的？"

她听后知道有希望了，说："是的。如果不是急着用钱，你知道我也不会这么便宜卖的。"

游客拿起潜水服，翻过来倒过去仔细检查了一遍，说："我要了。"说着，她从坤包里取出一叠红色的钞票，点出十张递给她。

这时小店老板有些不开心了："哎，你们做买卖去外面做，别挡着我做生意。"

她接过钱，和游客一起走到店外。

买潜水服的游客的同伴小声问："值那么多钱么？"

游客微微一笑，自信地说："值。潜水服分为干湿两种，干式潜水服价格昂贵，因为它里面不但可穿衣服，还能在水下防止身体失温，并保护身体不受礁石割伤或者水母海葵等生物的伤害。最常见的潜水衣布料有尼龙布和莱卡布两种，它们的中间都是发泡橡胶，但莱卡布潜水衣的寿命比尼龙布的要长。"游客说完，向她询问道，"我说的没错吧，小姐？"

她干笑了一下，说："是的。"手中有了钱，她急于离开，又说，"谢谢你帮忙，我先走了。"

"好的。拜拜。"

"嗯。拜拜。哦，对了，你们知道火车站在哪里吗？"

"不好意思，我们是开车过来的。要不我帮你问问？"

"哦，不用了。谢谢，拜拜。"

她走后，游客神秘地问她的同伴："你知道这件莱卡服值多少钱么？"

"多少？谷兰？"同伴看她神秘兮兮的眼神。

"两万。"

"啊?"

"别叫唤。"

"我说嘛，你怎么这么爽快。"

"我教潜泳这么多年，一直就想要这么一套莱卡服，没想到到日照来碰着这么个巧事。"

"你说刚才那个女人怎么会把这么贵的东西这么便宜地卖了?"

"不知道。"

"嗯。不管她。"

因为要去火车站，女子把潜水服卖了后便朝公交站走去。半路，一辆透明车厢罩着的摩托车改装的三轮车停在她的面前，车厢内一个晒得黝黑的光头小伙挥手招呼她："哎，美女，住宿么? 不远，就前面王家皂度假村，旅馆很便宜的。"

看他热情的样子，她突然觉得好累好累，腹部的疼痛感又出现了。她心想，也罢，先休息一下再说。她问："不远?"

"不远。就二百米，几分钟。"

听到他的确认，她向他的车子走了过去。

王家皂，这个曾经的渔村现在已经是日照靠海的一个有名的民俗旅游度假村。这里几乎每家每户都是一个旅馆，有每晚上千的豪宅，也有简陋的一晚不到百元的旅馆。

光头小伙把女子拉到一家每晚八十元的小旅店。房间里有两张床，但店老板大妈保证说现在不是旺季，只会有她一个单住后，女子住了下来。

这个房间不大，只有十个平方，除了两张床就是一张桌子和一把椅子，桌子上有一台老式的电视机。女孩显然已经疲惫不堪。她付完钱，关上门，倒在床上便睡着了。

章八

鲍勃在海边待了半个上午，他跟着一个旅游团听了半天的免费讲解，而且还积极发言，并不时打断导游问一些稀奇古怪的问题。导游略显尴尬的同时，国内的游客们却笑声不断。他们很喜欢这个中文说得不太流利但却很风趣的美国小伙。

回到酒店，他看到前台日照绿茶节的宣传海报。想起海边导游说日照的绿茶如何如何好，他和前台的服务员搭讪起来。"这个绿茶节，"他指着海报，"在哪里？"

"在国际会展中心，你乘 6 路公交车，到市政府下。"服务员头也没抬地回答。

"我走，走要多少时间？"鲍勃对乘公交车心里没底。

"走？"服务员抬起头，看到是住店的老外，又看看鲍勃的两条长腿，笑着说："不远。"

"不远是多远？要走多久？"

"嗯，走十来分钟吧，也许二十来分钟。我给你画个图。"

拿着服务员给他画的地图，鲍勃便去找国际会展中心。路线没有错，他却花了近四十分钟才走到。他再次心里嘀咕：下次一定要小心中国人的"不远"和"十来分钟"，四十分钟走路真的不是"不远"，也不是"十来分钟"。

不过他很快忘掉了时间的概念，因为有很漂亮穿的着旗袍挂着彩带的姑娘们跑上来递给他中国茶。他高兴地意识到这应该是这里最好的茶了，而且是免费的。

很早前读日本的漫画，他知道了东方的隐士和他们喝的茶。

会展中心里充斥着绿茶的味道，不同的展台宣传着他们自己的产品。鲍勃接过一张宣传单，试着读懂上面的介绍：

> 日照绿茶是"江北第一茶"，叶片厚、滋味浓、香气高、耐冲泡，具有特殊的香气，能很好地缓解中枢神经的疲劳。

鲍勃不是很懂里边的一些词，比如滋味浓，什么是滋味？还有香气高，他在想，香气高是挥发得快，所以能在水里快速溶解？

但他没有在这些不十分懂的词上纠结，因为他很快被茶艺表演队浓厚中国文化韵味的表演吸引过去了。他在想，如果美国也有咖啡节的话，会不会也能吸引这么多人？

表演结束后，鲍勃正想着下一步看什么，看到前面有一些人围着看什么。他挤了过去。是一位眉目清秀的姑娘在炒茶。她梳着一个马尾辫，身穿一件白衬衫，下面着一条过膝的淡绿色长裙。

姑娘一边炒茶，一边用她温婉的声音向参观的人群吟诵着茶诗：

> 细雨轻弹朱色窗，又是一篱菊花黄。
> 俗人喜以酒解忧，谁人解住茶甘香。

鲍勃觉得这面前的景象太美了，可惜完全不知道她念的诗说的是什么。待她念完了，他问道："对不起，你能告诉我你是在念诗么？"

"是啊，"看到是一个外国小伙问话，姑娘反问道，"你会说中文？"

"对。一点点。"鲍勃回答，然后又加了一句，"我是鲍勃。"

"你好，鲍勃。我叫梁菡。"姑娘一点也不怕生。

章九

欧洲，比利时。

中世纪哥特式建筑的一楼最靠西，是一个长条形的房间。一切的光线都被厚重的窗帘挡住，并不明亮的灯光让房间显得狭长深邃、幽暗阴冷。

一张古朴的圆桌沉稳地占据了那里大半个空间，东面的墙壁上方，有一个硕大的十字形镂空，它的下面端坐着一位老者。老者的头发已经全白，密密麻麻的皱纹深深刻在他的脸上，他的眼皮耷拉着，显得暮气沉沉，但他戴着雕有鹈鸟戒子的手指却在快速地敲击着桌面，发出一声声脆响。

围着圆桌有十三把椅子，十二个身披黑色斗篷，戴着同样戒指的人，低着头，不发出一丝声响。他们的脸都藏在一副白色面具后面，面具很柔软，能勾勒出众人的脸型，却无法显示出更多关于他们的信息。唯一不同的是他们裸露在外面的眸子，以及闪烁的眼神。

不知过了多久，手指敲击桌子的声音开始变得急促，一声声地在房间内回荡，也敲响在众人的心里，他们清楚老者已经有些不耐烦了。他在催促众人表态。

"汤姆逊，告诉我你的解决方案。"老者停下了敲击桌子的动作，问他右手边的高个子。

被叫做汤姆逊的人微微将头朝左侧偏了偏，他努力不去看老者的眼睛。沉默了一会儿，他用有些沙哑、更有些不确定的声音低声说道："中国好像有解决这一危机的具体方法。将军也知道这件事。"他说着，眼睛向老者左侧的人瞟了瞟。

老者左侧的人听到了汤姆逊的这句话，嘴角不自觉地露出一丝略带讥讽的笑容。

现如今地球已然处在强辐射的威胁下，碘 -131、铯 -137 已经是妇孺皆知的词汇。要是中国真的有能大范围解决这一问题的办法，我手下的人怎么会一点也不知道？承蒙汤姆逊买他面子，难道汤姆逊的东亚部真的有比他还要深厚的中国关系？将军心里想着，但不知道如何对老者说明。

"汤姆逊，你说下去。"老者轻轻地朝汤姆逊点了点头，示意他继续。

汤姆逊犹豫了一下，再次抬头看了看老者的眼睛，有些飘忽的眼神逐渐变得坚定了。他鼓足勇气，继续说道："我这边已经获悉中国有一种蛋白，可以完全治疗核辐射给人体带来的疾病。我已经安排了多方面的人手，一个已经到了蛋白的原生地，一个是实验基地，还有一个在去蛋白的试验室的途中。"

将军有些不服，他说："我听说好像实验基地的努力没有成功。"

"噢？是么？"老人有些失望。

"是的。"汤姆逊回答道，"但是我们最精干的人都在另外两个方面活动，我相信我的人能够带回好消息。"

"尽快。"听到这话，老者脸上的表情温和了一些。他知道汤姆逊不是一个容易冲动的人，他这么说肯定是有相当的把握。不自觉间，他对这个东亚部负责人的态度又和善了几分。

"是。我会的。"汤姆逊很是谦逊地说着，他的眼神却很得意地向老人左手边的那人瞥了瞥，仿佛在嘲笑他的无能。

将军不屑地在心里发出了一声冷哼，却也希望汤姆逊说的是真的。不管如何，中东的意外核爆炸已经将到了辐射承受极限边缘的世界又往毁的境地推进了一些，如果汤姆逊真的能得到中国人的治疗物，起码鹈鸟的阵营不会消亡，这近千年的努力也不会毁于一旦。

"将军，你有什么要说的？"老者问将军。

"没有。如果有任何我的人能够协助的，请告诉我。"

"很好。汤姆逊，你们合作好。这是我们生死存亡的时候了。"

老者轻轻地拍了拍自己椅子的把手，朝众人扬了扬手，戒指上浮起的鹈形雕刻在房间暗暗的白光中反射出淡紫色的毫芒："都散了吧。"

章十

山东省日照市长途汽车站。

照光贸易公司的吴司机站在长途汽车站的出口处等得有些不耐烦。他双手举着一张写有——凯文·克里——的白纸。

"真倒霉,大热天的非要抓我来接什么客户。"小吴抬头看了看头顶上有些毒辣的太阳,又把眼睛瞄向出站的旅客,心里抱怨着。

唉,这人也是,干吗不坐飞机过来?在机场里等人起码不用这么晒。

正想着,一个西装革履的外国人手拎皮箱走了出来。他大约一米八五的身高,湛蓝色的眼睛,一头金色而浓密的短发,海边的日照难得看得到的白皙的皮肤。

吴司机赶忙朝那人摇动手里的白纸。那人也已经注意到了吴司机。

"Are you Mister Keli?"吴司机用已经在心里重复了一百遍的英文问。

"叫我凯文吧。"那人嘴角微微一笑,大步朝吴司机走了过来。

看到客户会讲中文，吴司机大喜，无论如何，经理让他背的那些英文句子可以不用了。他连忙把凯文引到他停在附近的黑色奥迪 A6 轿车上。

"我们去哪？"轿车开出停车场后，凯文就问。

吴司机明显地一愣，诧异地回头看了凯文一眼，说："去酒店啊。"

"哦。"凯文看了看手腕上的表，又看了看窗外，"带我直接参观这里的港口吧。"

"您不先去酒店休息一下？"吴司机不解地问。

"不，我不累。"

"那好吧，我先问一下经理。"吴司机拿出电话。

听说凯文要先到港口，经理当即就说可以，让带客人过去。吴司机挂断电话，说："先生，我们去港口。"

轿车在港区门口的一个停车位上停了下来。吴司机率先从车里出来，为凯文开门。一个身穿黄色工作服、头戴安全帽的中年人，腆着有些夸张的啤酒肚，快步从大门内朝这里走来。

一到近前，来人便朝凯文伸出手去："欢迎，欢迎。"

吴司机轻声对贾经理说："他会讲中文。"然后又大声地向凯文介绍道："这位，是贾经理。"

"你好，贾经理。"凯文的普通话不是非常标准，"贾经理"三个字说得像"吃啊经理"。吴司机听到觉得逗，但贾经理没有在意，他抓住凯文的手，继续欢迎着："欢迎，欢迎，克里先生。请随我来。"

进到港区里后，贾经理不知从哪里找来一顶安全帽。递给凯文，又怕凯文不能理解，便将自己头上的安全帽摘下重新戴上，并对凯文说："安全帽，安全。"

"理解，理解。谢谢。"凯文答应道。

没事时在城里办公室上班的吴司机这时更后悔接这趟差事了，因为回头他又要花不少时间来洗刷他开的这辆爱车，这里出去，车身和轮胎上必然会附上厚厚一层暗红色粉尘。

这个时候的日照港像往常一样忙碌，各色粉尘在空气中恣意飞舞：黑的是煤、红的是矿砂、黄的是尘土。铲车、货车、火车来回穿行并在粉尘的包裹中叫嚣。

凯文紧跟在贾经理的后面，四处打量着往前走。

海岸边，一辆辆门座式起重机伸着长长的红色臂架用抓斗把停在深水泊位的大船内的铁矿砂抓起，又转回码头倾倒在已经是高高的铁砂堆上，铲车像蚂蚁般蚕食着这个铁砂堆，把它们运到应该去的地方。

这里几乎是一个钢铁的世界，机械引擎的轰鸣声是这里的主旋律。贾经理一边走，一边指着不远处正作业的机械大声为凯文介绍着。

凯文颇有些震惊地看着这忙碌的场面。他没想到日照港竟然是这样一个大规模的现代化港口。

凯文看了看表，觉得已经没有了继续参观下去的必要。他走上前一步，示意贾经理离开这里。

"你们港口的矿砂很多呀。"走出港口作业区的凯文开口道。

"是的，克里先生，我们平均每天能满足两艘15万吨以上的Cape船装载需求。"贾经理不无得意地说道。

"很好。我们RIO公司一定会认真考虑和你们的合作。"

"我相信贵公司一定会做出最正确的选择。"贾经理朗声笑了笑，接着说，"克里先生，照光钢铁的经理和我的老板都已经在海悦等您了，我们现在就过去吧。"

凯文点头说好。他再次坐进吴司机的车，向海悦大酒店驶去。

海悦大酒店由两座并肩而立的一百多米高的椭圆形柱状建筑组成，与大海蓝天相毗邻。它是日照最高的楼之一，也是山东省最好的星级酒店。

来到酒店后，贾经理把凯文带到前台，办理了入住手续，然后说："您先回房间休息一下。我在这里等您。"

"给我十分钟，我马上下来。"凯文应答着，跟着酒店服务生去了房间。

十几分钟后，凯文已经坐到酒店四楼的西餐厅的一个包厢里。包厢中间华丽宽大的圆桌周围，是照光钢厂和照光贸易公司的经理们。

从凯文坐的位置，能看到远处的海，海上时而有白帆点点，所以他一边应付着热情的中国式推盏敬酒，一边看远处想着自己的事情。

突然，在一个他没有记住名字的主人说完的一段很长的话后，他想到了什么，于是他放下使用得还不习惯的筷子，拿起酒杯，说："我也感谢你们的招待。"然后他学着其他人先前的样子，一饮而尽，却不想这小小杯里的液体是如此的火辣。他不禁呛了一口，咳出声来，脸上腾地一下红了。

所有人见状都举起了杯子。贾经理大声夸道："克里先生果然厉害。这可是我们日照最好的尧将酒啊。吃菜吃菜。"

凯文觉得开始有一些晕乎乎的感觉，他告诉自己得把持住。

他稍微顿了一下，感慨道："日照真是个好的地方，港口好，酒也好。对了，这边除了钢厂还有什么工厂？"

"有啊。"有人接口道，"我们还有中国最大的汽车引擎厂，亚洲最大的纸浆厂，等等等等。"那人可能稍稍喝多了，舌头有些发短。

贾经理知道那两家工厂规模巨大，但是，是不是中国或是亚洲最大他也不知，所以圆场道："凯文先生对其他项目也感兴趣？"

"不知这里有没有大的药厂？"凯文似乎不经意地问。

众人没有想到凯文会问药厂的事，一时都开始搜寻记忆中当地药厂的信息，而这时照光出面接待的郝经理却给出一个近乎完美的答案。

"我们这边有几家药厂，比如伊斯特药业、长富洁晶药业、力克制药日照分公司、金太阳制药、好像还有紫光药业。"

"想不到郝经理还知道这些。"贾经理先夸赞道。

"哪里哪里，还不是我有个同学是伊斯特药业的高层，有时候我们闲聊，所以知道这些。"郝经理有些谦逊地说着，不过语气中却满是自得。

"哦，他们有生物蛋白合成吗？"凯文有些好奇地看郝经理。

郝经理摇了摇头："这个这边没有。"

"你怎么知道？"凯文追问。

"蛋白合成好像是大项目，大概不容易搞吧。"

"哎，那真是可惜。不过要是哪家工厂已经有蛋白合成的研究，我公司倒是可以考虑投资合作。"

贾经理道："那敢情好。我们就需要招商引资呢。"

郝经理却不以为然："我知道这边肯定没有搞蛋白合成的工厂。如果克里先生是找已经有底子的工厂，那这边肯定没有。"

"哦。"凯文禁不住有些失望。

"对了，克里先生怎么对蛋白合成有兴趣？"郝经理问。

"嗯，我的一个朋友有这方面的兴趣。你是知道的，我们公司也一直在寻找投资项目。生物是个很好的方向。"

"那倒也是。我还以为您要改行呢。"郝经理打趣道。

"怎么可能，我这辈子注定就是个卖铁矿石的了。"

"正好我们是买铁矿石的，所以就玩硬的，不玩软的。"

听到此话，大家附和着笑了起来。凯文也跟着笑，但他没有明白郝经理的后半句话的意思。不过，不自觉中，餐桌上的气氛活跃了许多。

"那日照有没有做蛋白合成实验的实验室？"凯文有些不甘心地继续问道。

郝经理有些不理解凯文，但仍然耐心地介绍道："我想有是有，不过都是些小打小闹，上不得台面。"

"上不得台面？"

"就是，就是不正规，不好。"看凯文没有听懂，贾经理解释道。

"那真可惜了。"凯文似乎有些失望。

"克里先生，您也不必失望，现在没有不代表将来没有，我们日照的发展速度飞快，说不定你下次来，就已经有了。我们为将来干杯！"贾经理安慰道。

众人又喝了一会儿。注意到凯文揉太阳穴，郝经理知道该散席了。他拿过一个黑色丝绒包裹的盒子，递给凯文。

"这是？"凯文有些不解。

"克里先生，这是我们给您准备的一份礼物。"

"谢谢，谢谢。"凯文说着，打开盒子。里边是一个通体乌黑，光洁圆润的古代酒盏造型的器皿。凯文小心翼翼地把它从丝绸的托子里拿出来看。他注意到这个礼物不同一般，因为它的壁如蛋壳般细薄，光滑乌黑的质地几乎能透过房间里的光。

"这是我们日照的黑陶，这个是其中的蛋陶。"

"蛋陶？"

"是的，就是说和蛋壳一样薄的陶器。"贾经理代为解释道。

"它实在是太美了！这个壁是一毫米厚？"

"您真有眼力。日照的黑陶是中国最有名的，有几千年历史了。最薄的才零点二毫米厚，保存在国家博物馆呢。"

"谢谢你们这么昂贵的礼物。"

"没什么，克里先生喜欢就好。这样吧，您今天先去休息，我们明天再具体谈业务。"

"好，好。"凯文巴不得郝经理说这句话。他使劲点着头，把黑陶小心地收起。

回到客房，凯文仔细检查了一下房间各处后，长长地吁了口气，心中嘀咕道："和中国人吃饭真累。"

他迅速换了身休闲装。

"我也该干我的活了。"

凯文走出房间，独自一人离开了酒店。

篇二 ————
追踪

章十一

　　"二十分钟后我们将抵达青岛流亭机场……"乘务长的声音从扬声器中传出，打断了王贵华的思绪。紧接着，空姐走过来，看到王贵华似乎还在忙碌中，她停住脚步，轻轻地对坐在关凯和李古力中间的王贵华说："先生，您需要收起小桌板，关闭电脑。"

　　"好的。好的。"王贵华有些手忙脚乱地把手提电脑合上，放到脚下的旅行袋里。关凯伸手过去帮他把小桌板扣回原处。

　　空姐满意地对关凯笑了笑，继续向前走去。

　　王贵华有些不满意了："大关，她这微笑应该是给我的。"

　　"你小子，要不要我把她叫回来？"

　　"哎，算了，算了。"王贵华顿时求饶。他知道关凯说得出做得出。

　　"小王，"一直在一边看书的李古力收起手上的书，问，"你把小刘给你的人员档案都看过了？"

　　"看过了。他们前面的工作做得很仔细，背景材料也很齐全，应该不会有问题。"

41

"他们其中有没有可疑的？"

王贵华停顿了一下，没有马上回答。他想把放进包里的电脑再拿出来，但一想又觉得不妥，于是没有动身子，回答道："我觉得没有问题。迟军那边有刘贵荣、周南、朱逸安三个学校老师参与，还有几名学生做助手，他们并不知道合成蛋白的功用。这些人中除了朱逸安是太原人外，都是本地人，而且朱逸安也已经在工业技术学院任教五年了。"

"如果不是内鬼，那会是怎么回事？"关凯问。

"很难说是不是内鬼，因为背景资料只能代表过去，而不能代表现在。我们回头要和小刘逐个再次排查。"

"对了，队长，有人来接我们么？"王贵华问。

"他们人手紧，我们得自己过去。小刘说机场有直达日照的大巴，这样五六点我们就能赶到。"

"嗯。"王贵华不再提问。

飞机接触跑道的时候，机身顿了顿，速度明显降低。流亭机场是一个中型机场，飞机滑行了不久，停到一号航站楼的一个泊位。

李古力没有想到，他一下飞机打开手机，小刘的短信便响了起来。

"急，请电话我。"

"喂，小刘？"

"是。李队长。"

"我们已经到达青岛机场，什么事？"

"实验室今天两人出走，朱逸安和周南。两人都是参与实验的老师。"

"怎么回事？"

"朱逸安前天请假，今天开始休假，但他今天离开了日照，要坐飞机去太原。"

"是他拿了资料？"

"还不确定。还有一个老师，周南，今天没有请假，但却没有来上班，我还在打听他的下落。"

"你需要我做什么？"

"朱逸安据说已经去了青岛。"

"什么航班？"

"山东航空 SC4607。起飞时间是十五点二十五分。一号航站楼。"

"他的特征？"

"四十三岁，微胖，短发，平时穿黑色皮夹克，皮鞋很亮。其他资料王贵华有。"

"好的。我来查。一有消息马上通知你。"

李古力挂了电话，关凯、王贵华和高雅妮都等在他身边。

"小王，你打开电脑调出这边的人员资料，需要看一个人。"

"是。"说着，王贵华取出电脑，打开盖板。他把大拇指放到屏幕的右上角。识别软件扫过，屏幕顿时进入工作状态。

"朱逸安。"李古力说。

"这个。"王贵华几乎是同时托着电脑给李古力看。

"大家都记一下他的面部特征。另外的特征是，他平时穿黑色皮夹克，皮鞋总是擦得很亮。"

看大家都看过朱逸安的照片，李古力说："机场到达厅都在一楼，我们出去后马上去二楼出发厅。我们行动。"

章十二

一分钟后，四个人赶到了一号航站楼二楼。

李古力打量了一下大厅，找到山东航空公司的服务柜台，赶了过去。

"请问 SC4607 的航班开始办票了吗？"

穿蓝色制服的女工作人员礼貌但却没有正面回答："登机前九十分钟办票。"

李古力看了看表，此刻是一点十二分，离办票开始还有两个多小时，正要松口气想下一步做什么，王贵华说道："队长，自动办票机是不受时间限制的。如果没有行李，他任何时间都能办票。"

听到王贵华的提醒，李古力立时向自动办票机方向看去。那里没有人。他转身问柜台内的服务员："能麻烦您帮我们查一个人是否已经办理了登机牌？"

穿蓝色制服的女工作人员看了看李古力，似乎觉得他不可思议："我们不方便透露其他旅客的信息。"

李古力知道这个方法并不可行，只是在情急之中考虑下一步的行动时随口而问。

"我们分头找,小高,你留在这里,注意来柜台的乘客。小王,你去自动办票处。关凯,你去大厅各处和卫生间,我去各个商店和餐馆。如果看到,用'震动'相互通知。"

"震动"是王贵华的小发明。这其实不是一个发明,而是对耳挂式对讲机的改进。一个 U 盘大小的耳挂式小对讲机,他们每人一个。如果需要相互提醒,他们只要轻碰"震动"表面,所有人的"震动"都会轻微震动,并自动报出呼叫人和被呼叫人的名字,比如"高雅妮找队长",或者"关凯找小王"。

靠门的一排椅子上,一个穿夹克的男人正低头看书,不入季节的帽子遮住了他的脸。关凯看到,走向那排座椅。似乎是不经意间走过,他碰落了那人的帽子。那人猛地抬起头,看到满脸歉意口口声声"不好意思"的关凯,也看到关凯浑身上下发达的肌肉。他拿过关凯从地上捡起递给他的帽子,说了声"没事",便把帽子扣到脑袋上,低下头去继续看他的书。

关凯心里有些失望,还以为碰巧一下就找到了呢。他打量着四处,继续向前面走去。

李古力正巡查到一号和二号航站楼连接处的一家餐馆。虽然正常的饭点已经过去,这里还是熙熙攘攘的。他没有看到目标。

"震动"震动了起来。

"王贵华找队长。"

"有情况?"

"是。一个有目标特征的人向你那边走去,可能是去厕所。"

"你不是守在自动办票区?"

"是,我是通过机场监控看到的。"王贵华回道。

李古力知道是王贵华的电脑在起作用。他没有犹豫,拔腿出了餐馆跑回一号航站楼。

"他是去厕所了。他走进去了。"王贵华还在震动里说。

奔跑中，李古力看到墙上的指示牌。厕所就在左边。

"是我左边的厕所？"

"是的。"

"你也注意你附近。"

"放心，我会的。"

卫生间向左，就是男士部分。进到里边，洗手处没有，小便池处也没有。还有四个单间，门都闭着。

李古力推开第一个单间，没有人。第二个没有人。第三个关着。第四个也没有人。

李古力回到第三个单间，正要敲门，"震动"又震起来："高雅妮找队长"。

"什么事？"

"目标到办票柜台来了。"

"已经确认？"

"是。确认。"

李古力收回刚要敲门的手，快步走出卫生间。

高雅妮已经和王贵华在等他，关凯也同时赶到。和高雅妮站在一起的还有穿着黑色皮夹克、皮鞋擦得铮亮的朱逸安。

朱逸安困惑地看着他们的出现。他带了一件行李，过来办理托运和办登记牌，没想到被眼前这个女子拦住。他问为什么，她却说稍等。

虽然时间不长，但看到几个男人围了过来，他心里有些不安。这是些什么人？

"您是朱逸安老师？"李古力的神情有些严肃，让朱逸安心里更没有了底。

"是的。你们是？"

"您认识迟军？"

"迟老师？我们是同事。"

46

"迟老师也是我们的朋友。我是李古力，有件事想向您了解。稍等。"说着，李古力拨通了迟军的手机。

"迟军？你好，我是李古力。"

"……"

"我们现在和朱逸安老师在青岛机场。你和他说一下，配合我们的工作。"

"……"

李古力把手机递给朱逸安："迟老师的电话，您接一下好吗？"

朱逸安知道他没有选择。

听到迟军让他配合检查他的行李，他觉得事态严重，但想到自己堂堂正正的没有做任何亏心事，脸上僵直了的肌肉开始松缓下来。

"李先生，您要我做什么？"

"谢谢，朱老师。我们到一边去谈吧。"

章十三

走到一处角落，李古力尽量用友好的语气问："朱老师，您有没有拿过实验室的一份资料？"

"资料？实验室的资料管理得很严，拿进拿出都要签字的。什么资料？"

"DS140523。"

"工艺资料？"

李古力没有回答，他平静地看着朱逸安的反应。

"没有拿。"朱逸安回答道。

"您今天去太原有事？"

朱逸安有些迟疑是否要回答，但想到赶紧配合把事情处理完了要办登机牌，他回道："我家里出了点事。"他又补充道，"前几天我就请假了。"

"您是否介意我们看一下您的行李？"

朱逸安稍一迟疑，但马上指着身边的行李说："没关系，你们尽管看。"

"谢谢。我们尽快。您一定能赶上飞机的。"

几分钟内，李古力已经得到确认，工艺资料没有在朱逸安的行李中，也没有在他的手提包和他身上及一切可以放资料的地方。

　　"朱老师，真的不好意思。您可以走了。"

　　看到自己没事，李古力仍然非常的友好，而且还有时间，朱逸安好奇心大发："李先生，你们是？"

　　"哦，我们是迟军的朋友。"李古力再次证明他们和迟军的关系。

　　朱逸安觉得这样问不出什么，于是改变话题："DS140523就是一个普通的蛋白生产工艺路线，怎么会有人偷？"

　　李古力又谨慎起来，他看着朱逸安的脸，捉摸着他脸上的表情："谁说偷了？"

　　"哦，对。没有偷。没有偷。"朱逸安觉得自己在没事找事，赶快脱身为上，其他回去再问迟军不迟："那我走了？"

　　"好的。再次谢谢您的配合。"

　　"不客气。回头见。"说着，朱逸安拉着他的行李，走向已经开始有人排队的办票柜台。

　　"就这么让他走了？"关凯问。

　　"他没有问题。"李古力回答道。

　　"那我们去日照？"王贵华四处打量寻找机场大巴的指示牌。

　　"我们在二楼。大巴应该在一楼。"高雅妮提醒道。

　　来到一号楼一号门，去日照的大巴还有半个小时才开。他们正要坐下休息，小刘的电话打进来了。

　　"李队长，我们查到了，资料是被周南拿走了。一个学生拿来了他的签字。"

　　"怎么他还签了字？"

　　"是的。他是从实验室的学生那里把资料拿走的，所以实验室的记录是学生取出的资料。周南拿走资料的时候，怕学生回头不好交代，所以写了个借单并且签了字。"

"那你找到周南了？"

"没有。他的手机一直没有人接。"

"你继续找，我这边也想办法。"

李古力放下电话，王贵华问："怎么样？"

"周南失踪了。他拿走了资料。他签了借单，但却没有了人影，而且电话也没有人接。"

"我来试试。"说着，王贵华从包里取出电脑。

他调出周南的资料，找到他手机的号码，用电脑上他自己设计的软件一拨，对方手机关机了。

"他手机关机了。"

"手机关机你不是也能查到他在哪儿，像上次缅甸那样？"高雅妮想起那次缅甸追踪黄金和萨斯病毒的经历。那次幸亏王贵华通过手机定位伏击了敌人才得以脱身。

"当然。事实上我也许能做得更多。"

王贵华开始在他的电脑上键入一些数字，不一会儿，他就喊道："接通了！"

"接通了？"高雅妮有些摸不着头脑。

"接到你的震动上了，队长。"

"喂！你好！"手机听筒传来一个男人的声音。

"您好。您是周南老师吗？"

"是的。您是谁？"

"我是迟军老师的新助手，迟老师问 DS140523 资料您放在什么地方了。"

"啊，那份资料我送西宁了。"

"怎么送西宁去了？"

周南没有回答。李古力又问："您去西宁了？"

"没有。"周南回答道，"嗯，我正忙着……好、好……"周南在电话里断断续续，似乎在和他身边的人说话，"西宁那边，我让文文带去的。"

"文文？"

"对，她去西宁，我让她给带的。"

"文文是谁？去西宁做什么？"

"……"

"喂？周老师？周老师？"

"啊！我在，我在。不好意思，她是明天下午的火车，是，应该是，我昨天打电话问过……"周南断断续续地说着。

"好啊你！说是不工作只陪我，还关了机，怎么还在谈工作啊。你讨厌啊你！"一个女人娇嗔的声音在另一端响起后，电话挂断了。

李古力看向王贵华："电话断了。"

"稍等。"王贵华又输入他的那些字母和数字，但这次没有声音。

王贵华有些无奈："刚才我把他关了的手机打开了，但现在他把手机的电池和手机卡全拔了。"

"没有办法了？"

"没有。不过他的位置在张家界。"

"那不是在湖南？"高雅妮问。

"是的。"

章十四

日照市在胶东半岛最东面的海边,因而这里是火车的起点或是终点。这个城市不大,火车站的旅客也不像大城市那么人山人海。但这里火车站的建筑设计却不一般,它是由钢和玻璃组成的半圆,似乎是象征旭日和贝壳等地方特征。

一到日照,李古力等人便风尘仆仆地赶去日照火车站。他们需要预购第二天去西宁的火车票,如果他们不能在日照截住文文的话,那么就必须要么在去西宁的火车上,要么在西宁,把文文截住,取回蛋白工艺资料。同时,他们还要找到周南的同伙是什么人,他们偷取资料的目的是什么。

他们还是不很清楚周南为什么要告诉他们关于文文的事和关于西宁的事,也不清楚为什么他会一夜之间到了湖南的张家界。在从青岛机场到日照的机场班车上,王贵华把周南的对话录音在电话上回放给小刘和迟军听,他们一致认为那的确就是周南本人的声音。

李古力已经和组织取得联系,另外派人去张家界寻找周南的踪迹。

但是,谁是文文?

高雅妮认为这应该是一个女性的名字。

迟军猜测这可能是周南的学生，周南是食品生物系的老师，那么这个学生应该在食品生物系。

王贵华把食品生物系学生们的名字全部调出来过滤了一遍。有一个名字有雯雯、两个名字里带文字，还有一个名字里带温字，分属于不同的年级。

小刘很快查到了这五个学生的下落。他们都没有在实验室工作过，今天也都在正常上学，而且他们最近都没有接触过周南。

王贵华于是把工业技术学院的所有学生名录调了出来，又查到了带Wen，或是Weng发音的姓和名的名单。因为这个发音的姓重复发音的极少，大家基本认为这应该是个叫文文，或是雯雯的女性，而且很大的可能是周南认识的学生，因为他的社交圈子并不大。小刘已经开始比对这些线索。

而剩下给李古力的，就只有西宁一条线了。

李古力等人到达车站的时候，已经是下午四点半了。这时的天略微有些阴沉，一副大雨就要来临的模样。高雅妮一边从宽敞的火车站广场东边的停车场走向售票厅，一边锁着眉头看天，心里暗暗发愁。自从知道了中东的核事故后，她最担心的就是下雨。因为下雨时，云层中的雨水会带着空气中飘荡的辐射物质飘落，形成辐射雨。辐射雨会给人带来正常时辐射量的很多倍。

李古力似乎看出了高雅妮的焦急，他安慰道："小高，其他只能暂时先缓一缓再想，现在的首要任务是追回蛋白资料。"

高雅妮点点头，叹口气，加快了脚下速度。

王贵华说："队长，从火车行程上看，这个文文会在兖州倒车。"

李古力想了一下，说："对。我们要买和文文一样行程的车票。从日照到兖州，兖州到西宁。如果小刘找不到比对目标的话，我们就需要在去兖州的火车上找到文文。如果没有的话，我们就只有去西宁了。"

章十五

售票处不大，买票的人也不是很多，只是有几个窗口暂停营业，所以购票的队伍显得稍有些长。

李古力站在队伍里，禁不住有些焦躁。他看了看前面队伍尽头的窗口，很是无奈。

站在李古力前面的是一个身材匀称、偏瘦，大学生模样的女子。她穿一条有些宽松的牛仔裤，上身是白色衬衫。看得出来，这一身衣服是崭新的，而且不很合身。

现在的女孩都很在乎打扮，衣服都是千挑万选，即使稀奇古怪，也都是刻意而为。李古力看到身前这个女孩的打扮，觉得有些奇怪，不禁多看了两眼。

终于到售票窗口了。前面的女孩走上前去，用清脆的声音说："您好，我要日照到兖州一张硬座，再要一张兖州到西宁的硬卧。"

李古力一愣，她也是到西宁的？难道她就是那个文文？

但随即李古力自嘲地摇了摇头，按周南所说，文文应该早已订好了去西宁的车票，不会现在才来买票。这个女孩，应该只是巧合吧！

正想着，前面的女孩离开了售票窗口。

李古力走到窗口前，礼貌地说："您好，四张到兖州的硬座，再要四张兖州去西宁的硬卧。都是明天的。谢谢。"

售票窗里传来售票员短促的声音："日照到兖州的有票。兖州到西宁的硬卧没有了。"

李古力一愣，惊讶道："刚才前面那女孩不是还买了吗？"

"她买的是最后一张。你怎么说？"

李古力郁闷地决定道："好，先给我日照到兖州的车票四张，谢谢。"

李古力离开窗口，回到一旁等候的三个人身边："只买到日照到兖州的车票，兖州到西宁的硬卧没有了。我们再想办法买兖州到西宁的卧铺。"

王贵华马上夸张地抱怨道："没有兖州到西宁的卧铺，那我们下半辈子就得消耗在去西宁的座位上了。"

高雅妮应道："你怎么知道？说不定没到兖州我们就找到了那个文文。"

李古力打断他们说："车票的问题应该不太大，重要的是得尽早找出文文。关凯，你联系一下肖先生北京的旅行社，让他们和这边的地方旅行社沟通，想一下办法。"

关凯连忙点头："对对，我怎么没想到，怎么就忘了我们也是在旅行社干活的人。"

李古力正要开口说话，一声尖叫从售票厅外响起。李古力四人互看一眼，腾地向尖叫声跑去。

此刻售票厅外已经聚集了几十个旅客，乱哄哄地闹成一团，大家都仰着头顺着钢和玻璃组合的火车站建筑表面向上看去。

顺着人群的目光向上看，李古力不由倒吸一口冷气。光滑如镜的玻璃墙顶上，竟然趴着一个四五岁的男孩。

火车站的建筑是一个半圆形的贝壳状，售票厅和候车厅的门口上方是一段光滑的呈三四十度坡的玻璃，它们由四周倾斜的钢柱支撑着。那个孩子不知如何居然爬到上边。他显然吓坏了，紧紧地趴在玻璃上一动不动，呜呜地哭着。

人群中一个三十多岁的女人在大哭："快救救孩子啊！快救救我的孩子！"

李古力四处搜寻能爬上去的地方。他发现了支撑玻璃顶的钢柱。他正要跑过去，关凯已经早了一步。钢柱很高、很滑，关凯一边跑一边脱掉身上的外衣，但还没有等他赶到钢柱跟前，一个瘦瘦的身影忽然窜出，敏捷地在墙前的护栏上一踩，借着这股力量"噌"地跃到关凯前面钢柱的两三米高处。

李古力惊讶道："咦？是她？"

这身影竟然是刚才排在李古力前面的那个女子，他还清楚地记得这个女子的目的地也是青海西宁。

看到她已经顺着钢柱蹿了上去，关凯不得不停在钢柱下面。他心里由衷地佩服："什么人？这么好的身手！"

李古力也看到了，这女子此时正双脚踩在倾斜的钢铁柱子上，矫捷地快步朝上奔去。

下面的人群见这个女子竟敢这样去救人，一下都把心提到了嗓子眼，不敢出一口大气，唯恐任何声音会让这个女子分心。

女子显然没有注意到众多目光在注视着她，她还在全神贯注地沿着碗口粗的钢柱向孩子的位置跑去。

一瞬间，她已经站在钢柱和玻璃的交接处，距离她十几米远的地方就是紧紧趴在玻璃上傻傻地看着她已经忘了哭泣的男孩。

女子似乎有些为难，她的身形停了一下。男孩离钢柱还有好几步的距离，周围就是光滑的斜铺的玻璃。脚下稍有不慎，哪怕是条壁虎，也可能会顺着玻璃滑下，但现在已经离地面有十几米的高度了。

李古力跑到她的下方，看她下面如何行动，随时准备接应。

关凯没有看到李古力的动作，他突然轻声喊道："不要命了？"

李古力听到向上看去，只见那女子已经在倾斜的玻璃上向那孩子疾步跑去。

四十度的倾斜角度，加上钢化玻璃光滑的表面，女子只能用速度来摆脱地心的引力。

她跑到孩子身边，一把抓住他的衣领，提起孩子一个转身就往回跑，动作干净利落。李古力刚松一口气，却见那男孩在她的手下突然翻身，大喊着要抱她的身体。

她顿时失去身体的平衡，脚下一个趔趄，带着孩子滑倒在钢化玻璃上，并顺着四十度的斜坡朝下边滚了下来。

下面的人群齐声惊叫。

关凯立刻跑到李古力的身边，他们知道，上面两个人同时落下的重量和速度不是他们两个人能够应付的。他们正着急地想着如何办的时候，女子已经滑到玻璃墙的边缘，眼看就要和她抓着的孩子一起从墙顶摔下。

那一刹那，只见她左手陡然伸出，抓住了玻璃顶的边沿，身子顿时停止了下滑，她在上，孩子在她的下面，两人晃晃悠悠地挂在空中。

关凯见状大喊："快！把孩子扔给我！"

那女子循声朝下看了一眼，她看到了关凯和李古力两个壮硕的男人在自己的身下等着。她知道自己一时也没有更好的办法，而下面的两个人比自己一人的胜算要大得多。她没有犹豫，大声喝道："接好了！别伤着他！"手中一松，将孩子放了下去。

关凯双手一接，将孩子牢牢抱住。他随手把孩子交给李古力，叫道："你快跳下来！我接着你！"

谁知那女子左手一使劲，身子如燕子一般又上了玻璃屋顶。她几步冲到钢柱上，顺着钢柱掠到地面。她向李古力怀里哭喊的孩子看了一眼，一头钻进人群，避开了刚刚赶来的消防人员。

关凯再次叹服："真是好身手！"

章十六

当李古力他们从火车站往回走的时候，凯文已经走遍了日宁医学院的每一个角落。

了解到日照并没有任何操作蛋白合成的工厂后，凯文把目标锁定在这个城市的六所大学。他的第一个目标就是日宁医学院，因为这个大学是专门的医科大学，上级所说的日照一定存在的蛋白实验室在这里也顺理成章。

他在日宁医学院晃悠了两个小时了，也和一些老师和学生聊了不少，却仍然没有找到蛋白实验室的影子。他看着有些阴郁的天空，暗自咒骂着把保密工作做得如此完善的中国人。

下面他准备去工业技术学院。他已经了解到这是一个综合性的学院，有一个食品生物系。食品生物和急等着救命的治疗辐射损伤的细胞的蛋白牵扯到一起似乎有些牵强，但他没有更好的办法。如果这个学校没有，他还要一家家找下去。

他也想过其他民间的实验室，但一时没有任何这方面的信息，而这种实验室不在制造工厂中，就似乎应该在大学里。

凯文忍着心中的烦躁快步朝工业技术学院走去，他不明白上级派自己来日照调查一个毫不知名的实验室，难道关于核辐射治疗的研究，自己的组织竟然已经落后于中国人？这怎么可能？他伸出双手，揉了揉太阳穴，试图让自己舒服一些。

工业技术学院距离日宁医学院只有半公里的路程，很快，凯文就来到了学院的西门。他正要进门，一辆银灰色的小轿车从烟台路上拐了过来，在司机停车和门卫说话的时候，凯文下意识地朝车里瞄了一眼，透过半开的车窗，他清楚地看到了前面一排两张男人的脸。

车从身边驶过，凯文突然意识到这两张脸自己曾经见过，而且看过很多遍，因为信息分享会上有好几个同事都提到过他们，并且还专门做过有关他们的分析。

那是李古力和关凯！没错。就是他们！

凯文顿时兴奋起来，因为据说自己要找的那个蛋白实验室，正是他们那个不知名的组织所操作。

真是得来全不费工夫啊！凯文压住心中的激动，进门紧紧跟上前面的轿车。他要知道李古力他们的车停在什么地方。

学校的门卫没有阻拦这个金发碧眼的外国人，只是好奇地多看了两眼。学校里有许多外国教师和学生，他也不能够都记得过来。

李古力的车停在了一栋五层楼的建筑面前，跟在后面不远处的凯文在路边一棵树下停住脚步，他抬头看过去，建筑上有几个汉字："汽配实验楼"。

汽配不是汽车配置么，难道这个实验室藏在这个貌不出众的汽车楼里？无论如何，知道地点，其他的就简单了。

车上走下四个人，他再次看到了李古力和关凯的面孔。他心中暗喜，这一次绝对不会错了，要调查的实验室一定就在这里。

凯文悄悄地观察着，他发现一个学生模样的人，手里拿着一本书坐在玻璃门里边。凯文不禁有些不屑，看来这群中国人并没有传说中的那么靠谱，居然会用学生做安全工作。

看到李古力等人过去，门里的人站起身来。他们打过招呼，门里的人让他们走了进去。

凯文有过进入学校大门的经验。他似乎是若无其事的样子缓缓地朝实验楼走了过去。他想趁着现在还是白天，进去后赶紧确认里边都有些什么。如果需要，晚上再来做白天不能做的事。

凯文走到门前，和刚才进入学校大门时一样没有停步。但门里边的人却拦住了他："对不起，这里不能进。"

凯文笑着说："怎么不可以进？难道这里不是学校的一部分吗？"

门卫狐疑地看了他一眼，说道："很抱歉，学校刚做了规定，这个地方不允许学生和外界人士进来，对不起！"

凯文见这个门卫态度坚决，心中暗自生气，但他没有露出任何的不满："刚做的规定？为什么？"

"我也不知道。"

"我只是到楼上拍个学校的远景照片，马上就下来，不可以么？"凯文亮了亮手里的相机。

"不行。"

"我是外国人，就看一下，不行么？"说着，凯文从口袋里拿出钱包。

门口的人没有理会他："您得离开这里，不然我会通知学校的保安过来。"

凯文刚拿到钞票的手一下僵住了，他尴尬地笑了一下："呵呵，没事，没事。我这就走。"

他恨恨地看了一眼那个学生模样的门卫，又打量了一下玻璃门上的锁，心中暗道，我不信你们晚上也会在这里，我就等晚上吧。

这么一想，他心里舒坦了许多。他离开大门，在外围又走了一圈，拍了几张照片，然后转身朝学校门口走去。

就在凯文走出学校的时候，迟军和小刘陪着李古力也刚要离开。看到门卫还在那里，小刘问："小马，一切都好吧？"

小马微微点了点头，说："刘老师，一切都好，就是刚才一个外国人想要进去，我没让。"

"外国人？"迟军问。

"一个黄头发的外国人，像是学校的外教。"

"哦？"

章十七

小刘和李古力分手后，招手拦下了一辆日照特有的称为"蹦蹦"的三轮小车。他要回房间去调出视频看小马说的那个外国人的录像。

"蹦蹦"很快就到了新合村里。

"青年，要不要房？标准间，有电脑的……"村口吆喝的女声随着"蹦蹦"的出现围了过来，看到里边是熟悉的面孔，声音又失望地散开。

新合村，标准的城中村，离大学城的生活区，包括文泽园、四季花园、毓秀园、郁华园都很近，很多寻找自己私密空间的大学生们都住在这里众多的出租屋子里。

除了房屋出租，这里还有着配套的学生餐饮业。村东那一小片有几十家小饭店，而且价格都适合这里大学生们的消费水准。

贯穿村子中央的是横跨东西南北的两条主干道，道路两边都是小店。小刘住的地方在东西主干道的北面，金苹果网吧的那条街上。

小刘在十字路口东北角卖土豆丝卷饼的摊位前的队伍后面停下脚步，他要带上晚饭回去。这个土豆丝卷饼摊总是很受欢迎。老板是个四五十岁的女人，此刻，她正边炒着土豆丝边跟一个学生模样的小伙子说话。

"没办法呀，现在土豆涨价了，现在卖三块五一个都挣不到钱呢。"一边说，一边用胳膊擦了擦额头上的汗。

"土豆涨价了？"小伙子看了眼老板，后面的半句话像是在自言自语，"怎么什么都涨价……"

"是呀，蔬菜产量掉了，说是辐射给弄的。好好的哪里来的辐射呢。"女老板说着，将一些切好的火腿肠撒到土豆丝里。

"是啊，我爸说家里种的菠菜都卖不出去了。"小伙子说着，拿起女老板给他包好的卷饼走了。

小刘好不容易排到前面，买了两个卷饼，就大步朝住的地方走去。

小刘急匆匆地回到住处，没有和正在洗菜的房东阿姨打招呼就去了自己的房间。房东阿姨看到小刘进了房间，回头对老伴说道："老伴啊，你没觉得小刘最近有些不正常吗？"

看到老伴不说话，房东阿姨继续道："他整天忙里忙外的，不知道忙些什么。"

"年轻人事多，管这个做什么。"老头见怪不怪道。

"但是什么事情非得晚上去做呀，你说是不是？"房东阿姨凑到老板耳边，道："跟你说呀，他每天晚上很晚才回来。刚开始的时候还敲门让我开的，后来就直接不回来了！你说说，这孩子，怎么看也不像不务正业的青年呀！"

老头回道："你胡说什么，我怎么不知道？"

"你睡得跟死猪一样，知道才怪了！我跟你说啊，那天我去他对面的房间打扫卫生，你猜猜怎么着？他家里有两台电脑！你说说，他一个人用两个电脑干什么！"房东阿姨尽量压低声音，生怕小刘听到。

"也许是别人的，暂时放在他这里了。"老头说。

"也许罢。"房东阿姨说道，看盆里的水满了，赶忙关上水龙头，她怕老伴不相信，又补充了句，"他刚租房的那会，还多要了一个柜子……"

"你管这么多干吗，他又不是不给房租……"老头说着，起步走开了。

房东阿姨心想也对，就不再说什么。

小刘在房间里，一边咬着土豆丝卷饼，一边紧盯着电脑屏幕。房东阿姨说得对，他房间内有两台电脑，那是监控录像的显示器。

他把汽配建筑外围的录像调到下午，黑白画面上出现了那个外国人。那人不是工业技术学院的外教，因为他熟知这个学校里的外国人。

或许他是新来的外国学生，或者是大学城里其他学校的外教或者学生，但他的样子有些不自然。

为了安全起见，他决定回实验室，也顺便在那里继续比对王贵华给他的那个叫文文的人的清单。

小刘将土豆丝卷饼吃完，拿起桌上的一本书朝外面走去。

到院子里，房东一家人正在吃饭。天气开始热起来，房东家吃饭也由房间转移到院子里。有时候，房东阿姨也会叫小刘一起过去吃。

"小刘呀，要出门吗？"阿姨很热情地打招呼。

"嗯，是的阿姨，我闲着没事，准备去学校看会书。"小刘说着，将夹在胳膊底下的英语书拿到手里。

"小刘真的是个好孩子啊，学习这么认真。"房东阿姨手里拿着一个煎饼乐呵呵道。

"那我先出去了。"小刘笑着摇了摇手里的英语书说。

等出了门，向北拐，胡同口商店里的大肚子老板招呼道："小刘呀，你考研考得怎么样？"

"现在在等成绩呢，叔。"小刘说，低头看了下手表，道，"我得去学校了。"说完，小跑着朝学校奔去。

晚上十点半，凯文从酒店出来。酒店门口的门童帮他招呼过来一辆蓝色出租车。

不同于喧哗的大城市，晚上这个时候，日照道路上的行人和车辆几乎见不到了。凯文朝车窗外望了望，轻扯嘴角，冷笑了一下。

他的任务是获取实验室里的蛋白合成工艺资料。今天下午看到李古力，他已经确认了实验室就在日照，而且资料就在日照的这个工业技术学院的汽配建筑里。他还是不明白为什么一个蛋白合成实验室会在一个汽配建筑里？

回到酒店后，他已经制定了一套完整的计划。今天晚上，必须得到这份资料。

不知不觉，车子已经在学校的门外停下。他付钱下了车，看到门口的铁栅栏门仍然开着一个刚够一辆车通过的通道。

他没有去大门，免得寻找解释的借口。待出租车离去，他走到一处僻静的围墙边，一个纵身爬上了围墙，然后轻轻一跳落到里边的地上。

他两边看了一下，在黑暗里匆匆向汽配楼走去。

谢天谢地，楼里没人。

凯文四处打量了一圈，确定没人后，他拿出一个手机样的东西放到玻璃门上的电脑锁上。凯文轻轻地按了几个键，轻轻滴答几声后，破解完成，"啪"的一声，门锁开了。

凯文再次紧张地向四周看了一眼，推门而入。

章十八

　　微弱的手电光中，迎面而来的是一辆崭新的轿车。应该是学生学习用的模型车吧。然后他看到了墙上的指示牌。

　　原来这里不单单是汽配实验楼，指示牌上还指向"食品生物系"。原来如此。

　　他顺着指示牌爬上四楼。他看到前面的一个房间灯还亮着。他没有停留，继续沿楼梯按指示牌向五楼的实验室轻轻走去。

　　五楼果然是实验室，但他却一时没有了主意，因为不同的房间门口，挂着"实验室一""实验室二""实验室三"，到底哪间房里有着自己需要的资料？

　　他在微弱的手电光下继续向走廊内走去。终于，他看到了"资料室"的牌子挂在一个房间门口。

　　这个房间没有窗口，门缝里也没有任何光亮透出。

　　"就是它了。"凯文想着。

门上是机械的门锁。这难不倒凯文。他从口袋里拿出几个针状的东西，没几下便把门打开了。

资料室左边是一张桌子，右边靠墙是一排柜子。柜子上没有文字标记，只有字母标记。凯文不知哪个柜子里会有他要的工艺资料，只能从最左边的柜子开始。

他觉得自己很幸运，第一个柜子的文件中，就是写有"人体干细胞治疗"的一叠文件。他取出叠起后放到衣服口袋里。

第二个柜子里他又看到一份"核辐射对人体的危害和治疗"的文件。这个文件有几十页纸，很厚，他犹豫了一下，从文件堆里抽了出来。

突然，他开始怀疑起自己。自己要找的文件名字，难道不应该是带有"蛋白"或是"工艺"此类的名词？拿的这两份资料肯定不会有用。

他放下手中那厚厚的一叠资料，把手电向房间其他位置扫去。除了桌上的电脑和它后面的椅子，这个房间出奇的简单。

对了，电脑！得查这个电脑。

凯文关上柜门，走到电脑桌前。他移动了一下桌上的鼠标，电脑是关闭的。

他找到桌下电脑的主机，摁下电源开关。

四楼的小刘还在比对着那许多的人名，静悄悄的屋子里手机突然尖声响了起来。他一看屏幕上的显示，脸上的肌肉顿时紧绷起来。他下意识地抬头向天花板看去。五楼资料室的电脑开启了。

他抓起手边的手电筒，向外面跑去。

凯文打开电脑主机的电源后，也打开了桌上屏幕的电源。他正等着电脑的启动，想着能不能突破电脑可能有的密码设置时，听到了楼道里传来奔跑的脚步声。

他一想不好，不能被堵在里边。

但资料还没有拿到，他不想就此罢手。他定神仔细听，只有一个人的脚步声。"干掉他。"他想着，跑到门后。

小刘跑到楼上，直奔资料室。但门锁着。他用钥匙开门，没有贸然进去，而是用手推门，人却还站在门外。

"嘭"的一下，门从里边向外重重地撞上。小刘背脊上顿时冒出一身冷汗。如果刚才跟着进去的话，头就被撞扁了。

里边显然有人。

他正要反应，门又被从里边拉开，黑暗中冲出一个黑影，一拳向他脑门打来。

小刘一低头，躲过黑拳，同时用头向前面的身影用力顶去。

黑影站立不稳，退回资料室里。小刘也跟着冲进资料室，他刚要打开手上的手电照向黑影，却不料对手一脚飞来踢中他的手腕。手电筒在空中翻转了几圈，飞到门外。同时，门被关上。

黑暗中，双方都没有动弹。

资料室是这层楼最小的房间。它是一个狭长的单间，里边没有窗口。

房间里漆黑一片，双方对峙着，等待对手的下一个动作。

忽然，桌上电脑的屏幕亮了起来。

看到屋子有了亮光，凯文又是一脚向小刘飞来。小刘还没有来得及看到来人的模样，闪身躲了过去。他跑到桌子后面，拿起后面的椅子。他的手腕被踢得不轻，已经完全不能用力握拳，所以只能用椅子来做武器。

凯文又扑了过来。

小刘将手中的椅子砸向凯文，被凯文躲过，小刘随着椅子的冲力再次转身把椅子砸向凯文，却被凯文飞起一脚，把椅子的一条横挡蹬断。

凯文已经没有了耐心。他必须尽快解决掉眼前这个人，拿到蛋白的工艺资料，然后从这个鬼地方离开。

他猛地一个转身，又是一脚向小刘飞来。小刘用木椅子的骨架抵挡，不料凯文脚下的劲势凶猛，一下把他手上的木椅骨架从他手上踢飞了出去，同时一下把桌上的屏幕也扫出很远，摔到地上。

屏幕在靠门处闪烁了几下，没有了亮光。

屋子里再次一片漆黑。

凯文刚才一腿踢出之后，知道小刘已经抵挡不住，但同时他看到了桌上的屏幕，心里暗叫不好。没等他心里的叫声停下，屋里已经一片黑暗。

"糟了。"没有屏幕，他不能看电脑上的文件了。他只能抢电脑了。

两人正思想着下一步动作，"叮、叮、叮"，小刘口袋里的手机响了起来。手机的响声和手机屏幕上的光暴露了小刘的位置。

还没有等小刘有所反应，凯文已赶上前来，一拳打中小刘的左脸。小刘头一歪，倒退了几步。他知道不敌，把手伸到口袋里，摸到了手机上的键盘。

章十九

　　在银座商场对面的一家商务宾馆里，李古力和关凯都还没睡，李古力正给小刘打电话，他想知道名单的排查是否有了结果。

　　电话接通后，没有声音。他正纳闷，电话里响起了小刘有些变调的声音："你是谁？"

　　"……"没有回答。

　　"实验室五楼，资料室，你跑不了的。"

　　李古力一听不对："怎么回事？"他看关凯。

　　关凯不知所以，也疑惑地看他。

　　"不好，有人闯进资料室了。"李古力反应了过来，"我们赶快过去！"

　　他一边向外跑，手机还贴在耳朵上。

　　一阵似乎是打斗和挣扎的声音，然后是重重的摔门声。

　　"队长，队长！"

　　"在，你说。"

　　"有人，资料室……"他不再出声。

凯文打倒小刘后，从桌下拉出电脑主机，电脑被不同的线连接着。他手下用力，将主机硬生生从桌下扯了出来。

他抱着主机，急急地跑下五楼。有人已经知道了他的存在，也一定会有人过来，他不能在此久留。

他跑出汽配大楼，停下脚步。不能这样出去，这样太慢。

他折回到汽配楼里，来到停在大厅里的样板车前。他抱着电脑主机去拉车门，车门没锁。他把主机扔进副座，钻进了汽车。

他弯腰下去，三下五去二，汽车的引擎轰的一声响了起来，油箱里显然没有太多汽油，红色的汽油油位警告灯亮起后就没有熄灭。

管不了那么多了，他在想着如何冲出前面巨大的玻璃大门。

他似乎听到有人说话。

他没有再多想，重重地踩下油门。

这辆车的引擎明显是属于有力量的那种，轿车像脱缰的野马向玻璃大门冲了过去。

随着"嘭"的一声闷响，轿车在钢化玻璃的大门里冲出，碎玻璃块像暴雨般洒落下来，在轿车的身后"稀里哗啦"响成一片。

凯文踩住油门，把住方向盘，一个急转弯直奔大门而去。

"喂，谁啊？"门卫接通电话，显然，他还没有从睡梦中醒来。

一个男人的声音："快，有小偷，截住小偷！"

"小偷？"门卫半睡半醒地挂掉电话。本来晚上要有两个人值班的，但是今天晚上和他一起值班的人家里有事没来。他在门口留了一辆车可以经过的缝隙，这样的话，人和车都可以经过而不用烦他了。他坐着没事，就睡过去了。

"小偷？"门卫又喃喃自语，很快，他彻底清醒了。小偷！该死！他赶忙拿出遥控，准备将大门关上。

正在这时，一辆轿车冲了出来。他下意识地按下遥控器，但铁栅栏闭合的速度远远赶不上轿车的速度，轿车的车身只是被延伸过来的铁栅栏挂了一下，便冲出了校门。

与此同时，一辆灰色轿车也冲到了校门口，几乎和冲出去的黑色轿车对撞在一起。两辆车同时紧刹，黑车没等停住，车头转向了南边，引擎一阵轰鸣，飚了出去。

赶出来的门卫大喊："抓小偷！抓小偷！"

灰色轿车上的李古力判断前面车上必定就是资料室跑出来的人，他未及多想，立即调整方向盘，脚下一使劲，踩下油门，车"腾"地一下回到烟台路上，向南方飚行的黑车跟了上去。

前面车上，凯文暗自庆幸，不管如何，到手的这个电脑上应该有这里所有的资料。明天，或者今天晚上，我就赶快离开这里。他下意识地看了看低油位警告灯，这一刹那，他看到后面有车向他闪大灯。他倒抽一口冷气，被人盯上了。

他赶忙踩紧油门，在烟台路上飞奔起来……

门卫看到灰色的轿车追了出去，刚要回门卫室，一辆出租车靠了过来，紧接着，从车里出来一男一女。

他们看到他，马上跑了过来。男的在问："看到小偷了？"

"跑了。"他指了指南边。

这时，更多的门卫从门内跑了出来，其中有人喊道："车！车！你怎么没拦住？"

从车上下来的王贵华顿时明白了发生了什么，他立即向后看去，却发现出租车已经离开驶远。

"小高，队长一定是追去了。"

"啊？我们怎么办？"

"我们追！"王贵华说着，四处扫视着。

一辆红色的蹦蹦不知从哪里冒了出来。

"要车么？"蹦蹦的司机探头出来问。

王贵华迫不及待地拉开了车门指着南边："师傅，追前面的车……"

蹦蹦司机有些茫然，南边路上没有车。

看到高雅妮也上了车，王贵华喊道："你别管，走！"

蹦蹦司机听到喊声，踩下了脚踏。低速摩托的引擎"蹦蹦蹦"地响起，红色小蹦蹦开到烟台路上，追逐起自己前灯发出的唯一的光柱。

章二十

　　凯文开走的是汽配实验楼里供学生学习的轿车，它没有牌照，其他一应俱全。凯文透过反光镜，后面的车还在紧追不舍。

　　日照大学城最北端的是东西方向的山海路，南边与山海路并行的是学院路，工业技术学院就在这两条路之间，工业技术学院西门的烟台路则连接着山海路和学院路。

　　凯文的车开到学院路和烟台路的十字路口，他见到是红灯，下意识地把车往右掉转，沿着学院路往西飚去。

　　李古力也紧踩油门，右转紧咬其后。

　　学院路向西的第一个路口是南北向的北京路，不到一分钟，凯文已经赶到了学院路和北京路的路口，又是一个红灯。

　　"该死！"凯文骂了一句，这次他没有转右，或是松减油门，他见前面没车，直接闯过红灯向左拐去。

　　这时一辆大卡车正从北面过来，见一辆黑色轿车斜刺里杀出，急忙刹车并按响喇叭。卡车司机正要张口骂人，还没来得及骂出口，又一辆灰色轿车也在自己前面滑出一道弧线，向南尾随黑车而去。

卡车司机这才骂出声来："妈的！玩漂移啊！"

日照的主要道路都很宽敞，晚上这个时候路上空无一车，所以两辆车一前一后飚行着，没有任何阻挡。

李古力把油门踩到最底，终于从左侧追上前面的车，李古力朝凯文大喊："停车！"

凯文看到后面的车赶到了自己左边，他系上安全带，把方向盘猛地向左打去。

李古力的车被狠狠地撞了一下，落到了黑车之后。这次他没有再赶到前面，而是加足马力，猛地向前撞去。

凯文正为挤掉李古力的车高兴，但突然见车身猛地一震，他心中暗骂，被撞得有些松离油门的脚再次全力踩下。

北京路往南的第一个路口是滨州路，这里是绿灯，再往南是山东路，这里凯文又遇到了红灯。

凯文正在判断是否闯过去还是向右转，却看到右边道路上有一个闪烁的红蓝警灯的警车从右边开来。他心想不好，被堵住了，于是没有犹豫，直线闯过红灯。

其实凯文是判断失误。日照的警车只要启动，就会开启车顶的警灯，目的是给潜在的违规者心理压力，因此闪烁着警灯的警车并不一定是在执行具体某一个任务。

凯文不知内情，直线闯过红灯，反倒吸引了那辆车内警察的注意。警察同时也看到又有一辆轿车紧跟前面的车也闯过了红灯，警车马上向右跟了上去，同时呼唤道："呼叫总部，呼叫总部，我在北京路和山东路交汇口，发现两辆车在北京路上由北向南飙车，请前方予以拦截。"

看到警车也跟了过来，凯文心想这下糟了，警察怎么也卷了进来。

就在他分神的瞬间，前面路上出现了一条白狗，一动不动地看着迎面而来的车。凯文下意识地急忙把方向盘往右掉转。

李古力看到前面的车突然向右侧急转，以为他要掉头，但前面的车很快闪回了原道，这时李古力才看到前面的直愣愣站在那里的白狗。他猛地右转再把方向盘打回左面，车胎擦着路边的绿化带，"呲"的一声，转回到路上，他继续追上前去。

李古力注意到他们已经回到他住的酒店附近。幸好这是夜间，不然难以想象在这个繁华的商家区如此飙车。他心想，前面到底是个什么样的人？

王府大街的尽头是海曲路，也是日照市东西方向的一条主干道。凯文在房间里已经通过网上地图记了一遍日照的道路，这也是为什么除了工业技术学院他一直向南开的原因，因为他住的海悦酒店就在海曲路的最东头。

海曲路上，他刚想往左转弯，突然一辆救护车闯着红灯冲了过来，车后跟着两辆车，凯文不敢停留，下意识调转方向盘，骂了一声，继续向南驶去。

两车相距本来就不远，凯文一时的犹豫，李古力已从右边追上了他。凯文不再犹豫，他向左猛打方向盘，要把李古力挤向中间的两道隔离的绿化带。李古力没有避让，两辆车的中间一时火花乱溅。

见自己车的力量无法把李古力挤出道路，而后面的警灯却越来越近，凯文放弃了努力，向左稍偏，松开黑车，继续向前飚去。

凯文穿过黄海三路、黄河二路，正准备冲过黄海一路，迎面来了闪烁着警灯的警车。凯文见状，心中一惊，立即把车转往左侧，冲进黄海一路。但刚要再加油向东，却发现前面也有一辆警车阻挡在路上。凯文把油门上的脚踩到底，撞了过去，停在那里的警车顿时被撞倒在路边。

李古力看到前面发生的一切，暗自高兴已经有警车参与阻拦。他绕过车尾还在路上的警车，继续跟着黑车而去。

此时凯文的黑车已经伤痕累累，车前的保险杠不知掉到什么地方，车灯还剩下一个亮着，破损的挡风玻璃上已经遍布蜘蛛裂纹。

凯文摇了摇脑袋，让自己清醒一下。透过后视镜，他看到后面的车子还在咬着他不放，而后面车子的后面，警车闪烁的红蓝警灯已经亮成一片。

凯文到达海滨一路时，又有警车在前面拦截。不过这次警车没有停在路上，而两个警察拿着高音喇叭在前面大声喝令"停车"！

凯文没有停车。他猛地左拐，向北疾驶。

不到一分钟，他已经来到海悦酒店东边的道上。凯文从后视镜里看了看后面的轿车，看到距离实在太近了，回酒店已经不是选择，而且前面也有警灯闪烁。

他在青岛路和海曲路的交叉口向右一个急拐，轿车顺势沿着海曲路往东驶去，而前面五百米就是万平口大桥，此时工人正在维护桥面，一辆大型黄色工地车在工地灯光下占着桥的通道。

凯文没有注意到桥下"前方施工，敬请绕行"的警告牌，他冲上万平口大桥的中央，才注意到前面的重型工地车堵住了去路。

他一个急刹车，但车身带着惯性向右冲向桥边的防护栏。他看到有可能控制轿车做一个 U 转，因此又把脚踩向油门，但却没有感觉加油的冲力，他心里再次喊："糟！"意识到油已经耗尽。他只能闭上双眼，听天由命。

"哐"的一声，车头一侧撞上了钢筋水泥的防护栏，瞬间，车身飞了起来，在空中翻转三百六十度后，向下掉落，车尾在坠落的过程中再次碰到了防护栏，被防护栏一挡，车头再次在空中旋转了半圈，然后整个车身横着飘向湖面。

在溅起的一大片水花中，黑色轿车慢慢沉了下去。

鲍勃晚上睡不着，一个人在海边溜达，忽然听到一片警笛鸣响着向他的方向过来，本来就好热闹的他赶紧往万平口大桥边跑去，刚好看到一辆黑色的轿车飞在空中，并旋转着落水。

他想要下水救人，但他看到很多警察已经站到桥的边上，心想不要添乱吧。于是他拍了一张还没有完全沉下去的轿车照片，顺着桥，走向桥中间警察所站的位置。

轿车掉进水里后，凯文很快打开安全带，从已经撞碎的车窗内爬出车外。他向北游了五六百米，才从水里爬上岸边。

趁着夜色，他脱下湿漉漉的外衣，走到附近空无一人的植物园里。他在一个座椅上坐下，再次确认四周无人后，把手上的手表扭转过来，同时在手表的左侧摁下一个按钮，手表上出现一个衣衫整齐的白人。

凯文对着表说："已经确定资料就在日照，但是今晚行动失败，请求支援。"

手表中的人回道："我们已经获得资料，资料在她的手里。"手表中出现了一个亚洲姑娘的面部照片，"她坐明天的火车去西宁，你在暗中保护资料顺利到达青海湖并交到董教授手中即可。如果有事，你可以联络瑞贝卡。"

"是!"凯文回应道，起身走出了植物园。

此时，一双蓝色的眼睛在暗中追随着凯文走回酒店。他进入酒店后，这双蓝眼睛也消失在黑暗中。

篇三 ——————
谍影

章二十一

清晨，太阳刚从海平面升起来的时候。海岸边一片高档小区内，一个有着古铜色肌肤的亚裔男子正端着一杯拿铁咖啡站在窗边。短袖、领口半开着的他很惬意地享受着早晨的第一缕阳光。

忽然，他似乎想起了什么。他用锐利的眼神扫视了一下窗外，确定没有发现任何异常后，有些苦笑地摇了摇头，自言自语道："哪天有一个长期的住所就好了，或许再接一个单就洗手不干了。"

他轻轻地抿了口手中的咖啡，然后拉上窗帘，坐回到离窗边不远处的一张白色书桌前。

他打开桌上的巨星笔记本电脑，熟练地敲入了几个键。他感觉生活已然变得有些无味，到海边城市日照来休假也是给自己换换脑袋。

他有些期待地盯着屏幕，希望 Hushmail 传过来的新的加密邮件能给自己平淡的生活带来一点新的刺激。

"不好""没意思""浪费时间"……

他看着一封封邮件，有些无精打采。可供选择的事情有趣的很少，能挣钱的也不多。

一封邮件引起了他的兴趣，因为这是他的一个最来钱的老顾客的邮件。

男子仔细地读了这封邮件，然后颇有些失望地苦笑道："呵呵，目标竟然是个女人，这样的任务竟然好意思发到我的邮箱里。"

他用鼠标点击了关闭窗口的指令，但另一个对话框自动弹了出来，上面是："您真的打算放弃该'SSS'级任务吗？"对话框下面是两个按钮，"确定"和"取消"。

亚裔男子突然有些不敢置信地睁大了眼睛。他很难想象这样的一个任务竟然是"SSS"级，也就是所谓的顶级任务。

男子有些兴奋地搓了搓手，这是他一直没能改掉的习惯。

他再次打开邮件，确认没有什么遗漏，便点开了附件中刚才没有看的视频。一段略显模糊的画面出现在他的眼前。

画面很明显是经过处理的，上面多了些文字方面的描述。太平洋某一海域，一个海底基地内的监控屏幕上，出现了两个身穿潜水服的人正向基地入口处缓缓靠近。

"太平洋，海底基地？"男子有些惊诧地自语道。他暂停了视频，陷入了沉思。突然，他好像被电击了一般猛地站了起来。

"黑岐山"三个字瞬间浮现在他的脑海深处，不自觉中他的嘴角上扬形成了一道弧线。

他迫不及待地重新坐回椅子，继续看视屏的内容。

此时的画面应该是黑岐山基地的内部，画面的角度是由上而下的，应该是监控录像所拍。幽暗的灯光下，前面出现的两个人摘下了面部的呼吸器，从画面上看应该是一男一女，两人手里拿着看不出型号的手枪。

画面转到一个银灰色的厚重的圆形大门前，从画面上能清楚地看见门上的标志。那是一个三角形的标志，背景是亮黄色，标志内有一个三角形的亮黑色边框，边框很粗，标志中心是一个黑色的类似三叶风扇扇片的形状。

"原来黑岐山基地竟然是个核基地。怪不得……"男子用手摸了摸下巴，饶有兴致地猜测着画面里的男女下一步的动作。

只见那女子从身上掏出一个仪器盘，上面红光闪烁不定，女子快速地按了几下，看了一眼，便将那仪器重新藏回身上。那男子也没停下，飞速地在一侧的墙壁上按了几个按钮。大约十秒钟后，那扇厚重的大门缓缓打开，两个人的身影彻底消失在了门后。

　　"那大门应该是铅的。"男子自言自语，画面依旧定格在那已经重新闭合的大门上。

　　"这就完了？不会吧。"看到视频的时间显示视频还没有放完，男子拿起杯子，却发现杯子里的咖啡不知在什么时候已经被自己喝光了。

　　男子晃了晃杯子，重新将它放在书桌上，便不再理会。他继续盯着画面，生怕错过了一个细节。

　　时间慢慢地过去，画面上只有那扇门，男子没有露出丝毫的不耐烦。大约五分钟后，视频才再次有了变化。画面里传来了各种混杂在一起的枪声，有的清脆，有的沉闷。但那扇门没有丝毫的变化，男子的耳朵微微抖动，似乎在仔细地甄别着什么，他的表情也随着枪声变得丰富起来。

　　他早已熟悉了各种枪械所特有的声音。"七种枪，不错的防卫力量。"男子颇有些自得地看着视频画面，似乎每一种枪械都无法逃过他的耳朵。

　　"出来了。"只见画面中的那扇门再次开启，那名女子很迅捷地进入视野，她一边退，还一边不失时机地朝后射击着。

　　视频持续了几分钟后，便彻底结束了。

　　男子沉思了一会儿，脸上是凝重神色，整个房间十分安静。

　　他用鼠标在邮件最下方显示的"接受任务"的红色按钮上，轻轻地点了一下，紧接着一张女子的面部特写照片出现在他的屏幕上，足足占据了三分之二的空间。

　　男子仔细地看了看女子的照片和照片下方的详细介绍后，再次按下了"确定"按钮，一个新的即时对话窗口出现在他的面前。

　　男子的手指飞快地在键盘上敲击着，而对方也在快速地回复。他们的对话，最终以男子的四个字结束：我来解决。

　　而此时在地球上一个比日照晚八个小时时差的地方，一名抽着雪茄的中年男子嘴角正露出一丝满意的笑容。因为他知道"隼"是不会令他失望的。

而隼则暗自庆幸，因为自己的休假竟然来对了地方。

下午。

太阳正往西挪动自己的脚步，热辣的阳光也开始有所收敛，此时的日照万平口海滩是五彩的，因为沙滩上到处是穿着各色休闲装的游人。

隼的神情略显冷漠，他正穿过熙熙攘攘的人群向最靠海的沙滩边缘走去。他手上拿着一个手机，手机的屏幕上有一个静止不动且不断闪烁的红点。

这个红点在离海岸约两公里处。

他有些失望地叹了口气，虽然知道那里肯定藏有一套那女子从基地内抢出来的单人水下推进器，但这却不能给他有用的线索，唯一可以肯定的是那女子早已离开，如果自己运气差的话，说不定对方已经离开了日照。

一筹莫展之际，他突然注意到在不远的海面上，两个漂亮的曲线在海水中时隐时现，而其中的一个人在冲浪，而她身上穿的应该是军用干式潜水服。

隼越看越觉得可疑，因为这种潜水服一般不会出现在近海，而且穿它冲浪也显得不伦不类。他站在岸边，心想等那人回岸之后，再详细询问。

大约二十分钟后，那两人向岸边走来。果然是两名女子。待她们走近，隼走过去和穿着潜水服抱着冲浪板的女子打招呼："你滑得好漂亮哦。"

听到有人夸赞，又看到这个夸赞的人那副古铜色强健的身躯，谷兰脸上腾地一下红了："呵呵，没有啦。我是教潜泳，不是玩冲浪的。"

"啊，你教潜泳，冲浪还这么好啊？"

谷兰很是受用眼前这个俊俏帅哥的夸奖："没有啦，没有啦。你也是来玩的？"

"是，到日照来休假的。有时候我也玩潜泳，什么时候你教我？"

"好啊。你家在哪儿？"

隼一时愣住了，因为他真的没有所谓的"家"。他顺口说道："哦，南方，南方温州。"

"真的啊？我杭州来的，我叫谷兰，这是我的朋友小玉。"

"呵呵，你好小玉。"隼礼貌地和站在一旁的小玉打过招呼，问道，"谷小姐你出来玩还专门带你的潜水服啊？"

听到这话，小玉笑了。隼没有明白小玉为什么笑。问小玉："怎么了？"

谷兰解释道："不是啦。这个潜水服是我刚买的。"

"买的？这里也有这么专业的潜水服卖？"

"也不是。"

"也不是？"隼看着谷兰脸上的表情。

"嗯，这是我在一个小店里从一个人手上买的。"

"啊？"隼一听有戏，继续问，"什么人会卖这种潜水服？很贵的呢。"

"我也不知道。一个女人。"

"什么样的女人？"隼问。

谷兰有些不受用了，眼前这个帅气的男人怎么似乎更关心卖潜水服的人？"就是一个女人。"她的口气变得短促。

隼意识到自己的莽撞，连忙解释道："我也有一套潜水服，厂家说是什么德国进口，整整花了我一万多。但和你这套一比，那简直就是垃圾。所以想知道或许那人是不是还有。"

听到隼诚恳的解释，谷兰有些释怀，同时为自己刚才莫名其妙的嫉妒觉得好笑："呵呵。她应该也是个游客。不知道她是否还有，但我觉得她应该就这一件。"

"哦，那就算了。对了，你们晚上做什么？我请你们吃饭？"

"好啊。"谷兰没有想就答应了下来。

"那行，我再走走，七点钟我们在前面海悦酒店的门口见面？"

"好啊，我们就住在哪里。晚上见。"

夜已经深了。

日照海曲东路最东头的万平口大桥上，却依旧是灯火通明。警察、交警、维修工、打捞人员都围在这儿，这里原本安静的夜也因此变得喧闹起来。

李古力和关凯正焦急地站在桥上，不时地朝桥下张望。吊车那沉重的吊臂，正等待着下面人的指挥，随时落下它巨大的吊钩。

警察还在认真询问着当时在施工的工人们，交警们则紧张地测量着轮胎痕迹，刹车痕迹和其他事故留下的痕迹。

一切都在有条不紊地进行中。

时间慢慢流逝，大约在凌晨两点左右，那辆从桥上冲入湖中的黑色轿车终于被吊车吊到桥上。

车里的水还在从车的隙缝中四处渗出，警察们蜂拥而上，急迫地想知道车里人的情景。

车里没有人。前后六面车窗，只有后车窗还是完整的，其他都已破碎。有警察打开行李箱，指望像侦探片里一样出现什么意想不到的事。但里边什么也没有。

"人呢？"有警察在问。

"田队，没有人。"

"我知道没有人，我是说人去哪儿了！"

有人迅速再次跑到桥边张望。灯光下的连接着海的泻湖湖面自从轿车被提上水面后，已经恢复了它的平静，没有一丝波澜。

"还得继续找人。"田队指挥道。

有人向桥下岸边的人喊着："把网撒下去，拖一遍！"

"怎么人没了？"关凯似乎是在问自己。

"车窗都已经破碎，肯定已经逃离了。"李古力说。

"那我们怎么办？"

"小刘已经被送去医院，资料室的电脑主机失踪了。这事非常严重。

我们再等等，看警察是否还能找到其他线索，然后再定下一步的行动。"

从那人对小刘下手之狠，到他驾车的熟练程度，还有他从水底逃脱的能力看，那人身手的确不凡。这是个什么样的人呢？李古力想着，不自觉中又皱起了眉："这人明显是冲着蛋白实验室来的，他和周南是不是有关系呢？"

"李先生？"一个警察走了过来，打断了李古力的思考。

"哦，你好。"李古力走上前，握住警察伸来的手。

"刚接到我们白局的吩咐，你们可以走了。另外，你们想知道什么，也请尽管问我。"田队长的口气并不是十分友好，他并不认同白局长把眼前的两个人放走。他们和掉落水下的那个人肯定有什么关系，不然不会一前一后一直开到这个桥上，而这些关系一定会对调查落水的车有帮助。但白局长却明确地表示要放人，甚至还要求和他们共享调查到的所有信息。

"谢谢！谢谢！"李古力十分感激地说。

"车里什么也没有留下，只有一台电脑主机。"看对方这个姓李的十分友好，而且看上去的确不像坏人，田队的语气缓和了许多。

"电脑主机？"李古力一惊，忙问。

"是，你知道这个？"

"是的，我知道这个电脑，能把它给我么？"

"给你？"田队心里又开始不快，但从刚才白局的语气里，自己需要百分之百地配合这个人，所以他拿出手机走到一边拨起电话。

"应该是资料室的电脑。"关凯在一旁轻声说。

"是的，这样起码我们的东西没丢。"

田队很快就回来了，他向车边的一个警察喊："小戴，你把那个电脑拿过来。"接着他转向李古力，"李先生，你们还有什么需要知道的么？"

"谢谢、谢谢。这个车没有牌照，您知道它是哪儿的吗？"

"这不是辆交通车，它是工业技术学院汽配系学生的学习车，是从学校里偷出来的。"

"哦。对了，你们能不能让我们看一下车？"

"好的。你们随便。"田队到现在也没看出这两人有什么特别之处，他转身又喊，"小戴，电脑拿过来了么？"

　　李古力和关凯走到警察已经检查完毕的黑色轿车边，想在其中再找出一些端倪，但警察的刑侦处理水平显然训练有素，他们没有查到任何新的线索。于是，他们和田队打了招呼后，带着电脑主机离开了万平口大桥。

章二十二

早上六点，王贵华的门被敲响了。

他起身打开门，见是李古力，问："队长，你这么早就起来了？"

"嗯。睡不着。你发现些什么了么？"

"是的。"王贵华把李古力带到他房间的桌子前，"第一，我再次确认了电脑就是资料室失踪的那台主机，资料和迟军告诉我的完全能对上。第二，主机上有小刘安装的防盗软件，这个软件和他的手机相连，这应该是小刘发现盗贼的原因。"王贵华说话间顿了一顿，他知道小刘还在昏迷中，医生说他还没有脱离生命危险。

他看李古力没有说话，于是继续道："第三，我已经把从小刘那儿取回的叫文文的姓名照片比对完毕。"他敲了几个键，屏幕上弹出十二张女学生的照片。

"这是？"李古力疑惑地问。

"这是周南曾经教过的学生中所有可能叫文文的学生的照片，这是从目前还在校读书的和往前推已经毕业了五年的所有学生！"

89

"那太好了！"李古力兴奋道，但马上又问，"现在在校的学生好找，但已经毕业的如何是好？"

"我也没有办法。我倒是通过网络把她们的联系方式都找到了，我想我们应该先排查目前在校读书的那些。"

"好。等他们一上班，我们就去工业技术学院。"李古力兴奋地用力拍了拍王贵华的肩膀，王贵华痛得几乎要龇牙咧嘴。

下午的时候，李古力他们已经确定了十二个女生中的八个。

三个学生是在校生，都在学校正常上课；另有五名是前几届的学生。她们都在山东不同的城市上班，并且有她们的同事接听电话，证实她们都在各自的城市，没有离开山东的计划。

还有四个学生的下落不明。但火车时间就要到了。

"队长，看来我们真的要跑趟西宁了。"王贵华叹了口气。

"严默……严默……"远处有一股飘渺的声音若隐若现。

"谁？"严默猛地睁开眼睛，她发现自己身处海水深处。

"严默，你不记得我了？"一条巨大的鲨鱼从远处游了过来，停在了严默面前。

鲨鱼深深的眼瞳看着严默的眼睛，和严默僵持住了。

黑暗慢慢袭来，附近海域正在慢慢变黑，鲨鱼的嘴在自己面前突然张开，两排闪着寒光的尖牙露了出来。

突然，严默感觉自己被一股力量拽着向后拖去，侧头向后看，是他！尧兵正在努力将自己拉向光明的去处，一束光芒的地方……

阳光穿透薄薄的窗帘，映射在了严默的脸上，严默猛地从床上坐了起来，眼神中透露出一丝惊恐和伤感。

她已经几乎睡了大半天了。她努力让自己缓过神来，拉开床边窗上的窗帘，刺眼的光线立刻窜了进来。她下意识地眯起了眼睛，举手放到眼睛上挡住光向外面看去。又是一个美丽的晴天。

严默翻开盖在身上的单薄的毛毯，起身下床走到墙的一侧。看着墙上镜子里的自己，双手手指从额头向后梳理了一下到脖子的短发，叹了一口气。

收拾完毕，她和租房老板大妈结完账，离开了住处。时间还早，她独自走到碧海路上。这是和海岸并行的马路，路上旅游大巴和汽车来来往往。喧嚣中，严默显得十分孤单。

前面有一个超市，严默走到门口。一个中年男人正坐在里面看电视。

"老板，有白酒吗？"严默问道。

中年男人转头看了一眼严默后又继续看电视："自己找吧，在里面。"

严默听男人说话，便走进了店里。她从货架上拿起一个两点五升的扁平白酒瓶，看到上面的标签，"尧将醇"。她心里一阵酸痛，胃里的东西向上翻腾起来。她努力控制住自己的情绪，拿着那扁平的白酒瓶，放到了售台上。

那男人看了一眼，说："三十七元。"

严默从裤兜掏出了一些零钱，数出三十七元，放在桌子上，拿起白酒走出了小店。

"哎，美女，是你啊。去哪儿？我捎着你。"一个声音从身后传来。严默回头一看，是介绍她住店的光头小伙。他坐在他的那个三轮车上，正和她打招呼。对了，旅店里其他旅客管它叫"蹦蹦"，因为他的那个三轮车就是一摩托车后面挂一个载人的小棚，开在路上蹦来蹦去的。

"你啊！你好。这里哪里有安静点的沙滩吗？"

"哦，安静点的沙滩你得往北走。我知道一个还没有开放的去处，我载你过去。"光头乐呵呵地说。

"好。"说完严默从后面踏进了车棚。

光头见她上了车就发动车子向北开去，路上光头回过头喊道："你去看海吗？太阳现在可热了。"

严默听到光头的声音，向前挪了挪，回道："是，我起晚了。"

"没事。你没事吧？是不是心情不好啊？"光头的声音里透出关切。

"我没事。怎么啦？"

"我看你手上拿着瓶白酒。"光头说。

严默没有回答。

安静了片刻后，光头似乎明白了什么又说道："呵呵，对不起……没事就好，没事就好。"

不一会儿，"蹦蹦"拐进了一个停车场，这里的确僻静，一辆车都没有。光头停下车，招呼道："美女，到了。从这里往里边走，就是海边了。"

严默走下车来，说："多少钱？"

"五块。对了，你会在这里待很长时间吗？"

"嗯，不知道。"

"哦，是这样，你多给我五元钱，我可以等你，这样你也方便，这边车不多。"光头司机说，接着又补充道，"你出来后再给钱，一起给，十块。"

严默知道光头是好心。她从口袋里掏出钱，递给光头："那麻烦师傅了。"

光头笑呵呵地接过钱，说："去吧！不要担心俺跑了，俺在这等你回来，去吧去吧！"

严默拿着酒瓶向停车场东边走去，小树林后面，便是宽阔平坦的沙滩和一望无际的大海。遥远的天际，分不清哪是天空，哪是大海，因为它们的蓝色合到了一处。

严默走到沙滩边缘的水泥防护堤边对着大海坐下。清爽的带着淡淡海腥味的海风，吹拂着她的头发。海浪在不远处拍击着，托起一阵阵很长很长的泡沫。她闭起眼睛，一动不动。天空中些许白色的云飘过来，很低很低，似乎就在她的头顶上掠过。

严默睁开眼睛，把手中的白酒拿到眼前端详着。

"尧兵……"她的眼睛湿润了。

她打开酒瓶，轻轻在唇边沾了一下。慢慢地、慢慢地，好似怕惊动了谁，她轻轻地倾斜起酒瓶，让白酒慢慢地从里边流出，流到防护堤下的细沙里。

看着瓶里最后的一滴流出，她再次抬起头，望向大海的尽头。

"严默，快跑！"尧兵朝她喊。

"一起撤！"严默也喊着。

他们一边向后射击，一边向隧道的出口跑去，不时有子弹在他们身边飞过。

两人穿过一扇巨大的圆形大门后，严默迅速扑向一侧的控制器，尧兵开枪堵截追上来的敌人。门缓缓地动了，大门终于在敌人没有追出之前闭合。

严默和尧兵没有停留，他们继续向隧道的前方跑去。没过多久，后面追兵的炸弹赶了过来，"轰"的一声在他们后方不远处炸开，刹那间他们俩都被强大的冲击波给轰倒在地。尧兵迅速从地上爬了起来，一把把严默从地上拉起，继续向前跑去。

他们很快就跑到隧道的尽头，这里是一个悬崖，往下二十多米，就是海水。那里有他们先前藏在一个角落的两个单人水下推进器。

"我们跳！"尧兵喊道，但来不及了，他回头看到身后最前面的敌人举枪向严默射击。他一个箭步冲到严默身后，把她推下悬崖，而他的身子却无力地向潮湿的地面扑去。

严默感受到了身后的推力，整个身体向前冲去，她在落下悬崖的最后一刻回头看，尧兵已经扑倒在地，追兵涌了过来。

严默掉到海里，泪水被海水洗净，眼睛不再清晰。

碧蓝的大海哦，你可知浪起浪伏；

浪上的海鸥哦，你可知叶绿叶黄；

我的爱人哦，你可知我的奢望；

我要你像海，像浪，像海鸥，

像一片树叶，在我的心里飞翔。

哗……哗……

涨潮了，浪花拍打沙滩的声音近了。

严默睁开被泪水模糊的眼睛。嗯？海鸥呢？怎么没有海鸥？

她把眼泪擦干，再次看了看大海的深处，把酒瓶收回衣兜。

她站起身，深深地长叹了一口气，转身去找等待她的车子。

而一个有着古铜色强健身躯的男人堵住了她的去路，他在把玩着手里的匕首。

"为失去的朋友喝酒？"来人似乎是调侃地问。

严默没有回答，她在快速地回忆这人是谁。

"没事，你不知道我的。我是隼。"来人继续说道。

严默仍然没有在回忆里找到这个人。

看到严默有些茫然的目光，隼开始觉得这个女人可能根本不值得 SSS 的级别："黑岐山？"

严默的神经一下被来人似乎不经意的"黑岐山"三个字撩动起来。她知道了，这一定是海下核基地派来的杀手。

"你是什么人？"严默想从隼的口中套出更多的话。

"你不用知道了。"说着，来人腾地一下冲了过来。

严默严阵以待，两个人的距离越来越近，紧接着，隼手中的匕首划向严默的喉部，严默一个闪身避过，但隼立刻侧过身来，匕首又刺向严默的腹部，严默弯腰上前一把把对方的手腕抓住，向下一压，借着隼的冲劲，又把他向前摔去。

隼向前冲出几步收起身形，心想，难怪 SSS，得认真对付。

严默静静地对着隼站着，看着这个从未谋面的男人，等着他出下一招。

"今天就让你去见你的同伴！"话音未落，隼右手的匕首再次猛地刺了过来，严默凌空跳起，在跳起的瞬间身体翻转了三百六十度，借助强大的惯性，飞起一脚，正中隼的手腕，匕首一下脱手而去，插到不远处的沙滩上。

隼见自己的匕首被踢飞急忙向后退去，而严默的身体自由落下，稳稳地半跪在沙滩上。

没等严默起身，隼后脚一使劲，身体蹬地腾空而起，脚下的沙子被强大的蹬力踩得四散。他向严默的方向一个前空翻，在身体落地的同时，脚向严默踹去。

严默挥起两只胳膊交叉到头部，挡住了隼的那一脚，但是强大的冲击力使她重心不稳，重重地倒在沙滩上。

怎么回事？我怎么动作这么慢？不容严默多想，隼再次腾空而起，胳膊肘对着严默的脖子又冲了下来。严默立时向左侧翻滚了两圈，隼胳膊肘的冲击力在沙滩上砸了个坑。

没等隼站起收回身形，严默一个鲤鱼打挺，站起身来，一双大眼睛冷冷地直视眼前这个陌生男人，她的血液流动速度开始加快。

看一招未成，隼又冲了过来，两人的距离本来就很近，两人一下扭到了一起。他们在沙滩上滚着，不断地厮打着。

一时间，隼压到严默的身上，双手握拳就要一阵雨点式的攻击，严默护住头部，两脚向上飞起，踹到隼的背上，没有注意到背后攻击的隼，身子掠过严默的头部向前扑去，一下趴倒在沙滩上。

严默借助刚才的腿部力量，一个翻身，又站立起来。

她没等刚站立起来的隼站稳，一步冲到隼的面前，左手抓住隼挡过来的胳膊，右手的拳头像离弦的箭，打到隼的面部。隼不顾脸上受到的攻击，他的另一只手一把向严默的脸上抓来。严默见状，接过他抓过来的手，一个侧身前倾，把隼从右肩膀上摔了出去。

但是隼毫不示弱，被摔出去的一瞬间，他拉住了严默的手，把严默拉向自己。趁严默身体前倾，隼缩起双脚踩到严默的胸口，猛地踹了出去。

严默被撞倒在沙滩上，身下沙子的细粒飞散开去。

还好，因为隼踹出的时候自己的身子并不平衡，所以这一下并不是很重。严默迅速从地上站了起来，大脑似乎也因打斗而变得清醒，身体的协调能力正在恢复。

　　隼这时也爬了起来。他把头向两侧扭了扭，握着拳头，舒展着筋骨。

　　接着，隼又扑了上来……

章二十三

停车场里，蹦蹦车还停在原来的位置。光头司机正抽着烟看路上增多的车辆。

"这么长时间这点钱可不够，怎么还不出来？"光头司机自言自语道，说着，他走上隔着沙滩和停车场的小树林中的小道。

走到沙滩一侧，光头司机马上发现沙滩边缘靠防护栏的一侧两个人正在打架。他赶过去一看，正是刚才的那个美女和一个陌生男人。

"他妈的！一个男人大白天欺负一个女人！"他大骂着就要跑上前去，但突然又收回步子，因为他注意到他们附近的地上还有一把在太阳下晃眼的匕首。

这是往死里打呀！他犹豫了：我得帮这个女的，他妈的，哪有大男人打女人的，但那家伙，那家伙看上去凶悍得很。

不行，我得帮这个女的。他再次想要跑过去，却听见不远处响起一声警笛。他回头一看，是辆巡警车，两个警察正站在他的"蹦蹦"边打量着。

他扯起嗓子大喊起来："打架啦！杀人啦！杀人啦！"

那边巡警听到喊声，立刻循着声音跑了过来，而这边隼和严默也停止了打斗。隼注意到一个光头在不远处对着树林喊叫。一定后面有人。隼放弃了严默，向防护栏后面的树林冲去。途中，他捡起了还插在沙滩上的匕首。

待巡警赶到沙滩上时，沙滩上只剩下严默一个人。

"他往树林里跑了！树林里！"光头还在喊着。

巡警看空空的沙滩上就严默一人，不再紧张。他们走了过去："你好，这里怎么回事？"

"可能是抢劫吧。"严默整理了一下自己的衣服。

"你丢了什么东西？"

"没有。"

"嗯。"一个巡警还想提问，但注意到了严默衣兜里凸出的酒瓶的形状："你喝酒了？"

严默惊讶地看警察，这警察观察得够仔细："是的。喝了点。"

巡警安慰她道："下次不要多喝。更不要喝多了到海滩来。你要是个男人，我们说不定就带你回去说你是醉酒滋事。"

"好的。好的。"严默赶紧点头。

巡警回头对光头司机说道："下次看准点再喊！明白？还有，赶紧把车开走，这里不是给你蹦蹦的停车场。"说完两个巡警转身走了。

看着两个巡警的背影，光头走到严默身旁说道："妹子，我不明白，你为什么说没事呢？明明是那个男的在欺负你嘛。"

"走吧……"严默向停车场走去，光头紧跟在后面。

"我不明白，明明那个男的欺负你了，为什么警察在你也不报警呢？"光头司机再次问道，他还是疑惑，或许是刚才打架那男人并没有占到便宜？

女子的话证实了他的怀疑："没事，他差点被我教训了一顿，呵呵。"

"哦，这样就好，这样就好，我还以为怎么着呢。刚才我还想上去帮你……"光头摸着自己光亮的脑袋，有些尴尬地笑着说。

光头司机发动起蹦蹦车，冲严默喊道："妹子，上来吧！现在回去？"

严默微微一笑，这个光头司机虽然看上去有些凶悍，他的心肠着实不错。她稍微想了一下，说道："去汽车站吧！"

刚才看到那打架的光景，光头对她已是非常佩服，他已经不再想着讨价还价了。他乐呵呵地问："行！去哪个汽车站？"

"有几个汽车站？"

"哦，我们这里有两个汽车站。汽车东站离得近些，要是汽车总站，我这蹦蹦有些远了。"

严默笑了，说："那我们去东站。"

"好嘞。"光头司机说着，蹦蹦开始蹦出停车场。

严默在车厢里说："麻烦你了大哥。"

光头司机咧嘴一笑："没问题！这里离东站很近，二十分钟就能到的。"

严默点点头。她心里对眼前这个爽朗而诚实的汉子有些歉意，因为她要去的是火车站。但她不能告诉他，因为她不想出意外。

蹦蹦车在青岛路外围的非机动车行车道上"突突"地朝市区方向驶去。

严默静静地看着车后向后退去的道路。那时在故乡，她站在马路边对送她回家的尧兵挥手告别，那时候她觉得马路很短，短到尧兵的背影很快就消失不见。现如今她觉得马路很长，长到怎么走都看不到尧兵的背影。

想起牺牲的尧兵，她心中陡然一酸。

得赶快赶回基地。尧兵的仇以后一定要报。

光头司机的蹦蹦车开得极稳也快，到汽车东站的时候，正好用了二十分钟。严默走下车，对光头司机说道："大哥，刚才的事多谢了。"

光头司机嘿嘿一笑，说道："妹子，客气什么。俺们山东人是最见不得男人欺负女人的。还好你拦着我呢，要不我非得把那家伙打得满地找牙不可！要知道，我以前可是当过兵的。"

严默笑了笑，心道："那个家伙很厉害，要打起来你还真不是对手。"

但她嘴里说道："大哥，那我先走了，等我下次再来日照的时候，一定来找你。"

光头司机连连点头："行！以后来日照了，哥带你去兜风！"

严默友好地冲光头司机挥挥手，目送着他那红色的蹦蹦车渐渐远去。

严默叹了口气，下次来日照？不知道下次还有没有机会再来日照……

她看了一眼汽车东站的售票厅，摇了摇头，转身朝火车站的方向走去。

送走严默，光头司机开着蹦蹦又折回到碧海路。他看天色还早，估计还能再拉几个活。

当他快到山海路的时候，忽然发现一个头戴鸭舌帽的男子冲他招了招手，他的帽檐压得很低，看不清他的脸。光头司机没有多想，心道："生意来喽！"他脚下一踩刹车，将车停在那个戴着鸭舌帽的男子身边。

那男子伸手打开车门，一屁股坐到了后面的座位上，沉声道："把我带去你刚才送走的那个女人那！"

光头司机霍然一惊，他转头一看，这时候才认出这人居然是刚才在沙滩上和严默打架的男子。

光头司机没好气地哼了一声："怎么？还想欺负那女孩啊？想让我带你去，做梦吧你！你下车！"

男子冷冷哼了一声，说道："不要敬酒不吃吃罚酒！"

光头司机也是个脾气暴躁的人，他双手放开把手，转过头说道："臭小子！刚才就要冲上去揍你了！现在你自己居然找上门来！怎么，想打一架是不是！"

那男子冷笑着甩了甩头，脖子处发出清脆的嘎巴脆响。他也不多说，右手从车棚前面的窗子陡然探出，朝光头司机的喉咙抓去。

光头司机万万没有想到这人居然还真动了手，而且出手还如此之快。但光头司机毕竟也曾当过兵，他猛地向左一躲，险险地避过了那男子的攻击。

光头司机勃然大怒，熄了火，跨下车来。

那男子也一脚踢开后车门，搓着手，从后车门走出来。他向上提了提帽檐，饶有兴趣地看着这个光头司机："不错啊！居然能躲过去。哪儿受的训练？"

光头司机的眼神中充满怒火，这人太混账了，居然把他看这么低。他怒道："如果放在以前我当兵的时候，你这样的家伙我一个能对付三个！"

那男子嘴角抽动了一下，仿佛是笑了笑，说道："是吗？那咱们打个赌好不好？如果我赢了，你就告诉我那女孩去哪里了。如果我输了……"他顿了一顿，说道，"我不可能输的。"

光头男子几年前还曾是野战部队的正规兵，见他这样轻视自己，更是气不打一处来："赌就赌！我倒要看看你到底有什么能耐！如果你输了！我就把你送派出所去！"

那男子摘下头上的帽子，扔到车厢里，说："既然当兵出身，那就好办了，部队里没有那么多的花哨，我们两个就打一架，如何？"

光头司机虽然知道这个男子不好惹，却毫不示弱："好！比就比！"

那男子嘿嘿笑道："一招，如果你没打到我，就算你输！"

光头男子看这家伙让自己一招，心中暗喜。他知道这家伙厉害，所以摆出部队通用的军体拳，双腿微微下屈，左手垂在腰间，右拳陡然击出，朝那男子的脸上打去。

他对自己的这一拳极有信心，以自己出拳的速度，那个男子就算想躲都躲不开。

那男子似笑非笑地看着光头司机出招。他见光头司机拳头伸出，忽然身子一侧，右手伸出，一把抓住了那个光头司机的胳膊。

那男子的动作太快了，光头司机还来不及惊讶，便感觉到胳膊上一阵麻木，他脚下一个跟跄，差点被那男子扯了过去。他好不容易稳住身形，胸口也陡然一痛，那男子不知道什么时候一脚踢在自己胸口。

"你输了。"那男子淡淡说道，同时放开了光头司机的胳膊。

光头司机无奈地看着他，他知道这个男子手下留情了，如果他愿意的话，凭他的力气，这一脚绝对可以踢断自己几根肋骨的。

他恨恨地想道："就算你赢了，我也不会把她的消息告诉你！"

"那女人去火车站了。你要去的话就自己去吧！我不会带你去的！"

那男子问道："去火车站？她没告诉你她去哪儿？"

光头司机没好气地说道："我们也只是萍水相逢，我哪知道她要去什么地方？你自己去找吧！哼！"

光头司机恨恨地看了他一眼，一头跨上蹦蹦车驾位上。他刚想离开，那男子叫道："慢！"

光头司机心里一紧，生怕他不放自己走，但那男子却没有再为难他，他从车里拿出自己的帽子，拍了拍，说："你走吧。"

光头司机似乎得到了特赦令，一踩油门，随着突突的发动机响，蹦蹦车脱了缰似地跑了。

那男子望着蹦蹦车远去的背影，冷笑了一下，把帽子戴在头上，压低帽檐，挥手拦下一辆出租车，直奔火车站而去。

章二十四

长途汽车东站离火车站只有走路十分钟的距离，当光头司机遇到杀手隼的时候，严默已经到达火车站的候车室。她没有想到，光头司机为了保护她，阴差阳错，却把隼引去了火车站。

因为确定有人在追杀她，严默不动声色地找了一个偏僻的位置坐下，静静地等待着开始检票。

看似毫不在意地坐在一个角落里，她却时刻注意着候车室内的一切，万一那个杀手再次追来，她还可以有应变的时间。

进候车室的人越来越多，在候车室门口处，她忽然发现了几个熟人。

那是三男一女四个人，其中一个身材粗壮的汉子赫然就是昨天帮着自己接下孩子的人。

李古力等人到达火车站的时候，已经是下午四点，还有半个小时就要发车了。李古力冲王贵华和关凯使了个眼色，两人会意地点点头，关凯守在候车室门口，王贵华则走到检票处。

严默吃了一惊，这样子很明显就是在找人啊！两个人把候车厅的两个出口堵住了，如果找人的话，那么那人就肯定不能轻易逃出，而且看他们没有说话，只是用眼神沟通，很明显是受过训练，而且经过长期的磨合。

这几个人是什么人？来这里要找的又是什么人？

关凯和王贵华去自己的位置后，李古力对高雅妮说："关凯和小王分守两个出口了，我们在候车室内找找。如果能在这里找到文文的话，就不用再跟着去兖州和西宁了。"

高雅妮点点头，两人一东一西，分头朝候车室内搜索而去。

这时，候车厅外又走进一个背着包的白人小伙子，他将自己的背包放在安检带上，满脸兴奋地四处张望着。

"啊哈！梁菡！你也在这啊！"白人小伙很高兴地叫道，他拎起过了安检的包，朝一个年轻姑娘跑去。

那女孩惊讶地从座位上站了起来："鲍勃？你啊，你去哪里？"

"我去青海湖，你呢？"鲍勃的声音很高，完全没有顾及中国姑娘梁菡的感受。一个外国人，几乎是喊叫着跑到你的身前，好像是男女朋友似的，梁菡有些无法消受。

她看了一下四周，发现并没有很多人看他们，于是轻声说道："我也去西宁。你去青海湖干什么？"

李古力匆匆扫过鲍勃和梁菡。那个叫梁菡的姑娘和照片上的文文对不上号，名字也对不上。李古力的眼光没有停留，继续向前走去。

在候车厅内转了两圈，李古力和高雅妮都没有发现和照片相似的女孩。他们暗暗奇怪，难道文文还没有来候车厅吗？马上就要检票了啊！

李古力盯着候车室的门口，正想着，却看到一个金发碧眼的外国人走了进来。这外国人没有带任何行李，穿着一件裁剪得很合身的灰色西装，黑色的皮鞋擦得一尘不染。他走进来的时候，瞄了一眼站在门口的关凯，没有停下脚步。

关凯没有在意这个外国人的到来。他还在守着，期待一个和那四张照片中一张照片吻合的女孩走进候车室。

凯文轻轻舒了口气，看样子昨天晚上追车的时候他们并没有看到自己的模样。这样的结果凯文很满意，没有暴露身份，就没有麻烦了。

但他随即注意到了，候车室里不只是关凯一人。学校看到的另外三个人都在这里，而且似乎在寻找着什么人。

他神经一动，他们也在找文文？

他拿出手机，看了看移到手机上的文文的照片。他站起身四处打量，很快发现了那个女孩，而她却和关凯他们毫无关系。他心里顿时轻松了许多。

关凯盯着每一个进入候车室的女孩打量，他意识到有些女孩脸上露出厌恶的神色，心里郁闷，自己一直注意塑造的好男人形象在今天要被破坏殆尽了。

算了，这些人明天都不认识了，管他呢。只是这个文文怎么还没有出现？

现在已经是四点十五分了，检票口已经开始检票。李古力向王贵华看去，他正站在检票口，观察着每一个经过检票口的人。

李古力有些焦急，现在已经开始检票了，还没有看到文文，难道她还没有来？还是我们掌握的资料出错？

李古力再次扫视了一回排队检票的人群，他忽然在人群里发现了昨天在售票厅外救孩子的严默。

他注意到严默的右面下巴有些红肿，这红肿明显是刚发生的事。她撞在哪里了？也许是酒店里吧。这种粗放型的女孩子，磕磕碰碰大概也在所难免。

但是，她的身手了得，却明显在躲开自己的眼光。难道她知道自己的身份，因而在尽力回避？难道她就是偷资料的人？

李古力暗道，不管她是什么人，正面对话最有效率。他知道如果文文出现，其他人一定会锁定，所以他向严默走去，招呼道："这位小姐……"

他话还没说完，便发现有些不对，这个女子看自己的眼神中竟充满了戒备的神色。李古力心中怀疑更深,这个女孩一定有问题!

严默冷冷地看着他:"有什么事情吗?"

对严默的冷漠李古力显得很尴尬:"呃,没什么事,我就是想告诉你,你昨天在屋顶救孩子的事,太英雄了。"李古力有些语无伦次。

"那没什么,任何人都会做的。"严默依然冷漠。

李古力一愣,这个女子好不近人情。她是真的在有意回避自己,还是仅仅是一个不愿意多说话的旅客?

"你去哪儿?我们说不定在一个车厢呢。"李古力继续套着近乎。

但说话间,他们已经走到检票口。严默把票递给检票员,没有马上回答李古力,等她拿回车票,回答道:"那么火车上见。拜拜。"

李古力看她走进了火车站站台,自嘲地摇摇头,转身朝等候检票的队伍后面看去。这时,他发现候车厅里又多了一个外国人面孔。

之前进来的和那个中国女孩在一起的外国小伙子和后来的穿灰色西服的外国人都已经进站了,这个外国人显然是刚进来的。他身上穿了一件白色的衬衫,戴着一款造型新颖的黑水晶墨镜,文质彬彬的脸上始终带着礼貌的笑容。

李古力看到这个外国人也排在队伍后面,不禁有些诧异,这么多外国人去兖州?但李古力没有看出这些外国人有什么特别的地方。

他不再多想,转身走到站在不远处的高雅妮身边,说:"小高,你先进站在站台上等着。也许我们疏忽了,文文已经进站了也说不定。"

高雅妮点点头,说了声"好",就走到已经很短的检票队伍里。

章二十五

四点二十，火车很快就要到了。候车室里已经没有多少人，因为这是今天发出的最后一辆列车了。

检票员看没有人检票了，就准备离开，而王贵华急道："哎，稍等。我还有个朋友没到，能再等一下吗？"

检票员看了他一眼，爽快地说道："行，小伙子，你得赶紧催。还有十几分钟就要发车了。我们这里发车前三分钟停止检票。"

王贵华赶忙感谢着，跑到在入口处和关凯一起的李古力身边，低声说："队长，我那边没有发现人。得上车了。"

李古力咬咬牙："我们先上车！也许是资料不对，文文肯定会在这辆车上！"

他冲关凯招招手，让检票员检过票后，直奔三站台而去。

检票员看最后的三个人也已经检票进站，正要关闭进站口，忽然一个低沉的声音响了起来："等等！"

随即，一个头戴黑色鸭舌帽的男子站到自己面前。

检票员看这人手里的车票，以为他就是王贵华所说的朋友，便笑道："啊！你来得真及时，我们马上就要停止检票了，你的朋友等不及已经先进站了，你快去追他们吧！"

隼知道检票员认错人了。他把票收回，扶了扶头上的帽子，说了声"谢谢"，便快步走进站台。

李古力等人奔到三站台的时候，高雅妮正等得心急。火车早到了，站台上除了乘务员们已经空无一人。高雅妮看到李古力等三人赶来，顿时松了口气："火车就要开了。"

"没有人？"

一边上车，高雅妮一边回答道："没有。"

王贵华说："会不会是什么环节搞错了？按周南所说，文文是坐这辆车去兖州然后倒车去西宁的，除非他在骗我们。"

这时火车启动了，车厢在轻微地晃动。

他们开始寻找自己的座位。一个妈妈在哄孩子："丁丁，不哭，丁丁不哭。"

李古力突然想到了什么："对了，文文会不会是一个小名？"

没有人讲话，所有人都被李古力的问题问住了，如果文文是小名的话，那么前面的工作就都浪费了。

李古力继续说："也许文文只是个小名，也许她的大名中只有一个文，或者根本不含文这个发音。我们得重新考虑找人的办法。"

"那我们是不是还对照照片上的那四个人？"关凯问。

"还要对，回头我们从车头到车尾彻底地排查一遍，同时注意所有的女性，特别是年轻女性。"

大家都点点头，同时找着自己的座位。这次的任务越来越难了。小刘还在医院没有醒来，而他们这边却要在一列火车上找出一个不知名字、不知长相，甚至不知道是男是女的人。

章二十六

十六点三十一分，K8282 列车缓缓开动。

这辆绿皮火车，它的窗子可以打开，因此，火车刚开动，因为车内闷热，有乘客已经打开了车窗。因为车行驶的速度不是很快，所以一个人即使坐在靠窗的位置，也感受不到巨大的风力。

车窗看上去很脏，玻璃似乎已经有很长时间没擦了。

李古力看大家都找到了自己的座位，便说："我们分头行动，小王，你和小高向前面找，我和关凯从这里往后找。我们赶快行动，尽量在下一站之前找到她，等到下一站上来人，找起来就会难许多。"

车上的人不是很多，有很多座位还是空的。李古力和关凯一边向车尾走去，一边把座位上的人和"文文"的照片比对。

李古力和关凯走过的时候，因为眼睛扫着座位上的人们，有些座位上的乘客也回看他们，但并没有在意。

"队长，你说那个文文会不会坐其他的车走了？"快要走完最后一节车厢的时候，他们仍然没有看到四个目标中的任何一个，关凯有些着急。

李古力走到最后一排，确认了那里没有他要找的人，回道："理论上说她是坐这辆车去兖州，然后从兖州去西宁。"

"那我们现在怎么办？完全没有这个人。"

李古力说："我们回座位，看小王小高他们有没有发现什么。"

这时，李古力的震动震了一下："王贵华找队长。"震动中预先录制的王贵华的声音在提醒。

李古力抬手碰了一下耳朵上的震动，王贵华的声音传了过来："队长，小高找到一个很像的女孩。"

自己座位那节车厢尽头，高雅妮正和一个女孩说着什么。

王贵华看李古力和关凯回来了，迎上前去："我们已经走完了前面所有的车厢。没有。这个女孩我们去车头的途中看到过，因为没有发现目标，她看上去又像，小高就和她聊了起来，结果发现她是日照的学生。"

"她叫文文？"李古力赶忙问。

"不是。"

"哦。"李古力有些失望。他看了看正说话说得起劲的高雅妮和那个女孩，发现那个女孩的确有些像四个目标中的一个，但仔细看的话，仍然可以确定她不是。

"小王，你又查了那四个目标的下落了吗？"

"我正要查呢，看到小高给我使眼神，所以就招呼你们了。那我还是先查去了。大关，你呢？"

关凯看看高雅妮正和那女孩叽叽喳喳说得热火朝天，觉得过去没意思，询问李古力："队长，就你过去吧？"

李古力点点头："好吧。"

看到李古力过来，高雅妮想站起来，李古力摆手示意她不要动，同时顺势坐在了高雅妮对面。

"李队，我们在谈论日照大学城的事呢！"高雅妮介绍道。

李古力小队在有外人的时候，大家称呼李古力为"李队"。

"李队，你好。"高雅妮身边的女孩以为来人姓李名队，于是随着高雅妮的称呼招呼李古力，同时她微微一笑，露出浅浅的酒窝，"我是苏晓飞。"

"你好，"李古力礼貌地回道，"你们聊，你们聊。"

"对了，"高雅妮把话接了过去，"刚才说你们宿舍到学校校区很近，你是哪个学校来着？是不是工业技术学院的？"

苏晓飞纠正她："不是啦，我是日照的师范大学的。我们不像技术学院，他们校舍和校区离那么远，还规定要住校，远没有我们自由。"

"规定住校有什么不好么？"听到她是师范大学的学生，李古力没有上心，随便问道。

苏晓飞看了看眼前这个几乎是大叔级的人："现在的学生都要自由，在宿舍整天要接受学生会检查什么的，麻烦得很。"

"怎么这个时候不在学校上学呢？"

苏晓飞觉得这人还真是个大叔，什么都管，不过她仍然礼貌地回答道："就要毕业了。我去济南面试。"

高雅妮这时夸她道："晓飞你这么能说会道，面试肯定没有问题。你上的什么系？"

"旅游系。"

"哦，那你是学导游的？怪不得呢。"

苏晓飞听了心里挺开心："还好啦。我就是喜欢说话而已。对了，你们去什么地方？"

李古力没有直接回答她的问题："哦，我们也是从日照来的。对了，你认识周南老师吗？"

"周南老师？"苏晓飞想了想，"不知道。旅游系的吗？"

"不是。是工业技术学院食品生物系的。"

"那我不认识，老实说我们自己学校的老师我都认不过来，虽然我还是学生会的干部。哦，对了，那你们是那个周南老师的朋友到日照玩的吧？"

"是的。"

这时，火车停了下来。广播上提示到了莒南站。

"这是我家呢。"苏晓飞兴奋地看着窗外。

"哦，是吗？"高雅妮问，"你经常回家吗？"

"嗯，也不。"苏晓飞有些欲言又止。

火车很快又启动了，有两个人站到他们面前，看看自己的票然后又看看座位上方的座号，又看看李古力和高雅妮。

李古力赶紧起身对他们说："不好意思，我们不是坐这儿的。小高，我们先走？"

章二十七

待他们回到自己的位子，王贵华还在他的电脑上搜索着。

关凯道："小王又去掉了两个。"

李古力知道关凯的意思是，四个目标中又发现了两个并且已经排除。那么现在就剩下两个可能的文文了。

他心里有一种感觉，剩下的两个也不是他们所要找的文文。如果不是，怎么办？

"可能真的要去西宁了。幸亏通过旅行社买到了去西宁的车票。"

关凯坐在靠走廊的座位上，走廊的另一边，是一个爷爷带着一个大约五六岁的穿着红连衣裙的小孙女。

女孩正在追问着她的爷爷。

"爷爷，您刚才说我们这个是绿皮火车，因为它外面是绿色的吗？"

"对啊，静静。绿皮火车就是绿色的火车。"

"那还有红皮火车吗？"

"呵呵。有啊。"

"那蓝皮火车呢？"

"也有啊。"

"那一半绿皮，一半蓝皮的呢？"

"嗯，这个，这个爷爷也不知道。"爷爷似乎告败。

"啊，爷爷也不知道。"静静难住了爷爷，很高兴地拍手，头上的刘海被车顶旋转的电风扇吹得直飞舞。没有空调的车厢，全靠这些电风扇和从开着的窗子刮进来的风降低着温度。

火车道边杨树上的飞絮跟着风一起飞了进来。一个小毛毛飞到小静静的眼睛里。她开始揉眼睛，越揉越痛，泪水跟了出来："爷爷，痛。"

爷爷见状，赶紧把她抱了起来，掏出一块手绢就要给她擦眼睛。

斜对面的高雅妮见状，赶忙说："大伯，不能用手绢擦。"

爷爷看见隔壁对面的姑娘说话，一时不知如何回应。高雅妮对面的关凯赶紧解释道："她是医生。听她的没错。"

说话间，高雅妮起身过去要从爷爷手里把静静抱过来。爷爷犹豫了一下，还是把静静递给了她。

高雅妮接过静静，哄着她问："你是叫静静吗？"

静静眯着眼睛，隔着泪水看她，点了点头。

"嗯，静静可乖了。静静你还能再挤出一些眼泪吗？"

静静奇怪地又看看她，因为在家里妈妈从来不让自己哭的。她使劲地点点头。

"那好，静静使劲挤眼泪，阿姨要看静静到底能挤出多少眼泪。"

静静开始把眼睛、眉毛、鼻子、嘴全都挤到一起，果然，好几滴泪珠从眼角滚了出来。

"静静好乖。好了，阿姨要看静静能把眼睛挣多大，好吗？"

静静这回使劲地挣大了眼睛，她的眼睛真的很大，圆圆的两个大眼睛。

"静静真厉害，静静再眨几下眼睛？"

静静的表现欲充分地得到了施展。

爷爷看着这一切，不明就里。这时，高雅妮对静静说："静静告诉爷爷，眼睛还痛吗？"

静静使劲地眨巴了几下眼睛，奇怪地说："不痛了。"

高雅妮笑了，她把静静放到地上，让她回去，但静静却回过身来，说："我要跟阿姨玩。"

高雅妮看静静的爷爷，这次是爷爷笑了："好吧，阿姨不忙的话，你就跟阿姨玩吧。"

静静的爷爷先前看到高雅妮这边四个人说话，知道他们是一起的，所以和关凯打招呼："呵呵，她不但是医生，而且是神医啊。这小丫头已经喜欢上她了。"

关凯回应道："我们小高的医术还不是一般的高。"嘴上这么说着，但他也没有明白是怎么回事。

"喔，对了，我是老张。你们是去兖州的吧？"

"是的，您老也是？"

"是。我是带孙女去看儿子，他在那边的矿务局上班。"

"哦。您儿子没有开车接您？"

"他忙，所以我们就坐火车了，而且火车也便宜，才二十几块钱。"

"这倒也是。如果是动车或者高铁的话，肯定要贵好多的。"说完，关凯又补了一句，"也会快好多。"

"不过现在条件已经相当不错了。想当年的绿皮车，车门都可能锈得关不上，车窗打不开也是常事，现在已经是好多了。"

现在的绿皮车已经不多了，关凯不知道以前怎么样："您觉得这绿皮车早晚会被淘汰？"

"这倒不会。绿皮车也有高级车厢，比如铁道部内部用的专用车，还有公务车、专列。绿皮车还是最安全的，而且当官的坐绿皮车，外人也不知道。不过他们的高级车厢里是相当豪华的。"

"老张您是怎么知道的？"关凯好奇起来。

"呵呵。我是铁路局退下来的。"

"是吗？您说的很有意思，再告诉我一些内部知识？"关凯半开玩笑

115

地说。

"也不是内部知识，这些都只能算是常识吧。"老张咽了咽口水清清嗓子，看了一眼在和高雅妮玩的静静，说，"比如青藏铁路去西藏拉萨的特快吧，北京、上海、广州、成都、重庆都有发车，都是绿皮火车。"

"都是高级车厢？"

"是。绿皮车分普快无空调和管内快速两种。我们坐的这个就是普快无空调。"

"您刚才好像也说到其他的颜色？"

"是。红皮车条件比一般绿皮车好，有空调，蓝皮车一般是快车，而白皮车一般是特快，条件也最好。"

"对了，我们这趟车是 K 字打头的，K 是代表快车吧？"

"呵呵，小伙子你猜对了。除了 K，还有 T 代表特快，D 代表动车，C 代表城际高速，Z 代表直达。都是第一个字的拼音的第一个字母。"

"L 呢？我好像记得有过？"

"L 真的不多。L 是临时，就是忙的时候临时加的车。"

"您老知道得真多。"

"铁路上干了一辈子，学了一些。但老喽，哪有你们行。"老张起身要把孙女接回身边去。

而这时，火车的喇叭在通报说，兖州站就要到了。

王贵华这时也找到了他要找的另外两个目标。

"队长，你看。"他把电脑转到对面的李古力面前。

屏幕上是两张目标的照片和一张地图。是山东地图。地图上在菏泽和枣庄两个地名处分别有两个红点在闪烁。

"你确定？"李古力知道自己是明知故问。

"是的。花了我一些力气查她们的下落，但还是查到了，她们分别在兖州和枣庄，没有在去西宁的途中。"

"那这些线索就断了。"李古力心里咯噔了一下。

虽说自己对这个结果已经有了心理准备，但现在知道结果，他还是有些失望。

"队长，你先前说文文可能只是个小名，我觉得这是唯一的可能了。"

李古力的希望又亮了起来："小名你也能查？"

"这个还不能。"王贵华有些气短地回答道，"我已经排查了所有的带'文'这个发音的学生。但如果名字里没有'文'这个发音，我真没有办法了。"

"嗯。我们再想想办法。总会有办法的。"

兖州只是过站。

李古力他们没有出火车站，他们已经做好了长途旅行的心理准备。去西宁是必然的了，但如何在下面的旅途中找出这个"文文"呢？

兖州火车站的候车室不是很大，有上下两层。兖州去西宁的 K173 车在一楼候车。

吃着泡面，大家想着各自的心思。

李古力有些惊讶地发现，日照上车的几个外国人一个不差都出现在 K173 候车区内。

背着一个超大背包的高个小伙，他的身边坐着穿着长裙的中国面孔的姑娘。她应该是他的女朋友吧。

穿白色衬衫，戴黑水晶墨镜的是那个脸上始终带着笑容的绅士。

穿灰色西装的金发中年人原先铮亮的皮鞋已经粘着泥迹。

这是否有些太巧了，李古力想。一般外国人都是在软席候车室等车，因为他们大多是坐软座或是软卧。那个和中国姑娘在一起的小伙也许是背包客没钱，另外的两个看上去却不像是没钱的样子。

高个小伙有时坐着和身边的姑娘说话，有时又抬头四处张望，打量着候车室里的一切。

白衬衫绅士似乎并不在意周围的一切，他低着头看他的书，但为什么他看书时也不摘下他的墨镜?

灰色西装的金发虽然显得放松得体,但他的眼角却不时抽动着,眼神似乎有时也朝他这边瞟来。

他们是些什么人?李古力心里问。他从碗里捞出最后的几丝面条,送到嘴里,然后起身把泡面盒送去垃圾桶。途中,他经过灰色西装金发男坐的位置。

经过时,他有意停了停,似乎是不经意地侧脸看金发男人。

灰色西装金发男明显地意识到了被人注视,但他没有抬头和李古力的眼光碰撞。他调转头去,似乎在看座位尽头墙顶的 K173 的指示牌。

李古力心里已经有数,这人一定有问题。会是什么问题呢?回头另外两个人,也要去试探一下。他们会不会是一伙的?

他把泡面盒扔到垃圾桶里,正转身要往回走,迎面走来了他一直纳闷为什么一直那么冷若冰霜的女子。

他想打招呼,但她却似乎没有看到他,径直从他身边走了过去。

她怎么也在这里?

二十点三十五分,检票员开始检票。整个候车室的人全都朝着检票处挤去。

"哎呀,我的脚。"梁菡不满地嘟囔了句,而踩她脚的中年男人连个对不起都不说,继续朝队伍前面挤去。

鲍勃把手伸过去,抓住那人的肩膀,一字一顿地说:"嗨,你没有觉得你的脚踩到了什么了吗?"

那人回过头来,正要发作,发现是一个外国人,而且是一个个子很高的外国人,而且是一个似乎很生气的外国人。他努力甩动着肩膀想挣脱鲍勃的大手,说:"怎么啦,怎么啦?"

"你,踩了她的脚了。"

后面的人群被堵住了,周围的人在看热闹。梁菡拉了拉鲍勃的衣服,低声道:"算啦,算啦。走吧。"

鲍勃仍然不依不饶,对那人说:"你,说道歉。"

那人抬起手来，要把鲍勃的手打开，但鲍勃没有松开，而且一使劲，把那人抓得龇牙咧嘴："好、好。我道歉、道歉。"

鲍勃还要理论，梁菡已经把他拖向前去。

人们又向检票口涌去。

过了检票口，梁菡感谢道："刚才的事，谢谢你。"

"没什么。"鲍勃很高兴有机会在梁菡面前表现自己，"来，你那个包，我来帮你拿。"

梁菡看看鲍勃后面巨大的背包，笑了："好啦，你背好自己的包吧。"

篇四 ————
K173

章二十八

一阵忙碌后，李古力他们终于上了兖州去西宁的 K173 次列车。

这是第四车厢的 21 号和 22 号。李古力睡 21 号上铺，中铺是高雅妮，下铺是王贵华。对面 22 的下铺是关凯。

这时 22 号的中、下铺的人还没有到。

这些格子间从车厢头排列着延伸到车厢尾。在床位的尽头有一条过道，这条过道把所有的格子间串联到一起。过道很狭窄，最多能同时让两个人侧身通过。过道中靠窗处有两个能上下收合的小座位对着一个格子间，小座位的中间是一个在车窗正下方的小桌面。

一位七十多岁的老人来到 21 和 22 号的格子间，他的背已驼了，看上去只有一米六左右。老人黝黑的脸上满是皱纹，他的身后是一位和他年龄相仿的大妈。老人手上提着一个装得满满的蓝白条格的蛇皮袋包裹，看上去很是吃重。

老人有些颤颤巍巍地提起包裹要放到中铺去，到车厢四周察看刚回来的关凯看到，赶上前去，说“稍等”，便要接过老人的包裹。

而几乎同时，在兖州车站和李古力擦身而过的严默也刚好经过，他们几乎同时说"我来帮你"并同时抓住了包裹。

他们突然意识到对方并不陌生，两人下意识地对望了一眼，彼此的目光中充满了诧异。

严默先松开手，她看到李古力正从另一个方向走过来，她一声未吭转身走了。

看她离去的背影，关凯嘟嚷道："真是个怪人。"说着，他把包裹放到了中铺。

李古力过来和老人说话："大爷，你们是22号？"

老人把手中的两张票都递给李古力："这里，是这里吧？"

李古力拿过票，看了看，是22号上铺和中铺。

他把票递还给老人，指着21和22的下铺说："你们睡这两个铺吧。"

老人知道面前的年轻人让自己和老伴睡方便的下铺，很是感谢，但嘴上推让着："不行，不行，这哪里可以。"

李古力笑道："你看我们这边都是年轻人，爬上爬下容易些。"

他让老人和他的老伴在下铺坐下，关凯也把他们的包裹从中铺拿了下来，要塞到靠窗的桌子底下。

这时，灰色西服的金发中年人从李古力身后走过。通道太窄，他碰到了李古力。他没有出声，一闪而过。

李古力意识到后面有人，他立刻转过头去，没有人。他没有在意，回头继续帮老人整理床铺。

他不知道，刚才从他身后闪过的金发外国人，正是被他在日照追赶到泻湖里去的凯文。

章二十九

每个车厢的末端都有盥洗室和厕所，但当火车停靠到站点时，厕所都会被提前关闭。

22 号铺是这节车厢的最后一组铺位，紧挨着盥洗室。

严默从盥洗室出来，经过 21、22 号格子间，21 号上铺的李古力看到了她。

对面的关凯也注意到了她。

"那是火车站救孩子的那个人。"关凯对铺位对面的李古力说。

"嗯。"

"我怎么都觉得她很奇怪，不和人打招呼，冷冰冰的。"

"我也有些纳闷，而且，她似乎还有意地躲避着我们。"

"她不会是？"关凯觉得他的想法不可思议。

"你是说？"李古力明知故问。

关凯摇摇头，说："不会的，不可能。"

李古力知道他想说什么，帮他把话说出来："你是说她可能是我们追的前面那辆车里的人？"

"是的。刚才帮老人拿包裹，我看到她手上的老茧，是使用枪械的那种老茧。"关凯把心里的怀疑说出来，觉得舒坦了一些。

"真的？你看清楚了？"

"的确是。因为很近，我看得很清楚。我当时就纳闷。"

"嗯。"

关凯见李古力没有把话说下去，提议道："要不我去试探她一下？"

"嗯，找一个机会。我已经和她正面招呼过了，但她没有回应我。找个机会，我们得确认她的身份，或许她就能把我们引向文文。"

"把票拿出来，换票了。"这时乘务员走了过来。

中铺的高雅妮把四张票给了乘务员。李古力问："你好，请问明天天亮后第一个站是哪里？"

乘务员想了想，说："洛阳。"

"谢谢。"

凯文在日照火车站就看到了李古力一行四人。看他们的模样，应该是在找人，潜意识告诉他，他们就是为文文而来。

日照的遭遇和失手，他本来觉得很懊恼，但接到新的任务后，他也就当下心安。日照的失手是个运气问题。如果学校那个倒霉的家伙没有出现，一切可能就都已经完成了。

而现在，李古力他们还在找人，这个可以证明他们还不知道文文的存在。当然，他们也可能是在找别人。但他们肯定不是在找自己，因为大家已经碰过多次面了，李古力他们并没有敌意。

但是，李古力的存在是一个威胁，他需要在这趟兖州到西宁的火车上解决掉他们，这样，才能确保文文的资料安全到达青海湖董教授的手中。

为什么交给一个中国人？他心里还是有些不舒服，但很快，他就不想了。那不是他的工作范围。

刚才经过李古力身后的时候，他已经将"死扣"放入了李古力的衣兜。

"死扣"看上去是一个灰色金属纽扣，但它实际上是一个卫星定位器。"死扣"启动进入程序后，将和卫星相连并为其控制。那时，只要凯文按下手表上的控制器按钮，卫星会让"死扣"发出特殊的震波，而"死扣"震波将让"死扣"的载体，也就是李古力，顿时神经错乱，而之后，"死扣"会启动自毁程序，让它变成一个真正的普通的金属纽扣。

凯文等待着黑夜的来临。

火车缓缓启动，此时已经是夜里八点四十七分。

漆黑的夜幕笼罩住了整个天空，车窗外远处偶尔的灯光出现然后又被甩到后面。车内奔波了一天的人们开始安静下来。

王贵华似乎有了什么新发现。

"队长，你记得你说的文文可能是小名？"

"是。"李古力以为王贵华找到了线索。

"我想了几遍，都没有办法找人的小名。但是我想到了曾用名。"

"怎么了？你找到什么了？"

"是。我又进入数据库，试了一遍在曾用名中寻找，结果还真的给我找到一个'文文'文化的'文'、两个'雯雯'上面带雨的'雯'。"

高雅妮马上问："你定位了？"

王贵华有一些自己研发的软件，比如"图片壳"，它能通过现有照片在互联网上搜索所有和照片上的人对应的人，一旦找到这个人之后，他便能很容易地通过各种网页、社交网站、数据库等等，找到这个人的联络方式，而只要找到这个人的电话号码，不管是否开机，都能找到这个人现在的位置。这些，在之前缅甸、上海和其他业务中都已经百试百中。

但这次王贵华却似乎犯愁了："我发现我的卫星定位系统受到干扰，刚发生不久。我找了半天也找不出原因，正犯愁呢。"

"你有那三个文文的照片？"

"有。"王贵华把电脑托着给大家看。

李古力看到照片，说："事不宜迟，不等定位了，我们现在就去找。"说着他从上铺下来："关凯，你去前面三节车厢，小高、小王和我去后面车厢。然后回到这里碰头。"

关凯向火车的前方走去。

凯文的铺位就在前面不远处，看到关凯走来，凯文心里一紧，不知自己是否被发现了。他扭头假装看窗外的同时，朝关凯身后的车厢看去。看到李古力等人朝车后走去，他的心才放了下来。

关凯经过时，看了凯文一眼，又往前面走去。

梁菡、鲍勃和严默在 3、4 号铺的格子间。梁菡和鲍勃分别在 4 号铺中、下铺，严默在 3 号下铺。关凯经过时，梁菡正照着镜子。

关凯稍稍停留了脚步，因为他想看清楚梁菡的面孔，而梁菡对面的严默看到关凯在这里停下脚步，似乎是看梁菡，不明白这人搞的是什么鬼。

他是否是假意看梁菡但实际上是在看自己？因为被堵在格子间里，严默只好等着关凯的下一步。

关凯终于看清了梁菡的脸，和刚才王贵华给他看的三个女孩的样子完全不同。他正准备继续向前走，看到严默正在对面看他。

关凯想现在不是追问严默的时候，于是首先放弃了对视，继续向前走去。

这时的人们有的摆开架势打牌，有的已经准备入睡了。因为关凯走过的时候盯视着每一个人，有人意识到被他注视，于是扭过脸去；有人根本没有看他；而有两个十四五岁的小男孩却对关凯的盯视十分在意。他们看到关凯魁梧的身材，很是敬畏，以为他会和他们说话，但他们很快就失望地发现，他似乎没有看到他们，就走过去了。

走过二号车厢，一号车厢却是发电车，没有旅客。关凯回到自己的铺位。

关凯在过道边的小座位上坐了一会儿，高雅妮回来了。

关凯问她："怎么样？"

高雅妮耸耸肩："没有。你呢？"

"你们不是一起吗，队长呢？"

"他和小王去后面的车厢了，我在五、六、七三节车厢找了一遍，没找到相似的人。哎，你说咱们的方法是不是太笨了？"

"那你有更好的办法？"

"嗯……还是等队长回来再商量吧。"

又过了几分钟，李古力和王贵华都回来了。

关凯急忙站起来："怎么样？"

李古力有些失望地说："没有。有两个有些像，但一问，都不对。"

王贵华接着说："是啊，有一位像，老家是兰州的。我刚问了两句，她男朋友就出来了，而且态度很不友好。"

高雅妮听后笑了："就你那样子，还会让人吃醋。"

"那怎么办，队长？"关凯见李古力沉默不语，一脸严肃，问道。

李古力看了看前后过道，说："这样吧，我们先休息，也再想想有没有其他办法。"

关凯走后，鲍勃突然对对面铺上的严默说："你好，我见过你。"自从看到严默来到对面的铺位，他就一直想告诉她。

严默一惊，但语气却仍然平和："你认识我？"

"嗯。我想是的。我给你看个照片。"说着，鲍勃拿出相机，翻到万平口海滩上他拍的潜水人，递给严默。

严默看到照片中正是自己从海洋里出来的情景，心里一沉，但仍然不动声色："你肯定是搞错了，那不是我。"

一旁的梁菡见状，过去从严默手中拿过相机："我看看？"

梁菡看了看照片上远处的人，又看看严默，说道："我觉得不是。"

鲍勃急道："你仔细看，她们肯定是同一个人。"

"哎呀，你真是个笨蛋。你看照片里的人哪有我们眼前的姐姐漂亮啊。"

严默被梁菡的婉转夸赞弄笑了，见鲍勃还不死心，于是说道："这照片上分明是个男人，你肯定搞错了。"

鲍勃还是有些将信将疑，但他已经没有理由坚持了，于是给自己台阶下："呵呵，不好意思。"说着，他伸手给严默，"我是鲍勃，来自美国萨拉索塔。"

严默怔了一下，随即也伸出右手："我叫严默，来自中国西宁。"说完，她转头看梁菡。

梁菡觉得这真是太可笑了，于是也伸出手去，故作正经地说："我叫梁菡，来自中国日照，呵呵。"

"你介不介意我问你是做什么的？"鲍勃又开始寻找话题。

"哦。我做旅游的。"严默回道，接着她问，"你们去西宁吗？"

梁菡说："对啊。我是去西宁出差，那边有一个我们日照的茶叶客户。对了，严姐，西宁有什么好吃的？"

"西宁嘛，有牦牛干和老酸奶。"

"西宁不产茶叶吧？"

"不产，但是西宁有很多很大的茶叶批发市场。"

"难怪呢。"梁菡一听到有茶叶市场，她那敏锐的销售员的脑袋立刻活跃起来，"你认识里边的人吗？姐。"

"这个我倒不认识，但我可以帮你问问。"

"太好了，太好了！"

看鲍勃没有加入说话，严默有意问他："你喜欢喝中国的茶吗？"

鲍勃很高兴严默把他带入讨论："呵呵，喜欢啊，不过我们美国人喝茶不会像你们中国人那样直接把茶叶泡在水里。"

"这个我知道，你们都是把茶叶装到一个个小的速溶袋里然后再用，是吧？"梁菡询问道。

"对，对。我们美国人喝茶与你们中国人喝茶最大的不同是，我们讲究效率、方便，所以我们从来不泡茶，泡茶很浪费时间的。"

"所以你们美国人至今不了解什么是茶。你知道吗？在我们中国，喝茶不仅仅是喝茶。"

"那你们还喝什么？"鲍勃有些疑惑。

"不是还喝什么，这样说吧，在中国喝茶是一种文化，喝不同的茶需要有不同的茶具，不同的茶在不同的场合喝才有意境。你知道什么是'扫雪烹茶'吗？"

　　"不知道。什么是'扫雪烹茶'？"鲍勃问道。

　　"'扫雪烹茶'就是坐在一个美丽的湖边，用松毛为柴，白雪为水，一个七八岁的小孩在旁边烧火。一个诗一样的意境。"

　　鲍勃的汉语词汇中还没有"意境"这个词："意境是什么？"

　　梁菡一时间不知道该如何解释"意境"这个词，她应付道："意境就是、就是一种看不到的东西，就是一种心态，一种诗意。你理解我说的吗？"

　　鲍勃还是没有听懂，但他选择他懂的部分评论道："嗯。马马虎虎吧。不过你刚才是说一个七八岁的小孩在旁边烧火，你是说他在煮水？"

　　"是啊。你不觉得这很有诗意吗？"

　　"我不觉得。"鲍勃照实回答，"大人喝茶就喝茶，为什么要让小孩煮水呢？小孩应该去玩自己喜欢的东西才对，不是吗？"

　　"这个，这个……"梁菡一时语塞。

　　严默圆场道："小孩煮水是故事里这样说的，并不是真的。"

　　"哦。我说么。"鲍勃似乎还在让孩子干活让大人享受这件事耿耿于怀，"还有，喝茶为什么要喝热的？冰茶多好，又方便又好喝，也不用孩子煮水。"

　　严默觉察出鲍勃的天真，基本可以判断不是敌人。她问鲍勃："鲍勃，你去西宁做什么？"

　　"我去看青海鳄。"鲍勃回答得很干脆。

　　"看青海鳄？"严默和梁菡都奇怪地看他。

　　"嗯。我从小就喜欢探险，尤其喜欢湖泊探险，我去过英国的尼斯湖，去过瑞士和法国交界的日内瓦湖，那是阿尔卑斯湖群中最大的一个湖泊，传说那里有湖怪，于是我去看了，也没发现湖怪，不过那里的景色还是很美的。后来我又去过南美洲的马拉开波湖，那是南美最大的湖，那里也说有湖怪，我去看了，也没有湖怪。我听说青海湖也有湖怪，所以我就来了。

对了，你知道那里边有没有湖怪？"他问严默。

严默笑着模仿他的口吻说："我去看过，也没有湖怪。"

鲍勃和梁菡都被逗笑了。

严默继续道："倒是有一个传说，说是青海湖底有一个黑洞，黑洞与北面的黑海遥遥相通。多少世代以来，青海湖周围的雪山冰川消融的流水不断流入湖里，而青海湖水却从来不涨反而一直在减退，说是流去黑海了。也有人说那个黑洞里有一种湖怪。"

"还真有湖怪啊？这下我来对地方了。"鲍勃兴奋起来。

"快别说了，我还打算去青海湖转转呢，让你们一说，我都不敢去了。"梁菡说道。

严默呵呵一笑："呵呵，那只是个传说而已。"

三个人一时无语，都期盼着尽快赶到青海湖。

章三十

晚上九点多一点，车厢里一片安静，不少人都睡下了。这趟车有空调，而且是效率很高的那种。冷风从空调风管里嘶嘶地吹出。睡觉的人们下意识地把被子裹了起来。

突然，22号下铺的老人猛烈地咳了起来。他对面的老伴坐起来走到他的身边，扶他坐起来，不住地拍打他的背。

老人的脸色因为剧烈的咳嗽、憋气而涨得通红。李古力等人都下来帮忙。高雅妮一边替老婆婆为老人按摩背部，一边让老婆婆介绍情况。老婆婆说老人本就有很严重的哮喘，体质很弱，车厢空调的温度太低了，他可能是冷了，所以咳了起来。

李古力听到，马上把自己的外套脱下，给老人披上。

过了一阵，老人的咳嗽在高雅妮的按摩下慢慢有所缓解，此时车厢里的温度过低，以至连关凯和李古力都感到了凉意。

关凯对李古力说："要不我们去让乘务员把空调温度调高些？"

李古力一想也是，车厢里这么冷，稍稍调高一些应该不会影响到别人。

他说："那你去看看。"

车厢交界处的乘务员休息室里，一名身穿白色铁路制服的中年妇女正读着一本杂志看得投入，边看边嗑着瓜子。

透过乘务员休息室的窗口玻璃看到这一幕，关凯不禁微微皱了皱眉。他忍住心里的厌恶感，轻轻地敲了敲门。

不知是关凯的动作太过轻柔或是乘务员已经完全沉浸到书中的世界里，她没有反应。

关凯尝试推开乘务员休息室的门，但门纹丝不动。乘务员将门从里边锁了。

关凯深吸了一口气，这次他用力地敲门，里面终于有了反应。

"谁啊？"乘务员从门里传出的声音不高，但很尖锐，尖锐中夹杂着恼怒。

关凯不想吵醒附近铺位上的乘客，他在窗口示意里边开门。但里边的人却没有起身的意思，仍然翘着二郎腿看着她的杂志，还不忘继续嗑她的瓜子。

关凯被那乘务员恶劣的态度给气坏了，他开始用力敲打金属门上的玻璃窗。终于，里面的人非常恼怒地将杂志摔到桌上，气势汹汹地走了过来。

"你干什么的，有你这样敲门的吗？"乘务员打开门，大声吼道。

关凯看她出来，心想正事要紧，压低嗓门道："能不能把空调的温度调高一点，有老人受不了了。"

没想到这个乘务员冷笑了一声，大声说道："怎么还嫌冷啊，怎么就你来说，怎么没有别人来说。你说冷，别人没准还觉得热呢。"

关凯真是要爆怒了，虽然他肯定不会对这个女乘务员动粗，但如果不是王贵华赶来的话，也不知道他会如何应付目前的状况。

"乘务员同志，"王贵华对乘务员说，"我们那边有一个老人病了，受不得寒，您看看车厢里的温度是不是低了？如果低的话，调高一点？麻烦你体谅一下老年人吧。"

"体谅，我体谅他们，谁体谅我。要嫌冷，别坐火车啊。"乘务员有些不屑地看了看高雅妮和老婆婆一眼，便要关门。

一个上厕所路过的胖胖的中年男子看到了这一幕，觉得这两个大男人看起来挺精神的，做起事来怎么这么迂腐。他上前伸手抵住了即将关上的门，乘务员完全没有想到有人会把门向里推进，一下被推了个踉跄，一屁股坐在了地上。

"你们要干什么？"乘务员见那人一脸横肉，语气不觉软了下来。

"你把你们的列车长叫出来，什么东西！"中年男人进门就对她训斥，"别人好声好气和你说话，你就这个样子？"他又看看地上凌乱的一地瓜子壳，"你还像个铁路乘务员么？哪个局的？我倒要问问你们的局长。"

中年人的架势像是一个当官的，一天前刚刚因犯事被扣了奖金的乘务员顿时乖了。她爬起身来，唯唯诺诺地说："好，好，我去调，我去调。"

这时的凯文正斜躺在他的铺位上做着一个重大的决定。

他刚要按下他手表上的按钮时，车厢尾部传来了忙乱的声响。他探头向那边看去，又听到一个女人的喊声。

他犹豫了一下。

等过道里安静下来后，他按下了手表上的按钮。

章三十一

此时老人已经不再咳嗽，其他人都已经回到自己的铺位，只有高雅妮还坐在老婆婆的床位上帮她照看她的老伴。

两位老人不停地感谢着高雅妮和她的同伴们，紧接着二老打开了话匣子。他们去西宁是看孙子，他们的儿子很孝顺，每个月都给家里寄钱，但是他们依旧非常挂念他。

面对两位老人的絮叨，高雅妮却急着想脱身。周围已经安静下来，她不想吵着隔壁格子间的人们。

高雅妮站起身，说："大爷，不早了，你们也睡吧。"

"好的，好的，闺女。你真……"老人正回答着，突然如石化了般，身体一下僵直不动，但脸上却依旧保持着刚才的笑容。

紧接着，老人的眼神开始涣散，面色变得青紫，白沫从他口中吐出，身体向地上"扑通"一下倒了下去。

刚准备爬到中铺的高雅妮见状立刻下来。

老人正全身抽搐着，已经没有了意识。被眼前一幕惊吓住的老婆婆顿时大声哭了起来。

王贵华听到下铺扑通一声，立刻翻身往下看。他看到老人倒到地上，李古力的衣服还披在他的身上。

他似乎看到在老人倒地的瞬间，一个一元的硬币在地上滚动。他没有在意，当下他爬下床来。

从老人刚才浑身抽搐、呆视和失去意识的体征来看，高雅妮初步判断他是癫痫发作。她看车厢里有人已经过来，便对身边的李古力说："得让他们回去，病人需要新鲜空气。"

在李古力等人的劝导下，乘客逐渐回到了自己的铺位。

乘务员这时也赶了过来。看到关凯和老人都在这里，突然有些害怕，怕这一切是自己给耽误的。

她急忙拿起电话，拨号喊道："列车长，列车长，四号车厢一个老人发病，请赶快过来。"

这时高雅妮把老人的头部平放到了地面，并把一本杂志卷起放到老人上下牙齿间，以防他咬伤自己的舌头。同时，她又松开老人的衣领，把他的头偏向一侧，这样他口腔里有分泌物的话就能自行流出，防止误入气管，然后，她把老人下颌托起，防止因窝脖使舌头堵塞气管。

看高雅妮很熟练地做着这一切，乘务员心里放松了一些："你是他亲属？"

"不是。"

"他这是得了什么病？现在好点了吗？"乘务员转眼看着高雅妮问道。

"应该是癫痫发作，我已经进行了简单的救治，暂时控制住了病情。"高雅妮说道。

乘务员不知道再问什么好。她注意到关凯在一边并不友好的眼神。

这时，过道上快步走来几个人。最前面的是列车长，后面跟着两位男乘务员。

列车长跑到跟前，看了看还僵直在地上的老人，又看了看四号车的乘务员还有在旁边哭着的老婆婆，问："怎么回事？"

"这位老先生好像是癫痫发作了，这位女士帮忙进行了救治，那位老婆婆是老先生的家属。"乘务员说着，看了高雅妮一眼。

意识到高雅妮提供了帮助，列车长对高雅妮说："你好，我是这辆车的列车长。谢谢你的帮助。"

"你好。癫痫病人需要一个安静地方待着。"高雅妮看着列车长说道。

"嗯，好，我这就安排地方，您是医生吧？希望你能随我们来。"列车长说完拿起电话，"喂！把软卧那个空着的包间打开，我们马上把病人送过去。"

列车长说着，又转头问高雅妮："我们能把他抬起来吗？我们带来了临时做的担架。"

"可以，不过尽量慢点。"高雅妮说道。

听高雅妮说完，列车长对身后的两个男乘务员说："你们把他抬到前面的软卧去，动作慢点，注意别碰着他。"

两个人一前一后站在老人的头和脚处，轻轻地把老人抬起来稳稳地放到了一边的担架上。列车长走到稍微有些停止哭泣的老婆婆身边安慰道："大妈！别担心！我们会照顾好他的！不会有问题的！"

老婆婆听列车长这样说话，反倒又哭了起来。她担心老伴，心里本来就慌，而周围这么好的一群人又都在帮忙。她不知如何是好，只能用哭来传达自己心里杂乱的感受。

列车长无奈地对女乘务员说："你扶着老大妈一块到软卧去。"

"好的！"乘务员点了点头。

列车长转身又问高雅妮："对不起，你能跟我们一起到前面软卧车厢去一趟吗？我们缺个医生"。

看到李古力在一旁点头，高雅妮说："没问题。"

列车长带着一队人离开后，四号车厢恢复了原先的平静。

车厢里晚间的灯光有些朦胧，王贵华弯下腰，看到了在22号铺的底下，有一个东西在微微发亮。他伸手把它捡了起来。

他回到自己的中铺，仔细打量着刚捡起的东西。它大约有一元钢蹦儿大小，但比一元钢蹦儿厚，中间还有两个小眼。这个东西很轻，比一个一元钢蹦儿还轻，看上去像一个空心的金属纽扣，但这个金属……王贵华有些迟疑，他不能判断这是什么样的金属，如此的轻。这个东西里边肯定是空的。

得赶紧告诉队长。

两位男乘务员把老人放到空着的卧铺间的下铺后，离开了车厢，让女乘务员搀着老婆婆进去。

"请问怎么称呼？"列车长问高雅妮。

"高雅妮。"

"高医生，很感谢你帮助救治。你看下面我们还要如何处理？"列车长关切地看着里边的老人问。

"他应该很快醒过来的。一般癫痫持续时间应该在五到十分钟内，如果超过这个时间，就很难自行中止，这对神经元的损伤程度也越大。"高雅妮看了看表，有些困惑，"已经有十分钟了。"她说着就要进里边去。

列车长向后挪了挪站在门口的身子。

高雅妮来到老人身前，摸了摸他的手腕，又用手探了探他的鼻息。还有鼻息，但为什么还没有醒来？

老婆婆看到她紧张的神态，号啕大哭起来："老头子……这还……没到站呢……你就走了……你留下我……"

高雅妮劝慰道："老人没事，他只是睡着了，等会就没事了。"

听高雅妮这么说，老婆婆停止了哭声，抽泣着说："姑娘，谢谢你啊！你真是好人！"

高雅妮点着头，走出门外，她关上身后的门，对着列车长说道："列车长……"

"嗯？怎么？你说！"

"下一站，他们必须下车。得赶快叫救护车接应。"

"为什么？"列车长不解地问。

"老人脉搏气息非常弱，现在急需氧气，如果不能及时救治，可能撑不了太长时间。"

听高雅妮这样说，列车长赶紧拿起电话："帮我联系下一站的站长，快点！"

高雅妮站在过道里看着窗外，黑漆漆的什么也看不到，只有车窗玻璃中的自己。她等着列车长下面的安排，看什么地方还能帮上忙。

这时列车长说："高医生，我们到我那边谈一谈情况吧。"

"就我？"高雅妮有些纳闷。

"还有老婆婆。我们得安排一下老夫妻，也想听听你的意见。"

"队长。"王贵华轻声对对面上铺的李古力喊道。

"嗯。"正想着心事的李古力翻过身看下来。

"你没睡？"

"没有。"

"你到我这里来一下好吗？"王贵华仍然低着声音问。

待李古力坐到他的身边，他把那个一元钢蹦儿样的东西给他看："我捡到一个东西。"

李古力看到一个两厘米直径的金属圆扣，他拿到手上端详："这是什么？"

"我也不知道。"

"哪里来的？"

"刚才那个老人摔下去时衣服里滚出来的。"

"那是我的衣服。"李古力疑惑道，"我没有这个东西。"

"我知道。所以我喊你下来。"

"你肯定是我衣服里掉出来的？"

"我不敢完全肯定，但百分之九十的肯定吧。我先研究一下，有发现我马上告诉你。"

李古力回到自己的上铺，心里纳闷：如果是我口袋里掉出来的，那是谁放进去的？这又是个什么东西呢？

章三十二

列车长室房间不大，和一个卧铺房间差不多，一张桌子和几张椅子，桌子上是一些整齐的文件。

列车长让老婆婆和高雅妮都坐下后，问老婆婆："大妈，您这趟是去西宁的对吧？"

"是啊！去看儿子的。"老婆婆不解为什么到这里说话。

"但是，因为您老伴现在的状况，我已经安排你们下一站先下车看医生。"列车长说。

"啊？为什么，他怎么了？"老婆婆觉得事情糟了，难怪他们让她到这里来说话。她看高雅妮，急道："医生你不说他只是睡了吗？"

"阿姨你别急，他只是暂时性的昏睡过去，很快便会醒来，不要担心。"高雅妮安抚着老婆婆。

列车长的电话传来了声音。

"列车长！请回话！"

"我在，讲！"

"我们联系到了下一站的站长，他很配合我们，说已经做好了接应准备。"

"好。"车长说完，转头看着老婆婆，"大妈，我们都安排好了，你尽管放心。下一站你和你老伴先下车去医院，等他好了再去西宁。"

老婆婆又要哭出声来："我老伴没事吧，我儿子他知道吗？"

"对，您有您儿子的电话号码吗？"

"有。"说着，老婆婆颤颤巍巍地从衣服口袋里取出一张写着电话号码的纸片。

列车长把电话号码录入他的手机，说："您放心，我们会尽快与您儿子联系。"

高雅妮耳朵上的震动轻轻震了一下，是李古力找小高。

"车长，还有我的事吗？"

"没有了。高医生，再次谢谢你。"

"那我走了。"说着高雅妮就要走出车长室，但她突然想到了什么，停下了脚步，转身问老婆婆："阿姨！您老伴之前有过癫痫吗？"

老婆婆显然没有听懂，又开始恐惧起来："什么？"

"您老伴以前，嗯，有过抽筋，就像刚才那样么？"

老婆婆赶紧摇头道："没有，没有，从来没有过。"

刚才的病症明显就是急性癫痫，但他这么大的年龄，不可能是第一次发作，而他的老伴否认了这个可能。这是怎么回事呢？

高雅妮一边向回走一边想，没有注意到两节车厢的连接处背对着她的凯文。

凯文按下手表上的按钮后，紧接着看到车厢的尾部出现了状况，有人在哭，有人往那边跑去。他有些纳闷，不知道为什么"死扣"会导致如此大的反应。正常的状况应该是第二天早上，人们发现李古力在他的铺位上已经死亡。

他想过去看到底发生了什么，但又顾忌被人怀疑。正纠结的时候，两个列车乘务员抬着一个老人走过，而老人身上赫然盖着李古力的衣服。

"糟了。"他心里暗叫。

李古力的衣服怎么在这个老人身上！从这个老人的体征上看，是他，而不是李古力中了"死扣"的招。

"怎么办？"

"我得把死扣取回来，目标没有达到，就更不能留下证据。"

章三十三

凯文跟着走到软卧车厢，看到前面的人都进了一个卧铺间，他退回到两车的连接处，等待机会。

"麻烦让一下。"一个女乘务员从身边经过。

这个女乘务员是那个卧铺间除了那个老人唯一的人了。他立刻想过去，却见高雅妮走了过来。

他转过身去，在车门的玻璃上看到高雅妮走过后，又转身轻轻地走进卧铺车厢，走到老人的那个卧铺间。

他发现软卧包间的门半掩着。他透过门的隙缝看进去，就下铺上躺着一个人。

他闪身进去，一把扯过老人身上李古力的衣服，把手伸向右口袋。没有。他心里一沉，难道记错了口袋? 手又伸进左口袋，也没有。怎么回事?

他突然听到有脚步声传来。他看了看包间里的四周，一跃到了上铺，躺在上面，一动不动。

"唉，出这种事，真是麻烦。"一个声音走近了。

"希望下站前不要出什么事就好。"另一个声音说。

第一个声音已经到了门口："咦，门怎么开着？"他在门外看了看，顺手把门关上。

高雅妮走回卧铺，见李古力、王贵华和关凯都在下铺等她。

"老人怎么样了？"李古力关切地问。

"很不乐观，车上条件有限，所以已经安排下一站他们下车到医院。"

"老人到底是什么病？"

"我以为是急性癫痫的。癫痫是大脑神经元突发性异常放电，导致短暂的大脑功能障碍，这种病都有病史，特别对老人，但我问老婆婆，她却很肯定地否认了。"

"所以不是癫痫？"

"我不知道。症状都指向急性癫痫，但他却没有病史。而且，我还注意到他的皮肤上有严重的立毛肌收缩现象，这也不是癫痫的症状。"

"什么是立毛肌收缩？"关凯问。

"嗯。就是鸡皮疙瘩。立毛肌收缩会导致皮肤上的鸡皮疙瘩和毛发直立，而这个现象和癫痫没有关系，它是当人们恐惧、害怕时，交感神经兴奋，肾上腺素水平增高而产生的。"

"那你觉得会是什么？"李古力又问。

"我还不能确定，但我觉得如果不是老人内在病因的原因话，就可能是外因导致，但又完全没有任何外因诱导。"

"什么外因？"

"比如遭受电击。"

"对了。这就对了。"王贵华几乎大叫起来。李古力看向他，他随即意识到不对。他向隔壁的格子间看去，看那边的人没有探头，于是悄声说道："就是它了。"说着，他把那个金属纽扣给大家看。

"这是什么？"高雅妮好奇地问。她不知道王贵华所说的这个东西和老人的癫痫症状有什么关系。

"记不记得早些时候我的定位器受到干扰不能使用？"王贵华看大家

都没有应答，于是继续说，"就是这个纽扣。我刚查到，这个东西是卫星遥控电磁频定向精神控制器，又叫'死扣'，我们的资料上有这个东西的说明但没有实物的图片。比对各项特征，我觉得这个就是'死扣'。"

"死扣？"高雅妮没有完全明白王贵华所列出的技术术语。

"是的。按资料上的说明，它能让它的载体产生痉挛、神经错乱和休克以至死亡。"

"这是个杀人武器？"高雅妮不敢相信，她看着王贵华手里的纽扣下意识地说，"那你还拿着它。"

"没事了。明显，它已经自毁了。"

"啊？"高雅妮抬头看王贵华。

"是的。它只能用一次。"

"那有人在控制着它？"

"是的。"

"那人在哪里？"

"不知道。也可能在这个列车上，也可能在千里之外。因为它是由卫星控制的。"

李古力插嘴道："这人一定在这车上。"

"那为什么他们要杀那个老人？"高雅妮还是觉得奇怪。

王贵华说："他们不是要杀那个老人。他们要杀的是队长。"

"啊？"高雅妮更是瞪大了眼睛。

"是的。"李古力解释道，"有人把这个放到了我的外衣兜里了，但我看老人冷，就把衣服披在他身上了，没有想到却害了老人。"

"你们的意思是说，有人把这个东西放进了队长的兜里，本来是用来对付队长，没想到却阴差阳错地作用在了老人身上？"

"是的，是这样。"李古力说道。

"是谁做的？"

"还不知道。我们在等你回来，我们一起来排查。"

这是什么时候放到衣服口袋里的？

日照火车站的候车室？兖州火车站的候车室？还是日照兖州的硬座火车上？还是兖州上车之后？

这个过程中，人来人往，而且自己还在车厢里前后寻找文文。

会不会是在走过某个座位时，什么人把这个"死扣"塞进了自己的衣兜？

除非自己是专顾做着什么，不然不可能会不注意到的。

李古力前思后索，没有眉目。

而且，这个人为什么要对他下手？如此致命的武器，不是一般人所能拥有，因而对他下杀手之人必定有相当的背景。那会是什么人呢？

那个金发的外国人？他想起在兖州火车站和那人的对视。那人的眼睛里有明显的不安，但他并没和自己有接触啊。

李古力想到了各种不同的可能，但却不能确认其中任何一个。

他揉了揉自己的太阳穴。

不管是什么人，目前自己的最大使命，也应该就是这个人的最大使命，所以自己必须清醒。自己目前最大的使命乃是找到失踪的蛋白合成工艺，因为这是国家最高利益，涉及即将到来的辐射灾难最后的健康屏障，如果按高雅妮所说其他国家还没有这个蛋白的话，那将是地球人生命的最后希望。

想到这里，他做出了决定，暂时不找这个杀手，而是继续把目光盯在文文的行踪上。

"这样，我们不要再花力气找这个杀手。我们最大的任务是找到文文。"

关凯不同意："我不同意。如果这个杀手知道没有成功，他一定还会再次下手的。"

高雅妮赞同关凯的说法："我也认为还是要找杀手，说不定他和文文还有关系呢？"

看王贵华没有说话，却探头向车厢的前端看去，高雅妮问："小王，你说呢？"

"我在想如果这事是在这趟火车上发生的话，哪些人最可疑，而且最有机会靠近队长。"

关凯脑中一闪，那个女子！

"记得日照火车站救孩子的那个人吗？她就在车厢最靠前的一个格子间。"

"是，她还在这里帮你拿过老人的行李。她怎么了？"高雅妮问。

"我和队长对她本来就有怀疑。最关键的是，她的手掌上有握枪握出来的老茧。"

"真的？"

李古力也在考虑。的确，当时她和关凯帮老人提行李的时候，大家离得很近。而且，从日照开始，她就一路过来。

她有一只拿枪的手，一个总是躲避自己的态度。

但她却似乎总是一个好人，救孩子，帮助老人。

难道她帮助老人只是个幌子，而真正的目标是自己？

但是，即使她是杀手，现在还是需要先找文文，必须在火车到达西宁前找到文文。如果她的确和文文有关系，或许在过程中，她会自动暴露。

李古力压低嗓门："她的确有可疑之处，我们也不知道她的底细。但我们还是要先找文文，同时密切注意她的行动。"

看到救孩子那一幕，本来对严默很有好感的高雅妮非常愤怒："是她？"

"我们并没有证据，只是怀疑，所以更不能草率行事。"

高雅妮想了想，说："这样吧，反正我们现在也没有其他办法找文文，你们继续想办法，我过去看看，也许能了解到什么，毕竟我们都是女人。"

李古力一想也是，于是嘱咐道："小心不要打草惊蛇。"

"好的。我会注意。"说罢，她起身朝车厢前方走去。

章三十四

她刚走进严默所在的格子间，就听到前面一个外国腔的男声在讲着故事："那个鳄鱼，有差不多十五英尺，就躲在我们家后面的池塘里。所以，我们在后院里做了个很结实的篱笆，不然我们的小狗一不小心就会变成它的晚餐的。"

听到这个外国口音在说鳄鱼，高雅妮有些诧异。她研究成功的治疗辐射的"青海一号"和"二号"，都是基于青海鳄的原蛋白。

3号铺的严默一下就注意到高雅妮稍微停顿的脚步。她看着高雅妮。

高雅妮没想到严默一下就注意到了她，她走过去，看到了鲍勃，心想刚才一定是这个人在说话。她问他："刚才你们在说鳄鱼吗？是哪个国家？我是专门研究鳄鱼的，不知道你所说的是哪一种？"

身边已经有了两位漂亮中国姑娘的鲍勃看到又出现了一位漂亮姑娘，而且还是专门研究他感兴趣的鳄鱼的，他十分兴奋："啊，你好。坐、坐。"他示意高雅妮坐到对面严默的铺位上。严默看到这个情景，心里恼怒，但又不能反对。她挪了挪身子，让高雅妮坐下。鲍勃开始介绍起来：

"我是鲍勃，这是梁菡，她是日照来的，去西宁卖茶叶的；这是严小姐，她是西宁人。"

高雅妮一边坐下一边和大家打招呼："你们好，我是高雅妮。"

"我刚才在说美国佛罗里达的 Allegator，美国的鳄鱼，但我这次来是去青海湖看青海鳄，是青海 Crocodile。你知道青海鳄吗？"

高雅妮微微一怔："青海鳄不是个传说吗？真有吗？"

鲍勃指着高雅妮身边的严默，说："她也说这是个传说。我必须去过了才能知道。"

高雅妮顺着他的话问严默："哦。你也知道青海鳄？"

"我也是听说而已，你在哪儿做研究？"严默反问。

"在上海。"

鲍勃打断了她们的对话："高小姐，你能和我们说说中国鳄鱼吗？我知道世界上鳄鱼就两个种类，要么是美国鳄，要么是中国鳄。"

"呵呵。其实中国鳄和美国鳄不同，中国鳄在中国又叫扬子鳄，生活在长江里，现在已经快绝迹了。"

"是吗？"在中铺听他们讲话的梁菡插话问，"但是，不是老是说这里那里有鳄鱼吗？"

高雅妮朝梁菡看过去，不像先前名单上的任何人。她解释道："我们国家的人说的鳄鱼都是鲍勃刚才说的 Crocodile 鳄鱼。"

"鳄鱼也有两种啊？它们有什么差别？"梁菡好奇起来。

"美国鳄和扬子鳄都生活在淡水里，而我们通常说的鳄鱼能生活在海水里。另外，鲍勃刚才说的 Crocodile 鳄鱼的嘴巴是宽的。对了，小梁，你是日照来的？日照在海边，有没有鳄鱼？"

"我想没有吧。我从来没有听说过。"

"哦。"高雅妮似乎不经意地刚发现什么，她看着严默的脸："咦，你不是日照火车站那个救人的人吗？"

听说严默救过人，鲍勃和梁菡都向她看去。而与此同时，严默看到关凯出现在不远的过道中，而且和高雅妮有眼神接触。她心里不禁咯噔了一下：他们是一伙的。

"没有啦。没有啦。"

"我看到的呀。你在那个火车站屋顶上，这么一跳，一滑再一跳，把那个小孩救了下来。"高雅妮夸张地比画着，又问，"对了，严小姐，您去日照做什么的呀？"

严默已经没有了心情回答。她说："我有些困了。要睡觉了。"她看着高雅妮，等她起身离开。

鲍勃和梁菡都有些不解，刚才还好好的，怎么就困了？

高雅妮决定直接把话挑明，确定是不是敌人比让队长再遭遇一次刺杀强。她站起来，却没有走开："严小姐，您去日照做什么的呀？"

这次梁菡觉得高雅妮有些无礼了，人家不愿意说，你追问什么呀。她从中铺探下头来。

严默看到，也站了起来，对梁菡挥挥手，表示没事。

不远处的关凯看到严默挥手，以为严默要对高雅妮动武。他立即跑上前来。

鲍勃不明原因，但他看得出来，关凯对严默的眼神不善。他噌地一下站起来，头差点撞到了中铺的床沿，挡在了严默和关凯中间。

"你是干什么的？"

关凯看看鲍勃，心想你也太傻了。你后面的这个人不知比你厉害多少倍，你还英雄救美。

高雅妮眼见不好，赶忙解释说："这是我的哥哥，他找我来了。"

鲍勃一听，疑惑地看了关凯一眼，又坐了下去："哦。"

这时候，一个乘务员推着小车刚好从这里走过，嘴里喊着："红茶，绿茶，矿泉水……"

关凯和高雅妮为避让乘务员的小推车，只能往格子间的里边挤，而乘务员没有看到刚才发生的一切，继续吆喝着"红茶，绿茶，矿泉水"朝前面车厢走去。

乘务员走过后，严默指着她的背影对关凯说："我们到那边去说话。"

关凯一听也好，到车厢的连接处说话。事到如今，至少把事情搞清楚，如果有冲突，也不会伤及无辜。

他们三人走后，鲍勃问梁菡："这是怎么回事？"

梁菡也不知是怎么回事，但她看高雅妮和他哥哥都不像坏人。也许他们有什么私人的事情。她重新靠回到枕头上："不知道。他们也许有他们的事吧。"

车厢连接处，严默冲着关凯问："你们是什么人？为什么要跟着我？"

关凯诧异道："不是你一直在跟着我们？你是什么人？"

严默冷冷地看着关凯。

这个人的性格和隼完全不同，他们是同伙？火车上没有看到隼，但她心里明白对方是不会罢休的。要么是没有找到这趟列车，但也可能他们换了一拨人，而这拨人在日照火车站买票的时候就遭遇上了。

而且他们还有同伙，就在自己的车厢尾端。还是能避开就避开。手上的情报是生命换回来的，不能意气用事。

"我想我们是一路巧合吧？我是西宁旅行社的。"

"巧合？你是不是落了什么东西在我们那里了？"关凯气哼哼地问。

"什么东西？"

"你跟我过去。你看了就知道了。"

严默觉得他欺人太甚，而且不知道他所说的过去是去哪儿，于是拒绝道："有什么话我们在这里说完，然后你们也不要再跟着我。"

关凯见严默不肯去见李古力，觉得严默心里一定有鬼。他恼怒道："今天你去也得去，不去也得去。"说着，伸手就要去拉严默。

高雅妮觉得关凯莽撞了，正要阻拦，却看到身后窜出鲍勃一步上前推开了关凯的手，把严默护在身后："去哪儿？她不愿意去，就不去。"

关凯见鲍勃冲了上来，反手一把抓住鲍勃的手腕，白了他一眼，心想你来捣什么乱，但却没料到自己的手腕跟着一紧，不由大惊，原来严默竟然也把自己的手腕扣上了。

关凯用力，想甩掉严默的手，但每次用力，严默的手上也传来更大的力量。关凯的脸上微微变色。他知道严默非同一般，却没有想到她手上的劲是如此之大。

她是要自己先松开鲍勃的手腕。

鲍勃的手正吃痛，不知如何是好。

三人僵持着。

高雅妮看出不对，但他们已经相互抓住，自己已经帮不上关凯的忙。她急忙抬手要拍耳朵上的"震动"让李古力来帮忙，但手臂却被身后冲过来的一个人撞向前去。她赶紧收回手，看是什么人，但接下来发生的事却让她目瞪口呆。

章三十五

一个穿着黑色紧身衣戴着连衣风帽的人出现在眼前，并似乎是要顺着过道向前面车厢跑去。

与此同时，关凯陡然感到手腕一松，严默已经放开了自己的手腕。他还来不及放开鲍勃的手腕，猛然听到严默充满怒气的声音："你想干什么！"

在黑衣人出现的瞬间，严默注意到他忽然脚下一个趔趄，朝她的方向栽了过去。他的手肘无巧不巧，直冲着严默的喉咙撞去。

严默不及多想，一声呵斥的同时，放开了关凯的手腕，身子整个向后仰去，同时，双手对准冲向自己喉咙击来的手肘用力一推，险险地避过了这个男子的手肘。

黑衣人似乎并不知道他刚才肘部如果没有被严默避开，那将是致命的一击，会击碎严默的咽喉软骨。他收回步子，嘴里嘟哝了什么，又向前跑去。

严默脸色一下煞白，庆幸那人出现的时候，她就注意到了他。从那人的个头来看，她怀疑他就是隼。

这时鲍勃还在揉着刚被关凯松开的手腕。他的直觉告诉他，还是远离是非之地，于是对严默说："我们回去吧。"

严默看了一眼关凯，心里疑问，他们是不是一伙的？但似乎不完全不像。

这到底是怎么回事？

她对鲍勃说："好的。我们回去。"

关凯没有阻拦。他也看到了刚才的情景。他真切地看到那黑衣人切向严默咽喉的胳膊肘。他当时正想帮她推开，但严默自己已经先行躲开。

看严默要走，高雅妮眼神示意不要阻拦，于是他让开一步，让严默和鲍勃通过。

那黑衣人的动作分明是有意而为，但又似乎完全是个意外。如果有意而为，那么这个严默还有其他对手？

那到底是谁把死扣放到了队长的口袋里？

看两人神情沮丧地回来，李古力关心地问："怎么了？"

高雅妮回答道："什么也没有问出来。"

关凯补充道："她很厉害，手上的劲特大。如果真打起来，恐怕我也难打倒她。"

李古力惊讶了："你们打起来了？"

"没有。但我看他们差点。"高雅妮说。

"没有。"关凯再次确认，"是差点，但中途冒出一个黑衣人……"他正要细说，乘务员走过他们的格子间："枣庄西站到了，有下车的旅客请准备一下。下一站，是枣庄西站……"

列车缓缓减速，停靠到枣庄西站的站台，车厢窗户外面也出现了明亮的灯光。李古力站起来看向窗外，自言自语："希望老人没事。"

软卧车厢门口，列车长搀着老婆婆并指挥着乘警背着老人下车。

站台上，两个身穿白褂的人已经在担架边等候。

九点五十一分，枣庄站过后，21、22号的格子间没有再来新人。中铺上下空间有限，王贵华坐在下铺端详着"死扣"。

　　对面中铺的高雅妮还在想着严默的事。她越想越不对劲，但却理不出个头绪。她看王贵华手里摆弄"死扣"，探过身去，低声问道："你发现什么新东西没有？"

　　"嗯。没有。不过我在想……"王贵华的话给走过来的乘务员打断了。乘务员先把过道窗口的窗帘拉上，接着走到21、22号卧铺中间，把桌下的热水瓶拿出来放到过道靠窗的茶几下，又回头把对面卧铺中间窗口的窗帘拉上。

　　待乘务员把这一切都弄妥当离开了他们的铺位，王贵华说："这东西世界上只有少数几个国家能够制造。"

　　"你是说只有制造卫星的那些国家或者公司会做这个？"高雅妮问道。

　　"是的。因为它是卫星控制触发的。"

　　"但使用这个东西的人会不会只是购买这个技术，而并不拥有这个技术？"

　　"这也有可能。但这种杀人暗器应该不会有生产规模，而那样的话，使用它的人就一定是生产它的人。"

　　"你是说这东西后面的势力很大？"

　　"是的。我纳闷的是，他们怎么会瞄准队长？或许什么人也有了队长的资料。"说到这里，他有些觉得不自在，朝过道看了一眼，"如果是那样，他们也一定知道我们其他人。"

　　"你是说有什么人知道我们的照片？"高雅妮不敢相信，一抬头，差点碰着上铺。

　　"嘘。"王贵华示意她轻点，"我是说有这种可能。不然他们怎么能这么精确地把这东西放到队长口袋里？"

　　高雅妮没有做声。

　　这时王贵华对面下铺的李古力说："希望那个老人没事。"

　　高雅妮应道："应该不会有事的。"她听到了自己那底气不足的声音，于是闭了嘴。她在说谎，就算是善意的谎言也会令人觉得内疚。根据她的经验来看，那位老人醒来的可能性非常小，她这样说只是不希望李古力感到自责。

王贵华瞥了高雅妮一眼，也安慰道："高姐说没事就应该没事。而且，你也是好心。"

李古力没有应声。

一时间，大家不知道该说什么好，格子间里沉默起来。

王贵华还在摆弄着手里的"死扣"。

乘务员又经过这里。快到晚上十点了。十点的时候，列车要熄灯，所以乘务员在做着熄灯前最后的准备。

一个穿蓝色衣服的人和乘务员说着话一起走过，走过21、22号格子间时他朝里瞄了一眼。

有人在不远处追问："服务员，几点熄灯？"

乘务员头也没回："十点。"

听到乘务员的话，原本已经在上铺郁闷着躺下的关凯坐了起来，并下到地上。他一来碰到严默这样一个不知来历的人感到有了对手，同时也越想越不对劲，因为回想起来那个黑衣人当时应该就是冲着严默的脖子而去。

"队长，我们走走好吗？"

李古力看了他一眼，知道他有心事。出去走走也好，虽已到了熄灯睡觉的时间，但他明白今晚注定是一个不眠之夜，他今天经历了太多、太多。

见惯了生离死别，可当你的好意夺走另一个人的生命时，就算是再坚强的人也会觉得心中压抑。

于是，他点了点头。

"小王，你们先休息。我和关凯出去走走。"

"都快熄灯了，你们要去哪？"王贵华不解。

"就是走走而已，马上就回来。你们先休息，睡觉时保持警惕。"

李古力和关凯离开后，高雅妮看到王贵华还在拿着卫星控制器摆弄。

"小王，早点睡吧。"高雅妮劝他。

王贵华又看了一眼"死扣"，说："好吧。"说着他拿出裤兜里的钱包，把"死扣"放进钱包。

高雅妮忍不住喊他："你不会是疯了吧？这个东西可是会杀人的，你怎么还把他放在身上？"

王贵华笑道："它里边已经空了，就一个空壳，不会有事的。"

高雅妮半信半疑，说："你肯定？"

王贵华已经爬到中铺，他头靠里边，盖上被子："高姐，没事的。"

高雅妮看他如此肯定，也就没再吱声。

王贵华闭了一会眼睛，觉得空调的风在对着他的头吹。他把被子蒙到脸上，但又觉得闷。他坐起来，在床上换了个方向，睡了下去。

看王贵华坐起来换方向睡，高雅妮轻声问道："怎么了？"

王贵华没有反应。高雅妮又重复了一遍，还是没有回应。

"这家伙，睡得倒挺快！"高雅妮闭上眼睛，准备睡觉，脑子里还满是刚才关凯和严默过招的情景。

她在想："那个鲍勃，处处护着严默，莫非他们有关系？"

篇五 ————
杀手

章三十六

关凯和严默过招时对严默下杀手的黑衣人正是隼。

现在他正躺在软卧车厢的一个包间里，想着如何走下一步。

在日照火车站火车发车的最后一刻，他追到了火车上。

他换了身衣服，很快就发现了严默。在硬座车上的时候因为是白天，人多没有机会下手。到卧铺车后，他几次借机经过，一个外国人和严默一直在说话。天黑后，他一直伺机而动，可就是没有机会。

刚才，他看到严默离开了自己的铺位，他想机会来了。严默身边还有一男一女两个人。他等了一会，希望严默会单个回来，和自己在狭窄的过道里擦身而过，这样他就可以出其不意地置她于死地，但他们却一直待在那个车厢连接处。

他刚要动身过去，看到和严默说话的外国人也跟了过去。隼顿了一下，马上做出了决断。必须马上动手，夜长梦多，必须利用每一个机会。

他于是跟了过去，车厢末尾，他清楚地看到灯光下严默暴露的喉咙，她的手似乎在和对面两个背对着他的男人互换着什么东西。

事不宜迟，他冲了过去，却发现她手上并没有东西。这时他已经止不住自己的冲劲，于是只能按原计划趁着劲势用肘向她的喉咙切去。

被她闪过也是已经料到的了，因为她手上没有东西，如果有的话就不可能这样反应了。

隼回到自己的软卧车厢，把衣服翻了个个儿，把里边蓝色衬里翻到外面，同时把帽子压到衣服里。他趁乘务员巡视车厢的当口和乘务员搭上话，走过严默那个格子间，发现他们已经上床睡觉，接着，他在经过21号铺的时候，看到王贵华在摆弄着"死扣"。

他心里一惊。

据他所知，这个东西只有自己最大的雇主才有。这个雇主也就是让他杀严默的雇主。

那个坐在床上的人，难道是……

如果是雇主的人的话，那么杀严默的就不是他一个人了。

这意味着，如果他不能得手而别人得手的话，下面，他就很难拿到大单了，而且，每个单的金额也会大大降低。

他得尽快得手。

但日照沙滩上和严默的冲突，自己并没有占到上风，而刚才，无疑也没有占到上风。自己现在唯一的优势，刚才之前，对方还不知道自己的存在。而现在这个优势可能也没有了。刚才的冲突后，她一定会加倍防备的。

但是，隼不能想象自己不能解决一个女人，更不能想象自己不能解决的女人会由雇主雇佣的其他杀手解决。

即使其他杀手不能得手，自己也必须在将来的二十多个小时的火车旅程中完成任务，因为一旦到西宁下了火车，在西宁那样一个大城市里，再跟上她就非常之难了。

隼在床上翻了个身，他对自己有些恼怒。太轻敌了，这个女人不好对付。他想象着这个女人的背景。雇主花大价钱要杀她，她能够与同伴潜入黑岐山基地并全身而退，说明她并不是一个简单的女人。他领教了她的本事，她的身手不容小觑。

隼的脑海中回想起与严默冲突时严默的眼神，他觉得自己应该重新审视自己的策略。

就目前而言，他要杀死严默是相当困难的。既然对他来说这很困难，那么对于他的竞争对手来说，也一定不容易。

或者，他应该和他联手。

虽然隼杀手生涯中只有一次是和其他人联手，而且事后他觉得其实他也能单独完成那个任务，但毕竟那件事还是成功了。隼觉得这次有些不同，这次自己单独操作有些吃累，或许联手是个选择，如果对方愿意联手的话。

隼从床上坐了起来，心想：对于竞争对手来说，他也许正和自己一样烦恼着，所以联手的话，也算是我在帮他。为什么不试试呢？想到这里，他拿出手机看了下时间，已经是晚上十点零九分。

事不宜迟，隼站起身来，轻轻走出包厢。他不想吵着包厢里其他的三个人。

隼朝王贵华的那节车厢走去，边走边吹着口哨，像是一个失眠得不能入睡的人在车厢里散步。

他走到四号车厢，慢慢地走着，口哨的旋律在他嘴里吐出，声音不高，但很清楚。

他注意到那个拿着"死扣"的人坐的床上已经没人。隼没有停留，径直走了过去。他也注意到那个中铺的位置多了个人。他想，那人可能睡了。

他不甘心，也不想走到车厢前面严默的位置引起她的注意，于是在走到车厢中部的时候，似乎想起了什么，转身又往回走去。

这时，中部的格子间里传来一个声音。

"大晚上的不睡觉，吹什么口哨！"

他再次经过王贵华的位置，看到中铺的人把头朝着过道这边睡了。

看来他听到了。

这个口哨是他这个行业的联络方式。听得懂这口哨的人，都是干他这一行的。有人吹这个口哨，就表明有事互相帮忙。

他走到车厢的连接处，看着黑黑的窗外，等着。

凯文正躺在自己的床上想着"死扣"的事，突然听到了熟悉的口哨声，他赶忙抬头向过道里看。过道里只有地上的地灯微弱的光线。他似乎看到了一个中国人的影子走过，但他明确知道那口哨是自己组织雇佣的杀手的联络暗号。

他的上司并没有告诉他这趟火车上还有其他人在保护资料。他想这个曲调本来就像东方的音乐，可能也是为什么杀手们用这个调子，因为在欧洲没有人知道这种调子。

口哨从走道过去，但很快又回转过来。凯文再次从他的铺位抬头注视过道，微弱的光线中，他确认那是一个中国人。

一定是中国的调子，他想。他重新躺下，想着下面怎么办。

他叹了口气。不知怎么回事，"死扣"竟然误杀。

但在软卧包间里，那个老人身上并没有"死扣"。

这是怎么回事？

或许老人并不是因为"死扣"误杀？在前面的火车站，他还上了担架，或许他根本没有死？

或许他只是普通的疾病？

如果是那样的话，"死扣"为什么没有杀死李古力？

结论似乎只有一个，就是李古力的人找到了"死扣"，在他还没有按下手表上的控制按钮之前，他们就把它关了。

如果是这样，"死扣"就还在李古力他们手上。

一个没有自毁的"死扣"绝对不可以落到任何外人手里。他知道组织的原则。这种用卫星遥控通过攻击人的神经元进行暗杀的工具是世界上独一无二的。如果中国人得到完整的"死扣"，那么它对组织的威胁显而易见：中国人的模仿能力太强了。

现在必须做的，就是取回"死扣"。但这很有难度。

首先需要知道这个"死扣"在谁的手里。

从他所知道的情报，李古力的这个小队中有一个技术出身的人。他是他们四人中相对矮小瘦弱的那个。理论上说，他们获取"死扣"后，他应该是加以研究的人。

对。从他身上下手。但如何下手呢？

迷糊中，他又看到了那个中国人的脸。

章三十七

隼在车厢连接处等了十分钟，但那个人没有出现。

他有一丝失望。或许那人睡着了，或许他对联手不感兴趣。他怎么办？

不能等了。他必须行动！

或许目标已经睡觉，如果那样的话，他就有了很大的把握。

他从口袋里取出一个黑色的面具，还有一把锋利的短刀。如果目标在睡觉的话，短刀就绰绰有余了。

隼决定放弃和可能的联手者的进一步沟通。他事实上是可以自己解决这个问题的。

他蹑手蹑脚，重新走进四号车厢。

车厢里，几个不同位置发出的呼噜声此起彼伏，22 号中铺的人似乎还在睡梦中，18 号中铺的人可能个子比较高，一只脚丫伸到了过道里，发出一股浓浓的脚臭。

隼不禁皱了皱眉头，屏住呼吸，小心地绕过。到12号铺的时候，他住了住脚，向前方看去。看到没有异常，他又悄悄向前移去。

此时的严默头靠里窗方向已经合上眼睛。她对面的鲍勃正在发出轻轻的鼾声。梁菡在鲍勃上面的中铺，耳朵里塞着耳机听音乐，似睡非睡。隼在3、4号铺的格子间的过道口稍一停留，看到这里的人都已经入睡，觉得机不可失，他轻声一跃，冲到3、4号两铺中间，右手一舞，锋利的短刀就要向严默的脖子割去。

"$#*#$……"床另一侧的鲍勃突然说话。

隼心里一愣，猛地收回手，做出手势，准备应对鲍勃的攻击。但鲍勃说完话，没有动弹，鼾声又起。

他懊恼不已，心里就想把这个家伙一刀了事，但大事当前，他不敢多想。他转身再次挥起短刀，雪亮的刀锋一闪，短刀正要刺到严默喉咙的瞬间，他突然感觉到自己的胳膊被架住了。隼使劲继续把手往前推，不料自己的身子也被严默抵住。

严默没有睡着，她的脑海里还在回放着白天发生的一切，并急迫地期待着赶到青海湖。朦胧间，她感觉到有身影进到他们的格子间里。她睁开眼，听到鲍勃梦话的同时看到了格子间中间有一个人影，而且那人影手中有亮光一闪，直扑自己的脖子。

她下意识地用左手抓住那人的胳膊，右手同时把那人的身子向外面推去，同时也看到了来人脸上是一个黑色面具。

隼见严默已醒，心想只能一不做二不休了，他左拳向严默的脸上击去。严默头一扭，拳擦着严默的脸打到火车卧铺的枕头上。隼收回左拳，要再次出拳，但这时严默的左手已经从他的胸前移到他的右手上。严默的两只手抓住隼的一只手，力量大增。她身子一缩，以腰部为支点，将身体立时旋转九十度，再背靠床里的墙面向外发力，一下把隼推到格子间的中间，而严默也顺势跳下床来。

见两击之后，仍然没有占到上风，隼没有其他办法，只能继续出击。

他将被严默推开的右手再次挥起，短刀冲着严默的脖子划去。格子间空间有限，严默只能猛地下蹲，同时身子一歪，右腿向隼的小腿踢去。

隼一挥没有击中，眼角余光里对手身子右歪，意识到对方的腿一定蹬来，于是双脚跳起，同时又弯腿下压，希望压住对方踢出的小腿。

严默已经收回小腿。隼下压落空。

严默感觉左脸有些火辣辣的，那是被隼的快拳所伤。她身子微微一闪，站到两铺的格子间和过道的交界处。

看到自己被严默堵在格子间的两铺之间，而严默已经完全站起了身子，隼心想不好，手上的短刀挥向严默的脸部，他得跳出现在的空间。他的短刀挥过去时，他看到严默没有躲避，而是有备而来伸出右手来掐自己的胳膊，他手中的短刀立刻改变方向，朝严默的手腕割去。

如他所预期的那样，严默的右手立时停下冲势，但他没有料到的是，对方的右手并没有收回了事，让他有机会把短刀继续送往她的面孔，或者是她的喉咙，她的右手沉下躲避他的短刀的同时，一把扣住了他的左手手腕，用力一捏。

隼的左手手腕猛地吃痛，他下意识地收回右手，把短刀向严默的右手腕划去。隼本以为严默会放开自己的左手手腕，或是用她的左手来架住自己的右手，但他却没有想到严默的左手却向自己的面部袭去。

严默左手抓向隼的脸部的时候，她的目标是隼的眼睛和他脸上的面具。严默心想我得知道这个人到底是谁，虽然她已经从对手的身形判断这人就是日照遭遇的隼。

严默的手就在刀下，自己的眼睛也在对手刺过来的五个手指前，隼没有多余时间判断，头下意识向左一扭，右手继续向下划去。

趁隼扭头之际，严默右手使劲，把隼的手拉向自己身边，隼的刀口已然达到目标位置，而这个位置现在已经不再是严默的右手手腕，而是自己的胳膊。他紧急缩手，而严默的右手突然松开了他的左手，并一把从下面抓住了他刚缩回的右手手腕，而她的左手也从隼的脸部下移，从上面掐住隼的右手手腕。

严默的双手一个向上一个向下同时发力，隼吃痛无比，指上不再有力，短刀落地。

隼知道没有短刀，自己已经完全没有优势，他使尽全身力气，以自己的左肩，向对方身体撞去。

严默不敢硬碰，一闪身，隼冲到过道上，手也从严默手中挣出。

这时候，鲍勃的声音嘟囔起来。

听到鲍勃的声音，严默和隼都一时不再动弹。隼看到过鲍勃和严默说话，如果鲍勃参与，自己肯定不能对付两人，而严默虽然看到鲍勃友好，但也不知鲍勃到底什么底细，而且鲍勃在自己身后，而自己为应付身前的隼却不能回头看他，所以只能侧耳细听。于是，两人一动不动，等鲍勃的动静。

显然，鲍勃又是在说梦话。嘟哝完，他轻轻的鼾声又起。

看鲍勃没有醒来，两个人都松了口气，而他们的眼中余光都在寻找落地的短刀。严默看到了短刀，它在她的铺位下面。

她突然下蹲，右腿踢出，隼看她还是老套，纵身离地，躲过一击，但落地之后，他看到那短刀已经在站起身来的严默手中。

严默短刀在手，稍微站稳，便向隼的脖子刺去，而隼已有准备，他微微一退，利用过道的空间抬腿飞起一脚，踢向严默的手腕。严默收手闪身，左肩却暴露在隼的面前，隼的右拳借着身体的转势，打向严默。严默抬起左胳膊一挡，虽然挡住了隼的拳势，身体却被撞向两铺之间的小台桌。

严默拿刀的右手撑住台桌，稳下身子，见隼已然冲了过来，她飞起一脚，刚好击中隼的胸膛。

刚才看到严默被撞到格子间里边，隼想在严默稳住阵脚后再用短刀之前把她制服，于是随着她冲了过去，却没有想到她却没有挥刀而是用脚踹出。

隼遭受严默脚上一击，身体向后倒去。他一伸手，左手抓到了4号位上的中、上铺的爬梯，床铺猛地一晃。他的身体也随即稳在过道里。

梁菡听着她的音乐正要睡去，床铺猛地一晃，她一下醒了过来。她拿下耳朵中的耳机，看到严默的身影在两铺的中间，抬头问道："几点了，严姐？你怎么还不睡啊？"

严默注视着过道里的隼，不敢放松，没有回答。

隼看有人醒来，知道今天再没有机会，于是一个转身，走了。

"严姐？"看到严默没有回话，梁菡心里开始没底了。她是严姐吧？梁菡看着黑影想。

"哎。我在。"严默看隼已经离去，回答梁菡，"我睡不着，你还没睡？"

"嗯，我刚要睡，床动了一下。"

"没事，火车嘛。早点睡吧。"

听严默说没事，梁菡把耳塞又放回耳朵，躺了下去。

严默没有睡。她坐在她的下铺床沿，看着过道，想着心事。

突然她听到前面有格斗声。

章三十八

凯文买的是软卧，但他发现他的保护目标在四号车厢后，便和四号车厢12号的一个男人换了铺位。那人得了一个大便宜，乐滋滋地去了软卧车厢。

天还没黑的时候，凯文就注意到了隼，因为他看到隼几次经过车厢前部的时候，眼睛向里边瞟。

而且，这人不知为什么，还把衣服里外反着穿。

先前口哨声经过的时候，凯文认出了那个人，他觉得自己有的时候可能是过于敏感了。他不可能是冲着蛋白工艺而来的。

但那人走出车厢不久，另一个人又从他铺位旁边的过道中走过，而且还在他铺位旁停了一停。这一停一动之间，凯文注意他竟然戴着一个黑脸的面具。

凯文见状，预感到要发生什么事。他立即下床看向过道。过道里却没有一个人影。

他侧耳细听，听到有窸窸窣窣的声音。发生了什么？那人进了4号铺

171

的格子间所以不在过道里？

或许是小偷？但小偷不应该会弄出这么大的动静。

凯文正犹豫着判断的时候，看到那个影子退出了 4 号的格子间。他正要上前去问，不料那影子又从里边退了出来，然后径直向自己方向走来。

凯文大惊，有人打劫了。或许文文已经中招。他得阻止这个人。

隼刚走到 12 号铺，耳边一阵风扑过来。隼大惊，急忙闪身，同时往后撤步。

凯文没想到面具人身手竟然这么敏捷，不但成功避开了自己突然袭击的一拳，而且还能在瞬间往后撤步。他又一拳跟上蒙面人的脸。

隼被凯文的袭击吓出一身冷汗。他还没有从和严默的冲突中恢复过来，却又碰到了新的威胁。他急忙往后躲闪，却见对方穷追不舍，又向自己的面部袭来。

隼心里一急，不再避让。他伸出右手接住对方的拳头，同时右脚踢向对方的裆部。

凯文没料到这个人一上来就使用杀招，他急忙往后撤，退出一个空档，等待对方扑过来。

但对方却站在那里没有动。

对方这时压低嗓门问："什么人？"

"你是什么人？"

"让开！"

"你刚才干什么了？"凯文没有让。

"难道严默车上有帮手？"想到这里，隼不再说话。他必须在受这个人和后面的严默的前后夹击前冲出去。

他挥拳向凯文扑去。

凯文见隼的左拳向自己的面门打来，头一偏躲过他的冲势，几乎同时他的左手从下向上勾出，一把抓住了隼的面具。

隼大惊，猛地全身用力向凯文撞去，一下把凯文推倒在地，但凯文却

172

也同时拉下了他的面具。

微弱的地灯灯光里，这就是那个中国人。

"你偷了什么？"被隼压着的凯文低声喝道。

隼觉得这个外国人真是可笑，把自己当小偷了。

隼压着凯文的身子，回头看后面的过道。果然，4号那边已经有人探出头来。他低声回答身下压着的人："我不是小偷！"

说着，他松开凯文，站起身来。

凯文看他诧异的眼神，猜想他可能不是小偷。他已经确认了这个人的面孔，而且凯文也不想把周围人都吵醒，于是也放开了隼。

隼没有停留，急步走出4号车厢。途中，他注意到4号铺的那个人，还睡在那里没有动。

凯文站起身来，看隼急匆匆离开的背影，心想这人到底是什么人？

他看了看周围，所有的人都还在酣睡中。

他想了想，似乎是散步似的慢慢朝车厢前部走去。他经过4号铺的时候，格子间里一切正常。

他走过车厢，去了趟厕所，然后折回到自己的铺上。

回到自己的铺位躺倒，凯文不能入睡。虽然刚才那人似乎是让自己虚惊一场，但看那人的身手，却不是那么简单。虽然自己现在稍稍增了一些体重，但毕竟要躲过自己突然的袭击，然后又能把自己推倒的人却也不多。

他开始重新判断这个中国人。

或许，他是李古力他们的搭档，一个一直没有出现的搭档。

这个想法让凯文心里一跳。

"死扣"没有起到作用，对手中又多了一个搭档，而且这个搭档和自己还发生了刚才的冲突，而到西宁还有二十个小时！

不行，得行动。第一得把"死扣"找回来，然后重新投放。可惜只有这一枚，但不管如何，能放倒他们领头的，事情就解决了一半。只要拖到火车抵达西宁，一切就都过去了。

主意已定，凯文立即翻身下铺。

他向车尾走去。不知刚才的骚动是否将那个人吵醒。

靠近20号铺的时候，他放慢了速度。凭借朦胧的地灯光，他意外地发现21、22号格子间，只有中铺两个人，上铺和下铺都没有人。

他的心急得跳起来，手下意识地在口袋里摸了摸。

按白天所看到的，矮小瘦弱的那个人在22号的中铺，而这时他显然已经睡着，轻轻的鼾声从靠过道的床头发出。

上帝助我。凯文心里默祷。

他再次前后看了看走道，没有人影。

他没有犹豫，拿出口袋里的乙醚喷剂，对着王贵华侧着的脸喷去。

这一切完成得寂静无声。

凯文伸手摸到王贵华的衣服口袋里。什么也没有。

他抽出手，又摸到王贵华的裤子口袋里。里边有一个钱包，没有其他东西。

他朝王贵华中铺的两头看去，希望看到什么背包，但什么也没有。

他不甘心，要查一下王贵华靠墙的上下口袋。

而这时，高雅妮睁开了眼睛。

她一直没有睡实。半醒半梦之中，她似乎看到有人影在王贵华床前摸索。她以为是李古力回来了。但随即，下意识中，她觉察到那人不是李古力，随即睁开了眼睛，抬头去看。

昏暗中，的确有个黑影把手举在王贵华身上。

她大急，大喝一声："谁？"

那人转身就跑。

高雅妮也一骨碌翻身下床。

"小王，小王。"她摇晃王贵华。

王贵华任由她摇晃，没有一丝反应。

高雅妮扳过他的脸看，闻到了呛鼻的乙醚味道。她赶紧把手放到他的鼻孔处，还好，他的呼吸还正常。

她拍打了一下耳朵上的震动，随之回到自己的铺位从背包里拿出一瓶水，开始给王贵华灌水。

　　刚才发生在过道里的一切，都被在 18 号中铺伸到过道里的恶臭的脚上面铺的一双蓝眼睛看在眼里。

章三十九

蓝眼睛的主人缩回到 18 号铺的最里边，在被子的掩盖下，打开了他的经过改装的 OiPhone 手机。

蓝眼睛就是白天火车站里穿白衬衫的绅士。他的名字是斯蒂文。

斯蒂文这次旅行的目标是凯文·克里。他的任务很简单，就是跟踪凯文并及时报告给大卫·威利。

斯蒂文是位老牌的 KATSAS，他在教中国学生英语的时候，偶然也有提到他的国家的摩萨德组织。曾经有学生问摩萨德的成员怎么称呼，他当时突然想到一个奇怪的中国字的组合：咔嚓死。他觉得这个组合不但发音响亮，而且还非常准确，因为摩萨德的行动从来都是干脆、利落，咔嚓一下，足以致死。

核武器库的意外爆炸使得民族的生存悬于一线。有消息说中国已经有治疗核辐射的新药，而"欧洲之鹈"已经跟上，于是一直关切着这一切的斯蒂文也被派出跟上了凯文。

远在特拉维夫的大卫知道，如果"欧洲之鹈"有核辐射的救治方案的话，也许会和他的人民分享，但即使是那样，也必定是他的人民用巨大的代价换回。事实上，在一个民族生死攸关的时候，有人真的会分享吗？

或者，这种状况真是一些人所期盼的结果。这是让地球减少百分之八十人口的绝佳方法。

当然大卫不敢这么相信，因为核辐射是没有选择的，谁能保证自己是剩下的百分之二十中的人口呢？

大卫通知了他最为信任的斯蒂文，而斯蒂文因此跟上了凯文。

火车上的大灯熄灭之后，斯蒂文没有睡去。

在日照的时候，他已经注意到凯文被人盯上了，而且被人追赶进了湖里。

他看到凯文回到酒店后，自己又回到桥上。他注意到那个不是警察，却能够拿走车里的东西并跟能够跟警察一样检查汽车的李古力。

到了火车上之后，他一脸微笑地找到自己的铺位过程中，注意到李古力也出现在了这个车厢。

这个中国人是什么人？怎么哪儿都能见到他？也许，明天天亮后应该去和他说话。

而这时，他听到了从车厢前面传来的细小的声音。

在战争的威胁中长大的斯蒂文一下就从乘客的鼾声、空调轻微的嘶鸣和火车铁轮和路轨接触的咣当声中判断出有人在打斗。

他一下警觉起来，在下铺臭脚的上面稍稍探出头去。

一会儿，车厢前方的打斗声停止了。一个人从那边走了过来，但12号铺的凯文冲出去拦住了他。随后，凯文被打倒在地，那人又匆匆离开了。

那人经过他的时候，他注意到了他的面部特征。

他们这到底是怎么回事？

还没有容他细想，凯文又走去车厢的尾端，而几秒钟后，有女声在喝问是谁，然后凯文鬼鬼祟祟地跑回闪进了他卧铺的格子间。

尾端是在日照万平口桥上和警察说话的那些人的铺位。凯文去干什么了？

先不管凯文，因为他的细节我知道。现在需要知道那个和凯文打斗然后又消失了的中国人是谁。

斯蒂文把隼的特征输入他手中改装过的最新款式的 Oiphone。这个 Oiphone 有一个软件功能，就是能把对一个人的文字描述转换为面部图像。斯蒂文几经修改，最后满意地看着隼的勾勒图，把它发给了摩萨德总部。

在以色列特拉维夫市南郊，有一座很不起眼的陈旧的棕褐色小楼，大名鼎鼎的摩萨德总部就在这里。

这里还是白天，办公室里的人们都在自己的座位上紧张地忙碌着。

大卫收到了斯蒂文的邮件。他心想，斯蒂文有了什么进展？

他看到了一个中国人的面孔，和下面的文字：请查此人背景。

大卫把图像转到摩萨德的数据库里。不到两分钟，电脑里"嘀"的一声，比对有了。屏幕上的图像比斯蒂文传来的勾勒更为清晰。

大卫把图像和这个人的信息传回给了斯蒂文。

斯蒂文没有想到回复会这么快。他有些欣慰，大卫这一代新人，比他这一代更强。如摩萨德的箴言所说，如果没有引领，民族就会败落，必有引领人的智慧，民族才会安全。

他打开邮件，Oiphone 高清的屏幕上跳出了那人的真实照片，照片的下面是：

隼

意大利籍

欧洲之鹬主要杀手之一

看着这些信息，斯蒂文心中不免惊讶，火车上一下有两个"欧洲之鹬"的人，他们在干什么？

李古力和关凯赶回铺位的时候，高雅妮还在给王贵华灌水。

"怎么回事？"李古力没有想到王贵华会病倒。

"小王被人呛了乙醚。"

"什么？"关凯凑到王贵华面前。

"不要靠近。他没事，很快就会醒来的。"高雅妮把他往后推了推，又说，"刚才我看到有人影，以为是队长，但马上意识到不对。等我问的时候，他就跑了。我爬起来一看，才发现小王被人喷了乙醚。"

"还有这种事？"如果不是高雅妮这样说，他还真的不敢相信。不管如何，这是大庭广众的火车里，而且是前后相通的卧铺车厢。

"那个人要干什么？"李古力低着声说，像是自言自语。

高雅妮和关凯对望了一眼，没有接话。

这时王贵华醒了。恍惚中他意识不对，撑着胳膊就要起身，被关凯压了回去。

高雅妮对关凯说："让他下来吧。到下铺来透透气。"

"哎呦，我是怎么了？头好晕。"王贵华边从中铺爬下来边问。

"你刚才被人喷了乙醚，你不知道？"关凯摇了摇头，觉得王贵华太大意了。

"啊？"王贵华大吃一惊，正要说话，李古力拍拍他的肩膀，说："没事了。你坐下吧。"

王贵华坐了下来，头还是有些发晕，胸腔里似乎还像有东西要吐出来。他干呕了一下。

"你再喝点水。想吐的话，先吐在这个塑料袋里。"高雅妮递给他水，又递给他从桌上拿过来的塑料袋。

王贵华喝了口水，咽了咽，还是觉得胸里塞着，但现在得知道到底发生了什么："我被人喷迷药了？"

"不是，是乙醚。"高雅妮纠正他。

"嗯，怎么会呢？我还睡在中铺呢。"王贵华看了看头上的中铺，不解地问。

"你睡觉前在做什么？"李古力问。

"没做什么啊。"王贵华在努力地回忆。

"你的头为什么睡在过道这边？"李古力又问。

"嗯，那是因为空调。里边空调风吹着难受，我就掉头到外面来了。"

179

说着，他懊丧起来，"我掉头掉错了，不然也不会有事。"

"也不一定，"李古力安慰他，"你再想想，睡觉前你在干什么？"

"嗯。我先是坐在下铺，后来困了，就到中铺去睡觉了。"

"你不是在摆弄你说的那个'死扣'来着？"高雅妮插话道。

"嗯，对。"王贵华突然像想起了什么，嗖地一下站起身来，手伸到裤子口袋里。钱包还在。他赶紧拿出钱包。"死扣"也在。他的心一下放了下来。

看他突然的动作，李古力想到了什么。

王贵华又在下铺坐下，解释刚才的举动："我一直在看这个'死扣'，睡觉前把它放到了钱包里。会不会是有人看到我摆弄'死扣'，想偷？"

"这东西有谁要偷？"关凯说罢，觉得不对，于是又加了一句，"都没用的东西了。"

"小王，你再查一下少了什么没有？"李古力说。

王贵华掏了所有的衣服口袋，又把钱包拿出来看了看里边的钱和证件，又站起身站到下铺上朝关凯的上铺看去，然后下来说："什么也没少，我的小包在大关的枕头那边，也还在。"

"没少就好。我们得加倍小心了。或许那人只是一个小偷，但小偷一般不会有乙醚喷剂，也许那人就是把'死扣'放到我衣服里的人，但我的衣服不在小王身上，他在小王身上能找到什么？"李古力低着声像是对大家说话，但又像是问自己。

"放'死扣'的人？"高雅妮问。

"对。"李古力说，"或许他想要拿回'死扣'，但他找错对象了。"

"也许是小王摆弄'死扣'的时候，那人看到了？"

李古力不再做声，他想这倒也是。如果那人看到"死扣"在小王手上的话，就是另一回事了。

"但是，队长，这'死扣'是非常先进的技术，是不是即使自毁了，里边仍然有东西我们可以使用？"王贵华觉得有戏。

"嗯。也许。"李古力想了想，说，"小王，你把'死扣'放好，回头你再研究。刚才我和关凯在后面车厢转悠的时候，觉得我们还是要咬住线索，不能因其他细节走岔。"

"你是说？"高雅妮问。

"我们在这里的主要目的，是找到文文，取回资料。所以，其他一切我们注意着，但找到文文是头等大事。"

"但我们现在什么线索也没有了。"王贵华有些心里没底。

李古力看了看过道，又看了看关上了窗帘的车厢窗口，说："我们先休息，大家都再想想，看有什么办法能找出文文。"

关凯接上说："你们睡觉，我在下铺警戒。"

"你先睡。"李古力命令道。

"队长？"关凯有些犹豫。

李古力指了指他对面的下铺，说："别说了，我困了换你。你也睡在下铺。"

章四十

K173 次列车从山东枣庄南下，穿过江苏徐州，再折向西，进入安徽砀山，继而进入河南境内。

火车在夜幕中穿梭着，不知不觉，已是夜半。

李古力看着对面关凯背对着他躺着的影子，思索着各种寻找文文的办法。他没有一点眉目。

在车轮和铁轨重复的碰撞声里，李古力思索的速度减缓下来。他站起身想到过道里活动活动身体，乘务员挡住了他："该换票了，火车再过十分钟就到站。"

李古力很纳闷，她搞错了？

"我是到西宁的。"

乘务员看看她手中夹子中的记录，又扭头看了看铺位上的号码，又看看李古力："哦，对不起。"

"没什么。你们到站不广播通知吗？"

"现在是晚上，大家睡了，我们就一个一个地通知了。"说着，乘务员走开了。

李古力突然间兴奋起来，睡意全消：怎么就没有想到，可以广播找人！

不一会，车厢内猛地一阵晃动，火车轮子与铁轨的撞击声也随之停止。车厢里几个乘客提着行李向车厢连接处走去。

这时，隼躺在软卧车厢里。站台上的灯光透过窗帘照在他的脸上，没有任何表情。

他很不甘心。

他不明白，那个白人为什么会拦他？

真把他当小偷了？

站台灯照亮了窗户上蓝色的窗帘。

刚才梁菡的确是感觉到了整个床被人拉动的感觉，但站在黑暗里的严姐却说可能是火车行进的原因，然后，火车就停了，还真的有那种拉拽的感觉。她睁眼看到车窗窗帘外站台上的灯光。

她翻身摸索着爬下她的中铺，不小心把下铺的鲍勃碰醒了。

"我们，我们到哪儿了？"鲍勃睡意朦胧地说。

"我也不知道。"梁菡穿上鞋，走到车窗前拉开了窗帘。她看到了车站上的站名："商丘。"

"商丘？"鲍勃看她下了地，也下来走到窗前去看。

梁菡看了他一眼，低声说："出去转转？"

鲍勃迟疑了一下，有些担心："时间够吗？"

梁菡想都没想，回答道："够。商丘是大站，能停好久的。"说着她就向出口走去。

鲍勃有些犹豫，但仍然跟了上去。

深夜里的站台有些萧索，灯光似乎把站台上的一切都染上了一些黄色。高低胖瘦不同的身影匆匆地在灯光中移动。

梁菡深吸一口略带凉意的空气，感受着这里和家乡夜晚的不同。

原本很困的鲍勃出了车厢之后，或许是新鲜的空气使然，他竟然睡意全无。

这时，有哨声响起。

梁菡说："走吧。火车就要开了。"

鲍勃原本以为梁菡的好久是说或许十分钟，正想伸展一下筋骨，却发现站台上一瞬间已经空无一人，只有每个车厢的门口还有乘务员站着。

"你说的好久是多久？"鲍勃跟着梁菡进了车门。

"三分钟吧。"

"三分钟？"鲍勃不可置信地问，他真想把梁菡扳过身来让她看自己的眼睛，"你说的好久就是三分钟？"

梁菡还真的把头转到后面："怎么啦？火车停站都是三五分钟。"

鲍勃还想理论"三分钟"是不是等于"好久"，乘务员已经回到车上把车门关上。

回到自己的铺号，两人都没有了睡意，而他们看到严默却似乎睡熟了。

鲍勃说："你不困的话，我们聊聊天？"

梁菡看了看过道前后，低声说："严姐睡了，我们还是睡吧。"

火车启动，在黑夜里继续朝洛阳、西安、兰州、西宁方向行驶。

隼的软卧包厢里另外三名乘客仍然在睡梦中，隼坐靠在铺上，仍然不能入眠。

时间一点点地流过。

不知过了多久，火车换轨的时候突然颠簸起来，因为头靠在火车壁上，隼的头被磕到了车壁上。他坐了起来。

想来想去，他觉得夜长梦多，今夜得把目标处理掉。现在看来，只能用"闹钟"了。

他从放在脑后的背包里拿出一个正方形纸盒，打开纸盒，里边是一个正方形的闹钟。

这是一个漂亮的十厘米边长的正方形陶瓷工艺闹钟。圆形的钟面只有五厘米，在方块的中间。钟面四周是白色的陶瓷，上面印着细致的蓝色花纹。放到任何地方，人们都会喜欢上这个雅致的工艺品。

隼是出了高价才把它弄到手的，因为它是一个人花了很大的心血做成的。它内部的机械组合，在飞机场和火车站的 X 光安检机的扫描下，显示的只是一个普通钟表的弹簧和齿轮，但实际上，它是件极有效率的杀人冷兵器。

它不用炸药，杀人靠的是它比普通钟表的弹簧更有力上百倍的弹簧和在方块底座上的底座架子，一个九厘米长的陶瓷薄片。

一旦闹钟的钟、分和秒的三个指针都拨到十二点，使用者只要轻按闹铃的按钮，这个九厘米长的陶瓷薄片将会以每秒一百米的平均速度瞬间飞出闹钟，相当于普通子弹三分之一的速度，但这已经能使它很容易地刺入一米内的目标身体。

隼把它调到十二点整。

他把它放到口袋里，带上自己的背包，轻轻开门出了包间。

车厢里暗暗的，火车外偶尔的灯光透过窗上闭合的窗帘闪过。永远一样节奏的火车声"哐当"着。

隼向 4 号车厢走去。

干掉她后下一站就下车。

章四十一

他没有想到，在他刚跨入 7 号和 6 号车厢的连接处时，一个人从过道右侧凹进去的车门处摸了上来。他大吃一惊，但已经来不及了，右侧的人先发制人，一把攥到隼的脖子，顺势把他的头往火车过道连接处边上的金属框上撞去。

隼差点被这个突然袭击打得措手不及，但他迅速反应过来，身子猛地往下一蹲，右手往上，托起攥住他脖子的手，全身使劲，想把那手推开。但那人虽然没有能把隼的头撞到框上，但手上的力气也非常之大，任凭隼的挣扎，没有松手。

隼开始觉得气短，他抓着来人右手的同时，把身上力气全部移到右肘上，抵住来人胸部，随即，他双腿和腰上用力一个起身，来人被翻到空中，攥住他脖子的手因此松开。

火车内只有两米多的高度，来人受火车顶阻挡，顿时又落了下来。

两人一时分开。

"怎么又是这人？"灯光下，隼看到了来人的模样。

这人正是凯文。

商丘站的时候，他正站在6、7号两节车厢的连接处。刚才从王贵华那里跑离的时候，他不能折回自己的铺位，只能往5号车厢跑，然后停在了6、7号车厢之间。

期间，他想回铺位，但到4、5号车厢中间的时候，发现王贵华的地方几个人在悄悄说话。他没有敢在他们面前大摇大摆地走过，于是又回到6、7号车厢的中间。

火车启动后，他等了一会儿，想那些人也应该睡觉了，正想回去4号车厢自己的铺位，看到隼从7号车厢过来。

他于是找准机会扑了上去。他觉得他的一扑万无一失。他想制服这个人后得到对手真实的意图。

这时的隼还惊魂未定，揉着自己的脖子。他看着凯文，庆幸自己身手的矫健。如果不是反应迅速，自己说不定就已经窒息过去任凭对手处置了。

他到底是什么人？

他还考虑着如何问的时候，对方说话了。

"你们在找什么？"

隼很纳闷，他不知道自己在做什么，那么为什么他还一再出杀手？

隼不想回答，没有做声，眼里找着机会要打发掉这个人。

隼突然侧身弯腰，右腿嗖地一下踢向凯文。凯文用胳膊来挡，被隼的脚重重地击中，胳膊上一麻，身体摇晃着退后。

隼见踢腿成功，没有迟疑，站起身后一拳打向凯文的脸。凯文闪过，隼一拳打在了凯文闪开的铸铁车壁上，他顿时疼似万箭钻心，没等他收回拳头，凯文猛扑过去，隼来不及闪身，竟然被凯文扑倒在地。

隼被扑倒在地，已经顾不得手上的疼痛，他在倒地的刹那弯曲双腿，两脚顶到凯文的腹部，并在倒地后身体已有地面的支撑时猛地两脚踹出，凯文身体顿时向后飞去，"嘭"的一声撞到车门上。

凯文双手在身后撑住，爬了起来，而此刻隼的左拳又挥到面前。凯文用胳膊挡住，低头看到隼跨在前面的左脚，他右脚前移，伸到隼的左脚之后，胳膊和身体同时使劲向前推进，隼向后要退，却被凯文的腿绊住，一下失去重心，身体不由自主向后便倒，但隼并没有倒地，他在倒地之前，双手向后一撑，柔软的身体不但没有落地，反而跳了起来，而在跳起的同时，他又是一脚踹出。

看到隼被绊倒，凯文刚想过去按着倒下的隼，没想到隼的脚从下面踹了上来，差点踢中他的下颚，他只能收回身形站直，而隼则在跃起之后，却也没有继续攻击。

隼有些烦躁。

他对这个单本来是有些心理准备的，因为既然它是SSS最高刺杀级别，就一定有它的理由，但他仍然觉得一个女人，就是厉害，也应该不是很难对付。

事实上在日照海滩上虽然自己没有得手，那是因为自己过于自负，觉得没有必要使用自己的杀手铜闹钟。

而先前在严默的铺位上的打斗，虽然觉得对手比自己的估计高出许多，但对手无论如何是不能对闹钟做有效抵抗的。他已经准备做掉她之后就下车，继续他的假期了，但这个人却不知从什么地方冒了出来，不但伸手和自己有一拼，而且这已经是第二次了。

隼下意识地伸手到口袋里摸到闹钟。

不行！现在还不能用，闹钟只有一次机会，如果现在用的话，下面就真的没有办法对付目标了。

这样想着，隼的手松开了闹钟，而就在这一瞬间，凯文硕大的块头又压了过来，隼还没来得及把手从口袋里抽出，就已经被按倒在地。

刚才凯文没有得手，一直在观察隼的举动。当看到隼把手伸进口袋的刹那，他觉得机会来了。他毫不犹豫地冲了过去，这次不是用手或是用拳，而是用整个的身体向相对矮小的隼压了过去。

隼猝不及防，右手被压在了衣服口袋里，一时没有还手的余地，而凯文已经骑在他的身上，抡起拳头就要打。

他的拳头正要落到隼的脸和脖子上的时候，车灯下他看到一个银光一闪，那是隼衣领上的一枚扣子，一枚鹈鸟形状的扣子。

而他一犹豫，隼已经使劲一个翻身把他从自己身上推了下去。

隼从凯文身下挣脱出来，摆好架势准备接招，却发现对手没有发招，而是看着自己的领口，又看自己的脸。

隼一时没有明白，但对手说话了："你，"对手指了指自己的领口，"我。"

隼顺着他的手势看过去，意外地看到了对手的领口上是一颗鹈鸟的纽扣，顿时明白了。

"你是？"

"我猜我们是自己人吧。"

隼不放心，说："腿小身大。"

凯文看他用暗语和自己对话，于是回道："翼展200。"

听到凯文用正确的鹈鸟的翅膀宽度回应，隼放下了自己的架势："我是隼，你是？"

"凯文。"

"你怎么一再和我作对？"

"也许是个误会，你在这里做什么？"

"一个 SSS 目标。你呢？"

"保护一份资料。"

隼觉得纳闷，难道凯文以为自己在抢他的资料？他看看凯文背后的过道，然后转头看看自己的身后，没有人。他问："你保护资料为什么要阻挡我的行动？"

"因为你去我的保护目标的铺位。"

"你的保护目标？"隼心里大骇，难道这个 SSS 任务是一个玩笑？一个目标，同时是自己的刺杀目标，又是凯文的保护目标，而且目标本身也是个厉害角色。这是怎么回事？

"是。你为什么要刺杀我的保护目标？"

隼觉得真的不可思议，这种事从来没有发生过。

"难道那个视频上的女人不是真的？"

"哪个视频？"

"水下基地的那个。"

"水下核基地？"

凯文一听不对，文文和水下核基地毫无干系，问道："你的目标在什么铺位？"

"3号下铺。"

"哦。"凯文知道搞错了，"我的目标在4号中铺，资料在她手中。"

听到这话，隼后悔不已："你差点坏了我的事。"

"我帮你吧。"

听凯文说要帮自己，隼觉得啼笑皆非。原先想要他帮自己的时候，他不出现，现在准备动手的时候，他又出现了。

"我看到4号铺有人手里有'死扣'，以为那是自己人。"

"那是我的'死扣'。"

"你的？怎么会到他手里？"

"这个，这个回头再说。"

"哦。"行内规矩，不愿意说的你绝对不要追问。他继续道，"我于是吹着口哨想吸引注意。"

凯文想起了他吹口哨经过的情景。

隼继续着："他没有回应，所以我就行动了，没有得手不说，却被你又挡了一回。"

"真不好意思。我以为你是我的对手的一伙人。"

"你的对手？"

"就是你说的4号铺的人。"

"啊？"隼觉得越说越复杂了，"他们在刺杀你要保护的人？"

"不是，但他们一定会想办法从我的目标身上拿去资料。"

"他们？"

"他们有四个人。"

"他们有四个人？那他们怎么会搞不定你的目标？"

"我也这么想，但我判断他们并不知道我的目标就在4号中铺。"

隼觉得还是自己的任务相对简单，他特别不喜欢复杂的事情。"是这样。那不管如何，我现在需要去干掉我的目标。她有着水下基地的信息，不能让她到达她的目的地。"

"你知道她的目的地在什么地方？"

"不知道。"

"我知道。"

"你知道？"

"我先前经过时，听他们说话，是西宁，或者是青海湖。"

"怎么了？"

"还有二十个小时才到西宁，你有足够的时间。"

"我需要现在就去。"

"不行。"

"为什么？"

"万一有差错，我的对手们一定会注意到4号铺的。"

"但我有我的任务。"

"不行。那份资料比你的任务要重要得多。"凯文顿了顿，继续用英语说道，"这是一份对付辐射的蛋白合成工艺，关系到我们组织的生死存亡。你那边明天再找机会，我可以帮你。"

隼听了心里不舒服，但他的确看到了凯文领口的鹬鸟是金质的，也就是说，他是欧洲之鹬中上层的人员。想到还有二十个小时，而且这次已经打定主意用闹钟了，白天也不会太难，加上凯文也答应帮忙，他于是卖个人情表示同意："好吧。我明天再找机会。不过，"他又加了一句，"我看到4号还有个外国人和她们在一起。"

"没事，那个人只是个美国的背包客。"

"希望如此。"隼一夜之间已经碰到了许多的惊讶，心里已经不希望更多惊讶了。

"虽然如此，我这边压力也很大，这也是我不想你弄出动静的原因。"凯文知道隼一定心里不服，因为晚上做事，的确要容易得多，于是想说明原因，获得隼的谅解。

　　隼倒是没有计较："如果你用得上我，我也可以帮忙。"

　　"谢谢。我这边前面已经裁了几次，我不得不小心。"

　　"我理解。"

　　"这样，明天我们早上再联系，我们联手行动。"

　　"好，就这么定了。"

章四十二

两人转身各自回到了自己的车厢两三分钟后，靠近他们两人刚才所站位置最近的厕所上显示"有人"的红色变成了"无人"的绿色，厕所门向里拉去，门缝中有人探出头来。

看四周除了火车压着轨道行驶的声音没有其他动静，里边的人闪身出来，向凯文的方向走去。

他是斯蒂文。

原来凯文在这里的目的是为了保护 4 号中铺的人，而那人身上有关于辐射蛋白的资料，而车上还有人在追踪着这份资料。

这是份什么样的资料？

还有，隼的目标是 3 号下铺的人，而那人有着水下核基地的情报。

她又是谁？

斯蒂文带着这些疑问回到自己的卧铺上，他又打开了他的 Oiphone。

黑漆漆的夜里，火车鸣了一声长笛，继续咯噔咯噔地向着西宁方向行进。

只一会，大卫的回复就到了：
隼不重要，没有女子档案。
全力追踪并获得核辐射资料。
3～4个星期！民族危亡！

斯蒂文叹了口气，自己真的老了，大卫的效率令人钦佩。

凌晨四点多，火车还在继续安稳地行驶着。

天色已经有些蒙蒙亮，车厢内的乘客大部分都还在沉睡，有一些乘客已经起来在车厢内舒展被火车上窄小的床挤压了一夜的筋骨。他们唯恐惊醒还在沉睡中的旅客，于是一切都是在悄悄地进行。

严默静静地躺在自己的铺位上。

她几乎一夜没睡，经历了刺杀事件，她的神经一直不能放松，她必须防备着隐藏在暗处的敌人。她看了看睡在对面还在发出轻鼾的鲍勃，眼中闪过了一丝无奈。

严默坐起身来，用手搓了搓自己的脸，试图让自己更清醒些。

还有十八个小时左右就到西宁了，在到达西宁之前，那个想刺杀自己的人绝对不会就这么轻易地放弃。自己绝对不能松懈。

严默下床，整理了一下衣服，走到离自己近的3号车厢的盥洗间，轻轻拧开了水龙头。

火车上的水是在始发站灌进车厢底部的水箱中的，水箱的总存量有三十多吨，理论上可以供应整个旅途中乘客所需的用水。

但或许是为了不让有些乘客浪费，水龙头出来的水量很小。幸好现在时间还早，盥洗室还没有人，所以严默能够从容地洗漱。洗漱完毕，她对着墙上的镜子打量了一下自己。

一夜未睡，脸上明显带有很深的倦容。她看着镜子里自己的眼睛，突然想起了尧兵的眼神。她心里一酸。

她移开自己的眼睛，不能软弱。她在告诫自己。现在最主要的任务就是赶到青海湖。情报太重要了，她不能在未到达青海湖前暴露自己，所以只能放弃所有的通讯工具以免被人定位。她必须尽快赶到目的地。

一个高个子进了盥洗室，严默侧眼看了他一眼，因为他侧着身子，没有看到他的面孔。

严默没有在意。她稍稍整理了一下自己，转过身来，想出盥洗室回自己的铺位。

在她转身到盥洗室的门前的时候，一顶鸭舌帽挡住了自己的去路。

"鸭舌帽！"严默马上想到了隼，和他在日照海滩上戴的鸭舌帽，心里暗道不好，而鸭舌帽下的人陡然间已经伸出右拳，朝自己的喉咙打了过来。

严默怒气上冲，这家伙还真是阴魂不散！她头朝后一仰，身子也随即退后一步，险险地躲过了鸭舌帽的这一击。她刚要闪身让开对方正面的攻击寻找还手的机会时，猛然间后背竟然被人狠狠地蹬了一脚。

章四十三

严默猝不及防，身子向后倒下，但她在倒地的瞬间，猛地使出全力，偏离开背后的劲势，以免再遭后面人的正面攻击。而她身子倒地之后，她又一个翻身跃起，伸手托住了鸭舌帽跟来的致命的拳势。

直到这个时候，严默才有时间看到身后袭击的人，竟然头上有一个头套罩住了整个的脑袋。

他们是一伙的！

严默强忍后背的疼痛，猛力把眼前的拳头推开，身体也因此后退半步，靠到墙上。

盥洗室的门已经被他们堵住，窗子是封闭式的，窄小的盥洗间里，一里一外两个敌人。没有其他办法出去，要么先打倒一个再对付第二个，要么引门口的鸭舌帽进来，然后寻找机会出门。一旦到盥洗室之外，他们应该不会那样肆无忌惮。

她的方案在半秒中内已经完成，她冷冷地看着鸭舌帽，说："隼吧？"

"算你猜对了。"隼摘下自己头上的帽子，"昨晚算你命大，今天你就不会那么幸运了，你得对付我们两个。"他指了指凯文。

严默没有说话，猛的一脚踢向前方的凯文，凯文见严默飞脚过来，身子一闪，向他的右边躲了过去。隼见状冲进了盥洗间，直奔严默的面孔而来。

严默正等着隼的扑来。刚才她面对着对面的凯文和右边门口的隼，如果她对付隼，凯文一定又会从背后袭击，而虚晃一招让凯文避开的同时，隼也一定会扑进来，门口就会空开。她需要一个机会出门。

隼扑到的时候，严默的脚已经再次飞起向上踢去，直奔隼的胸膛。隼一扭身子，避了过去，但人已经站到严默的对面。

严默急收右腿，立刻向门口跑去，却被隼一把抓住衣服。她忽地转身，一拳砸向隼的脸颊，隼松开抓住严默衣服的手，躲了过去，但同时也一拳打到严默的腰间。严默不顾腰间吃痛，拳头变为伸开的手掌，一把抓向隼的眼睛。

隼刚才一击已经得手，看严默手指抓来，赶紧后退，而凯文就在他的身后，凯文见状，也赶紧后退，给隼让出后退的空间。

严默没有跟上再次出手，左腰部一阵剧烈的疼痛使得她不得不站住。她靠墙注视着隼的动作，也注意着他身后的凯文。

她试着动了动身体，腰部又是一阵钻心的疼痛袭来。虽然盥洗室的门近在咫尺，但她知道此刻自己不能再向门口跑了，她必须等这阵疼痛过后才能真正走动。

凯文站在隼的身后，没有轻举妄动，他只是配合隼来对付严默的，所以他应该让隼去解决问题。

隼虽然知道严默遭了自己一记黑拳，但严默站在那里的神情，却丝毫没有显示痛楚。他心中不由得焦急，盥洗室的门在严默那边，难保不会有乘客来洗脸，到时惹来乘警，一切将不再简单。

隼弓着腰，对着严默试探地移了移脚步。严默没有动弹。

隼又对严默伸了伸拳头，严默依然没有反应。

凯文见状，心想隼怎么这么小心翼翼？他有些不屑，又似乎是命令，在隼的身后喝道："动手啊！"

隼这时判断严默已经受伤，不能再做有效的抵抗，但他仍然没有大意，他猛地一拳再击严默的左腰，在他的拳头几乎就要击上严默左腰的瞬间，严默突然身体右移，隼心里大骇，她刚才并没有受伤，一切就等着自己出击暴露破绽，而现在她已经在自己的左边，自己的身体已经在她的打击范围之中。隼猛地收回出拳的胳膊，身子向后急退，几乎撞着身后的凯文。

而他所期待的攻击没有到来，等他抬起头来，严默已经站到盥洗室的门口。

"真蠢！"凯文见状，绕过隼挡在他前面的身体，赶了过去。

严默转身就要往车厢里跑，刚到车厢连接处，却被人挡住了去路。她心里想："这下糟了。"

"你没事吧？"挡住去路的是两个穿蓝色制服的铁路警察。两个年轻警察正巡视到这里，看到一个姑娘从盥洗室跑出，直奔他们而来，立即询问。

看到是乘警，严默放下心来，说："没事。"

"你跑什么？"一个警察仍然好奇，他向盥洗室那边看过去。

"嗯，我有东西忘了拿。"

"哦。"警察不再追问，"快到洛阳了。要下车赶紧收拾一下。"

"谢谢。"严默说着，走回了自己的车厢。

一个警察仍然觉得奇怪，她好端端跑什么？

他们走到盥洗室，朝里边看，看到一个外国人和一个中国人在里边说话。他们说的是外文。警察看没有异常，继续向前方走去。

看到警察走过，隼心里追悔莫及。如果用闹钟的话，一切便都已经解决了。原以为两个人对付一个，还可以省下闹钟，结果又没有得手。

凯文也在暗自恼火，这个隼怎么如此窝囊，自己帮着还不能对付这个女子。

篇六 ————
文文

章四十四

李古力醒来的时候，天已经亮了。

列车正停在洛阳车站内。下车和上车的旅客并不是很多，但是仍然给沉闷的车厢带来了些许喧嚣和新鲜空气。

关凯看李古力醒了，说："一切正常。"

李古力看了看表，早上5：02分。他对关凯说："现在还早，你睡一会儿吧。"

关凯看无事可做，便点头道："好吧。"然后一个纵身，上了上铺。这样他可以睡得踏实些，也可以让出铺位让其他人坐。

李古力看到高雅妮也从中铺下来了，说："我想到办法了。"

"什么办法？"高雅妮正要拿东西去盥洗间，听到李古力的声音里夹着兴奋，赶紧问。

"找到文文的办法！"

"真的？"高雅妮知道如果李古力肯定，应该就不会有问题。她跟着兴奋起来。她坐到关凯刚空出的铺位，看李古力："什么办法？"

"广播找人。"

"……"高雅妮一时没有反应过来。

"就是用火车上的广播系统找文文。"

"对啊，对啊！"高雅妮这时真的兴奋起来，"我们要找的是文文，而她又一定在这车上。如果广播找文文，那么她就一定会出现的。"

"是的。特别是如果我们说是日照，或者兖州上车的文文的话，她一定会响应的，不管这个文文是男是女，或者是她的真实名字是什么。"

"太好了！你一夜没睡想出来的？我现在就去联系乘务员，让她们广播找人。"说着，高雅妮站了起来。

李古力阻止她道："不行，现在不行。还太早。说不定她还没有起床。我们得等到大家都起床之后再说。"

高雅妮点头同意："好。那我先准备准备。"说完，她拿着牙刷牙膏去了隔壁的盥洗室。

很快，列车又开动起来。乘务员过来把停车前锁起的卫生间打开。已经在外面排队等候的队伍终于看到了希望。

其中有三个中年男人显然是一起的，他们在旁若无人地说着话。

"昨天那雨，我才不相信专家们说的那些东西。"

"呵呵。你不也是专家吗？不是专家会去参加辐射研讨会？"

"我不是专家。专家都上电视。"

"其实，到底什么是真相真的很难说。昨晚上我在想，当初西方人听信医生花大钱储存自己的造血干细胞。等到真的需要的时候，却发现他们寄托了生命全部希望的造血干细胞毫无作用。什么是真相？"

"我们是医生，不是上帝。我是说他们当时也不知道辐射会那么严重，以至于干细胞不起作用。"

盥洗室里正洗脸的高雅妮听到这段对话，正想继续听下去，第三个声音响了起来："你们这是怎么了？这大清早就要救大众于水火哪？"

"也不是啦。这不等位置嘛。"

"好啦好啦，不说回头研讨会上要讲一百遍的东西，说点别的，黄的红的都行。"

"你这家伙，老婆怎么调教出来的？"

"呵呵，不说了不说了。不过昨晚我那隔壁，倒是说了段有趣的段子。"

"什么段子？黄的还是红的？"

"他是这么说的，说是火车在咱们山东的时候，鸣笛的声音是这样的'呜……咕咚咕咚，咕咚咕咚……'，然后到山西，就成了'西……喝醋喝醋，喝醋喝醋。'"

"这人还真仔细。"

"对啊，还有呢。说是火车刚开动的时候，声音是这样的，'坑谁、坑谁、坑谁'，走一阵后，你看卖东西小推车不断地走过，它的声音就变成了：'谁都坑、谁都坑、谁都坑……'"

"哈哈。这个有趣。"

"而且快车的声音也不同，快车贵嘛，所以那是'逮谁坑谁、逮谁坑谁、逮谁坑谁。'"

"这个也倒不是。坐高铁的时候，铁轨的声音就还没有了。"

"轮到你了，进去吧。"

高雅妮从盥洗室出来，看了一眼卫生间门前排队的人们，心里很沉重。当人们接近于绝望的时候，即使是专业的敬业者，也会变得自暴自弃。

幸亏，我们还有"青海一号"，还有迟军一直在实验的"青海二号"。不知道他的检测结果出来没有。

她想着，坐回到隔壁的铺位。

李古力原先是想在七点整的时候，广播通知找人的。但找到六号的播音室后，里边没有人。他和高雅妮于是逐个问不同车厢里的乘务员，终于找到播音员后，却被告知需要列车长同意。

幸好，列车长认识帮助救治那个老人的高雅妮和李古力，他没有多问便让播音员照办。

"大家早上好。我是本次列车的广播员，下面广播找人。日照来的文文，请到六号广播室来，有人找。"

正躺在铺位上的凯文听到声音，猛地坐了起来。文文？是自己在保护的那个文文？是谁在用广播找她？李古力？

不行！不能让他们找到。

他下意识地四处看去，找调节音量的开关。他想把声音调没，这样文文那边就不会听到。但文文在隼的那个对手那边，他却不好过去。

他想起曾经有火车专家在做培训时关于车厢喇叭的设置。他翻身下铺，很快在火车的内壁中找到了车厢喇叭的控制按钮。他一下把它扭到最低。

这时，广播里又传来了刚才的声音：

"下面广播找人。日照来的文文……"但后面的声音没有再出现。

章四十五

梁菡一夜没有睡好，大多数时间是在耳机发出的音乐里似睡非睡，所以早上七点多，她还在睡觉。耳机里的音乐不知在什么时候已经放到了尽头，停了。朦胧间听到有人喊自己的名字，她睁开眼睛，声音已经没有了。

她看过道对面，严默正抱着膝盖坐在自己的铺位上想着心事。她打了声招呼："严姐，这么早啊。"

严默似乎有些不开心的样子，淡淡地应了一下，把头转向过道那边的窗外。窗外不远处的树林疾驰而过，留下模糊的影子。

梁菡没有察觉到严默的异常，她又问："严姐，刚才车上广播找人吗？你听到了吗？"

严默"嗯"了一声，说："是。他们在找一个叫文文的人，也是日照上车的。"

梁菡愣了一下："文文？"

这时，广播声又在车厢里响了起来："日照来的文文，日照来的文文，请尽快到六号广播室来，周南老师有急事找你。"

刚回到铺上的凯文感到奇怪，怎么又响了？

他探头朝喇叭控制器的方向看去，一个穿着制服的乘务员正从那边走来。

凯文一下明白了，他心里暗骂："该死！"

梁菡正发愣的时候，广播里找人的声音又响了起来，而且似乎还很着急。这是她第一次出远门，听到有人找她，却又想不出来有什么人会找她，她心里有些慌张。

严默察觉到梁菡的表情，问道："梁菡，你知道这个文文？"

梁菡回答道："我就是文文。"

严默一惊："你是文文？"

"是的。文文是我的小名，除非火车上还有另外一个文文。"

"那你去看看？"

"但是找我的周南老师不在这趟火车上啊。"

严默也愣住了："周南是你的老师？"

梁菡摇摇头："也不是。他是另一个学校的老师。问题是，如果他找我，可以打电话啊，为什么不打电话呢？"

严默一下子警觉起来。如果梁菡说的是真的，那么这里边有蹊跷。

梁菡想了一会儿，说："严姐，既然是找我的，我得过去看看，也许真的是周老师呢。你陪我一起去好吗？"

严默经过刚才两个多小时的休息，腰部已经恢复许多。她看梁菡求助的表情，说："好！我陪你去。"

"谢谢严姐，那我们走吧。"

两人刚要离开，一直不在的鲍勃回来了。看到她们要走，他喊道："嗨，你们去哪儿？"

"有点事。"梁菡有些犹豫是否要告诉鲍勃。

"哦，是吧？那我们一起去吧。我也没事。"

看严默没有反对，梁菡只能接受鲍勃的自我邀请。

高雅妮和李古力正等在播音室门口。

广播有一会了，播音员觉得这个文文应该不在车上，不然应该已经到了。因为有列车长前面的安排，所以她还陪着李古力等人在等着。

高雅妮也有些要失望了："她不会不在车上吧？"

"不应该的。既然周南这样说，她应该会在。另外，我们的人也在湖南找周南。不管哪边，我们都不能放过任何线索。"

他们正等得有些着急的时候，梁菡犹犹豫豫地走了过来，她的身后还跟着严默和鲍勃。

李古力看到梁菡走过来的神情，觉得可能真的文文出现了。

章四十六

"小姐，你是日照的文文？"

"嗯。我……你是谁？"

"我是李古力，这位是高雅妮。我们是周南老师的朋友，他说有一份资料让你带去西宁，并让我们来取。"李古力直接说出了是怎么回事。

梁菡看看李古力又看看高雅妮，心里没底。她想起见过高雅妮，还有她的哥哥。他们没有给她留下什么特别的印象。她问："周老师没有告诉我呀。"

"是的，他去张家界了，现在他手机没电，不然就会电话你的。"

他们说话的时候，高雅妮和严默在互看。高雅妮看到严默和鲍勃都跟过来了，想到先前和关凯在他们铺位那边发生的不快，心里希望他们不要卷进来才好，但她所担心的还是发生了。

"这位先生，你可能认错人了。"严默对李古力说。严默看到李古力后面站着高雅妮，明显他们是一帮子的。她不知道他们所说的是什么资料，但对方来历不明，自己得帮梁菡一下。

"怎么会呢？"李古力表现得难以相信似的。

严默指着梁菡说："她叫梁菡，不叫文文。你们找错人了。"

李古力一时语塞。

梁菡也不知如何是好，而严默对她说："梁菡，你把身份证给他们看一下，告诉他们找错人了。"

梁菡这时已经没了主意。她相信严默这样做一定有她的原因，因此她从手上的小包里翻出她的身份证，递给李古力看。

李古力接过扫了一眼，立刻还给了梁菡。他看到上面的照片和梁菡符合，名字的确不是文文，而是梁菡。

站在一边的高雅妮急问梁菡："小梁，文文不是你的昵称吗？"

"文文不是你的小名吗？"李古力重复高雅妮的话。

梁菡一惊。这人怎么知道，下意识脱口而出："你们怎么……"

"哦。是周南老师说的。是他让我来找文文，也就是你的。"李古力解释道。

严默这时插嘴道："问题是她不叫文文，你没有看过她的证件吗？梁菡，你直接告诉他你不是文文吧，你看我们这边一拖，下面时间就不多了。"她边说边寻找着合理的借口。

梁菡见严默让她直接否认，于是有些抱歉地对李古力说："不好意思，我不是文文。你们找错人了。"

说着，严默抓着她的手向前走去，似乎她们去前面有事，而播音室门口不过是刚好经过。

但李古力已经确认面前这个女孩就是文文无疑了。他伸手阻拦："稍等。"

"等什么？"鲍勃上前把他的手拨拉开，觉得这个人好无理。梁菡就是梁菡，为什么这个人一定说她是文文？

见鲍勃阻拦，李古力解释道："她的确是文文。我有重要的事情。"

鲍勃坚信他找错人了，而且还错得厉害："对不起先生，你真的找错人了，我在日照就认识梁小姐了，不过我一直没有告诉你们，我的中文名字就是文文。"

有鲍勃打诨插科地帮着，严默和梁菡就要趁机走开，而高雅妮站到了她们的前面堵住了她们的去路，还要解释，这时关凯和王贵华走过来了。

关凯不知就里，看到李古力正和外国人说话，而高雅妮那边他也只看到两个女人的背影，一赶到近前就迫不及待地问高雅妮："找到文文了？"

高雅妮朝她眼前的两个女子看看，说："嗯。"

严默见前面的通道被高雅妮堵住，后面又听到关凯的声音，于是转回身来，调侃道："啊，哥哥来啦？"

关凯一愣，不知如何回答。

梁菡看严默转身，接着听到严默说"哥哥来啦"，转过身来，看到是那个想欺负严默的男人来了，原先还想回头再问李古力的想法也没有了。她拉着严默的手说："严姐，咱们回去。"说着气哼哼地和严默从关凯面前走过。过道不宽，关凯在她们经过自己身前时，侧身给她们让出足够的空间通过。

"梁菡！"李古力在她们的身后喊道。

梁菡脚下顿了一顿，但还是被严默拉着走了。

鲍勃见状，知道关凯不好惹，于是也赶紧跟了过去。

在5号和6号车厢连接处的凯文看到了前面发生的一切。他暗自松了口气，站到车门口看向外面，似乎是一个对外面山上满山坡黄色油菜花非常感兴趣的游客。

"也许你们找的文文真不在这趟车上吧。"播音员一边锁门，一边安慰李古力道。

"哦。没事的。谢谢您的帮助。"

"那没事我就先走啦？"

"好。谢谢。"

章四十七

播音员走后，关凯有些莫名其妙："这是怎么回事？"

李古力说："基本可以肯定，这个梁菡就是文文。"

"她们怎么在一起？"

"不知道，或许就是陪梁菡过来的吧。"

"如果真的是文文，难道就这样让她走了？"关凯很是遗憾。

"没事。他们就在我们那节车厢。我们还有时间，关键是资料还在她手上。"

"嗯。对了，文文果然是她的小名？"

"她没有直接说，但从她的反应看，她一定就是文文。"

这时，一直在旁边没有说话的王贵华说话了："她不是技术学院的学生。"

"什么？"李古力担心事情又有了变故，周南说资料交给了文文，从他的语气上，他一定认识这个文文，而且应该很熟，如果不是周南的学生，文文又是谁？

"看这个。"王贵华举起他手里有些超大个的手机，实际是他的微型电脑，给大家看。上面是梁菡修饰得很厉害的艺术照，但仍然能够看得出来，上面那个"明星"就是梁菡。

"她是日照的师范大学学生，旅游系，今年毕业。她网上空间的名字就是文文。对了，看她的博客文章，她还是学校学生会的。"

"她怎么会认识周南？"

"不知道。我再查查。"

"对了，队长，还记得日照发车时那个叫苏晓飞的姑娘么？"

"是的。对了，她也是学生会干部？"

"是的。也是旅游系。"

"她们是同学？"高雅妮和李古力几乎同时说道。

"可惜那个小苏不在这个车上，不然她可以帮我们说话。"

"嗯。对了，小王，你怎么查到这个梁菡的？"

王贵华两眼还在扫描着他面前的屏幕，没有抬头："图片壳。"

看李古力没有明白，高雅妮解释道："他用的是他发明的那个图片搜索的软件。我们在上海用过的那个。"

听高雅妮这样说，李古力想起了追踪张大明女朋友时说起过这个软件，而这时王贵华也开口了："没有。"

高雅妮问："没有什么？"

"没找到她怎么会认识周南，她的博客里边没有提到。"

"这就怪了。"李古力自言自语。

"没什么的，队长，只要确定她就是文文，我们就一定能把资料要回来。"关凯攥了攥拳头。

"抢？"高雅妮有些不相信关凯的建议。

"不能抢，也不需要抢。"

"那我们怎么办？"

"一方面，保护梁菡。"李古力回道，"另一方面，说服她交出资料。"

"我们要的是资料，保护她做什么？"关凯不解。

"队长的意思应该是，我们要得到资料，但是资料在梁菡身上，我们在得到资料之前，就得先保护着梁菡，保护梁菡的最终目的是保护资料。"高雅妮解释完，将目光投向李古力，"队长，我的意思对吗？"

李古力点点头："对的，我们现在要做的，除了保护梁菡外，最重要的是说服她配合我们，在不发生任何冲突的前提下，把资料还给我们。"

关凯想说什么，却没有说出口。

"老关，你想说什么？"

"我是看到那个姓严的女人，她和她在一起，没好事。"他想起了先前和严默的冲突。

"对。还有那个外国人。他们到底是什么人？他们怎么刚好就和梁菡在一起？"

"是的。"李古力同意他们的分析，"我们得好好想想是怎么回事。"

梁菡和严默回到车厢后，梁菡看到严默一直不说话，鲍勃也不知道去了哪里，梁菡忍不住好奇问道："严姐，刚才为什么让我走？"

严默觉得关凯那帮人不像是一般为人取资料的业务人员，但她也不想吓着梁菡，于是问："他们说的那个什么资料，你有吗？"

"有啊。就是他们说的那个周南老师让我带给董教授的。"

严默迅速做了一个判断，她有必要看一下资料。如果是一份非常重要的资料，那么自己如何参与，是否参与，需要认真决定。

如果是一项简单的商业资料，那么或许可以告诉梁菡让她从列车警察那边得到保护，自己重任在身，万不得已不要参与。

"我能看看那份资料吗？"

见严默提问，梁菡马上爬到自己的中铺，从枕头边的背包里拿出一个邮政快递硬壳信封，她把信封递给严默，说："严姐，就是这个。"

严默拿过信封，看它的口是开的，有些诧异："周南老师没有粘住封口？"

"没有啊。他就这样给我的。"

"哦。"说着，严默打开信封，从里边取出一小沓 A4 纸。

严默觉得非常奇怪。她注意到了关注度的完全不对称。关凯他们兴师动众，而梁菡这边却一点防备也没有。

不说梁菡不认为这个资料有多么重要，资料就放在背包里，而且背包就放在床铺上而不是随身携带——就是把资料交给她的周南，似乎也没有认为这个资料重要，因为他都没有把放资料的邮政快递的信封封口。

资料是一份手写稿，没有抬头，字迹潦草但能够辨认。这里边提到蛋白，一些化学方程式，和一些似乎是实验过程的描述。这些纸上面还有不少带淡黄颜色的水渍。严默翻了一遍，没有看出什么特别的价值。

"梁菡，这个周南老师是教化学的？"

"我也不知道。"

"你不知道？"严默更是惊讶起来。

"周南老师和我是不同学校的。我是师范大学的，他是技术学院的。"

"那他怎么会让你带资料？"

"是董教授让他给我的。"

"董教授？"

"董教授是我们旅游系的老师，也就是我的老师。"

严默有些纳闷了，董教授是旅游系老师的话，他怎么会要这个似乎和旅游完全没有关系的资料？严默问："所以是董教授让你把资料带给他在西宁的朋友的？"

"不是。董教授现在在青海湖，是带给他本人的。"

"董教授在青海湖干什么？"严默本来还想加一句"你知道吗？"，但梁菡已经回答了："他在那边考察。是一个国际旅游考察队。"

这真是奇怪了，一个旅游系的老师，要这个化学资料的目的会是什么？严默又翻了一遍手中的资料，仍然理不出头绪。

或许董教授在青海有同学，学化学的同学，需要这份资料提供给他们参考？从周南对资料的处理上看，这不应该是什么十分重要的东西。

但是为什么关凯他们却如此看重这份资料？他们几个人是否是跟踪而来？

但是在日照就见到过他们，他们为什么没有在日照就下手？

她马上想到了李古力看梁菡身份证的情景，虽然他看得很不在意，但他的确是看了，以此推论，他们并不认识梁菡，而且，他们一直不知道梁菡就是文文，所以即使昨晚关凯到他们的铺位格子间看到梁菡也没有注意她。

这是为什么他们要用广播通知的方式找到梁菡。

他们到底是什么人？

而昨晚关凯找自己的麻烦，说自己"落了什么东西"在他们那里，是不是把我错认为梁菡了？

这份资料对他们到底意味着什么？

一时间，严默也没有了主意。现在他们已经认识梁菡了，他们一定不会罢休，自己是否需要插手帮助梁菡保护这份资料？

但自己有更大的重任在身。

而且，那个隼还在火车上，他还多了一个外国人搭档。

还有，那个外国人，到底是谁？因为他的面具不能认出他是谁，但他的身影却又似乎熟悉，在哪里见过。

严默判断着并作出了决定：自己的任务第一，然后保护梁菡的人身安全，其他，包括资料，暂时都不考虑，说不定，寻找资料只是关凯他们的一个幌子。

看严默一直不出声，梁菡试图打破沉默："严姐，你看出什么了？"

"嗯。没有，我看不出它有什么特别的地方。你觉得呢？"严默把资料递还给梁菡。

梁菡接过资料，翻了几页，说："我完全看不懂这些东西，化学学得太烂了。反正到西宁后我把资料交给董教授就行。"

"是的。你收好吧。希望不要再节外生枝就好。"

梁菡将资料放进包里："知道了，严姐。"

篇七 ————
交锋

章四十八

斯蒂文一夜没睡。

凌晨四点多，他注意到凯文离开了车厢。早上过道里的人少，他没有动作，他不想引起别人的注意。

然后3号下铺的女子也离开了车厢，她手里拿着一个小包，去盥洗间或者卫生间。

她许久没有出来。

他下了铺位，向车厢头部走了过去。将要靠近盥洗室的时候，他听到了里边发出的摔击声音，而且像是三个人的声音。他心想不好，里边动手了，一定是凯文和他的新搭档在对付那个女子。

怎么办？

斯蒂文回头看了一眼4号中铺，那个带着资料的女子还在睡觉。她才是自己的真正目标。他退回了自己的铺位。

他有些为盥洗室里的女子担心。她又是什么人？看上去她不是凯文他们两个人的对手，被两个杀手堵在窄小的盥洗室，肯定凶多吉少，但大卫没有这个女子的档案，她和自己无关。

他打消了去救女子的想法，一切以国家利益为重，不能因为同情而分心。

当他看到两个乘警向车厢前方走去，心想这下有戏看的时候，那女子却撑着腰出了盥洗室。他心下一惊，她竟然还活着！

之后不久，他看到凯文回到了自己的铺位。

斯蒂文还想去了解李古力的底细。明显他是追踪凯文而来，但为什么在一个车厢，却到现在还没有发生冲突？

摩萨德办公室也没有这个男人和他的同伴们的信息。

他们应该是属于中国国家情报部门的人员，但是我们有中国情报部门很多重要人员的信息，为什么没有他们的信息？

他们是否也和4号中铺的人有关系？难道他们是在保护她？如果是这样，自己要得到核蛋白资料所面临的挑战就大了：中国四个人，欧洲之鹅两个人，还有那个不知是友是敌的什么水下基地出来的女子。

他想找机会去和李古力聊天，了解李古力他们到底是什么背景的时候，却发现李古力与和他一起的一名女子也离开了车厢，然后不久，凯文也向他们离去的同一方向走了过去。

巧合？

斯蒂文跟了过去。

他看到凯文在5、6号车厢的交接处停了下来，他没有停留，带着他一贯微笑着的笑脸走到6号车厢，看到李古力站在播音室门口和人讲话。他走了过去，走到车厢的中部，看到一个小男孩在玩拼图游戏，于是做出很有兴趣的样子看他拼图。

他努力地听李古力他们对话的每一个字。他听到了"资料，周老师，认错人了，文文"等词。美国小伙子用中文说"我的中文名字就是文文"的时候特别的可笑。在中国这么多年，他知道文文这个名字很显然是一个女孩名。

那个美国小伙，就在 4 号的下铺，他看上去只是一个普通的背包客，但他似乎和 4 号中铺认识。他又是什么人？难道背包客只是一个掩护？

再难道，他们中、下铺仅仅是一个巧合？

章四十九

斯蒂文知道，美国中央情报局虽然官僚透顶，但官僚也有官僚的好处，就是他们的网络十分严密，行动人员做事一丝不苟，的确是中国人所说的那种，天网恢恢，疏而不漏。如果这个小伙子是中情局的人的话，他面对的挑战就真的几乎无法克服了。

如果是这样，他就必须让几个方面的人互相制约，只有那样，自己才有成功的可能。

先从这个美国小伙身上下手。斯蒂文对自己的魅力很有自信心，对付一个毛头小伙，即使他受过中情局的培训，也是绰绰有余。

所以在鲍勃转身离开6号车厢后，斯蒂文在5号车厢追上了他。

"嗨，稍等一下。"

鲍勃听到有人说非常地道的美国英文，转过脸来，看到斯蒂文文质彬彬的笑容："嗨，你找我？"

"是。你是美国来的？"

"对呀。你呢？"

"明尼苏达。"

鲍勃这几天一直和中国人打交道，看到家乡人亲切感油然而生："是吗？太好了！"他停下脚步，"你在中国是旅游吗？"

"是，你看我的手机没电了。你知道火车上哪儿有充电的地方吗？"

"不好意思。这个我也领教过了。火车上虽然有电插孔，但里边都没有电的。你只能等到下火车之后了。"

"呵呵，这样说来，我也不用给我的手机充值了。我打了两次国际长途，结果话费一下就用完了，本来还想充电再充值，现在看来，也不需要了。"

鲍勃拿出自己的手机，说："你需要打电话吗？用我的？"

"哦，谢谢。"斯蒂文正要去接，但马上看到鲍勃用的是一款最原始的那种简单手机，于自己无用，于是又说："谢谢。我现在不需要。"同时，斯蒂文看鲍勃说话完全没有防备之心，心想这小伙真是初出茅庐，他指着窗口折叠着的座位说："我们坐会儿？"

"好啊。"鲍勃翻下折叠凳，坐了下去。

"我在中国教英文呢。"说着，斯蒂文也翻下了他这一侧的折叠凳，"你是旅游来的？"

"我是。去青海湖呢。你教英文，喜欢吗？我也在想这个问题呢，是不是到中国来教英文。"

"挺好的。我很喜欢中国这边的学校。周末的英语角你一定不要错过。"

"英语角？那是什么？"

"就是学英语的学生周末的时候在一起说英语的地方。"

"为什么我不能错过？"

"因为很多漂亮女孩会追着和你说话呀。"

"啊？是吗？"鲍勃很感兴趣，但同时也为自己的女人缘骄傲，因为自己的卧铺格子间里，就有两位他认为很漂亮的姑娘。

"是的。一定的。对了，你去青海湖，那里有什么特别吗？"

"青海鳄。"

"青海鳄？"斯蒂文显得非常有兴趣。

"虽然她们说那只是一个传说，但我的确在一些人的博客上看到很具体的资料。"

"是吗？她们是谁？"斯蒂文需要把话题转到4号中铺的人或者3号下铺的人身上。

"我对面铺的人。"

"她怎么知道青海鳄只是个传说？"

"她是西宁人。西宁就在青海湖的旁边。"

"哦。但或许青海鳄很少，大多数人并没有见过，所以就成了传说？"

"我也这么认为，所以她的话并没有打消我的兴趣。"

"我也觉得应该如此。只有到那儿才能真正知道。"说着，斯蒂文似乎想起了什么，"你就一个人背包旅行吗？"

"是，"说到孤独的旅行，鲍勃对自己也很骄傲，"我一个人已经到过很多地方了，比如苏格兰的尼斯湖，瑞士的日内瓦湖，南美的踢踢卡卡湖，还有马拉开波湖……"

鲍勃还要数下去，斯蒂文打断了他："还有这回就要到的青海湖，中国最大的湖。"

"是的。我真的很兴奋就要看到它了。"

"我也为你感到兴奋，因为我也去那里。"

"是吗？"

"是的。每年学校放假的时候，我就出来旅游，我已经走过中国很多地方了，因为学校给付旅行的费用呢。"

"真的？看来我真的需要到中国来教书。"

"如果你决定了的话，告诉我，这是我的名片。"斯蒂文从口袋里拿出自己的教师名片，"上面有我的邮箱地址。"

"太好了！谢谢你。"

"不客气。对了，这次你好像有几个旅行伙伴？"

"旅行伙伴？"鲍勃没有理解。

"我看到你和两个姑娘在一起？"

"她们，她们不是我的旅行伙伴，嗯，也算吧。我们刚好是同路。"

"哦，她们也去青海湖？"

"不是。她们一个是日照人，去西宁卖茶叶的。一个是西宁人，回西宁。"

"卖茶叶？"

"对，我上铺的那个姑娘，她是去西宁看一个客户的。你还别说，她还真非常了解她的茶，还会写诗，我在日照茶叶展销会上就见过她。"

斯蒂文觉得有些不对："她在那里做什么来着？"

"她有个小展台，在卖茶叶。你知道吗，她是用她的手，是的，没有东西保护的裸手在一个锅里搅动里边的茶的叶子。我真不知道为什么他们不用机械的搅拌机做这个工作。"

斯蒂文有些失望，如果那个姑娘能用手炒茶叶，那么她应该就真是茶叶专业中的人了，那她怎么会有那么重要的资料在手？

他嘴里答应着，心里十分不甘心："我也觉得是这样，这样太伤手了。但是你是知道的，在中国，劳动保护这方面人们的确做得不够。"

"我就是说么。"

"嗯。你一起的另一个姑娘应该是西宁到日照卖东西的？"斯蒂文笑着开玩笑。

"呵呵。这个她倒是没说。我倒是看不出来她是卖什么的，我觉得她应该是，是诗人？因为她有时似乎有些忧郁。"

"哦。不会吧。那你开朗的性格应该给她一些积极的影响才是。"斯蒂文夸着鲍勃。

"是的。也不知怎么回事，总有人找她麻烦，我在帮着她呢。"

斯蒂文没有问是什么麻烦，那样就太露骨了。到目前为止，他已经比刚才更多地知道了他们三个人的信息。他需要回去整理一下这些信息，做一个判断然后准备下一步的行动。

他继续恭维鲍勃道："难得她有你这么好的朋友。"说着，他把头转向窗外。窗外的山坡和平地上，到处是盛开的黄色油菜花。他改用中文说："你看，这种油菜花，我们美国几乎看不到呢。"

"是的。我也在纳闷这个。昨天我就注意到它们了，好像中国的田野

225

里都是这些黄花，很漂亮。"

隔壁5号铺位上的一个男人一直在听他们说话，但听不懂。现在听他们说起了中文，而且是说油菜花，于是在铺位上向他们这边凑了凑身子，说："你们是美国人？"

"是啊。你好。"斯蒂文永远是那么和蔼可亲。

"你知道为什么有那么多的油菜花吗？"那人有些神秘地问。

鲍勃看那人神秘的样子，来了兴趣："为什么？"

"抗辐射。"

"抗辐射，什么辐射？"

"你们不知道核电站的泄漏？包括你们美国的？"

"嗯。但不是说没有问题吗？"

那人压低嗓门，说："问题大着呢。土地里都是核辐射的东西了。专家说种油菜可以吸收掉土地里的核辐射的东西，所以中国到处都在种油菜呢。"

"是吗？"斯蒂文知道这个常识，但仍然故作好奇。

"你们知道吗？油菜从来都是长在南方的，但今年北方都种了，所以你们一路都看到它们。"

"不过的确很漂亮。"斯蒂文应付着他。

章五十

上午十点，火车进入了西安境内，火车广播上响起对西安市的介绍：西安，古称"长安""京兆"，是举世闻名的世界四大古都之一，是中国历史上建都时间最长、建都朝代最多、影响力最大的都城……

梁菡和严默从广播室回到自己的卧铺格子间后，严默看到了李古力他们要找的资料，她看不出资料有任何价值，而且梁菡基本可以确定就是一个简单的带信人，所以不想再多问关于资料的事。

离西宁还有十二个小时。

梁菡一直在自己的中铺半躺着看书。她心里还有些对李古力过意不去。如果真的是周南老师让他们来取资料，而自己又没有给他们，要是误了事那就真的不好了。

但严姐似乎断定他们不是什么好人，所以不让自己交出资料，也有她的道理。如果他们真的不是好人，把资料交出去，也不行。

这个资料到底是什么东西？想周南老师把资料交给她的时候，说"我本来要邮寄的，但董教授说你要去，让你捎带，这样比邮寄快。"也没看出他有多着急。还有，董教授要这个资料做什么？

想来想去，心里一团乱麻。梁菡决定不再想了。既然已经做了决定，到西宁后把资料交给董教授就行了。

但是不是应该给董教授打个电话？

不对，应该给周南老师打个电话，问他是不是让人从她这里拿的。

梁菡拿出手机，找到董教授给她的周南老师的号码，拨了出去。

电话里是"对方已关机"的提醒。

不管它了。好像就要到西安了。广播里在播放着西安的介绍。

她朝对面的下铺看了看严默，她没有在睡觉。

"严姐，马上就到西安了。"

严默"嗯"了一声，没有下文。

"严姐，你怎么了？想什么呢？"梁菡看严默沉思的样子，有些好奇。

"啊？没什么，呵呵。"严默掩饰着回答道。严默觉得自己的腰部基本复原了，行动已经没有问题了，下面得想法对付或者甩掉追杀自己的人。

"西安是个大站，好像有八分钟的停车时间，你不下去走走，活动活动筋骨？"梁菡建议道。

"啊，我不下去了。"严默皱了皱眉，努力挤出一点笑容应付道。

这时火车的速度已经减缓了许多，下车的人们已经走到了过道里。突然，严默在人群里看到了隼的影子，虽然他把蓝色夹克的领子提得高高的，几乎遮住了他的脸，但经过凌晨盥洗室里的遭遇，严默已经不需要看到隼的脸就能判断他的存在了。

严默知道隼在窥视着看她是否下车。车已经进站，她想既然隼在防备自己下车，不如下去找个机会把他甩掉。她对有些失望的梁菡说："我们还是下去转转吧，坐了这么久的火车是应该活动活动。哎，对了，你知道西安有什么小吃吗？"

"有啊，我听说这边有肉夹馍、粉丝汤、羊肉泡馍还有好多别的。你喜欢吃什么？"梁菡不胖，但很能吃，尤其听到小吃，顿时来了兴趣。

"我也不知道。这样，等会我下车去转转，买些小吃回来。你想吃什么？"

"咱俩一起去，严姐。"梁菡说道。

"旅客们，西安车站就要到了，在西安下车的旅客请做好准备下车，请您按顺序下车，不要拥挤。谢谢合作！"广播员在提醒着，但旅客们已经提起他们的大包小包，俨然准备着停车后的拥挤。

火车终于在西安火车站的轨道上停住，过道中的旅客迫不及待地开始向两边出口涌去。

人群中，隼的手放在口袋里往4号车的车头部分挤着，他前面一个一米九甚至更高的高个子正向外走，而隼却往里挤堵住了他的去路。壮汉不知隼是要进来还是出去，冲着他用带着浓重陕西口音的普通话喊道："挤甚挤！"隼看了他一眼，刚要发怒，但看到他后面所有人都看着他，不得不压下急迫心情，转身顺着人流移动，朝车门方向退去。

排在出去的队伍中，严默对梁菡说："这么多人，我们出去后如果走散，我们自己回来啊，不要相互等误车。"

梁菡应道："好的。"

话音刚落，身前的严默就失去了踪迹。

章五十一

下火车摆脱梁菡后，严默随着人群往出口处走去。在西安车站下车的人很多，她在人群中并不引人注目。

但另一侧门下车的隼还是发现了她，他立即快速超过身前的高个，朝严默奔去。高个看到后，浓重的陕西口音在隼的身后响起："你娃家里的生娃啊！急甚急！"

隼回过头瞪了那个高个一眼，心想有机会我再收拾你。

严默也发现了隼，以及他和高个的对话，严默心想我得让你觉得我出了西安站，于是加速朝出口处走去。

高个看隼回头看他，心里不乐意，边走边挑衅道："看甚么看！"

隼想还是严默要紧，于是没有再理睬他。他扭过头去，看到严默正疾步向出口处去，于是也加快脚步跟了过去。

六月伊始，正是樱桃成熟的时节，红扑扑的樱桃，酸甜可口。这个季节的西安，卖樱桃的人到处可见，包括在火车站的月台上。

一位分不清是普通摊贩还是铁路员工的中年大妈正提着一筐樱桃在叫卖，她穿的衣服不是铁路制服，但袖子上却绣有只有铁路工作人员才有的铁路标志。站台上人流量大，而且刚到西安的乘客中不少人已经等不及尝鲜，所以借助火车站月台这个绝好的位置，中年大妈的生意不断。

中年大妈大声吆喝："樱桃啊，西安的樱桃，新鲜的樱桃。"她看到一个人急匆匆地朝这边走来，中年大妈赶紧拦住问道："要不要樱桃，你看多新鲜的樱桃！"

那人正是隼，他看见严默疾步向外走去，他也跟着加速追去。这时看到卖樱桃的中年大妈拦住他，他喝道："不要，不要，让开！"

中年大妈不死心，极力向他推销道："你看看啊，这么大的樱桃，可甜咧！"

隼一时着急，用力推向中年大妈，要把她推开，却没料到中年大妈没有防备，一下被他推倒在地，筐子里的樱桃立刻撒了一地。这时正是下车人往外赶，上车人往里赶的时候，人们来不及避让，顿时一地樱桃被踩烂不少。

中年大妈一把拉住隼的大腿，冲着人群大喊："快来人呐，打死人啦！"听到拉扯声，赶路的旅客们似乎一下失去了他们赶时间的冲动，很多人停下脚步，围了过来。

隼抬头看到严默就要消失，他没工夫理睬卖樱桃的中年大妈，于是用力一抬腿便挣开她的手。他拨开人群就要向前赶去，却不料围观的人群看他如此凶蛮，于是愤怒起来。他们叫嚷着拦住他，要他道歉。

隼看这么多人一下子围住自己，心想不能惹，得赶快脱身，于是从钱包里掏出两张红色大钞，转身递给中年大妈，说："这钱够买你樱桃了吧？"

中年大妈仍然坐在地上："我不贪你娃的钱，你娃得道歉！"众人也一起喊着："道歉！""道歉！"

隼一看这阵势，心里着急，于是赶紧赔不是："对不起！对不起！"

中年大妈这才不急不慌地站起身来，接过钱，口中还念念有词："算你识相！"

隼终于摆脱了卖樱桃的中年大妈，他急忙拨开还未散去的人群，向出口跑去。赶到出口处，正前方是一道古墙，上面写着"欢迎来到古都西安"几个大字。他在西安那两个字的右边似乎看到了严默在出口外的身影，他赶紧挤进排队出站的人流。

　　出口处向外走着的人们毫无秩序地向前挤着，隼左挤右突，好几个人被他挤到后面。虽然那人一路"对不起""对不起"，被挤到的人仍然发怒，但他们刚想骂人，却发现他们骂的对象已经消失了。

　　严默看到隼出站，知道他已上钩，于是闪身进到出口处右边的小超市里。她一边注意着超市的门口，一边在货架中徘徊。

　　一个营业员闲着无聊，看到严默没有马上拿东西，就招呼道："想买点什么？"

　　严默眼角的余光一直扫视着门口的动态，听到营业员问话，回答道："我随便看看。"

　　营业员听到也没有再问。这种只看不买的人很多，她没有再理严默，坐到收银台后，看外面来来回回的人群。

　　严默忽然看到一套特低价的化妆盒，想起了什么，拿到手里，然后问营业员："你们这里有帽子吗？"

　　营业员回过头，问道："什么样的帽子？"

　　"旅游帽就行。"

　　"那边。"营业员站起身指着超市后面的墙角里，七八种不同颜色、款式的帽子挂在墙上。

　　严默走过去拿下一顶红色的太阳帽，说道："这个，多少钱？"

　　"五十。"

　　严默拿起化妆盒和帽子，途中又拿了件印有"西安"两字的T恤衫，走到收银台前，又看到那里有墨镜卖。她指着一款足够遮住半边脸的墨镜问道："这个多少钱？"

　　"三十。"

严默拿过墨镜，把化妆盒和帽子都放到收银台上，说："就这些，一共多少钱？"

营业员看她没有讲价，觉得有必要再做一次推销，说："你看上去不像西安本地人，不买些西安特产？"

严默看门口和门外眼光够得着的地方都没有隼的踪迹，而且时间还有一些，于是问："西安有什么特产？"

营业员一看有戏，赶紧介绍："这里很多特产的，你看那边，蓝田玉雕、麦秆画、兵马俑、西凤酒、临潼火晶柿子、德懋恭水晶饼，那些盒子里的是陕北红枣，还有猕猴桃、党参、板栗。"

听营业员还要说下去，严默赶紧打断她："呵呵。谢谢，谢谢。我还要赶车，下次吧。这些多少钱？"

营业员看她不会再买什么了，于是敲起了收银机上的按键："一百四十八元。"她有些纳闷为什么这个看上去不错的姑娘会买那种低廉的骗人的化妆品。

严默没有注意她的表情。她付过钱，接过找零，走到门口向外看了一眼，便迈步走了出去。

等隼终于出了出口处赶到正前方的古墙边时，已经没有了严默的踪影。他暗自骂了一声，向四周看去。

这里的左侧是一个小汽车站，那里停着几辆大巴，隼心想也许严默会乘坐汽车离开，于是赶了过去。

严默出超市后，向售票厅走去。她刚想经过出口处再进火车站，但又一想不如坐下趟车去西宁，这样也就避开 K173 上的所有人。于是她改变路径向售票处方向走去。

而这时，斜刺里突然跑过一个穿着时髦的女人，一下撞到了严默。

很明显她自己也没有意识到会撞人，惊叫了一声，紧接着又急忙道歉"对不起"继续向前跑去。

女人的尖叫声吸引了隼的注意。隼朝尖叫声方向看去。

严默听到尖叫心想不好，这一定会引人注意的。她急看四周，已经看到隼向这边扫来的视线。她心想这下不好，立刻转身向出口处跑去。

这时出来的旅客已经寥寥无几，严默跑到出口处的时候，守在那里的铁路工作人员拦住了她。严默急编理由："你好，同志。我是 K173 的乘客。4 号车厢 3 号铺下铺。我误出了车站，麻烦您让我进去。"

严默那明亮的眼睛里写满了着急，也得到了工作人员的同情。工作人员又看了看她，挥手让她进去。

只一小会，后面赶来的隼也立刻赶到出口处，也被拦住了。

"我的包掉在火车上了。"

工作人员笑了笑，说："哪趟火车？我回头通知。"

隼一看不让进，心中急躁，拳头攥了起来。工作人员一看不对，马上警告说："不要动，再动送去派出所。"

隼看来不及了，心下一横，突然发力，试图跳过栏杆，但工作人员冲过去一把拉住他的衣服，大声吼道："反了你还，走，去派出所！"

隼急着解释道："前面那个女人是我家的，她跑进去，我也得进去。"

工作人员板着脸，说："你小子倒是挺会编，刚才说包落在火车上，现在又说家人落在火车上。你还有什么理由说说看。"

隼着急，手伸到口袋里摸钱。他原想掏出一叠钱塞给工作人员，却不料摸出一张小卡片。

工作人员看到他的卡片，倒主动问他："你是哪趟车的？"

"去西宁的。"隼不知道车次号。

"软卧的？"

隼一听有希望，赶紧说："是、是。软卧的。"

"进去吧。"工作人员说。

隼不知怎么回事，心下疑惑，想进去又不敢相信。

"你那卡片是乘务员给你换票的，你下车得交还给乘务员。走吧，再不走就要赶不上了。"

章五十二

严默赶到站台时，乘务员正要关门。严默喊道"等一下"，就在乘务员犹豫的一瞬间，严默踏进了车门。

这时火车的鸣笛声响起，开始移动起来。乘务员边关门边训话道："怎么这么晚！"

严默赶紧说"谢谢"。她刚要挪步，看到隼出现在了空空的站台上。火车已经开始加速，她看不清隼脸上的表情。

严默暗暗松了一口气，心想终于甩掉了一个。

她想回卧铺，但想到早上遭遇的另一个杀手，还有那个被称为"哥哥"的人等，便决定不回卧铺。

她走进一个卫生间，拿出刚买的化妆盒。

四五分钟后，严默走出卫生间，俨然换了一个人。她把头发扎成了一个马尾辫，头上戴着红色的旅游帽。她原本健康的小麦肤色上涂了一层浅色粉底，斑斑驳驳的脸上像是长满了雀斑。那双明亮的大眼睛此时被一只大墨镜掩盖住，再加上身穿的印着"西安"两字的白色T恤，俨然是一个刚离开西安的外地游客。

西安是一个大站，在这里下车的人很多，所以留下了很多空座，严默走进一间硬座车厢，望眼看去，这里乘客比先前已经少了许多，但仍然嘈杂一片，打牌聊天看书听音乐，各种乘客肆无忌惮地享受着多出的空间。

严默走到附近一个座位，问坐在那里的胖胖的中年妇女："您好，阿姨，这里有人吗？"

阿姨见是一个礼貌的姑娘，乐呵呵地说道："没人，坐吧。"

严默说了声"谢谢"便坐了下去。她刚坐下，阿姨就搭讪道："姑娘，你去哪？"

严默其实不想说话，见阿姨这么热情，只能应付："西宁。您去哪？"

"我去兰州看我儿子，他在那里当兵，好几年没回家了。去年才结婚，这不今年就有了一个大胖小子，他们两口子都忙，没时间照顾孩子，我就去照顾我的小孙子，呵呵。"阿姨幸福地要分享她的快乐。

严默附和道："您真幸福。"

"孩子，你多大了？"阿姨问道。

严默笑了笑，没有回答。

"你有没有男朋友啊？"阿姨又问。

严默心里一酸，但马上又恢复。青海湖，怎么这么慢！她心里想着，嘴上说："没有。"

"怎么还没有？你看你长得这么漂亮，怎么会没有男朋友呢？"阿姨顿了顿，看严默没有接话，继续说道，"我还有个小儿子，他去年刚毕业，可俊着呢。就是不让我省心，还没有女朋友。"阿姨边说边打量严默的神情。

严默正不知该如何回答，看到座位对面的人的脚上绑着绷带，于是应付阿姨道："我想他可能还没有看上谁吧。"紧接着她问对面的人，"您这是怎么回事？"

对面的人看严默打招呼，苦笑着说："出了点事故。"

严默只是想打岔不让阿姨继续说话，并没有想追问是什么事故，阿姨却问上了："什么事故啊？这么严重？"

脚缠绷带的人的同伴代他解释说："是这样，我们到西安旅游，在一家旅馆住下，但还没有停歇五分钟，我这哥们就受伤了，结果成了这个样子。"

阿姨听了不解，继续问道："住酒店怎么会受伤？"

"我们进了酒店房间，我这哥们就去卫生间洗脸，结果那洗脸池突然就坏了，掉了下去，砸到了他的脚上，当时就削去了大脚趾上一块肉。"

"还有这种事！"阿姨生起气来，"酒店还会出这种事！你们找他们赔了？"

"我们当时看到流那么多血，赶紧就送他上医院了。医生说他脚上削去的那块肉需要植皮。酒店经理也赶来医院了，态度还不错，但那经理和医生说了一通后，医生又改口说不用植皮了，然后医生处理了伤口让我们回老家养伤。"

"你要告他们。我小儿子是学法律的。这种事，他们是有责任的。"阿姨在说到"我小儿子是学法律"的时候加重了语气，同时也看了严默一眼。

严默不想太多卷入，没有吱声。

隼面色阴冷地盯着渐渐远去的火车，恨恨地咬了咬牙，低声骂道："该死！"他抬起腕，看了看表，转身快步朝出口处走去。

上午十点半多一点，走出火车站的隼，站在骄阳下环顾着四周。他在想下面怎么办。

广场的一角，几个出租车司机正将脖子伸出窗外，热情地招呼从他们车边经过的人们。

隼没有迟疑，快步走过去，拉开一辆出租车的车门，坐到驾驶座的右边。

出租司机见有人上来，问："去哪？"

"你知道往西宁方向的火车，下一站到哪里？"隼问。

司机有些不解："你是坐火车还是？"

"我是赶火车。"

"赶火车，我的车跑了，我得去追我的车。"

司机知道了他的意图，觉得有戏。去西宁的火车的下一站是咸阳，但咸阳不算远，再一下站是宝鸡。宝鸡来回三百八十公里左右。司机说："宝鸡。"

"宝鸡？"隼冷冷地看着前方，问。

"是，宝鸡。你去吗？"

"要多少时间到宝鸡？"

"最多两个小时。"

"火车多少时间到宝鸡？"

"大概也就两个小时吧。"

"你一个半小时到宝鸡，干不干？"

"一个半小时？"司机有些犹豫，赶是赶得到，但有吃超速的风险。

隼看司机没有一口拒绝，知道有希望，于是说："我给你钱。"他从内衣口袋里拿出一沓钱。

司机还是有些犹豫。一般到宝鸡来回一趟正常得收五百，不知这个人愿意付多少。他还没有回答，隼已经说话了："一千块，干不干？"说着，他把十张红色大钞递给司机。

司机不再犹豫，这刚好是正常价格的一倍。他接过钞票，仔细摸了摸确定真假。是真的。

他放在油门上的脚一使劲，汽车引擎声抽响起来，接着他的黄绿相间的出租车便载着隼驶离了西安火车站。

上了高速，司机想说些什么解闷，但看到乘客面无表情，冷冷地看着前方，便打消了说话的想法。

"能再快一点吗？"眼角看到司机想说话，隼问。

"你放心，我肯定在十二点之前把你送到宝鸡，再快可就超速了。"司机有些不满地瞥了隼一眼，满不在乎地说道。

"再开快，我给你加钱。"隼皱了皱眉，转头盯着司机，用不容商量的语气几乎是命令道。

"真的……"司机的"不能"两个字还没说出口的时候，瞥到隼冰冷而凶狠的眼神，他立时把两个字重新咽回肚子，心里叫苦。

跑长途就怕这个，在城里人多，安全方面不会有问题；而跑长途的话，就怕遇到抢劫。如果他有两个人，自己是多少钱也不会跑长途的。看他一个人，所以没有在意就上路了，现在才看到这人如此的不面善。

司机不由得打了个冷战。但愿他只是想快点而不是想抢劫。他加大了油门，心里想，赶紧把这家伙送走，吃个超速罚单就吃吧。

看到司机已经加速，隼这才转过头，继续看向窗外。

十一点四十五分，出租车赶到了宝鸡火车站。隼多给了司机两百元后，便赶去售票处，买了一张站台票，在候车大厅里等待火车的到来。

十二点三十一分，隼再次回到 K173 次列车。

章五十三

上车后，隼迫不及待地走过 4 号车厢。严默不在。他在 3 号和 4 号车厢口站了十分钟，严默还是没有出现。她的铺位是空的。

隼心想，糟了，难道她又下车了？

他立即开始对所有卧铺车厢进行搜索。他急步走过每一个卧铺铺位，眼睛似乎很随意地看铺位上的每一个乘客，如同一个急着回自己铺位的乘客。

一次走过，没有严默的踪迹。

他再次走回头，仍然没有严默。

时间一分一秒地流逝，过了几乎二十多分钟，第三次走完所有的卧铺车厢，隼急了。他开始不时地看手腕上的表。他知道如果在火车上这个相对封闭的环境中不能将严默解决的话，到了西宁，任务将会变得更加困难。他踌躇了一下，走到 4 号车厢，似乎不经意地吹起了口哨。

火车离开西安后，凯文便再没有看到隼，而且，他也再没有看到严默。他以为隼的事情已经解决而离开了。让他担心的是李古力，但不知为什么李古力他们在播音室门口和文文见面后并没有再次打扰文文。

过了宝鸡站，他非常惊讶地看到隼在车厢里来回穿梭。更让他惊讶的是，他听到了隼的口哨。很明显，隼是让他出去说话。

他随着口哨声走了过去，在隼的软卧包间找到了隼。

包间里就隼一个人。

"你的事解决了？"凯文进来看没有其他人，反手把身后的包间门拉上。

"没有。"隼搓搓手。

"没有？那你刚才去哪里了？西安过来就没有看到你，你的目标也没有了。我以为你已经处理完事了呢。"

"西安车站她把我给甩了。我租了辆车，才赶回来。"

"那她也不在车上了，怎么办？"

"我看到她上车的，不然我也不会追回来。"

"她上车的话，会去了哪儿？我肯定过西安就没有再看到过她。"

"嗯。我知道。但我得查。所以需要你的帮忙。我必须在这趟火车上搞定一切，她要是活到西宁的话就麻烦了。"隼低沉的嗓音说着，他原本冷峻的脸上突然有了些不太自然的感觉。隼从来都很自负，第二次求凯文帮忙，实在是没有其他的办法，但工于计算的他知道，相对于凯文帮忙所带来的难堪和心理的失衡，比较起完不成任务的代价，后者是不能承受的。

凯文倒很爽快，他一点也不迟疑地点头道："我会尽我所能帮你，但你的事情一旦解决我也期待你不马上离开火车。"

"为什么？"

"我的任务一直要到西宁才算完成，所以如果有事，我也指望有人帮我一把。"凯文深知李古力团队的厉害，自己从上火车到现在一直无惊无险，这只是因为李古力他们并不知道文文是谁，而现在他们已经知道文文的存在，一定会有动作的，而自己却对他们的计划毫无概念。

"那是当然。"隼点点头。

"我下面怎么帮你？"凯文看隼答应，问道。

"我们得先把那个女人找出来。"

"这个我同意，但她会在哪儿呢？"

"我已经把硬卧车厢都查遍了，软卧车厢我也都看过了，都没有她。现在只有行李车厢和硬座车厢了。"

"我们一起一节车厢一节车厢地搜，还是我们分头搜？"

"我们一起搜吧。我看左边，你看右边。"

二十分钟后，他们又回到了隼的软卧包间。

凯文有些奇怪："如果她真的回到车上了，难道是蒸发了？会不会她已经在咸阳或者宝鸡下车了？"

"咸阳我不知道，宝鸡肯定不会。宝鸡下车的人不多，我注意看了所有下车的人，没有她。"

"那她去哪儿了呢？"凯文有些泄气。

"她一定还在车上。或许我们经过的时候，她在哪一个卫生间。"

"卫生间停车前五分钟左右都会关闭的。我们是不是等下一站停车前五分钟再搜？这样起码她不能躲在卫生间里。"

"也许只能这样的。"

"嗯，我还有个主意。"凯文又想起了什么。

"什么主意？"

篇八 ————
胶着

章五十四

梁菡坐在严默的铺位上，心里一直有事。

自从和李古力见面后，她注意到李古力他们就在自己这个车厢，不过在车厢的尾部。她觉得很不自然，似乎是自己偷了他们东西似的。不过还好，他们倒也没有再过来找她。

然后就是严默了。

在西安火车站站台上走散之后，严默竟然再也没有回来！

"鲍勃，你说严姐这是怎么了，怎么好好的就走丢呢？"

鲍勃则一脸的无所谓："放心，她是大人，不会出事的。说不定她本来就准备在西安下车呢。"

"不会的。绝对不会的。分手前我们还说如果走散我们各自先回来。"

鲍勃也觉得严默有些过分。如果下车，起码打声招呼，这么不明不白地走了还让别人为她担心。他还想劝慰梁菡，却看到同一车厢的那个没有说过话的金发过来打招呼。

"嗨，你们好，我是凯文。我们在一个车厢，还没有打过招呼呢。"

"哦。你好，凯文，我是鲍勃。"鲍勃向他伸过手去。

"但愿我没有打扰两位，但我注意到你们也是从日照上车的。"凯文和鲍勃握手，眼睛看梁菡。

"是啊。你也是从日照过来的？"鲍勃见梁菡没有反应，接话道。

"是的。我是卖铁矿石的，日照有个很大的钢厂，还有深水码头，所以去了日照。这是我的名片。"

鲍勃接过名片，看了看，放进口袋里，说："哦。我去日照是看金沙滩，据说是中国北方最长的金沙滩。对了，你们认识一下。"鲍勃冲梁菡点点头，"这是梁菡。她是茶叶专家。"

凯文也冲梁菡点头："你好。"

梁菡本来没有想说话，看他们打招呼，不好再沉默，于是也冲凯文点点头："你好。"

凯文问鲍勃："梁小姐怎么好像不开心？"

"哦，她的朋友下车了，没有和她打招呼，所以她不开心呢。"

"是这样。这个朋友也是。不过她也许有急事走了。"

"我也这么说。"鲍勃说。

"嗯。我没事。谢谢你们。你们聊。"梁菡觉得和他们说话没有意思，便爬到自己的中铺去，拿起刚买的杂志，自个儿看了起来。

凯文看看表，这时是两点零四分。还有九分钟列车就要进天水站了，他想这时乘务员应该开始锁各个车厢的卫生间门了，于是对鲍勃提议道："或者我们出去聊聊，这样也可以不妨碍梁小姐？"

鲍勃一想也是，说："好。"梁菡自顾自地不乐，不理他，他正闲得无聊。

"我们去硬座走走？那边人多，或许可以看到什么有趣的东西。"凯文建议道。

"好。"鲍勃就想着有人聊天，哪儿都行。

他们向硬座车厢方向走去。途中的几句对话，鲍勃便很快佩服起凯文的学识。他明显去过世界上很多地方，知道的东西很多。

凯文很高兴鲍勃好说话。他本来还以为自己要很努力才会造就两个外国人在满是中国人的硬座车厢高谈阔论的场面，结果发现他的担心都是多余。他只要稍稍鼓励，鲍勃就一定会大说而特说。

果然除了即将下车的乘客瞄他们一眼外，其他的乘客都看他们。

凯文似乎没有注意到这些目光，他更在意的是这些目光后的女人们的动静。

就这样他们走过了好几节车厢。他们还在讨论着种种旅途趣闻，鲍勃依然是兴趣盎然地说着他过去的所见所闻，而凯文则继续应付。事实上此刻的凯文已经渐渐对自己的计划失去信心，他几乎感觉得到，严默不会因为他们两个的到来而有意躲避，或许，她根本就不在这些车厢里边。

凯文不自觉地摇了摇头。

鲍勃看到了他摇头的动作，问："你怎么了，不舒服？"

"呵呵，没事。你看那边那个孩子，好可爱哦。"凯文指着一个女人抱着的孩子说。这是个一岁多的男孩，甜甜地笑着，两个眼睛不知是因为小还是因为胖眯成了两条线。

鲍勃也看到了孩子，他觉得孩子挺可爱的，但他对孩子并没有兴趣。他看到的是孩子和他妈妈后面靠窗座位上的一个女子。那女子头上是一顶红色旅游帽，身穿白色 T 恤衫，脸上戴着"不让人恨"的那种大眼镜。

鲍勃应付着凯文说："嗯，孩子是好可爱。对了，你注意到没有，中国现在的女孩都时兴 HaterBlocker？"

"什么是 HaterBlocker？"凯文眼睛这时已看向了别处。

鲍勃心里一笑，凯文毕竟是古板人，他怎么会知道 HaterBlocker？这是美国城市语言，说的是能几乎把整个脸罩住的大眼镜。戴上这种眼镜，恨你的人就看不到你的脸了，想嫉妒你也不可能了。虽然心里想着其他事，但他的眼睛却还在那个女人附近，因为他隐约觉得在哪里见过她。他向她走了过去。

章五十五

鲍勃看到的女子，正是严默。

严默已经看到隼多次经过她左边的过道了。因为这个，她还特意找借口和身边的阿姨换了座位，这样她坐到靠里边，多一点掩护。

但没想到鲍勃和凯文的出现。而且鲍勃还直奔自己而来。

她静观其变，不动声色。

鲍勃走过来，想和严默说话，但中间隔着一位身材不小的大妈，一时不知是说还是不说。

这时凯文注意到鲍勃走到这边来了，便要走过来。

严默觉得不妙，因为走到近前说起话来，一定会引人注目，他们两个刚才就已经很引人注目了，而且如果这个时候隼要是来的话，就真麻烦了。隼是一个纯粹的杀手，这里人多，如果打起来一定还会伤及无辜。

先前和鲍勃的交流中，她已经判断鲍勃就是一个对所有事情一无所知的美国背包客，而且还富有英雄主义的同情心。

看到鲍勃还在看她，她赶紧把手放到嘴边做"嘘"的模样，同时眼睛看向走过来的凯文，紧摇头。

鲍勃回头看到这个情景，回头看是凯文过来，不知道是怎么回事，但肯定这个女子一定不想见凯文，于是转过身去，堵住凯文，说："你连HaterBlocker 都不知道啊？"说着，他似乎是无意地推着他转身向前走去，"你一定没和年轻人有足够沟通。HaterBlocker 就是那种能遮脸的大眼镜，都是明星才戴的，而我发现中国的年轻女人们都喜欢戴它。"

凯文觉得鲍勃怎么一下变得有些兴奋起来？他看看鲍勃，又看看后面，没有看到什么不同，于是继续向前走去。

这时，天水站也到了。

火车在天水火车站停车四分钟。刚上火车的乘客脚还没有在车厢里站稳，火车就启动了，车站高高的钟楼很快就消失在火车后面，火车继续在陇海线上向西宁进发。

凯文带着鲍勃在所有的硬座车厢中转了一圈，没有按他的想法把严默引出，隼在他们身后不远处跟着，也没有新的发现。天水站过后，凯文觉得这样继续下去已经没有意义，他自言自语道："硬座这边的确是很热闹。"

他的声音不轻，他是有意让鲍勃听到，希望鲍勃跟上对话。鲍勃这时心里有事，也想找理由回去，于是说："真的，不过不如卧铺车间的空间大。"

"我也是这样认为。"凯文说着，看鲍勃，"或者我们回去？"

鲍勃巴不得凯文这样说。他赶紧说好。

在 4 号铺位打过招呼后，凯文没有回自己的铺位，而是去了隼的软卧包间。他知道隼的软卧包间没有其他乘客，隼一定在那里等着他。

他猜得没错。

隼正在包间里想心事，看到凯文拉开门进来。

章五十六

"这下有些麻烦了。"隼说。

"是的。或许她真的在咸阳或者宝鸡下车了。或许她宝鸡下车的时候你没有注意到。"

隼迅速地回忆了一下他上站台后，看着火车到来，然后乘客下车，乘客上车的过程，他摇摇头，觉得严默在宝鸡下车的可能不大，因为站台上人并不是很多，但是，咸阳就难说了。理论上说，她是看到自己跟踪她的，所以在最后一刻上车，并甩掉自己。她应该能猜到自己会找车继续追火车，而咸阳是西安后的第一站。她很有可能猜测到自己能在咸阳赶上火车，为了避免和自己遭遇，于是在咸阳就下车。

"你想什么？"凯文看隼不说话，问。

"我想或许她真的在咸阳下车了。如果是这样的话，她应该还是会去西宁。她有两种可能去西宁，一种是坐下一班的火车，一种是坐汽车。不管如何，我看来只能先赶到西宁，在西宁等她了。"

"这样也好。"凯文同意道。

"问题是，如果她坐汽车去西宁的话，我还没有办法同时看住火车站和汽车站。"

"是的，而且中国每个城市似乎都有很多的汽车站。"

隼一时无语。他觉得这次是彻底地栽了。

过去五年，他还没有栽过，这次完全是自己错误的判断所致。如果昨天夜里用了"闹钟"的话，事情就已经解决了。他懊恼地吁了口长气。

凯文说话了："我想事情还没有完全失去希望。"

"怎么讲？"虽然凯文的语调不紧不慢，但仍然一下把绝望中的隼拉回到现实。

"我有个建议。你认识德鲁吗？"凯文问。

"什么建议？德鲁和这个有什么关系？"隼紧张而又期待。

"中国的火车站、汽车站都有监控系统。德鲁或许可以帮忙。我知道他帮助过我们的人，而且他就在上海。"

"我知道德鲁，他在上海？不是一直在欧洲吗？"隼说着，觉得自己跑题了，"你说他可以帮助从监控系统中寻找目标？"

"是的。到西宁后，我想我也没事了，我可以留下来帮你守火车站，你去守主要的汽车站，德鲁可以通过监控查找进入其他车站的乘客。这样也许能补救目前的困境。"

隼觉得这个解决方案有些悬，因为其中有很多不确定因素，比如如果严默在汽车站外就下车的话，就找不着她了。但是现在，这是唯一可行的办法了。

"嗯。这个办法可以试试，不过真不好意思还要劳驾你。"

"没有关系，不过在下面的五六个小时里，你可以帮我。"

"怎么帮？"

"我的任务是保护资料到达西宁送到接应人的手中，而现在李古力他们已经知道资料就在文文手中……"凯文的话被隼打断。

隼问："李古力？"

"是的。我那个车厢21、22号铺上的四个人。"

"他们是什么人？"

"我也不知道，似乎是中国情报组织的人，但似乎又不像，因为如果是政府组织，他们可以直接让火车停下就解决问题了。不管如何，他们是追踪我的资料而来，而他们已经知道资料就在4号铺的文文手上，但却一直没有动手，我还真没有明白他们是什么样的打算。"

"会不会西宁接应文文的就是他们的人？"

"肯定不是。"

"那……"隼也不知说什么好了。

"不管如何，我这边一方面要保护文文和资料，另一方面，还得对付李古力他们，或会有疏忽，所以你如果帮一臂之力，我会非常感谢。"

"这个自然。对了，你说的那些人，就是有'死扣'的那些人？"

"是的。我的'死扣'意外地落到他们手里，昨晚没有能取回。本来我今天的第一任务就是取回'死扣'，但后来发现李古力他们已经知道了文文的所在，所以只能先放弃'死扣'了。"

"也是。对了，为什么你要花力气保护那个叫文文的？干吗不直接把资料拿过来？那样不更简单？"

"我也想过，但我怕把事情弄复杂了，如果文文发现资料丢失的话，或许会惹出新的事件，反而不好。"

"不过我想或许拿过来更好。"隼仍然坚持自己的看法。

"嗯。看情况。如果情况有变，或许我会把资料偷出来。"

"我也觉得应该有这个选择。这样吧，你还是回你的车厢，我也会在你的前后车厢里，有事我就吹口哨。"

章五十七

鲍勃等凯文一离开，便走到梁菡的中铺前，凑到梁菡面前，压低嗓门说："你知道我看到谁了？"

梁菡不知所以，从她正读的杂志上抬起头："谁？"

"严默！"

"严姐？她在哪儿？"梁菡一骨碌翻身就要从中铺上爬下。

听梁菡高声喊叫，鲍勃赶紧把手放到自己嘴上："嘘，不要大声。"

"为什么？"梁菡不懂。

"刚才我和凯文，就是刚才那个外国人，我们去硬座车厢逛了。我看到一个女人可像严默了，但我不敢完全肯定。我正要和她打招呼，她却紧着对我摇头，并朝我身后看。"

"你身后有什么？"

"我扭头看，是凯文。"

"凯文？"

"我觉得她是不想让凯文看到她，所以我赶紧把凯文拉到别处去了，然后我们就回来了。"

这时梁菡已经下了地:"你确定那个女人就是严姐?"

"嗯。我想她是的。但是她戴着帽子,还戴着一副大眼镜,衣服和以前也不同,所以我也不敢肯定,但是我能肯定的是,她和我打招呼了。"

"打招呼了?那还不就是她了?"

"不是和我打招呼,"鲍勃开始觉得自己的中文表达还是有问题,"我是说她对我摇头,使眼神,好像是认识我的。"

"是吗?我们去看看。"梁菡已经迫不及待。

他们回到严默的座位时,严默的位置是空的。

鲍勃纳闷道:"人呢?"

"你确定她是坐在这里的?"梁菡问。

看到一个外国人和一个中国姑娘在说话,胖大妈问他们:"你们找谁?"

梁菡看胖大妈问话,赶紧回道:"阿姨,您这里原先是有一个戴红帽子的姑娘?"

"是啊。你们找她?"胖大妈有些疑惑。

"她叫什么名字?"

"她的名字?我也不知道。你们是朋友?她没有说起车上还有朋友啊?"

"哦。是这样。"梁菡指着鲍勃说,"他说先前经过这里的时候,看到坐在这里的姑娘很像我们的一个朋友,所以我们就来看了。"

"是这样。那你们先坐会等?"胖大妈说着,就往里挪身子。

"不坐不坐,阿姨。"梁菡赶紧说,"我们站着就行。"

他们在胖大妈身边等了十分钟了,还是没有看到严默出现,梁菡有些着急:"鲍勃,你肯定是严姐?"

等了这么久,鲍勃也有些怀疑起自己的判断了:"我也不知道,但她的确是和我打招呼,哦,不,对我做动作的。"

"那么我们再等等？"

"嗯。好。"

他们四周张望着，有一句没一句地应付着胖大妈的问题。胖大妈见有人肯跟她讲话，问的问题越来越多，鲍勃耐不住了："或者我们先回去，待会再过来看？"

梁菡也不想多说话，于是说："好吧。"然后对胖大妈说，"如果她回来的话，你帮我告诉她，在4号车厢的朋友找她好吗？"

"好，好。她回来我一定告诉她。"胖大妈十分认真地答应道。

章五十八

梁菡回到铺位，觉得很失望。她开始为严默担心起来，但愿她没出什么事吧。听说有些搞传销的人非常会说服人，政府一直严打也没能都打掉，但愿她不要被搞传销的骗去了才好。

鲍勃看梁菡回来后没有和他多说话，就脱鞋上了中铺，知道她又要打盹听音乐或者看她自己的书了，觉得自己无事可做。他心里还在惦记先前看到的像严默的人。他想，我现在再去看看。如果她还不在，那我就不再去烦这件事了。

心里想着，他开始走向车厢的尾部再去后面的硬座车厢。

刚到车尾，他就闻到一股香烟烟味。他皱了皱鼻子，四周看了一眼，哪里来的烟味？

这时乘务员也正走过。闻到烟味，她知道一定又是什么人在抽烟。"喂，谁抽烟啊？把烟掐了！火车上禁止吸烟！"

鲍勃快走两步跟了上去。他看到过这个人，他是自己和斯蒂文说话时压低嗓门和他们说话的那个人，5号铺的。

"这不是车厢里边。"5号铺的人不服气。

"现在火车上全部禁烟了，你看不到这个？"乘务员一边说，一边指着墙上红色的禁烟标志。

"就一根，就一根。我抽完就不再抽了。"5号铺求道。

"一根也不行。"乘务员态度坚决。

"就一根，就一根。"5号铺说着，用力吸了一大口，并尝试着把烟雾全部吸入，但还是有一丝烟雾从鼻孔中冒出。

鲍勃看不过去。在他的经历中，在美国这种事情是不可能发生的，如果谁在室内吸烟又被别人提醒的话，一定是马上掐掉烟头的。他走过去对5号铺说："先生，您还是不要再吸最好。吸烟是有害健康的，而且对其他人也有坏处。"

5号铺见是鲍勃，又看他善人善语的，于是给他卖人情："好啦，好啦，不吸了。"说着他再吸一口，把烟头扔到地上，用鞋碾灭。

乘务员看到，大概也懒得再和他理论。待5号铺松开脚后，乘务员弯腰捡起烟头，看了5号铺一眼，走了。

5号铺有些不好意思，自我解嘲道："何必呢，都这个时候了。"

鲍勃看他仍然没有理解吸烟的坏处，于是又劝道："你知道，不吸烟的人比吸烟的人能多活很多年呢。"

5号铺有些嘲笑地看他："你那是老知识了。"

"怎么会？"

"你知道现在每个月有多少新的癌症病人？"

鲍勃没有明白他的意思。

"你知道上海吗？"5号铺看他不懂，问。

"知道。中国最大的城市。"

"嗯。比如上海，以前一年一千个人中也就有三个人患癌症。你知道现在有多少人吗？"

这次鲍勃听明白了。他对这方面没有了解，于是坦白说："我不知道。"

"我告诉你，现在是每个月就有这么多人！还更多！"5号铺顿了顿又加了一句，"而且是致命的癌症，而不是比如淋巴癌那种可治愈的癌症。"

鲍勃不知道一个月一千个人中有一个被诊断为癌症是什么样的一个概念，只能就每年这个概念进行对比："你是说现在比以前增加了十三倍？这很多吗？"

"当然很多，而且这个数字还会增加，增加到你抽不抽烟都无所谓的程度！"

"这怎么可能？"

"怎么可能？记得我说的，你们美国的核电站，还有其他的核辐射？"5号铺又开始神秘起来。

"你是说核辐射的结果这么严重？"鲍勃对核辐射有所了解，因为无论是电视还是网络，还是报纸，专家们都在解释着核辐射和人类的抗体，但对于这个具体的一千个人每月有3个人患致命的癌症这个数字毫无防备。

"当然，你还不相信？回头我给你一个网站，你自己上去查吧。"5号铺一副悲天悯人的模样。

鲍勃没有了再去找严默的冲动，回到了他的铺位。梁菡还在自己的铺位上自顾自地看书。鲍勃觉得无趣，他从背包里取出长途飞机上睡觉用的遮眼罩，躺到铺位上，把遮眼罩罩在眼睛上，准备什么也不想，睡觉。

鲍勃和5号铺的对话都被不远处的高雅妮听到了。她摇了摇头，一方面感叹阴谋论大有其市场，另一方面感到"青海一号"的成功真的派上了大用场。开始研究的时候，谁也没有想到它可能会拯救整个人类，那时，它就是用来治疗癌症，帮助核武专家克服核辐射的污染。

从播音室回到车厢后，大家讨论的结果是注意着文文那边的动静，看有什么人会打她主意。这样的话，很有可能通过文文把潜在的敌人引出来。

但后来严默的失踪使得事情的发展有了变故。

西安停车的时候，高雅妮和王贵华跟着严默和梁菡出了车厢。很快，发现她们俩分开了，于是高雅妮继续盯着梁菡而王贵华去追严默。

梁菡后来回到车上，没有任何异常。王贵华回来后却带来了不好的消息：首先，他把严默跟丢了；第二，除他以外还有一个人在跟踪严默。他因为注意那个人撞翻了小贩，不小心跟丢了严默。

而最重要的问题则是，火车离开西安后，严默的身影再也没出现过。

这下大家的心都提了起来：严默是不是拿走了梁菡的资料？

高雅妮马上去了4号铺位。她必须要知道资料是否被严默偷走了。如果是那样的话，他们得马上再想办法。

他们的怀疑显然是多余的，因为高雅妮到4号铺位后，发现梁菡正哼着歌整理她的书包。或许她也觉得严默可能偷走了她所携带的资料？但梁菡没有露出任何惊慌的神态。可以判断，资料并没有丢。

悬起的心放下后，李古力觉得以防万一，不等敌人出现，现在就需要把资料取回，但又不能如关凯所说去"抢"，于是他们只能等待机会，去"偷"。

但同时，他们还得继续观察什么人会去梁菡的铺位，因为那个人很有可能就是日照在水里逃脱的人，或是那人的同伙。

当他们看到12号铺的凯文走近3、4号铺位间的时候，李古力决定要过去看是怎么回事，但他还没有出去，凯文和鲍勃就一起向他们这边走来。

李古力于是继续似乎很享受似的看他手中的书。

凯文回到铺位之后不久，李古力看到梁菡和鲍勃也离开铺位向车后走去。

梁菡没带包！机会来了！李古力立即给关凯使了个眼色，两人迅速向车头梁菡铺位的方向走去。

刚经过18号铺，那个脸上永远挂着微笑，穿白色衬衫的西方人出现在他们的面前。

章五十九

"哈罗，你们好。我是斯蒂文。"西方人说着有些外国腔但很流利的中文，热情地向李古力伸出手。

李古力一愣，不能推却："您好。"说着，他就要松开手，想要绕过斯蒂文继续向前走。

斯蒂文却没有放开他的手："你是日照来的吧？我在日照火车站看到你了。我是在中国教书的，去西宁旅游。你们也是去西宁旅游吗？"

看李古力被斯蒂文拦着，关凯就要自己去梁菡的铺位，但他看到了李古力的眼神，没有走过去而是退回了自己的铺位。

李古力有些惊讶，不早不晚这个时候拦住自己去路，难道斯蒂文是故意的？但他的言行举止却又像一个热情的外国教师。他想如果斯蒂文真的是这样的话，即使他到梁菡的铺位，也不能拿回资料，否则会被人注意到。李古力只能暂时打消取资料的念头。他用眼神让关凯回去后，开始和斯蒂文周旋。他也想确认这个斯蒂文到底是什么人。

"呵呵。我也是去西宁旅游的。您在哪里教书？"

"我在上海复同大学教英语。对了，还没有请教您的尊姓大名呢。"斯蒂文一边说着，一边指着窗边的小凳示意李古力坐。

一般情况下，李古力都会告诉别人自己的真名，但这个人出现得太突然，李古力把折叠在墙上的小凳打开，坐下回答道："呵呵，我是朱利。"

"朱先生，看您的样子，也是在什么学校教学？"

"不是。我是做旅游的。"

"做旅游？"斯蒂文好像没有听明白。

"对，就是做旅游这一行的。这次去西宁考察旅游线路。"

"哦。是这样。我真希望我也做旅游，那样我就可以到处免费旅游了。"

"好啊。你是哪个国家来的？或许你可以帮我们介绍业务啊。"

"我是美国来的。我的朋友圈子里，还真没有做旅游的，不过以后有这方面的朋友，我一定介绍。朱先生有名片吗？"

李古力不动声色，从口袋里掏出钱包，从钱包里取出一张名片，递给斯蒂文。

"是朱经理，真是很高兴认识你。"斯蒂斯仔细地看李古力的名片，"华达旅行社我好像还听说过。你这上面的地址好像很靠近保利国际剧院？"

"是的。您在上海教书，看上去对北京也很熟悉啊。您经常到北京来吗？"

"有时候去，那里有朋友。我到保利剧院看过演出。"

因为是坐在背对着窗、面朝着卧铺铺位的凳子上，他们两个都能够清楚地看到4号铺位的动静。他们还在聊天的时候，梁菡和鲍勃回来了。李古力注意到斯蒂文看到梁菡后，似乎非常微妙地松了口气。他心里在想，他为什么希望梁菡出现？而他对先前的判断，即斯蒂文是故意阻挡自己的去路，多了一分肯定。

梁菡回到铺位不久，斯蒂文和李古力也已经成了"老朋友"。聊天聊得很久了，他们各自回到了自己的铺位。

下午六点二十七分，火车到达兰州。

这趟列车在兰州站的停车时间有十二分钟。十二分钟虽然不是很长，但考虑到有些停靠站，比如咸阳，只有两分钟的时间，十二分钟已经是非常长的一段时间。

梁菡肚子饿了。

严默"丢"了，她心情不好，中午没有吃饭。她盼着火车开动起来后去吃晚饭。火车没有辜负她的期盼，播音员甜美的声音在火车开动后不久就在车厢里响了起来：

> 亲爱的旅客们，列车上餐厅已经为您准备好了伙食，有米饭、鸡肉、蔬菜、鸡蛋等，有需要的顾客请到餐车就餐。

一直在中铺躺着的梁菡听到广播后，起身用手扶住床铺边沿小心翼翼地用脚踩到下面鲍勃的铺上，然后身体挪了下去，移到对面原来严默的空铺位上。

鲍勃似乎在睡觉，眼睛上戴着个大大的眼罩。

她轻轻地问道："鲍勃，我们去餐车吃饭去？"

鲍勃没有回应。

看鲍勃睡着了，梁菡拿起铺位下的鞋子，穿起后向车厢后面走去。餐车在后面的方向。

高雅妮看她走过自己的铺位后，跟了过去。

章六十

　　晚饭时间的餐车里人满为患。梁菡走进去，几乎没有地方插脚，更不用说找座位了。正当她不知是进还是退的时候，她听到有女声在招呼她："梁菡，这边。"

　　是上午播音室外见到过的那个女的。

　　梁菡正犹豫间，高雅妮指着她身边的一个空位，又喊："小梁，过来吧。我刚占的座位。"

　　梁菡不好意思回绝高雅妮的好意，走了过去："谢谢。"

　　高雅妮很大方地看着周围感叹道："这里边的人真多。"

　　梁菡显得拘束，她真希望严默就在自己的身边。这个高雅妮人看上去不错，但她是和那些找她的人一起的。她心里非常的没底。

　　服务员走了过来，"两位要什么？"

　　"我要土豆牛肉加米饭。小梁，你要什么？"

　　"嗯。我也一样吧。"

　　"好，给我们两份土豆牛肉加米饭。多少钱？"高雅妮说着，就把钱付了。梁菡一看急了，说："不，我自己付。"

高雅妮笑着说："急什么，我不会吃了你的。你叫我高姐吧。下回吃饭你请客。"

梁菡知道拗不过高雅妮，也便作罢，但却不知道说什么好。

"对了，小梁，你有个同学叫苏晓飞吧？"

"苏晓飞？你认识她？"

"是啊。老家莒南的，是吗？你同学吧？"

看来高雅妮是真的认识苏晓飞，梁菡放松了一些："是，我们一个班的。"

"她去济南面试了，你觉得她能过吗？"

"应该吧。"她连这个都知道？梁菡觉得这个"高姐"看来真的认识苏晓飞，就是不知道她们是什么关系，但又觉得不好意思问。

"对了，小梁，你到西宁有地方住吗？如果没有的话，可以和我合住。"

"哦，不。谢谢。我已经订好了好客商务酒店了。"

"哦，是吗？是在火车站附近吗？"

"对。"

"我住过，那家还挺干净的。"

这时凯文和隼也跟到了餐厅。他们这时才发现梁菡没有带包，而且还看到了高雅妮就坐在她的身边。

"资料不在她身上。"隼说。

"我看到了。"

"我仍然建议直接把资料拿了，你就不用再提心吊胆。而且现在应该是个好机会。"

"嗯。"凯文有些犹豫。

"我去帮你拿。你守在这里。"隼建议道。

凯文没有反对。他点点头。

高雅妮转身跟上梁菡的时候，李古力走到 18、19 号铺位的格子间。

斯蒂文似乎对他的突然到来感到惊讶。

"斯蒂文先生，吃饭时间到了，我们一起吃饭去？"

斯蒂文看到李古力这样说，不好推脱："是吗？吃饭时间到了。好，我们一起去。"

他们走过3、4号铺位的时候，李古力招呼王贵华和关凯："我们吃饭去吧，再晚恐怕就吃不上了。"

王贵华应声道："好。"说着站了起来，而关凯说："你们先去，我看着行李。"

王贵华走过去，在前面带路，一边热情地对斯蒂文说："听朱经理说，您在复同教英语？我姐姐就是复同毕业的，不过不是英语系，而是复同有名的土木系。"

斯蒂文嘴里应着"是吗"，心里却不知李古力究竟在搞什么鬼，而这时李古力似乎突然想起了什么，对他们俩说道："看我这记性，真是抱歉，我有个东西忘了拿了。你们先去，我随后就到。"说完扭身便折了回去。

斯蒂文心想不好，也要折回，却被王贵华拉住了胳膊："这边走呢。您说，这学英文到底难不难，我怎么就记不住单词？"王贵华的笑容里带着不易察觉的狡诈。

章六十一

关凯已经来到梁菡的 4 号铺旁，他看到鲍勃正蒙着眼睛睡觉，立刻轻手轻脚地走到 3、4 号卧铺格子间里。

鲍勃仍然没有动静。

关凯伸手一把把梁菡放在床边的包拿了过来，急忙打开，伸进去一摸索。嗯？这里边怎么这么乱？这么多东西，哪份是我们的资料？

突然他猛地停止了动作。他摸到了一个文件夹。他用手指夹住，继续在包里翻着。再没有其他文件夹了。

他迅速把它从包里掏了出来。

到手了！关凯心中一阵轻松，但还没有来得及细看，却听到下铺有动静，于是赶紧把梁菡的包推回原处，拔腿就走。

鲍勃并没有醒来。他只是在窄小的下铺尝试着翻身。他的个子太大，以至于没有成功。他于是继续仰卧着睡觉。

已经走到过道的关凯松了口气，转身便朝自己的铺位走去，不料未走出两步，前面有人朝他这个方向跑来。关凯侧身避让，而那人却似乎是无意间碰到了关凯手中拿着的文件夹。

一时间文件夹散开，纸片洒落一地。关凯看不认识来人，以为只是意外，于是急忙弯下腰去捡起四撒在过道里的资料。

不远处有一张照片，他伸手过去把照片拿起。是文文的打着 V 型手势在海边的照片。关凯有些纳闷，怎么资料里还夹着照片？他没有多想，继续收集地上的纸片。

撞到关凯的人也在收集着地上的纸片。待两人把过道里的纸从地上全捡起后，关凯抬头看来人，并期待着来人说抱歉。

那人并没有说道歉，却在看着他手里还没有整理整齐的纸片。关凯有些不满，但强耐住脾气，说："谢谢你。"伸手就要从来人手里接过他收起的那些纸片。

关凯没有想到来人正是过来为凯文偷资料的隼。隼快到 4 号铺的时候，看到关凯从里边出来，手里拿着一个文件夹，心想糟了，凯文的对手先下手了，于是经过关凯时，似乎是一挥手打在文件夹的夹脊上，把它打落在地。这时，他也不十分确定这就是文文带的资料。待他看到关凯捡起地上文文的照片时，他已经确定这一定就是凯文要的资料，于是他决定从关凯手里抢过他没有捡到的那部分资料。

看关凯没有准备，隼猛地伸出右手，要抢关凯手中的另外几张资料。

关凯陡然一惊，他下意识地缩了一下手，怒道："你干什么？"

隼没有说话，而是急速向前一步，右手仍然指向关凯左手中的资料。

关凯忽然反应过来，原来这家伙也是冲着资料而来！关凯心里发怒，右手的拳头砸向隼的右胳膊，隼左手来挡，却没有料到关凯胳膊上巨大的劲势，两个胳膊触碰之间，隼的胳膊一阵麻木，左手也顿时松开，他左手上拿的几张资料再次飘向地面。

隼没有抢到关凯手中的资料反而丢掉了自己已经捡到的资料，心想一不做二不休。他猛地退回一步，随即飞起一脚，踢向关凯的裆部。

关凯立刻向后退，却被卧铺挡住没有可退的空间，他只能迅疾侧身，隼的脚踢到关凯右侧臀部，一阵酸麻。

隼见一击不成，收腿便要再袭。

关凯没有给他机会。臀部酸麻的一刹那，关凯的脑海中闪过一个念头，往李古力口袋里暗下"死扣"的那个家伙就一定是眼前这个人了。他决定要活捉这个家伙，看他到底是什么货色。

关凯左转闪避开隼正面的一脚之后，身子没有停住，趁隼还没有收回腿势，一个箭步前冲，抬起的右手手肘随着他的右转猛地撞到隼的右肩后侧。

隼不及提防，一个趔趄，身子转向左方，而左边是过道一边的窗口。

关凯的右肘撞出隼之后，在隼向左转的同时，关凯的身子也向右转去，但他很快就稳住了身形，再左转身，要用左手扣住隼的脑袋往窗玻璃上撞，最后的刹那，他意识到左手上还有文件。他不想松开手中的文件，于是只能收回左手，换上右手继续向隼的颈部推击。

隼刚要转回身子对付关凯，关凯的右手已经赶到。"嘭"的一声，隼的头撞到了玻璃窗上，颈部还仍然被关凯有力的大手压着。

"打架了！"有人喊。

随着喊声，不同卧铺格子间里的人向过道里探出头来，见是两个男子在打架，他们没围上来，因为过道狭窄，搞不好把自己扯进去不好。

关凯知道惊动乘客事情难以收场，而他心里还惦记着地上洒落的资料。他正犹豫着下一步如何做时，没有想到隼并没有因为他的后颈被自己卡着而放弃。

隼在脑袋撞向窗玻璃的时候，心里已经在想下一步如何应付。每次暗杀或者刺杀行动，他几乎都没有近身搏斗的机会，但他对自己从小就练习的武艺有着十分的自信。脑袋撞到窗上，后颈被对手卡住，他便完全不再挣扎，等候对手在他颈上的劲道缓下来。

对方卡住他后颈的手果然不久便不再那么用力。

隼没有犹豫，他用劲全身力气让身子左转，左手外肘撞向关凯的前胸。关凯没有料到隼的突然挣扎，隼的转身力量来势迅猛，关凯当胸挨了隼的一下肘击。关凯向后退了一步。

隼瞄了地上不同位置的纸片一眼，又看了看还在关凯左手上的资料，一时不知如何是好。要从这个人手上抢过资料可能性已经不大，除非用闹钟把他击倒。隼下意识隔着口袋摸了摸闹钟。

隼还是决定不用闹钟，因为这是凯文的事，不是自己的事，不能为凯文浪费太难得到的闹钟。而且，他看到关凯的同伴李古力出现在车厢的尾部。

隼转身就跑，刹那间已经没有了人影。

关凯觉得对手刚得手把自己撞开，没有逃跑的道理，他正要拔腿追赶，已经走到他身后的李古力叫住了他："老关。"

"谁在打架？"

这时两个手里拿着橡胶警棍的乘警已经赶到。关凯身后有人悄悄指向关凯。

李古力看到关凯手中的文件夹和地上洒落的纸片，心里明白了是怎么回事。他赶紧回身解释："没有打架，没有打架。误会，误会。"

李古力看到资料在手，决定先确认资料，再去找逃去前车厢的人。因为自己在4号车厢，前面就一、两节车厢，料他跑不到哪儿去，而且，对比起资料，他并不重要。

两个乘警看到关凯大大的块头，一副凶狠而又恨恨的样子，而他身边的人一再解释是场误会，而的确没有人在打架中，于是喝道："这里不准打架闹事！"

李古力又对他们点头："不会的，不会的。"说着弯腰开始捡起地上的资料。

关凯见状，也蹲下身去。

乘警见事情已经过去，又对着过道，似乎是和整个的车厢说话："车厢里不准寻衅闹事，有事通知我们。"说着，他们转身离开了车厢。

过道里，关凯捡着纸片，有些不服气地小声道："队长，就这么放他走了？"

"先放过他。资料在我们手里，我们回头再找机会。"

篇九 ————
较量

章六十二

吃完晚饭，梁菡和高雅妮回到了车厢。

和高雅妮打过招呼后，梁菡回到了自己的铺位。严默的铺位上仍然没有严默，而鲍勃还在睡觉。

"这人真能睡。"梁菡心里想。她看了一眼四周，无事可做。

她坐到过道边靠窗的小凳子上，看窗外天色开始暗了下来，向后退去的树林也开始显得有些模糊。

她心中微微觉得哪儿不对，但却不知道到底是什么。她看看表，还有两个多小时才到西宁。她决定回去自己的铺位听音乐发呆。

她小心翼翼地爬到中铺，不想吵醒鲍勃。刚爬了上去，发现自己的包不在原来的位置。每次离开她都是把包放到枕头最里边的。所有值钱的东西都在自己随身携带的手提包里，所以背包就放在铺位上了。

但背包里有公司的合同！她心里顿时慌了。她扒开包口看里边，没有看到放合同的文件夹。她一紧张，把包里东西哗啦啦全部倾倒在铺位上。

杂志、学习资料、蓝色邮政快递信封，什么都在，就是没有装合同的那个文件夹！

她慌了。

"鲍勃！鲍勃！"梁菡急得声音都变了。

还在睡梦中的鲍勃似乎听到有人喊他。他摘下眼罩，看到梁菡从中铺探下头喊他，于是迷迷糊糊地问："怎么了？"

"你看到有人拿我的东西了吗？"梁菡几乎要哭出来了。

鲍勃看到梁菡脸上的表情，不知是怎么回事："拿你的东西？"

"有人偷了我的东西！"

听到"偷"字，鲍勃一个激灵彻底醒了："偷？偷了什么？"

"我的文件！"

"文件？"鲍勃想到早上那些人找文文的事，"你说早上的人偷了你的文件？"

"不是！"梁菡几乎是带着哭腔说话了。

"不是？那是什么文件？"

"我的合同！刚才去吃晚饭。你看到有人到这里来过吗？"

"没有。真对不起。我睡着了。我没有看到。"鲍勃看到梁菡的脸色，觉得事态严重，自己也开始语无伦次起来。他鞋也没穿就站了起来，看中铺的梁菡。

梁菡又仔细地检查了一遍铺位上的东西，心里又懊恼又沮丧："我就该随身带着文件夹的。"事实上一开始她的确是想把合同放在自己的手提坤包里的，但坤包小，要放在里边就得折叠起来放，但她又怕合同上有折叠的皱纹的话，对方公司会觉得不正规，所以还是放在了大的背包里："我的一个文件夹不见了，里边有和青海茶叶公司的合同，还有一些我们茶厂的宣传资料。"

鲍勃安慰她："那个合同，可以再做一个吗？"

"就那一份合同，怎么可以再做？"梁菡觉得鲍勃好天真，公司都盖了章的合同怎么能再做。

"当然应该可以再做的。你到青海的公司和他们解释一下，再让你们日照的公司寄一份过来。"鲍勃解释道。

梁菡一想，也对啊。印一份再盖章不就行了？不过老板肯定要不高兴的。刚放松的心又是一沉："老板会开除我的。"

"不会吧？这个虽然是个责任，但是是意外，如果老板用这个理由开除你，你可以去法院告他。"

告老板，梁菡想都不敢这样想。自己出错了，还告老板。她真不知道鲍勃是怎么想的："你们美国都这样？"

"当然了。"鲍勃觉得自己给了梁菡希望，"老板当然不可以用这种理由开除人的。"他没有再顺着话题说下去，因为他突然意识到如果合同到了竞争对手手里，对公司造成损失的话，公司不但可以开除你而且还可以告你。他问梁菡："你觉得会是竞争对手偷的吗？"

"竞争对手？不会吧？"梁菡觉得事情变得复杂起来。

"车上有没有你认识的人？"鲍勃开始觉得自己变成一名侦探了，"日照的人？特别是做茶叶这个业务的？"

梁菡看了鲍勃一眼："没有。"

"没有？没有就有些难办了。我们报警吧？"

"报警？"梁菡心里没有主意。

"对。报警。你就留在这里，我去报警。"

章六十三

李古力、关凯和高雅妮三个人这时正在为几分钟前的发现而讨论着下面怎么办。关凯偷来的资料已经被收到一个包里。他们三个在下铺对面对坐着，轻声地说话。

"老关，你当时真就没有细看？"高雅妮苦笑着问。

关凯有些无奈，他心虚地回答道："我真不知道那份资料长什么样，而且、而且，当时我也有点心虚……"

"所以你就把人家的茶叶宣传和合同，还有人家的照片，拿来了？"高雅妮努力想把气氛弄轻松些。

"嗯。我们急也没用。关键是需要知道她的包里边有没有我们的资料。"李古力说。

"那包里还有没有其他的纸？"高雅妮问。

"有。"关凯回想起手在包里边摸的情景，"很多纸。但就这一个是文件夹。"

"我们的资料会放在文件夹里吗？"李古力看着高雅妮询问。

"因为是原始资料，我们只是把纸用订书钉钉在一起不散开，一般是不会放在文件夹里的，因为那样不方便查看和对照。"

李古力想了想，说："我们还得另想办法。现在这份资料，还有里边那份合同，我们想办法还给文文。"

"嗯。好的。"高雅妮应道。

"对了，"李古力突然说道，"这件事应该是件好事。"

"怎么？"关凯和高雅妮都一愣。

"我们的资料还在文文手上。"

"……"大家不解地看着李古力。

"严默失踪，我们怀疑是她偷了资料走了。"

"是啊。"

"现在这个人的出现，证明资料还在。"

"……"

"你们想想，如果资料已经被偷走了，就不会有人再去偷了。"李古力顿了顿，说，"除了我们。"

"所以这个人也就不会来抢资料了，所以严默不是小偷，这个人才是。"关凯恍然大悟。

"但是，队长，如果严默和这个人是两组人马，严默偷了资料这个人不知道呢？像我们一样？"

"嗯。"李古力觉得高雅妮的分析是正确的，"那是一种可能，但如果严默偷了资料，文文，也就是梁菡，她应该知道，但从她的情绪上看，倒是一直没有异常。你和她在餐车说话的时候，注意到什么了吗？"

"她看上去没有像丢了什么。"

"那说明资料可能还在梁菡的背包里。"

"是的。但现在有三组人马在追这个资料。严默，刚才那人，还有我们。"关凯似乎是总结道。

听关凯的分析，李古力马上想到了凯文。他下意识地侧身朝车厢前面看去："还有那个外国人，我心里就一直放不下他。"

"哪个外国人？和小王去吃饭的那个？"

"那个，还有 12 号下铺的那个。"

"嗯。我会注意的。"关凯应道，又说，"刚才那个家伙，身手很厉害。"

关凯要提醒李古力，万一碰上隼，不能低估对手。

"好的。"李古力知道关凯的用意。他看了看表，很快就到海石湾站了，再过不到两个小时就是西宁，得赶快查出资料的下落。

凯文在餐车的座位上开始不耐烦起来。

餐车里人多了起来，而凯文所在的四人餐桌只有一个人坐着，于是隼一走开，一个乘客完全无视凯文的存在，坐在了他的对面。凯文看了看那人，没有做声。没多久，一对年轻人也走到他们的桌前，看着凯文和他对面正吃饭的乘客，似乎在等待什么。

乘客看了他们一眼，说："我让你们。"说着，他就要起身。

男青年赶紧说："不用不用，谢谢。我们到里边就可以。"一边说，他和他的女同伴挤到里边的座位对面坐下。

女同伴在凯文的身边坐下后，扭头对凯文客气道："谢谢。"

凯文惦记着隼，纳闷他怎么这么久还没有出现。

凯文对面的乘客看到这个情景，对他现在斜对面的女子说："他肯定不会中文。"

隼怎么还不回来？凯文不能忍受和另外三个完全陌生的人坐在一起吃饭。他推开了面前的餐盘，起身走了。

他听到他对面座位上的乘客在评价他："一个怪人。"

凯文回到 4 号车厢，没有在自己的铺位停下，而是走去车厢的最前面，似乎去找厕所。他看到梁菡正满脸愁容地呆坐在自己的中铺上，紧紧地抱着自己的背包。他心中大喜，隼一定得手了。

他走进厕所停留了足够让人认为需要的正常时间，出来，便往后走。他要去找隼。他得手后肯定回了自己的软卧包间，怪不得不回餐车去。

看到梁菡下铺的鲍勃急匆匆经过他们的铺位离开车厢，李古力觉得现在就应该把梁菡的资料送回去。

　　刚才高雅妮已经和梁菡在餐车里交上朋友了，小高有机会更多地和梁菡接触，争取让她自愿交换给他们资料。最起码的，小高可以从梁菡处得知资料是否如他们所料还在她的背包里。

　　如果梁菡丢失了东西，一定会加倍谨慎，说不定小高刚才的努力就浪费了。

　　让小高把她的文件夹送回去？

　　不行，不能让小高把文件送回去，因为那样，说不定反而会让梁菡怀疑，虽然小高并不在事发现场，但梁菡也知道他和其他人和小高一起向她讨要过资料。

　　悄悄地过去放到她的铺位上？

　　这个主意不是最好的主意，但现在没有其他办法了。

　　正想着，李古力看见凯文急匆匆地走回了车厢。凯文没有在自己的铺位停留，而是直接向车前方走去。

　　他这是要干什么？

　　李古力发现凯文走进了卫生间。不一会，他又走了出来原路折回。他仍然没有回自己的铺位，而是经过李古力的铺位走出了4号车厢。经过22号铺位时，他和李古力的眼睛似乎无意间对撞，两人都笑了笑，点点头。

　　现在鲍勃、凯文和斯蒂文都不在，要把梁菡的文件夹送回去的话，这是最好的时机。

　　李古力从背包里拿出文件夹，卷起放到裤兜里，快速向车头方向走去。他计划把文件夹放到4号下铺鲍勃的铺位，如果梁菡不在下铺的话。

　　李古力走到4号铺时，梁菡正抱着背包脸向着对面的空铺发呆。把文件夹放到下铺会在她的目光余光之内。李古力没有迟疑，拿出文件夹，顺手放到3、4号卧铺对面过道窗口下的窄条桌子上，并保持同样速度走了过去，刚走到车厢的尽头，他似乎是忘了什么似的，转身又走了回来。

　　梁菡没有注意到李古力一闪而过的身影，她在等着鲍勃带警察过来。

章六十四

李古力回到自己的铺位不久，鲍勃和两个乘警边说话边走进了车厢，并径直向 4 号铺走去。

看到鲍勃和警察出现，梁菡赶紧爬下中铺。

梁菡是平生第一次和警察打交道。

两个警察中的小个警察打开手里的本子，从兜里拿出笔，先开口了："小姐，你丢了什么东西？"

"一个文件夹。里边有我的合同。"

"还有什么东西？"

"没有，就一个文件夹。"

"什么样的文件夹？什么颜色？"

"牛皮纸的。嗯，棕色的。"梁菡对文件夹的颜色有些不确定，不知道是说褐色的还是棕色的，于是加了一句："牛皮纸颜色的。"

"里边有什么？"小个警察仍然一副公事公办的样子。

"有一份合同，一些宣传资料，还有、还有、还有我的照片。"梁菡突然想到去火车站的路上从打印社顺道取回的一张照片，当时好像是顺手放进文件夹了。

"没有钱？"小个警察看她，似乎等她进入主题等得不耐烦了。

"没有。"

"没有钱？"小个警察似乎没有听见她的确认。

"没有。"

"哦。"小个警察显得有些失望，他合起手中的本子。

梁菡不理解小个警察为什么合起手中的本子，他问完了？下面他会怎么去找回她的合同？去抓那个小偷？

"没有丢钱就好。下回注意了。"小个警察说。

梁菡没有听懂，她迟疑地问："那，那我的东西？"

"下次小心点就好了。"

梁菡还是没有听懂，而她旁边的鲍勃听懂了。警察是认为没有丢钱就不去查追小偷了。他有些愤怒："警察先生，她丢的是一份非常重要的合同。我觉得你们应该帮助她抓到小偷，取回文件。"

小个警察看了他一眼，说："我们会去查的。"

鲍勃的责问被小个警察简短的回话化解了，鲍勃也不知他能再说什么。他看到小个警察对他身后的同伴说："走吧。"说完又对梁菡说，"对了，你以后注意点，东西不要随便放。"

忽然，他身后的大个警察走上前来，对梁菡说："你说你丢了文件夹？"

梁菡不知道他为什么还问。她已经不抱希望了："是的。"

他刚才在其他人说话时注意到窗桌上的文件夹，他已经察看了里边的文件。那张照片上的人正是梁菡。这时他把它举在手里："是你的吗？"

梁菡吃惊地张大了嘴巴："是，是的！"

大个警察很随意地把文件夹递到梁菡手里，显得很大度："你查查看里边少了什么没有。"

梁菡极快地翻完了里边的文件，回道："没有，里面的东西没少。"

大个警察重复刚才小个警察的话："你以后注意点，东西不要随便放。"说完，他们就离开了。

"这是怎么回事？"鲍勃还沉浸在不解的迷茫之中。

梁菡也不知道是怎么回事："他怎么会有我的合同？"

"你们中国人，我真的不懂。"鲍勃摇头道，"我真的不懂。"

梁菡也不懂。警察怎么会有她丢失的合同？

不管如何，合同回来了。梁菡小心地把文件夹放回背包里，再次爬回自己的中铺。

"鲍勃，谢谢你！"

"不客气。"鲍勃觉得自己什么也没有做。中国警察这么厉害吗？自己去报案的期间，他们就已经把小偷逮着了？他后悔没有当面问清楚，但想起两个警察公事公办冷漠的态度，他也便不想再想。

晚上八点整，K173 次列车开进了海石湾站。海石湾是一个小站，列车只停留两分钟。

在隼的软卧包间里等得焦急的凯文觉得火车还没有停稳，便又启动了。

离西宁还有一百一十公里了，这个该死的隼去了哪儿？

这时，隼回来了。

"资料到手了？"看到隼拉门进来，凯文喜出望外。

"没有。"

"没有？"凯文不敢相信，"你去哪儿了，这么长时间？"

"打起来了。资料被你说的那些人拿了。我抢没有得手，还害得我躲在前面车厢，因为我回这里必定要经过你的车厢。这不，前面停车我才出去再绕回来的。"

凯文听到这话，眼睛看了看关着的包厢门："他们没有发现？"

"我想没有。"

"你怎么知道他们拿了资料？"

"我看到他们中的那个大个手上拿着文件夹从 4 号铺出来，我把他手里的文件夹打落到地上了。里边还有那个女孩的照片。"

"这真麻烦了。"凯文懊丧之极，他沉默了。

"凯文，我们现在怎么办？"过了几分钟凯文还不说话，隼忍不住问。

凯文摆摆手："让我想想。我们现在到哪里了？"

"我也不知道，反正差不多一个小时就到西宁了。"隼回答。

凯文觉得到了孤注一掷的时候了，不然到西宁后，人多天黑没有车厢的限制，很难搞定李古力他们，那样的话就很难得到资料了。凯文不敢想象那意味着什么。

"隼，我们要马上得到这份文件，否则就来不及了。"

"马上？怎么马上？"

"抢！"凯文说得斩钉截铁。

"抢？怎么抢？他们四个人，我们两个人，他们还认识我。"隼疑惑道。

"我们智抢。"凯文说完，转头望向窗外发暗的夜幕。

"你已经有主意了？"隼看凯文。

"黑暗里容易做事，不是吗？"凯文回过头，阴冷地一笑。

隼看了看窗外，像是明白了凯文的意思："你是说把车灯搞掉，然后趁乱偷回文件？"

"是的。或许顺带把我们的'死扣'也取回。"

"好。你有什么计划？"

凯文有些迟疑地看了隼一眼，说道："我们把车厢里的灯光弄熄灭，你再把他们从铺位上吸引开。我去对付剩下的人，抢回资料。"

隼早已安排了自己的撤退路线。他已经把 3 号车厢的洗手间窗子打开了。按照他当时的预想，干掉严默后如果有人追，他就从那里跳出去。为了以防万一，他甚至偷了一把列车员的三角钥匙，可以随时打开卫生间的门。

他说："我不在意把他们的人吸引开，但我不确认我能吸引开几个人。"

凯文原以为隼可能会推脱，因为李古力那几个人不可小觑，却没有想到隼会如此爽快，心里有些发热。他知道如果隼出现的话，李古力和关凯一定会追的，剩下的两个他有把握对付，于是说道："不管你能引开几个，我来对付其他的。"

"那车厢里的灯怎么办？"

"我有这个。凯文从口袋里拿出一个信用卡大小但比信用卡厚一些的卡片。

"这是？"

"这是 E 型电磁干扰器。只要把它贴到车厢的配电箱上，供电就会出现问题，车厢里的灯就会熄灭。"

隼有些怀疑："配电箱有外壳的。我们要打掉外壳？"

"不需要。E 型干扰器的工作距离是二十厘米，足够了。"

"好。还有，车厢还有地灯。地灯是否受控制？"

"车厢的配电箱不控制地灯，所以地灯不会熄，但地灯不是太亮，刚好够我们看清东西。"

凯文看隼还想问什么，又加了一句："隼，这事不能再拖了。我们现在就行动？"

"还有一个问题。车厢的配电箱在车头部分，如果我要去到那个位置的话，一定要经过李古力他们的铺位的。"

"我想过了。我去放。等灯熄灭我回来后，我们再一起动手。"

隼看都考虑周到了，说："行。我在 5、6 号车厢的连接处等你。"

章六十五

文件找到后，梁菡便半步也没有离开过自己的铺位。西宁就要到了，不能再有闪失。

她在中铺，鲍勃在下铺。开始时鲍勃还坐在对面原先严默的下铺和梁菡说话，努力劝慰她，但仰着脖子讲话是很费劲的，而且梁菡也似乎没有了讲话的兴趣。鲍勃又开始觉得无趣。他返回到自己的铺位，双手放在脑后靠墙半躺半坐，想自己的心事。

这时高雅妮走过来了。

鲍勃认识高雅妮，知道她是早上找梁菡的那帮人中间的。到现在他都不清楚梁菡是不是他们要找的人，也不知道他们的目的是什么。不管如何，既然她走到面前，不能不礼貌，于是鲍勃坐直身，说："你好。"

高雅妮也很有礼貌地回答道："你好。"随即她又说，"我是来找小梁的。"

梁菡看到她，不知如何应付，一时没有说话。

没有听到他上面的梁菡说话，鲍勃以为梁菡不愿意理睬高雅妮，于是抬眼对高雅妮说："或许梁小姐在睡觉吧？"

"没事，高姐。有什么事吗？"梁菡觉得不说话很不礼貌。

"嗯。小梁。我刚才注意到有警察过来了，我看有什么我能帮忙的。"

听高雅妮关心自己，梁菡心里有些酸楚，她多么希望高雅妮就是严默，因为只有严默是她真正相信的人。她回答说："没事。丢了一个东西，警察帮助找回来了。"

"找回来就好。对了，小梁，我们的确是周南老师的朋友，也的确需要你带来的那份资料。你不交给我们也没事，但那份资料非常的重要。"

梁菡看高雅妮说得严肃，手里的包抱得更紧了。

高雅妮继续看着梁菡说："你可以到时候交给周老师让你带去的人。但我能问你两件事吗？"

"什么？"梁菡迟疑地问。

"周南老师交给你的资料还在你这里？没有丢失？"

梁菡立刻打开背包，她看到那个邮政快运的信封，放下心来，但仍不知是否应该回答高雅妮的问话。犹豫了半天，她红着脸弱弱地说："在。"

"那就好。你到西宁后，要把资料交给谁？"

"嗯，嗯……"这回梁菡不愿意说了。她觉得不应该把董教授牵扯进来。

高雅妮正想追问，鲍勃站了起来劝她："不说就算了吧，一份文件，有什么大不了的？又不是军方的，或是什么生死大事。一个老师的东西，不值得如此追究吧？再说，梁小姐刚才已经差点丢了份文件，这件事就不要再说了吧。"

看梁菡脸上期盼的样子，高雅妮觉得再追问把她惹急了反倒不好，于是说："嗯。好的。这样好吗，小梁？如果你需要帮忙，你告诉我。"

"好的，高姐。"梁菡听了这话，知道高雅妮已经不会再追问，似乎得了特赦令，"我会的。"

"对了，小梁，你有没有苏晓飞的电话？"

"有啊。"

"不知道她面试怎么样了。"

"……"

鲍勃看火药味已经没有了，心里安稳了一些。他也就不能再参与两个女人间他不明就里的谈话，正不知下面做什么的时候，刚好看到凯文经过，他于是拿起桌上自己的杯子，赶了过去想和凯文说话。

他走到车厢连接处的时候，车厢里的灯一下暗了下来。

他正纳闷间，看到凯文的身影迎面而来。

"嗨，凯文吗，都好吗？"

"嗨。"凯文似乎有什么急事，打招呼的同时一闪身走了过去。

鲍勃觉得尴尬："什么事这么急？"他嘟囔道。

他要去找饮水机。

经过乘务员工作室的时候，车外铁路边的探照灯闪过，他看到一个信用卡贴在一个左侧墙上的类似电表的仪器上，盖住了电表上绿茵茵的读数。

他把它揭了下来，感觉它比信用卡厚许多，正想着可惜没有灯看不到的时候，车灯又亮了起来。

他看不出那是什么东西。他敲了敲乘务员的工作间门。没有回应。

"人去哪里了？我得把这个交给她才是。"想着，他想到这东西可以粘在墙上，于是他把它贴到乘务员工作室的门上。

他走到饮水机前，给杯子加水。

隼在5、6号车厢连接处正等得焦躁，凯文回来了。

"都办好了？"隼急问。

"没有。情况有变！"

"怎么了？"

"资料还在文文手中。"

"你怎么知道？"

"我看到她紧张地抱着手里的包，身边坐着李古力那边的女人。"

"这么说，他们还没有拿到。真不明白他们为什么不抢。"

"我也想到了。我想他们可能是想放长线钓大鱼。"

"哦？你是说他们等着看文文把文件交给谁？他们能跟得住文文吗？"

"据我们所知，他们虽然不是政府情报人员，但能量很大，想必已经有安排。"

"那就更要先抢过来了，不然你的接应人就要麻烦了。"

"是的。我们得尽快动手。"

"你说怎么办？"

"尽快动手，这回的目标是4号铺的文文手中的背包。还有，干扰器不知怎么不好使了。我得先回去查。"

把钢壳塑料旅行杯加满水，鲍勃回到自己的铺位。

说起来，这个杯子还是梁菡送他的，因为他以前旅行时，从来都是买瓶装水，或是直接喝生水。虽然他更愿意看到火车提供冰水，但热水也行，刚好用来泡梁菡送给他的日照绿茶。这次是完全体验中国文化了，他想。

高雅妮现在是坐在先前严默的铺位上和中铺的梁菡聊天。鲍勃觉得女人就是不可思议，前一分钟好像还是仇敌似的，现在又如同亲姐妹了。不知是中国女人这样，还是美国女人也这样。

鲍勃正无聊间，看到凯文在右手过道里又跑向前去。他刚要喊他，他已经跑没影子了。鲍勃摇摇头，想，这家伙一定是晚饭吃坏肚子了。

这时，车厢里的灯又不亮了。数秒钟后，连地灯也熄了。

车厢里的旅客稍稍惊讶了几秒钟后，想到大概是灯坏了，唯有等着修理工修吧，都没有吱声，原先聊天的仍然聊天，打扑克的也换成了聊天。只有鲍勃出声表达他的不满："怎么灯又坏了？"

鲍勃站起身，透过车窗外远处偶然的灯光，他大概能辨别方位。他摸索着左转到通道上，向乘务员工作室方向走去。到车厢头的时候，他模糊中看到有人过来，赶紧避到一侧让路。

章六十六

来人正是凯文。他刚才在乘务员门上看到了鲍勃留在那里的干扰器，于是急着把干扰器取下。这次他砸开了配电器的保护玻璃，把干扰器放到了里边。这次，应该不会再有人看到了。

放好干扰器，他立刻回到车厢头，发现车厢里一片漆黑，地灯也没了，心里大喜，主助我也。他等待隼冲过来和他回合，然后一起去对付3、4号铺位上的三个人，把资料抢来。

一个黑影跑了过来，凯文刚想说话，发现个子太大，不是隼的身影。他避过那人时，知道了那是鲍勃，心里更喜，好极了，现在那里就剩两人了。他不再等隼，而是一下扑到4号铺前，看准中铺的影子，向梁菡怀里的背包伸出手去。

梁菡一直在和高雅妮说话消磨时间。她指望着快点到西宁，把带的东西交掉。这样她就可以不再有负罪感了。她觉得不给高雅妮那个周南委托带的东西有些不合情理，因为他们人多，要从自己这拿走很容易，但因为严默让她不给，她觉得给也不是，所以一直就很矛盾，更何况这个高姐一直待在自己身边就是不走，于是只能东一句西一句地聊着。

第一次灯熄灭的时候，梁菡还没有反应过来，灯又亮了，所以她并没有在意。第二次熄灯一时没有重新亮起，她心里有些嘀咕，嘴里说着："高姐，没事吧？"手里拿着包的手攥紧了一些。

忽然，一个黑影闪到自己面前，手里的包接着就被向外拉去。梁菡大吃一惊，下意识把包往怀里拉，不料那人的拉力太大，整个的身体跟着包就要拖到地上去。她好不容易想到要呼喊："什么人？"

高雅妮也看到了3、4号铺位间的黑影，她还以为是鲍勃回来了，正要问话，已经听到梁菡的呼喊。她一想不好，一拍震动，便起身后腰发力，双手对着铺位前的黑影的腰间用力回拉，黑影略一迟疑之间，松开了梁菡的包。梁菡赶紧把包整个收回，抱在怀里，不料那人刹那间又把包抓住，把她向外拉去。

高雅妮看一拉没有阻止那人，正要坐回铺上用腿蹬那人，却不料斜刺里又冒出一个黑影，一伸手掐到她的脖子。她本来就是回身之势，被那人顺势推跌到铺位里。

高雅妮双手猛掐来人掐住自己脖子的手，趁跌坐回到铺位，下身有了着力点后，她收起双腿，瞬间猛力蹬出，来人没有防备她在被掐住脖子跌倒的同时还会如此凶猛，提防不及，大腿一侧和裆部之间被踹中，虽然不是裆部完全被击中，但仍然一阵疼痛袭来，顿时弯下腰去，一手捂住。

高雅妮没有等他再有反应，右拳已经发出砸向黑影的头部，未及到位，却被黑影的右手抓住。黑影全身力量压下，高雅妮这时还坐在铺位上，不能抵抗黑影右肘下压的力量，顿时被黑影抓着右手压到身下，动弹不得。

高雅妮对付的黑影正是隼。

他看到车厢里灯黑之后，从一数到十，那是和凯文在4号铺会合的时间，然后便从车厢连接处冲了过来。等他到了4号铺，借窗外的些许微光，他发现凯文已经到位，而凯文后面的人正把凯文向外拉。

隼正要去阻止她，却发现她已经在往后收回身形。隼见状左手一下过去抓到完全没有防备的脖子，就势一推，把高雅妮推倒在铺位上。

　　但高雅妮跟着双脚飞来，如果不是自己躲闪迅速，怕是已经中招。这时他抓着高雅妮的右手把高雅妮压在铺上，裆部的疼痛感也已缓和，于是隼提起左手，要换上左手再次掐住高雅妮的脖子，这样可以腾出右手，以防其他万一。

　　高雅妮在黑暗中看到有手抓到自己的脖子，知道这是隼要换下压住自己的右肘。右肘只是能压住自己不能致命，而抓到前脖的手是会致命的。她右手被隼抓住不能动弹，只能用左手去抓隼的手。

　　隼的手已经抓到高雅妮的脖子，而高雅妮已经放弃从脖子上扯开隼的手的努力。她脑里闪过关凯和她说了一千次的最后办法。

　　她摸到隼的左手小指，要把它从自己的脖子上扳开。隼的小指上力量有限，被高雅妮的大拇指和其他手指一起使劲，不再贴着高雅妮的脖子。

　　隼看到高雅妮扳自己的手指，手上更为用力，高雅妮一时被呛得喘不过气来，但她没有放弃努力。她把扳起的隼的小指顺手拉住，反向用力一推倒压过去，隼顿时疼痛难忍，左手一下便从高雅妮的脖子上松开抽手。即便疼痛无比，隼已经完全不敢怠慢，他刚要松开的右手肘再次把高雅妮压在身下，而左手则用力地在空中甩着来减小疼痛。

　　而高雅妮也已经无力再搏，在隼的身下用力呼吸让空气再次进入自己的肺部。

　　这边梁菡虽然还抱着怀里的背包不放，但已经支持不住凯文的拉扯。她随着背包被拉到铺位的边缘。她一把抱住铺沿的铁扶手，差一点掉下去。

　　凯文没有了后面的袭击，全力拉扯，梁菡抵挡不住，背包从怀里飞了出去，她手一拽之间感觉背包的背带还在，她迅速把背带在铁扶手上绕了一圈，这样就能借铁扶手之力不让背包被扯走。

　　梁菡小的时候就是个假小子，经常跟着爷爷出海，学到了不少扣绳的办法。她的这一招这时起到了关键的作用。凯文抢到背包在手心中大喜，转身就要离去，却被从后面扯住。他心中一愣，不知怎么回事，转身就向后顺着背包、背包带摸索过去，没想到这时后脑勺头骨尾端被人摸到并猛地被撞向左边，而左边正是供乘客爬上下铺的不锈钢爬梯。脑袋和钢一下碰撞到一起，"咚"的一声，凯文眼前金星乱冒，拿包的手也松了开来。

来人是李古力，而和李古力一起来的还有关凯。

章六十七

高雅妮去梁菡处聊天是李古力的主意。西宁很快就要到了，不能再有差错。一方面要保护并取回资料，一方面要争取抓获敌人。为了这个目的，没有更好的办法，只有缠住梁菡。梁菡到哪里，高雅妮跟到哪里，一直跟到梁菡和接应她取资料的人出现为止。

而且，李古力判断，如果火车上真有对手，那对手很可能也会在到达西宁前行动。

先前一次黑灯，李古力心中已经觉得不对，果然第二次熄灯只一会，震动里传来了高雅妮的声音。虽然震动中只是机器原来录制的声音，但在这个黑暗的车厢里，一定有重大变故。李古力低声喊上关凯，一起冲4号铺奔了过去。

及至他赶到近前，朦胧中看到一人正向外拽着什么，李古力知道这里只有鲍勃有这个个子，心想难道鲍勃才是对手？他来不及多想，看那黑影转身刚好和他面对面，顾不得对方是谁，打倒再说，于是右手伸到黑影后颈上面的头骨下沿，猛地向自己方向一拉。对方后脑被拉到后头部自然向

293

前下倾，李古力手上再换方向，把黑影的头撞向爬梯。

李古力拉黑影后脑的时候，手上感觉到纺织品的质料，心想这人还戴着头套，一定不是好人，所以黑影脑袋撞到爬梯的时候，他的手向上一提，头套被扯了下来，而这一刹那间，火车经过的路轨边有探照灯光闪过。是凯文。李古力上前就要反剪凯文的双手。

凯文刚才撞到不锈钢爬梯，满眼金星，但他多年的训练使他很快恢复了自我保护的能力。他在撞到爬梯的前一瞬间已经通过眼角的余光觉察到对手是李古力，心里暗叫不好，但随即在他满眼金星的时候，李古力停止了攻击，凯文这时意识到背包已经不在手中，他想隼还在，自己必须孤注一掷对付李古力，再去抢包。

虽然李古力上前要反剪凯文双手的时候仍然防备着，但他却没有料到还有人在他身后。他感觉一下被人向后拉去，他赶紧把自己重心下沉，但这时自己已经站到6号铺头上的过道里，而凯文也被拉了过来。

凯文不明白怎么一下被人拉到这里，因为他当时低着头，等待着李古力靠近他时他可以从下往上袭击李古力，却没有料到被人拉离了自己的位置。

是谁？

两人一时都不知道是怎么回事，新来的人是谁的朋友谁的敌人？而大敌当前，两人注视着对方的影子，对峙着，也同时防范着第三者再次卷入。

李古力赶到并抓到凯文后脑的时候，关凯已经绕过他冲到前面。他知道李古力急切的低喊和顿时爆发的奔跑意味着什么，高雅妮那边就她一个人，而火车上他到目前为止碰到的那些人物个个都不是一般身手。

看到李古力停下，他知道这就是目标位置了。他冲到李古力前面后，发现右边的铺位上有人影。他不能断定那人是谁，高雅妮在哪儿？心里正焦急万分，不知如何是好时，窗外探照灯的余光闪过，他看到了铺位上高雅妮的衣服下摆，她身上压着一个人。

隼一直抓着高雅妮的右手，用右肘压着高雅妮的上身，腿还抵住高雅妮在铺沿的双腿，不让她有任何攻击的机会。刚才已经两次遭她的暗算，隼已经十分小心。他现在唯一期盼的是凯文得手后赶紧招呼他离开，却没有料到关凯已经站到他的身后。

关凯救人要紧，猛地弯下腰去，抓住隼后面的衣服，一下把几乎没有防备的隼从下铺拽了出去，而隼被拽出时，右手还抓着高雅妮的右手手腕。

关凯一下把隼从下铺拉出时，才想到要把他往哪里扔或者撞，因为隼的头部在里边而臀部向外，关凯的双手于是向右一拖，接着用全力换向把隼砸向左边铺位间的桌子，一下稀里哗啦，桌上的零食茶杯顿时飞起，隼撒开抓住高雅妮的手先保护脑袋，拖到窗沿脑袋才没有撞上，而胸部下端已经撞上了薄薄的桌面的边缘，又是一阵剧痛，右边有肋骨已经折断。

但这不是隼第一次这样的经历，他知道这种撞击导致的剧痛应该是肋骨折断所导致，但并不致命。一段时间的休养之后，他每次都恢复如初。所以对他来说，目前最要紧的，乃是保护好自己，离开这里。

隼的头就要撞到车窗的霎那，他的两手已经顶到窗沿，胸口一撞到桌沿，他的身体已经滚到鲍勃的铺位上。

关凯没有管他，伸手把高雅妮拉坐了起来。

这时隼却已经翻身下床，就要在他身后从铺位间冲出去。关凯看到，右手松开高雅妮，左手拦了过去，隼右手要把关凯的手推开，却没有推开，于是反手一把抓住关凯的左手手腕，而右手同时扣住关凯挥过来的右手手腕，一时把关凯掐住不能使劲。

关凯看到对方黑影头部，两手向身前拉拽，想把隼拉到身前用头撞他的脑袋，但隼虽然有伤在身，却似乎丝毫没有影响他的战斗力。隼手上使劲，关凯拉他不得。

隼见已经把关凯锁住，便要用膝盖去踹关凯的裆部或腿部，无奈两人抓在一起的两双手位置太低，膝盖够不着，隼于是转移力量，要用脚踢。

关凯感觉隼抓着自己手腕的力量转移，猛地把右手向前送去，一下勾到隼的右手腕，他右手抓住隼的右手腕，左手用力一拽，手腕从隼的右手脱开，脱开的同时，关凯握拳向上直捣隼的下巴，隼感觉不对，向后一退，避开一拳，但同时他也松开了关凯的右手，失去了对关凯的钳制。

关凯知道高雅妮没事，心里已经打定主意要抓住这个家伙，但隼已经不想和他再斗。他在 4 号下铺和桌子间正寻找机会，看到一直在右边的影子消失了。他已经没有心思管凯文在做什么了。当他看到影子消失出现空间，他一闪身向过道方向冲去，关凯急抓，却没有抓到。

　　前面的影子一晃，似乎要往右走，关凯扑向前要抓，隼却在瞬间变换方向向左跑去，而这时左边一个大高个正走过来，看到影子赶紧要闪到一边让路，却还是撞到了一起。

章六十八

　　左边来的却是鲍勃。他摸黑走到乘务员工作间，没有灯光也大概没有人在里边，于是他走到亮着灯的 3 号车厢，却也没有找到乘务员报告 4 号车厢没有灯的事情。这时他失望地回到 4 号车厢，正努力适应着这边的黑暗，一个黑影撞了过来，他闪避不及，如果不是他的块头大，一定就被撞倒了。

　　他定了定神，不知要说对不起，还是责问来人，因为他不知道到底是谁撞了谁，不过自己正常走路，应该不是自己的错，于是他大度地问："你没事吧？"

　　但那人没有回答他的问话，因为另一个人赶了过来和那人打到了一起。鲍勃刚适应了黑暗的眼睛看到一对人挥舞着起伏的拳头和胳膊，心想怎么打起来了，正要赶紧离开这黑暗中的是非之地，却听到梁菡在喊："鲍勃，包！"

　　李古力把凯文截住后，梁菡顿时感到背包上没有了拽劲。她左手仍然扣在绕着铁护栏的背包上，右手摸索着提起背包。背包到手，一直没有的恐惧感突然袭来，她一哆嗦，身体向后挪去，一直抵到墙边不能再往后退。

她开始觉得两手冰冷，前面这些人到底是什么人？刚才这个人干吗要抢我的包？

她正要庆幸包没有被抢走，一个黑影扑了过来，怀里的包又飞了出去，而这时，她听到了鲍勃的声音。她脱口喊道："鲍勃，包！"

呼喊的同时，有了刚才经历的梁菡没有让包整个飞出自己的怀抱，她抓到了背包的一角。她下意识里还想要顺出背带，和前面一样利用铁扶手帮自己的忙，但这次她却没有这个机会，因为来人根本不容她缓手做别的，而且，她根本不知道背带这时在什么位置。

正当她又被拖到铺的边缘，包的一角正要脱手的时候，包上又增加了一份拽力，同时，鲍勃在喊："撒手！"

他话音未落，"嗷"地喊了一声，胸前吃痛，松开了抓着包的手。

斯蒂文一直在寻找着获得蛋白资料的机会。

他在餐厅里看到凯文和隼，也看到高雅妮和梁菡，并注意到梁菡没有把背包带在身边。他觉得那是一个绝好的偷出资料的机会，于是赶紧赶回车厢，却看到了关凯和隼的遭遇。

去取资料的道路被堵住，他不得不走到附近的一个卧铺间坐山观虎斗，突然却看到满地的纸片。他意识到不好，有人先动手了，于是赶紧要出去"劝架"寻找机会，但自称是旅行社经理的人却赶了过来帮忙对付隼。

他只好作罢，想着下面如何从自称朱利的那个人手里获得蛋白资料。

但他没有想到的是，他注意到警察拿着先前在关凯手里的文件夹高声和梁菡说话，他不知道为什么关凯会把资料还给梁菡，但不管如何，那资料还在梁菡手中就好。

那么还是要从梁菡下手，而到西宁的时间已经不多。

他需要动手，于是他想去梁菡的铺位再和鲍勃说话，但却看到凯文完全不是平日神情在身边的过道上走了过去。他以为凯文也是去找梁菡，却发现凯文并没有在4号铺停留。

接着，车厢的灯就灭了。

他一点都不怀疑灭灯是凯文干的，正想着下面如何办，但不知道为什么灯一会又亮了。他觉得自己有些疑神疑鬼，翻身下铺，心想再找鲍勃"聊天"，但凯文又再次经过。

这次斯蒂文已经确定凯文的目的了。不出他所料，灯一下就灭了，而且，这次连地灯都灭了。斯蒂文不知道地灯灭真的是一个偶然，是车厢线路的问题，但他确定，凯文要动手了。

果然，灯黑之后，他听到了那边轻微的、常人不能体会的打斗声。他等着隼的出现，因为他不想先隼而去，反被隼从后袭击。

隼的影子果然过来，又过去了，而且，这次不光是隼，隼过去后不久，自己再次正要动身的时候，他看到旅行社的经理和他的搭档也赶了过去。

斯蒂文不愧是久经沙场，他超强的视觉，听觉能力让他在黑暗中几乎和白昼一样能分辨敌我和周围的情景。

他在李古力后面赶过去的时候，刚好是凯文的头被撞到扶梯的时候，也是隼从 4 号下铺冲出，然后和他相反方向跑去，而关凯也追了过去的一刻。

他注意到他们这些人都没有梁菡的包。

瞬时间，他一步迈到 3、4 号铺位的最里边。他能清楚地听到梁菡躲在中铺一角发出的怦怦心跳和努力压制的喘息声。他一把过去把梁菡抱在胸前的背包抓住，用力向外一拖，一下把梁菡也连带着从角落拖了出来。

这时，他听到鲍勃的声音和梁菡的呼喊。

他不能迟疑，他用力晃动背包，感觉梁菡就要松手的一刹那，他意识到身后有人抢了过来，他收紧身体准备抵抗背后的一击，而来人却只是上前抓住了背包。

他感觉到背包上的拉拽的力量，心中大怒。这个关键时候，你回来做什么！斯蒂文脚下使劲，身体跟着向右旋转，然后大臂向前横扫，携旋身之力，肘尖撞向鲍勃的前胸胸肋。横肘撞击之下，鲍勃疼痛难忍，松开了抓着背包的手。

斯蒂文撞开鲍勃之后，向后抽手，不料包卡住了，梁菡怎么可能有这么大的力气?

原来梁菡趁斯蒂文对付鲍勃的空当，故伎重施，把背包带又绕到铺沿扶手上，并用手扣着不让它滑脱。

斯蒂文一抽不动，知道背包被卡。他伸手顺着背包摸了过去，一下摸到了铺沿的扶手。他稍一凝神，左手抬手便向卡着的力量位置处劈了下去，而梁菡混乱中感到有风过来，下意识就抽回了手，同时喊道："鲍勃!"

这时，斯蒂文左手劈到扶手，右手并已经将背包整个拉出。

斯蒂文"嘶"的一声，本来是用左掌劈下，结果是左下腕砸到扶手上，力量之大，差点砸碎自己的腕骨。他顾不得钻心的剧痛，右手抓着梁菡的背包，转身就要离去。

而他没有走成。鲍勃刚才吃当胸一肘，一时松手，但刚才梁菡楚楚喊声又起，鲍勃男子汉英雄气概顿时压过了胸前的疼痛，上前一把抓住正面对他的斯蒂文。斯蒂文向左用力一拽，想把包从鲍勃的手里挣脱，而包到铺边的时候，梁菡不知哪里来的勇气，一下趴到铁扶手处，伸手把包抓住。

恰在此时，车厢内的灯亮了。一个火车的维修技工和两个乘警从车厢头走了过来。

关凯和隼离车头方向最近。关凯正捂着自己的腰而隼则捂着自己的胸对峙着。亮灯前的几秒钟里，隼使尽所有力量用头撞到了关凯的腰部，因为他已经受伤，攻击力和招架力都不能再持续多久。

高雅妮也已经从床上爬了起来。

而李古力还在和凯文在 6 号铺头的过道里对峙。李古力没有想有意攻击，他在和凯文的对峙过程中已经觉察到关凯在过道的另一端，所以他只想和关凯守住过道的两头，不让中间的人通过，这样资料也就不可能漏出。

灯一亮，李古力看到关凯正面向他不知后面有乘警过来，而斯蒂文和鲍勃中间抓着梁菡的背包，心中有了底，于是对关凯一使眼色。关凯看到，立时收回进攻的身形。凯文看到灯亮，又看到李古力的眼神，知道另有情况，回头一看有乘警过来，于是对隼喊道："Corriamo！"

隼听到凯文说话。他看了看前面有警察和关凯，于是努力忍着疼痛、不动声色转身，走到凯文身边，李古力见状，退回到5、6号铺位中间，让他们通过。

章六十九

此时车厢的灯光中，4号中铺的梁菡仍然在铺位上抓着背包的一角，鲍勃和斯蒂文还僵持在一起。好几个乘客不知什么时候已经涌到3、4号铺位过道两边看热闹。

乘警走了过来，问梁菡："怎么回事？"

没等梁菡回答，鲍勃喊道："这个人偷，抢包！"

"我看你偷包，你是贼。"斯蒂文中文比鲍勃专业。

"你们都先撒手！"乘警第一次经历两个外国人和一个中国人抢一个包的情景，他们也一时不知如何是好。大块头的乘警问："谁的包？"

"我的。"梁菡说。

"是她的包吗？"乘警问鲍勃和斯蒂文。

他们都点头，也都同时松开了手。

乘警这才注意到3号下铺还有一个人，但她明显没有任何攻击性。乘警问高雅妮："是她的包？"

高雅妮已经恢复了平静，她点点头，说："是的。是小梁的包。"

看到高雅妮说出中铺乘客的名字，乘警判断这一定是她的包了。他转身又问已经把包拿到铺上的梁菡，"你少了什么东西没有？"

梁菡赶紧打开背包看了看，什么也没少。她回答道："都在。"

乘警见状，不想和两个老外纠缠，于是说："都在就好。"接着转身又对在过道围观的乘客喝道："看什么看？回去，回你们的铺位去。马上就到西宁了。"说着，他便走了。虽然他没有搞清楚这两个老外是怎么回事，他倒的确要去查是谁砸碎了保护配电器的玻璃，还有在配电器盒子里找到的那个卡片，不知道是怎么回事。

乘警走后，斯蒂文先开口了："不好意思，真不好意思。我们看来都误会了。"

鲍勃刚才给他当胸一肘，胸口还在隐隐作疼，他没想到这个文质彬彬的教授会如此凶狠。他冷冷地说："没事。你走吧。"

梁菡不知说什么好，她不知道刚才的三四分钟里到底都发生了什么。她的身体还在抖着。她没有出声。

高雅妮从下铺站了起来，上前握住了梁菡的手。

李古力和关凯回到自己的铺位，王贵华凑了上来："队长，你们那边怎么了？那么多人。"

"没事。"李古力说，"西宁就要到了。车停了之后，我们一起接应和文文在一起的小高。"

车速慢慢地降了下来，车窗外出现了稀稀疏疏的灯光。此时，听着嘈杂声音的众人，在与乘务员换好票后，纷纷拿好自己的行李。在车的越来越剧烈的晃动中，等待着下车。

有人在说："这车晚点了不是。"

有人回答："这才晚点几分钟。西宁这边海拔两千多米，从兰州开始，火车一直爬坡爬到现在，就算晚点几分钟也情有可原！"

"西宁车站到了，请旅客朋友拿好各自的行李下车。西宁地处青藏高原河湟谷地南北两山对峙之间，统属祁连山系，黄河支流湟水河自西向东贯穿市区……"西宁火车站灯火通明，火车站的广播在欢迎着新到的疲惫的 K173 列车的上千名乘客。

梁菡和鲍勃拿好行李，走下了火车。鲍勃看梁菡似乎还没有从刚才的惊吓中恢复过来，而他本人却没有注意到他不在的时候李古力和凯文、高雅妮、关凯和隼的生死冲突，他以为只是斯蒂文抢包而已，而且后来看起来，他也是帮助抓小偷，于是转移话题道："哎，对了，你注意没有，我还以为到西宁会有高原反应呢。"

梁菡来之前已经有过调查："我看到这边海拔是二千二百多米，或许不够高？"梁菡也努力让自己想点别的东西。

不一会儿，他们随着人流走出了出站口。

"我明天去青海湖，你去吗？"鲍勃问。

"明天不行。明天我得去和客户谈业务。"

"哦。那我们就要再见了。真的，梁菡，我真的很高兴认识你。"

梁菡听到这话，好像要和亲人告别似的，眼泪都要下来了："鲍勃，我也非常高兴认识你。"

"你有我的邮箱，回头我们发邮件？"

"一定的。"

"你看到接你的人了吗？"鲍勃本来想陪着梁菡去她的酒店，但梁菡拒绝了，说有人会在火车站接她。

"还没有，一定是在哪里。你先走吧。"

"那么再见了。"看周围等人的人很多，鲍勃便没有更多地客气，他朝着出租车等候的地方走了过去。

鲍勃走后，梁菡仔细地打量着周围陌生的环境。出站口很多的人在等人或是为旅店拉客，没有看到董教授。

看梁菡一个人站在原地不动，一个大妈走上前来："姑娘，住旅店吗？很便宜很近的。"

梁菡还没有来得及拒绝，又一个年轻一些的女子跑过来把一叠照片放到梁菡面前："这是我们酒店，很干净，你看，还有淋浴……"

大妈瞪了一眼后来的女子，就要发作，又一个红帽女子跑到她们两人中间。她似乎跑得很急，挤到近处一下就撞到了梁菡。梁菡赶紧后退，红帽女子却没有和她说话，而是一把拿了推销酒店的女子手中的照片，向一侧走去。旅店推销员意识到有真正的顾客了，赶紧跟了过去。

严默 ——— 十篇

章七十

"那是严默!"关凯低声喊道。

李古力四人正在一个角落注视着梁菡的一举一动,红帽女子一出现,李古力和关凯都注意到了。

"小王,你和小高盯着梁菡。关凯你和我跟上严默。她刚才那一撞,可能把资料偷走了。"

要跟住梁菡,凯文打定了主意。凯文判断,李古力等人没在火车上拿走梁菡手里的文件,势必在等待西宁接应梁菡的人露头。

凯文也不指望身边的隼能帮忙。隼为帮自己已经受了伤。唯一能指望的是,如果接应人出现,帮助或者警告接应人,然后送隼去医院治疗。

他注意到李古力四人就在一个角落处看着梁菡。他不能前去通知梁菡,因此只能守在原地,伺机而动。

当他看到鲍勃离开梁菡后,觉得接应人应该就要出现了。那两个妇女明显不是,但那个红帽女子却极有可能是。

"我的人到了。"凯文对隼说。

"不是，不会的。那是我的人。"

"你的人？"

"是的。黑岐山的女人。"

"黑岐山的女人？她不是早就走了？"

"看来没有。她的身形我很熟悉。一定是她。"隼很明白肋骨被关凯摔断一根后自己已经没有了和严默正面交锋的能力了。他暗自摸了一下口袋里的闹钟，庆幸没有在火车上把它用掉。"我得处理掉她。"

凯文知道如果隼确定的话，严默接近梁菡就不会是资料的原因了。他很想知道那原因会是什么，但这并不重要，重要的是资料还在梁菡手中。

凯文发现隼已经朝严默追去。

章七十一

因为地理位置的原因，十点不到的夜晚相当于晚上八点的北京，灯火通明的火车站广场，人流量仍然很大。来来往往的人群中还有一双眼睛在打量着周围的一切。他十分小心和隐蔽，使得凯文都没有注意到这个人的存在。

他就是斯蒂文。这时他正混在人群中，等待时机。

那个红帽女子正是严默。

在火车上甩开所有人的跟踪后，严默也来到了西宁。

出站口外，她看到鲍勃陪着梁菡似乎在等人，而李古力一伙，还有隼和一个外国人都在注视着他们的动静。她猜不透梁菡身上到底有着什么如此重要的东西让这么多人都跟着她。她不禁为她的安全担忧，也有些好奇梁菡手上的东西对自己的组织是否有用。难道就是那份蛋白的资料？不应该，应该还有其他什么她没有说的，或者看起来她自己都没有意识到的东西。

严默原本想就留在黑暗里，等有人把梁菡接走再离开，但却发现鲍勃先行离开了，而且严默注意到鲍勃没有从梁菡处拿走任何东西。鲍勃离开后，她注意到李古力一伙和隼都没有离开，这样看来，他们两伙和鲍勃不是一伙人。虽然鲍勃看起来完全不像特工或者怀有特殊使命，但这种时候，任何人都必须怀疑。

鲍勃走后，严默觉得应该告诉梁菡趁现在站口人多，赶紧离开，要不这样下去，人流量少了之后，一定会有冲突而梁菡就会有大麻烦。自己还有着原先的伪装，而且对西宁这边地形熟悉，即使有人跟上自己，甩掉尾巴也不是难事，于是严默赶上前去，在撞到梁菡的瞬间，说："梁菡，赶紧离开！"

她并没有把手放到梁菡的包里，那是凯文的想象。

严默警告完梁菡，转身便走，把旅店照片还给旅店推销员后，她钻进站台边一排小商店中的一家，然后从商店老板自己使用的后门离开了，这样一下甩掉了追到商店门口的李古力和关凯的跟踪。

但是，她没有想到隼为了提防李古力和关凯，远远地跟着，反而看到她跑进了后面的小树林。

隼暗暗一笑，心里说你还是没有跑掉。他摸了摸口袋里的闹钟，追了过去。

章七十二

这是一片离车站广场十多分钟奔跑距离的树林。广场的灯光到这里已经暗了许多，而到了树林里，就只剩下些许的微光了。

严默在树林里小心翼翼地向前移动。穿过这片树林，就是附近的居民区了。她已经意识到后面有人追来，而且只有一个人。

隼在后面一边追赶，一边竖起耳朵仔细听着周围的动静。一瞬间，他不再能听到脚步声。他放慢脚步，快速地扫视四周，黑黑的树林里死气沉沉没有一丝声响。隼渐渐地感觉到不对，猛然间，隼抬起头，却被从树上跳下的严默撞倒在地。

隼被扑倒之时，口袋里的左手已经把一直握着的闹钟抽出，准备向严默射击，却忘了肋骨有伤，严默身体撞到自己胸口的那一瞬，疼痛感似刀尖直刺心口。他几乎一下痛晕过去，双手一下向脑后甩去，仰卧在严默的身下，但他坚强的神经让他的左手仍然紧握闹钟。

严默已经认出被她骑在身下的是隼。她没有注意到隼手里还有东西。看隼已经昏厥过去，她便松开他站了起来。

严默不想就此离去，她需要等他醒来问清楚隼到底是什么人，这对未来的行动一定会有帮助的。

隼并没有昏厥很久。他在疼痛中努力地感觉着自己的胳膊和手。几乎过了两分钟，他终于感觉到了左手里握着的闹钟。

他稍稍地向伸展在脑边的手里运力，等到他觉得自己能举起闹钟对着身体上方的严默按下按钮的时候，他突然挥手向上。

但他没有成功。一直在注意着脚下隼一举一动的严默看到隼突然举起左手，知道有异，右脚飞起斜踢了过去，只听"咻"的一声，锋利而强劲的瓷片以子弹的速度在严默的面门近处闪过。隼的手腕被踢中，闹钟被踢飞到不知什么角落。

严默踢到隼的手腕之后，怕隼还有其他暗招，飞身跃起，双膝同时落到隼的胸部。

严默不知道隼已经被关凯打断了一根肋骨，所以全力之下，隼的胸内"嘎巴""嘎巴"，一下又断了三根肋骨。

隼死死地咬着牙，他知道大势已去，自己已经坚持不了多久，但对一世英名栽倒在面前这个默默无闻的女人面前心中十分不服。他要作最后的挣扎。

他软软地从地上爬起身来，努力控制住身体的摇晃，稳住身形，站到严默面前。

"你为谁工作？"严默严阵以待，问话短促。

隼没有回答。他在努力调整着气息，等待机会发拳。

"说，你为谁工作？"

隼仍然没有回答，但他身体微微右转，全身力气积聚到右手，一个重拳直击严默的脸。严默一弯身子躲开，两个拳头砸向隼的软肋，隼剧痛难忍，无半点还手之力。

严默不知所以，看隼双手没有护到他的上身，便拳风上移，砸向隼的面门。血从隼的嘴和脸上流出，手下意识地抓向严默，而严默看隼右手抓来，左手挡住，右手抓到隼的肝部，用力一揪一旋。

隼单膝缓缓跪地，没有发出声音，身子一歪，死了。

严默看到隼的身形不对，觉得隼不可能如此不扛打。她小心翼翼走到隼的身边，手指去触隼的鼻息。的确是死了。

严默有些后悔下手太重，但隼武艺高强，自己若有半点马虎，一定会为他所伤，只是不知道为什么隼刚才会如此不济。

严默想事已至此，赶路要紧，于是起身就要离开，但远处灯光透过树林的余光中有两个身影，就在自己身前不远处。他们在看着自己。严默顿时停下了脚步。

"什么人？"她厉声问道。

"严默吗？"

严默认出是火车上找梁菡的那一伙人。

"什么事？"

李古力看她已经认出自己，便问："你拿了梁菡的资料？"

"资料？没有。"严默意识到他们追来是为了梁菡的资料。难道那资料真的这么重要？

"你刚才没有从梁菡包里取出东西？"

"没有。"严默再次断然否认。

"队长，打倒她再搜。"关凯在一边低声喊道。

严默心里一凛，我都到家门口了，不能和他们硬拼。

"你们要的是什么资料？"严默缓下语气问。

李古力看她缓和了一些，便问道："梁菡的包里有一份资料，是我们的。另外，我们也需要知道，你是什么人。"

"你说的是一份什么蛋白的资料？"

李古力一听有了希望："正是。拿出来吧。"

"我真的没拿。它在梁菡包里的一个邮政快递的信封里。"

"你还是交出来吧。已经死人了，不要再死人了。"李古力平缓的语气里充满威胁。

"我真的没拿。你们看我可能带着那么大一个信封吗？"严默拍打着自己的衣服，把口袋也翻了出来。她没有带包，衣服里也的确没有纸片。

李古力想也许她真的没有拿，因为如果她要拿的话，在西安之前就可

315

以拿走而且已经下车。但是她太可疑了，又不能就放了她。

正犹豫的时候，严默开口了："这样吧，我跟你们去找梁菡。"严默心想梁菡应该已经离开，找梁菡的路上再打主意脱身。

李古力没有其他更好的办法，于是同意："好。"

关凯走过去狠狠地低声说道："你不要乱动。"

章七十三

梁菡正被两个旅店销售员包围，有红帽女子冲了过来。她分明听到是严默在说话："梁菡，赶快离开！"待她抬头看时，红帽女子已经混入人流。她心里突然害怕起来，赶紧就往出租车守候的地方赶去。

斯蒂文这时已经守候在拉客的出租车附近，看到梁菡走向一辆出租车时，斯蒂文拿出钱包，走到一辆空车前。

"您好，坐车吗？"司机见有人来，高兴地问。

斯蒂文看了一眼后面，指着后面说："你看到那个人吗？"

"哪一个？"司机从后视镜里看。

"那个老外！"

"哦。看到了。"后面就凯文一个是外国人。

"他要去哪，你别去，你开一段后，中途扔下他。"斯蒂文递过去一张一百元的钞票。

司机听到，不知这个外国人要干什么。他瞄了一眼斯蒂文手中的钞票："我不干。"

斯蒂文看到司机瞄到钞票，急忙拿出钱包，一下拿出几张一百元，抽出两张递了过去："我是和他开个玩笑。"

司机斜着眼说："再加两张呗，我给你负责了。"

斯蒂文一听把手上剩下的全塞了过去。

司机钱到手，乐呵呵发动引擎，说："他不上车可不要怪我哦。"

在斯蒂文钻进另一辆出租车尾随梁菡而去的同时，司机把车横到后面赶来的凯文身前。

凯文跟着梁菡，看到梁菡上车，正要上前打车，一辆车横开过来。他气得正要绕过，里边司机却探出头来："去哪？"

凯文一听大喜，开门进了车："看到前面那辆出租车？车牌尾号是328的那辆，跟上。"

"好勒。"司机乐道。

"快点。我给你二百块。"

司机接过，心里乐道，还是外国人的钱好挣。

梁菡的司机这会不是十分地开心，等好长时间来了一个乘客，他希望是去远一些的地方，但梁菡要去的好客商务酒店太近了，但司机是个不错的人，没有拒载，也还算热情。

"师傅，据说这个酒店不远是吧？"梁菡在担心着司机绕远宰客。

司机熟练地把握着方向盘，说："不远，最多十五分钟。就在西关大街上，那里还有温州海霸美食城，晚上可以去尝尝西宁的特产。你是哪里来的？"

"我日照来的。"

"日照？"

"山东日照。"梁菡怕司机不知道日照在哪里。

"日照我知道。我老家也是山东呢，潍坊的。"

看到秀气的乘客还是老乡，司机显然心情好了些。

"你一个人来旅游？"

梁菡听此话，心里有紧张起来："不，不是。我还有人在酒店等我。"

司机没有听出梁菡话里有话，继续说道："呵呵，既然是来旅游，这里有三个地方你不能错过，一个是湟源县的塔尔寺，一个是市中心的水井巷，还有一个就是闻名全国的青海湖了。"

听司机的介绍，梁菡觉得自己多心了，她不好意思地笑了笑，说："嗯，我来之前也打算过的，工作完成后，一定要好好玩玩再回去的。"

听到梁菡这么说，司机便开始滔滔不绝起来：青海湖的风景有多么美，塔尔寺的喇嘛是多么虔诚，水井巷是多么繁华。梁菡始终微笑着听着、附和着。

的确如司机所说，车行大概就是十五分钟，在好客商务酒店门口的路边停了下来，司机说："到了。"

梁菡看向窗外，右手边的楼房上霓虹灯闪烁着"好客商务酒店"的名字。她赶紧掏钱付款。

下了车后，梁菡回头对车里说："师傅，谢谢你。"

师傅似乎没有听到，车已经起动离开了。

梁菡抬脚向酒店大门走去。她没有注意到，另一辆出租车也悄悄地停在了酒店门口，斯蒂文走了下来，看着梁菡走进去的身影，他轻轻地笑了笑。

梁菡在等着酒店前台服务员办理入住手续的时候，想起董教授还没有联系上。"得给他赶紧打电话。"她想着拿出手机，没电了。这时，右手边一个似乎熟悉的声音传来："是梁小姐啊。"

梁菡抬头一看，是斯蒂文。她马上想起自己和斯蒂文、鲍勃抢包的情景。

"嗯，嗯，你好。"梁菡不知道当时斯蒂文是否想抢包，因为鲍勃也在抢包，但明显鲍勃并没有抢他东西，而她唯一能判断的是灯黑后第一个冲过去的人一定是抢包的。

"你也住这家酒店？"斯蒂文似乎惊讶地问。

"嗯。"火车里的遭遇在前，梁菡不知道如何应付斯蒂文。

斯蒂文显得好像火车里的事根本没有发生过。他依然是那么笑容可掬、文质彬彬。不经意间他的一个证件掉到地上。他俯下身去要捡，并自嘲地说："你看，我大概是老了，东西都抓不住了。"

梁菡见状，赶紧弯腰把它捡了起来交还给斯蒂文。斯蒂文接过时，一时没有合上翻开的证件，拿在手里，说着："谢谢，谢谢。"

梁菡清楚地看到翻开的证件页面上"复同大学"的字样和斯蒂文的照片，心里放心下来。复同大学是上海最有名的大学，当时还是自己的大学第一志愿，可惜自己无能，分数不够。他在那里教书，不可能是坏人。

"不客气。"

"我们都认识很久了，我还没有自我介绍呢。我叫斯蒂文，在复同大学教英语。"斯蒂文伸出右手。

"很高兴认识您，斯蒂文教授。我是梁菡。"梁菡觉得斯蒂文的手很温暖。

"火车上的事——真是不好意思。我在邻座的铺位，听到你们那边有动静，就过去了。你没有把我当贼吧？呵呵。"

"没有，没有。"

"你东西没有少吧？"

"嗯，没少。"

"我以前刚到中国的时候，贼还不多。现在比以前多多了。东西没少就好。这些贼，就会找出门不多的人下手。"

梁菡听到这话，深有同感，而这时入住手续办好了。

"对了，你不介意我叫你小梁吧？"

"当然，斯蒂文教授。"

"你就和我的学生一样叫我斯蒂文好了。待会儿我们出去到西关大街上走走？"

梁菡心里不想出去。她看看服务台后面墙上的钟："十点多了，明天吧。"

斯蒂文却很坚持："哪里啊！西宁的十点才是日照的七八点呢，所以这里应该是最热闹的时候，值得看看呢。"

梁菡还在犹豫。

"你们当地人都是几点睡觉？"斯蒂文问服务台后面的服务员。

"十二点到一点吧。"服务员答。

"我们出去逛逛好吗？最多半个小时。就是那样我们还是会比这里西宁当地人早睡一两个小时呢。我请客，吃这里最好的冰欺凌。"

梁菡见斯蒂文如此热情，不好意思再拒绝，于是说："好吧！但我得先收拾一下东西。"

"当然。正好我的手续还没有办完。十分钟后我们在这里见？"

"好的。待会见。"说完，梁菡向不远的电梯走去。

待梁菡走远，斯蒂文把学校证件递给前台服务员，同时似乎刚想起来要问："对了，我那学生的房间号码是多少？"

"516。您也是住两个晚上？"服务员回道。

"当然，谢谢。"

服务员给斯蒂文开的也是五楼的房间。斯蒂文拿了开门的磁卡非常客气地感谢后上了电梯。

服务台前仍然没有其他住客。服务员刚想收拾一下登记本，斯蒂文回来了："非常不好意思。我的那个学生的房卡怎么都打不开门。帮忙再做一张好吗？非常感谢。"

服务员都被斯蒂文感谢得不好意思了。她赶紧又做了一张 516 房间的磁卡，递给斯蒂文："不客气，应该的。"

章七十四

梁菡走进自己的房间，赶紧把手机充上电。火车上晃荡了二十多个小时，一下回到结实而不摇晃的地面，心里踏实了许多。她觉得自己真的累了，但已经答应斯蒂文出去走走，只能出去看看了。

好客商务酒店的房间简单而整洁。梁菡坐在床头，感觉心里轻松了许多。她打开电视，电视里正播放着一个科学节目，一个很有智慧的老人在讲解着核辐射的原理和人类自我抵抗辐射的能力。梁菡觉得没什么意思，按了一下遥控，把电视关了。

差不多十分钟了。她走到卫生间洗脸池边，打开水龙头，把水捧起扑到脸上。她抬头看着镜子里自己满脸水珠略显憔悴的模样，心中叹道："一天一夜的火车，终于熬过来了。"

她擦干脸，从包中拿出钱包，抬腕看表。她是一个很守信的人，既然答应了斯蒂文，她不能迟到。

梁菡看到还有两分钟就到约定的时间了，她向门口走去，把插在供电插槽里的房卡取出，开门出去，并把房卡放进自己装钱包的口袋。反手压下门把，拉了拉门。门锁上了。她朝电梯走去。

梁菡到楼下的时候，斯蒂文在前台附近等她。他注意到梁菡没有带着她的背包，心里一阵轻松。他一脸笑容地迎了上去："好了？"

"嗯，走吧？"梁菡答道。

两人走到酒店门口，斯蒂文抢先一步，为梁菡打开了大门。

西关大街霓虹灯一片，人来人往。他们两人在街上走了两三分钟，没有看到冰激凌店，斯蒂文注意到梁菡显得没有兴趣，便提议道："我听说这里附近有一家尕焦子烤肉，名字叫马义民黄焖手抓烤肉，我们去看看？"

梁菡不想扫他的兴，回道："好。什么是尕焦子烤肉？"

"是这里的特色烤肉吧。不过听说味道很好呢。我们试试？"

梁菡这才发现自己饿了，在火车上紧张了许久，现在放松下来，一下子觉得饥肠辘辘："好，听你的。"

尕焦子烤肉店很近，走了两分钟就到了，虽然已经是晚上十点多了，店里还有不少顾客。

斯蒂文跟梁菡走到一个人较相对少的角落，一个穿白色工作服的服务员走了过来，把两个盖着盖的白色茶杯，一盒餐巾纸放到桌上，同时把菜单递给了斯蒂文。

斯蒂文点了一个黄焖羊肉、几个烤肉串，还有一道时令蔬菜后，让服务员泡了两杯茶。茶泡上后，他对梁菡说："这是这里的盖碗儿茶，很香呢。你尝尝？"

梁菡尝了一口，甜甜的，好像茶里加了其他东西，味道和日照绿茶的清香完全不同。她有些好奇地问斯蒂文："您之前来过西宁？您好像是个老西宁似的。"

"呵呵，我来过西宁两次。每年暑假的时候，我到处旅行。其他有时间的时候，我也不会待在上海。上海太大了，我喜欢小一些的城市，比如日照。中国很漂亮，很大，有很多可以去的地方。"

说话间，带着扑鼻的香味，黄焖羊肉上来了。这是一道西北的特色菜，肉质香酥，卤汁浓厚，红的是红椒，绿的是青椒，白的是蒜，黄的是姜，青的是葱，色香俱全。梁菡的食欲一下子被勾了起来。

"不要客气，吃吧。"斯蒂文礼貌地招呼。

"嗯，嗯。"梁菡也不客气，把一块肉夹到自己面前的盘子里。

味道挺好，而且并没有原先担心的膻味。

"您也吃啊。"

"谢谢，谢谢。"说着，斯蒂文也夹了一块。正嚼着肉还没咽下去，斯蒂文好像突然想起了什么，"哎呀，不好！"

梁菡看他神色有异，急忙关心地问："怎么了？"

斯蒂文没有了平常的笑容可掬，满脸焦急："一袋给朋友带的药，需要放在冰箱里的，刚才出来得急，忘了。我得回去放一下，你等我一下。我最多五六分钟就回来。"

梁菡提着筷子，说："要不要我帮忙？"

"不用，我就回一下房间，把药放到冰箱里就回来。你等着我。"说着，斯蒂文已经起身离开。

梁菡听说过有些药品要低温保存，看到斯蒂文焦急的模样，赶紧应道："好。我等你。"

斯蒂文临走，回头道："其他菜上来，你先吃，不用等我。我马上就回来。"

梁菡知道他如果走得快，来回不会超过十分钟，于是说："不急，等您回来我们一起吃。"

斯蒂文冲梁菡点了点头，已经走出了餐馆。

斯蒂文匆匆赶回酒店，穿过大堂，按下电梯直奔五楼。

他走到516房间门口，把房卡在门锁前一贴，吱的一声，锁开了。他推开房门，轻轻走进了梁菡的房间。

与此同时，高雅妮和王贵华终于追到了好客商务酒店。

见梁菡打车走后，高雅妮和王贵华也打车赶了上去，却没能追上。出租车司机看到他们不知道要去哪里，就带着他们在城里绕了一会，问他们到底想去哪。最终，高雅妮想起了梁菡曾经说过在西宁会住在火车站附近的好客商务酒店，于是两人赶了过来。

章七十五

高雅妮正在询问前台服务员。

"你好，我找梁菡，她是刚住店的。"

"嗯？"服务员疑惑地看她。

"我是她表姐，一直在找她，但她的手机一直关机。你能告诉我她在哪个房间吗？谢谢了。"

"对不起，我们不能告诉你客人的房间号。这样，我帮你把电话接到她的房间吧。"新上班的服务员在酒店管理系统里查到了梁菡的名字和房间号码，她拿起电话拨通，递给了高雅妮。

电话没有人接听。

先前的服务员刚要下班。她看高雅妮和王贵华着急的样子，问："你们是找在复同上学的那个女孩吗？"

高雅妮一愣，王贵华在一边使劲地点头："嗯，嗯。就是，就是。"

"她和她的老师出去了。"

"出去了？"高雅妮和王贵华又是一愣。

高雅妮这时已经反应过来，她追问道："那个老师什么样的？"

"是个外国人，高个、金发，看上去很文雅的。你们不认识？"

高雅妮想到了凯文："认识，认识。"

她和王贵华面面相觑，一时不知怎么办好。

女服务员这时已经走到了前台外边，准备回家。看高雅妮和王贵华还是不知所措的样子，热心地说道："她的老师刚才又回来了，他也在五楼。要不要小李帮你们打给斯蒂文老师？"她让柜台里边的小李拨斯蒂文房间的号码。

"哦，不用了。谢谢。"听到女服务员说斯蒂文，两人知道不是凯文，而是李古力和大家说过的斯蒂文。"我们自己上去。"

女服务员觉得有些奇怪，或许他们知道那个老外的房间号吧。她看了他们一眼，说："好吧。我下班了。有事让小李帮忙吧。"

"谢谢，谢谢。"高雅妮赶紧说。

梁菡的背包就在床上。

斯蒂文进房间的第一眼就看到了。他快速走了过去，拉开拉链，里边有几个文件夹，还有一个蓝色大信封。

他把文件夹和信封都拿了出来，快速翻阅起来。文件夹里没有任何关于蛋白的内容。他最后打开信封，取出里边的纸张，一下就看到了文字间"蛋白"两个字。

"就是它！"他兴奋地把资料从信封里取出来揣进自己的口袋，同时迅速把文件夹和信封又放入背包，拉上拉链。

他取回门口插槽里的磁卡，打开房门出去直奔电梯，却和刚从电梯里出来的高雅妮和王贵华打了个照面。

斯蒂文瞬间便认出了这两个人，这正是那些追随着梁菡资料来的中国人，没想到他们居然这么快就跟了上来。

高雅妮也认出了斯蒂文。她并不清楚斯蒂文是来偷资料的，只是觉得服务员说梁菡是复同大学的学生很奇怪。看到斯蒂文，她抬手正要打招呼，不料斯蒂文挡开她的手，直奔电梯。

这完全出乎高雅妮的意料，潜意识里一个声音告诉她，斯蒂文一定和资料有关。她立刻转身要追，斯蒂文却已经进到电梯里边，王贵华赶过去按电梯的开门按钮，但电梯门已经关上。

高雅妮下意识地拍了震动："队长，有情况，西关大街，好客商务酒店。斯蒂文在这里。"同时和王贵华找到楼梯间向下猛跑。

李古力那边回话："我们马上赶到。"

斯蒂文下了电梯，出了酒店，一阵急跑。跑出相当一段距离后，他停到一个街角喘气。他摸了摸口袋里的资料，心咚咚跳得厉害。

文件已经到手，任务算是完成了一半。现在最主要的是赶紧离开西宁。去哪里？上海？不行。他们一定赶回找到梁菡，而且一定会知道资料丢失。如果他们报警，那么回上海只会是自投罗网，因为梁菡已经看到自己的复同大学工作证件。

去北京。让北京方面把文件传递回国。

去机场。他脑中一闪，但这个想法随即被否定。现在已经接近深夜，一定已经没有航班。

去兰州。对，兰州最近。先去兰州，然后再想办法。现在最要紧的是离开西宁，甩掉身后所有追踪的人。

想到这里，他挥手拦下一辆出租车。他四周扫视，确定没有尾巴后上车关门。

"先生，请问去哪？"司机问。

斯蒂文被司机的声音吓了一跳，但立刻回过身来，正声道："去火车站。"

"好嘞。"司机把轿车启动。

斯蒂文重新将目光转向窗外。他好像突然记起了什么，问："请问到火车站要多长时间？"

"二十多分钟吧！"司机回答。

"嗯好，请开快点，我要赶火车，谢谢。"斯蒂文叮嘱了一遍，又下意识地回头看车后。

"好嘞。"司机答应着，脚下略一使劲，出租车飚了起来。

斯蒂文看着窗外，恨不得此时自己已经在火车上。车上了大路后，他抬腕看了看表，已经十点半多了。黑夜中路上车辆已经稀少，偶尔有稀稀落落几个行人。

突然，他发现车停下来了。三车道的道路前面都是汽车的尾灯。

斯蒂文摇下车窗，向前面看去："师傅，怎么了？为什么不走了？"

司机回过头，无奈道："没办法，堵车了，不知道前面发生了什么事。"

"堵车？怎么会？这么晚了还堵车？"斯蒂文惊道，随即，他镇静下来，问，"师傅，这个地方堵车一般会堵多长时间？"

司机无奈地看着前方，道："我也不知道，这个地方已经很靠近火车站了，平时这里不会堵车的，不知道今天怎么了。你看，前面这么多车，恐怕一时半会是开不了了。"

"那……"斯蒂文思考着要问什么。

司机没等他问，自己在感叹："西宁啊，什么都好，就是交通太乱。"

斯蒂文回头看了看，车后面不知什么时候跟上了一辆车；他又朝左右两边看，两旁也都是车。既然司机说这个地方很少堵车，那为什么，现在好像所有的车都堵在了这里？难道是人为的？斯蒂文想到这里，再次摸了摸口袋。

不论是车祸还是其他什么原因，自己不能在这里坐以待毙，多待一分钟，就会多一分危险。

这时，一辆警车闪着红蓝警灯响着警笛从前面十字路口经过，斯蒂文看到，打定主意要离开。

"师傅，火车站离这里远吗？"

"不远，你从这里向前走，到十字路口左拐，就可以看到火车站了。"

"好的，谢谢您。"斯蒂文付费后下了车，就赶向司机说的火车站方向。

章七十六

十几分钟后，斯蒂文赶到了售票厅。

售票处的人很少，几分钟他就排到了窗口。

售票小姐礼貌地问道："您好，请问您要去哪？"

斯蒂文努力掩饰着喘气声："兰州，我要去兰州。"

"西宁去兰州的车，七点四十七分发车，当天十点十二到兰州，请问您要硬座还是软座？"

斯蒂文听到顿时傻了眼，七点四十七分发车？那就是说他要在这里等上将近九个小时。那样太危险了。

"今天晚上最后一班火车是几点？"斯蒂文不想放弃最后一丝希望。

"二十二点二十九分，已经开走了。"售票小姐礼貌地回答。

等九个小时肯定不行，打车去兰州。主意已定，斯蒂文没有顾得上说"谢谢"便快步走出售票处。

李古力和关凯押着严默离开小树林，走回车站广场和高雅妮、王贵华会合，但发现他们已经离开。

李古力拍了一下震动，里边传来高雅妮的声音："队长，我们在梁菡的出租车后面。"

"好，我们等你消息。"

严默看李古力不再说话，问道："我们去哪儿？"

"走吧，别问那么多。"关凯板着脸说。

这时一辆火车刚进站，车站广场上的人一下子多了起来。李古力他们所在的位置原先还算偏僻，但现在人多，于是也在人群包围之中。

"非礼啦，耍流氓啦！"严默看到一群人经过，突然大喊。

李古力和关凯都没有想到严默会来这一手，还没有来得及反应，严默已经拔腿便朝经过的那群人跑去，边跑边喊着："抓流氓啊，抓流氓啊。"

李古力和关凯下意识追了过去，而那群人在让严默跑过去之后，却没有主动为追赶的两个男人让路。

关凯大怒，拨拉开几个人，但已经失去了严默的踪迹。

李古力正要说话，却听到高雅妮在震动里呼喊说斯蒂文、西关大街、好客商务酒店。他拦下还在四处搜寻的关凯说："我们先去找小高，他们有情况！"

等李古力赶到酒店，王贵华和高雅妮正在大堂守着。他们赶下楼的时候，斯蒂文已经跑了。他们在酒店外围搜索了一阵，没有发现任何踪迹，之后回到酒店大堂，等待李古力和梁菡的出现。

李古力和关凯赶到的时候，梁菡还没有回来。

高雅妮介绍了和斯蒂文的遭遇后，李古力判断严默应该没有资料，资料一直在梁菡手里。斯蒂文既然逃跑，必定心中有鬼。他和梁菡一起出去又单身回到酒店，然后又逃，说明梁菡要么遇害，要么被斯蒂文甩了，而斯蒂文则有可能已经偷走了蛋白资料。

"队长，要不要报警？"王贵华问。

"先找梁菡。小高，你守在这里，其他人分头去找梁菡。"

不到十分钟，王贵华在烤肉店已经不多的顾客中找到了梁菡。她还在等着斯蒂文回来，桌上的菜已经上全了，她还没有动筷。

她还在焦急顾盼之间，看到了王贵华。她觉得脸熟，但并不认识。

"你是文文，不，梁菡吧？"

梁菡期期艾艾，不知是否答应。

"我是和高雅妮一起的。你上当了！斯蒂文把你带的资料偷走了。"

梁菡一听心里大骇，怎么可能！她霍地站了起来，脸色全变。斯蒂文迟迟没有回来，她心里一直打鼓，但完全没有想到斯蒂文会偷资料。

餐馆服务员看梁菡一人守着一桌菜一直未动筷子，早已经注意到她。此时看她站了起来，于是赶上来问："结账？"

梁菡一边赶紧掏钱包付账，一边哆嗦着声音问王贵华："你肯定？"

"我们回酒店就知道了。"

章七十七

他们赶回酒店大堂时，梁菡看到了高雅妮，心里有了些底，但这时声音里已经带着哭腔："高姐。"

"没事，小梁。你赶快去查一下你丢了东西没有。"

他们上电梯跑到 516 房间，里边一切正常。

梁菡觉得虚惊一场，手捂着胸口想吐，但李古力却说："你查一下你的背包。"

李古力的语气不容拒绝，梁菡走过去把背包的拉链拉开，看了里边一眼："东西都在。"

李古力仍然坚持："你打开所有文件，检查一遍。"

梁菡把所有文件夹和邮政快递信封都拿出放到床上，一个一个地翻检，当她打开快递信封时，刚缓和下来的脸色又变白了："给董教授带的资料不见了，我走的时候都在的。"

李古力知道最担心的问题发生了。他抢上一步，拿过信封，里边果然空空如也。

"你回想一下到酒店后的情景。"李古力知道这时急也没用。几乎可以肯定资料是斯蒂文偷走的。斯蒂文下面会去哪儿？

"我是入住的时候看到斯蒂文教授的。他约我出去转转，然后我就出去了，后来他说要回房间把药放到冰箱里，让我在餐馆等他，于是我就等在那里，但他却一直没有回去。"

"你给他你的房间磁卡了？"李古力查看了一下门锁，没有发现可疑之处。

"没有。"梁菡肯定地回答。

"是不是斯蒂文复制了梁菡的磁卡？"王贵华疑惑道。

梁菡又否认道："我没有给过他我的磁卡。我的磁卡一直在我身上。"

李古力走去床头柜，拿起电话："总台吧？"

"是。有什么可以帮您的？"总台回答。

"麻烦您查一下你们做了几把我这个房间的磁卡？"

"两把。"总台回答。

李古力挂了电话，说："斯蒂文是让总台另外做了一把钥匙进来的。"

"我们怎么办？"关凯问。

"我们先去下面商量。"李古力说着，就要离开梁菡的房间。

看李古力等人严肃的样子，梁菡觉得自己闯了大祸，还不如早上就把资料给了他们算了。现在看他们要离开房间，她觉得一阵恐惧袭来，禁不住喊道："高姐！"

听到她喊，高雅妮也停住了脚步。她回头问："小梁，你没事吧？"

梁菡弱弱地问："你能留下来陪我吗？"

高雅妮看了一眼李古力，说："现在你没事了。斯蒂文已经走了，我们也会在酒店，你不用怕。"

梁菡没有做声，但仍然期盼地看高雅妮。

高雅妮走过去拍了拍她的肩膀，柔声说："我还有点事儿。这样吧，我先去办事，晚上过来陪你住。"

"你好。"李古力和前台的小李打招呼。

"你好。我能帮您什么？"

"先前有一个外国人，叫斯蒂文，入住了这里。你能帮我查一下吗？"

"对不起，我们不能告诉旅客信息的，这是旅客隐私。"

关凯一听来了火，他一步冲到柜台前，压低嗓门喝道："叫你查你就查！"

小李一看这人凶神恶煞般，手已经触到了柜台下报警的按钮，但这时李古力把关凯推离了柜台。

"对不起，我的同伴脾气大了。我们四个人，要三间房。"

看到李古力很和气，并且还要住店，小李在旅客系统里按不同的字母组合查了一下斯蒂文，没有这个人："好的。对了，我刚才查了系统，住店的客人中没有斯蒂文。"

王贵华问："这个斯蒂文或许是他的姓，或许是他的名，是个外国人。"

小李又查了一遍，说："肯定没有。我们是有一些外国人入住，但姓或者名都没有外国人。"

李古力把四个人的身份证递给小李的时候，又问："外国人住宿，应该有登记和身份证复印件的，能帮我们查查吗？"

"这个真的不能给了。这个信息只能给公安局的。不好意思。"

看到这个情景，王贵华走到一边，打开了他的电脑。

章七十八

拿到房卡后，大家来到李古力和王贵华的房间。

"大家想想，这个斯蒂文会去哪儿？"

还没有人回答，王贵华说话了："没有找到这个斯蒂文。"

"怎么没有找到？"高雅妮问。

"在火车上我拍了那几个可疑人物的照片。我用我的图片壳找了，但互联网上根本没有这个斯蒂文，那个凯文也没有，但是有那个鲍勃，他有一个内容很多的英文博客，里边有他到过的不少世界各地的照片。"

网上都找不到这个人的任何蛛丝马迹，李古力开始觉得棘手。

"这个斯蒂文会去哪儿？"李古力似乎是问别人，又像是问自己。

"我要是偷了东西，一定会在第一时间逃离现场，对斯蒂文来说，就是逃离西宁。"王贵华说。

"对。查一下机场航班、车站车次的信息。"李古力说。

不到一分钟，王贵华查出了航班信息："今天已经没有航班了，嗯，最后一班去兰州方向的火车也在二十二点二十九分离开了。"

"没什么去兰州的火车？"关凯问。

"兰州是距离这里最近的大城市，如果他想转到别的目的地，兰州是必经之地，而且，从梁菡说的时间推算，斯蒂文从酒店出去的时间差不多就是十点二十了，他即使要赶火车，也赶不上的。"

"那他就必定会在西宁住宿。"李古力判断着。

"是的。队长，我们请肖先生帮助吧。我不能进入公安局的系统，但那里边一定会有斯蒂文的出入境信息。"

"嗯。只能这样了。"

章七十九

从售票处出来，斯蒂文期待着刚到火车站时的等候在一边的大车小车，但这时已经没有车了。不远处有辆面包车，车门关着，他敲了敲车窗，没人回应，这时一个人拍了下他的肩膀，一个大胡子男人站在自己身后，斯蒂文吓了一跳。

"你要干什么？"斯蒂文有些语无伦次地责问。

"你找车吗？去哪？我可以载你一程。"大胡子说。

"嗯，对、对，我要打车。"斯蒂文忙回答。

"上车再说，我这个面包车不可以拉客的，外面警察查得严，等你上车了，我们就走。"大胡子神秘地说着打开车门，将斯蒂文硬生生推了进去，然后迅速拉上车门。

车上有人在埋怨："真是的，说好上来就走，怎么又上来一个……"

车厢里的光线很暗，但是斯蒂文还是看出车上已经有了五个人。

这时，大胡子已经坐上驾驶座，他边系安全带边说道："大家都坐好了？"

"早就坐好了。师傅,我们知道你挣几个钱不容易,但是你也不能把我们放车上不开啊!"一个女人在抱怨。

"好好,这不就开了吗?"大胡子解释道,"喂,刚上来的那个外国人,你去哪?"

"兰州。"斯蒂文的大个子蜷缩在小面包车狭小的空间里,说道。

"什么?去兰州?怎么不早说?"大胡子听到斯蒂文的话后,不耐烦道,"我们不去兰州,快点下去。"

"我……"斯蒂文也恼怒,因为是你把我推上来的,他伸手去开车门。

"别说了,下去!"司机侧身向后,伸手打开了车门。

斯蒂文刚一下车,车门就被关上,疾驰而去。

下车后,斯蒂文马上看到一辆出租车停在路边。

"您好,师傅。"斯蒂文走到车前发现车窗开着。

"嗯,你好。"里面的司机看到是外国人,立刻坐直了身子。

"请问您去兰州吗?"斯蒂文问。

"去兰州?太远了,不去!"司机听到后,刚坐直的身体又瘫软了下去,他白天没有睡好,夜班时想歇一会再跑。

斯蒂文想了想,说:"师傅,我有急事去兰州,多少钱都行。"

司机摆摆手道:"不是钱的问题,我是真的不能去。"

斯蒂文靠到车窗前:"我知道晚上开车很累,但我不会亏待你的,多少钱都行。"

司机在车里又坐直了身子:"老实说吧,我也不是不想挣钱,但警察把西宁主要的路口全都封了,出不去。"

"发生了什么事?"斯蒂文有些不敢相信中国警察的效率。

"有人被杀了。"司机说着把手放到嘴边小声说,"警察到处在抓人。"

"啊。"虽然惊讶,但斯蒂文吊着的心还是放了下来。他们不是冲自己来的。看来今天哪儿也去不了了。

他四周看去,周围已经没有多少人。不太远的地方一个霓虹灯招牌还在亮着:迎君来大酒店。

斯蒂文不想住大酒店，因为他不想引起注意。看那霓虹灯后面并没有大的建筑物，他判断这地方应该不是太正规的地方，于是，他走了过去。

果然不出他所料，这只是一家小旅店。让他兴奋的是，他看到门口停了一辆旅游大巴，大巴的玻璃上写着：兰州—青海湖。

前台是两个二十多岁的服务员。

"您好，请问是要住房吗？"

"嗯，是的。"斯蒂文回道。

"登记一下。"

斯蒂文登记完，服务员说："请出示您的护照。"

"我……"

"您……"

斯蒂文不想引起怀疑，递过去了护照。

服务员接过护照，在电脑上敲打着，斯蒂文两眼盯着她的脸，希望从她脸上看出任何对自己不利的信息。

"房费加押金一共四百二。"服务员说。

"嗯，好好。"斯蒂文赶忙掏出钱，递过去。

"这是找您的八十，这是房卡。请稍等，护照马上就好。"

"好的。对了，这辆车什么时候出发？"

"早上六点半出发。"

不到一分钟，斯蒂文拿回了自己的护照。他赶忙朝电梯走去。

待电梯门关上，他舒了一口气，心里祈祷，希望今天晚上不要出什么事。

一夜未眠，王贵华起来查了几次信息，肖先生方面一直没有回复。早晨五点多一点，东方天刚发白，李古力已经起床。

他打开窗户，一阵凉意顿时从外面袭来。楼下，街上偶尔有车穿过，零星地，几个老人在晨练。

李古力有些感慨，这一切是如此安静，外人又怎么能够想象，过去几天自己的小队一直在追踪的"青海二号"蛋白合成资料能够拯救正陷于巨大核辐射之中的人类。而现在，由于自己的判断失误，这份资料却落到了一个不知背景的人手里。

他摇了摇头，去了卫生间。

王贵华也在朦胧中醒来，他翻身把枕头边的电脑打开，再次查了一回是否有肖先生发来的信息。还是没有。

他长长地打了个哈欠，问卫生间的李古力："队长，你说这次肖先生的信息怎么这么慢？"

李古力正在刷牙，他喝了口水，漱漱口吐出，说："我们要的有些资料是地方性质的，如果信息没有汇总的话，即使有人也查不到，我想。"

"你是说？"

"比如酒店的登记资料，如果酒店还没有发给相关部门的话，那么肖先生那边自然也查不到。"

"也是。我们要查这么好几个人，一定够他忙一阵了。"

"而且，我还真担心，因为我们要的这些信息，不是一天两天能查全的。"

"我也是这么想，但总会有些什么信息我们可以先用得上吧。"

"希望如此。你也准备一下吧。待会我们叫上其他人一起去吃点东西。肖先生的信息一来，我们就立刻行动。"

"如果肖先生的信息来得很迟呢？"

"那就得靠自己了。如果那样，我们就得自己查火车、机场、汽车站，寻找斯蒂文的下落，就像上次在上海查张大明一样。"

"但上次我们没有找到张大明，是他找到我们的。"

"希望这次不会如此。你先准备一下吧。"说着，李古力走出了卫生间。

章八十

　　清晨，凯文还躺在西宁都宾酒店十二楼一间客房的大床上，他已经醒了。房间窗户玻璃的隔音效果不好，外面偶尔响起的汽车喇叭声很容易就透过玻璃钻进房间来，搅得他心烦意乱。

　　昨天晚上和隼分手后，他追着梁菡看着梁菡上了辆出租车。他正要上前打车，一辆绿色的出租车就停到了他的身边。他大喜，上了车让司机跟上前面牌照尾号是 328 的出租车。

　　出租车跟着前面梁菡的车一直往东开去。在经过一座拱桥时，凯文看到桥下就是一十字路口，而且黄灯亮了起来。他眼睁睁地看着 328 冲着黄灯开了过去。

　　红灯过后，出租车紧赶慢赶，竟然又赶上了前面的出租车。凯文紧张的心这才放松了一点。他问："这是什么地方？"

　　司机回道："海晏西路。"

　　凯文"哦"了一声，说道："师傅，你快点，跟着前面的车，它到哪我们就到哪。"

司机呵呵一笑，说："好。"

在海晏路和海湖路交叉口时，前面的车又闯了一个黄灯。后面的出租车又被红灯堵了下来。凯文急了："还能赶上么？"

司机说："我知道一个近路，咱们可以追上他们。"

凯文一听，心中大喜，说道："那快。"

司机心想这老外还被他朋友蒙在鼓里呢。我拿了那么多钱，也应该给他多开些里程，于是他右拐之后又往南拐去。

他们沿着海湖路一直南行，经过两个路口到达昆仑西路，然后又沿着昆仑西路往东。凯文看出租车越走越远而前面始终没有出现梁菡的车子，觉得哪儿不对，赶紧问："师傅，我们这是去哪？怎么还没有追上那辆328？"

司机呵呵一笑，说道："不急，我带你先看看西宁城，穿过前面的那条街就能追上他们。"司机说完，在新宁路北转，到达五四大街，又沿着五四大街往东，最后在五四大街与南商业巷十字路口停了下来。

他要是不停的话，凯文也会让他停下的。凯文已经知道前面的车丢了，只是不知道这个司机是否有意。他责问道："怎么回事？"

司机抱歉地回答说："真是不好意思，我的车没气了，我得去加气，您还是换辆车吧。"

凯文恨不得把这司机的脖子给拧了，然后把这车砸了。他知道梁菡肯定被他追丢了。

他下了出租车，绕到司机一边，想要知道附近哪儿有酒店，但没等他开口，司机又乐呵呵地说："你去找你的朋友吧，他一定等你等急了。"

凯文还没有弄明白司机这话是什么意思，出租车已经扬长而去。

凯文这下真的被气晕了。

这时已经是晚上十点多，空荡荡的马路上没有几个行人，附近的商店都已经关门，只有几家餐馆的灯还亮着。

凯文拿起手机，拨通了联络人瑞贝卡的号码。这时瑞贝卡正远在青海湖边，她让凯文等她第二天赶到西宁会合。

凯文很愤怒，回想着出租车司机临走时的话。找我的朋友？他明明有气，却说车不能动了，该死的烧气的车，如果是用油的车，自己还可以检查一下他的油量。

自己明显是中招了。但中的是谁的招？他想不出来。

他踽踽独行在空气开始变冷的街头。他突然发现街上出现了很多警车。他下意识地想要躲到什么地方去，但又一想，我在这里什么也没做，不可能是找我。于是，他没有停下脚步，继续在街上漫无目的地游荡，直到自己彻底累了，便找了家酒店住下。

那时已经是深夜一点了。

想到这里，凯文无聊地打开了电视机。自己现在唯一能做的，就是在这里等瑞贝卡的出现。

突然，在电视上，他看到了隼的照片。

章八十一

鲍勃下了火车和梁菡告别后，并不知道自己要去什么地方。他坐上了一辆出租车，司机一看是外国人，还在他面前秀了两句英语，鲍勃笑了笑，说道，"不错，你的英语很好。"司机这才意识到这个老外会说中文，于是改用西宁普通话问道："你去哪？"

鲍勃想了想，说："找一家宾馆吧。"

司机一听，没有再问什么，疾驰而去。司机心想这外国人怎么也得住个好一点的酒店吧，于是就把他拉到新市区最豪华的凯宾斯基大酒店。

到了酒店门口，门口的服务生要来帮助开门，鲍勃透过窗户，看了看门口的架势，说："我们走吧，这里太贵了。"

司机为难了，问："你想住什么价位的酒店？"

鲍勃说道："二百元以内吧，我明天还要去青海湖，最好能找一个去青海湖团队的地方。"

司机听后，用本地话嘀咕："老外真麻烦！"

鲍勃没听懂，问道："你说什么？"

"啊，没什么，那我们还是回火车站吧，那里宾馆多、旅行团也多。"司机赶紧掩饰道。

出租车左拐右拐，再次回到火车站，停到迎君来大酒店门口。

鲍勃在前台登完记后，走进自己的房间。

他期待着第二天游历青海湖。

章八十二

天亮后，肖先生的回复还没有到。

高雅妮没有自己住，她陪梁菡在梁菡的房间住了一个晚上。昨晚他们准备休息后，高雅妮打电话问候梁菡，梁菡听到高雅妮也住在酒店，就想跟高雅妮住一起，有高雅妮和自己在一起，梁菡放心地睡了一觉。

今天她醒来后，想先把自己的事做完，再打电话给董教授，她心里还有一丝的侥幸，希望斯蒂文会把资料送回来，或者高雅妮他们会找回来，就像昨天在火车上那样，丢掉的东西莫名其妙地就回来了。

看高雅妮从梁菡那里回来，李古力问："她的那个董教授还没有出现？"

"没有。小梁说她准备办完自己的事下午再给董教授打电话。"

"也好。这个董教授很可能有问题，但他肯定跑不了。我们等肖先生的确认吧。"

王贵华插嘴道:"希望肖先生确认时会包含所有报过去的人的资料。"

关凯有些不服气地说:"我早说抢了算了,也不会有这么多的麻烦。"

"这次已经这样了,下次听你的。"高雅妮安慰他。

"我们出去吃早餐吧。"王贵华知道关凯昨晚肯定也一夜未睡,这样说下去心情只会越来越糟,于是建议道。

李古力他们来到一家开得很早的伊斯兰清真馆,要了粉汤包子、羊杂碎汤和馍馍。他们吃得差不多的时候,王贵华电脑的指示灯闪烁起来。

王贵华立即放下手中的碗筷,打开电脑:"肖先生回复了。"说着,他把电脑递给李古力。

李古力点开加密的文件,里边是封很长的邮件:

你要查的所有人的信息,除了一人,都已经在这里。如果有问题,和我联系。

按照你们发来的照片和其他资料,相关信息如下:

斯蒂文,真名托马斯·寇恩,以色列人,是摩萨德老一辈情报官员。此人曾在以色列国防军服役,并另有美国国籍。他通晓英语和多种欧洲语言,精通包括跟踪、窃听、格斗、飞机驾驶以及"经营"自己的假身份等大量间谍技能,并多次执行"不可能完成的任务",比如2004年哈马斯精神领袖亚辛被导弹炸死就是他组织的一次行动。

我们已经和上海复同大学外事办公联系上。的确,斯蒂文就是托马斯,他已经在中国潜伏多年,并一直不为人知晓。

斯蒂文这次行动目的不明。

凯文·克里。原籍意大利,欧洲之鹅成员。关于欧洲之鹅,我们已经得到更多情报,等你们回基地再讨论。

凯文这次行动目的不明。

隼此人背景不知,但昨晚已经在西宁火车站附近"被人谋杀"。

看到这里，李古力觉得纳闷，为什么肖先生要把"被人谋杀"四个字加上引号？他继续读了下去。

鲍勃·斯密斯，美国人。八天前入境，旅游签证，有效期九十天。入境表上职业栏：学生。此行目的，按入境表上所填：旅游。

董璇屏，山东日照人；曾留学意大利米兰大学，旅游管理专业。留学期间，由于专业成绩非常好，获得全额奖学金攻读博士毕业。奖学金来自一个意中友好基金会，目前了解到，该基金会和欧洲之鹅有千丝万缕的关系，但是否有情报上的关系未知。

目前，他在带一个国外考察组在青海省青海湖做旅游资源考察。日照师范方面确认，他有个刚毕业的学生，叫梁菡。

严默，自己人。其他待告。

章八十三

"自己人？"李古力大吃一惊。

大家本来就看着李古力读信，突然看到他吃惊的模样，也跟着吃惊。

"怎么回事？队长？"高雅妮小声问。

李古力合上电脑，递还给王贵华，低声说："那个严默——"

"嗯？"

"是自己人。"

"啊？"大家更是吃惊。她不是一直在和我们作对么？

"大家收拾一下，我们回酒店商量下一步的行动。"

路上，李古力还在回味着斯蒂文和凯文的最后一行介绍："行动目的不明"。现在看来，他们的行动目的都是奔着"青海二号"而来。他们明显是在获知"青海一号"的行动失败后跟到了日照。

但他们相互之间，又是什么关系呢？

斯蒂文和凯文之间似乎没有过摩擦，那么摩萨德和"欧洲之鹰"是什么关系？

他们是合作行动，还是独立行动？

如果说董教授和"欧洲之鹈"还可能有什么关系的话，那么那个树林里被严默杀死的中国人又是什么人？组织内部出了内奸？

还有，如果董教授和"欧洲之鹈"有关系的话，那么凯文必定会和董教授联络，那么追踪董教授就能找到凯文。

日照落水的那个人显然不是严默，也不是鲍勃，那么就一定是凯文，或者是斯蒂文了。他们中到底是哪一个呢？到昨天小刘还没有醒来。他醒来后才能指认出现在实验室的到底是凯文还是斯蒂文。

现在，资料在斯蒂文那里。

必须在第一时间找到斯蒂文，但他现在到底在哪儿？

更可怕的是，他很有可能已经把资料拍了照片发了出去。

回到房间后，李古力把肖先生的邮件内容给大家复述了一遍，接着说："我们现在没有其他办法，只有找当地的公安系统给予支持了。"

"嗯。最关键的是这个斯蒂文。他带着我们的资料。"高雅妮赞同道。

"小王，你留守在房间，通过监视视频盯住机场和火车站。"虽然李古力知道这么短的时间这样做无疑是大海捞针，但目前没有其他办法，只能这样了。他继续道，"我再联系肖先生，请求支援。"

他掏出手机，刚要拨号，电话先响了起来。

电话里是肖先生浑厚的声音："古力。"

"是。"

"西宁的朋友刚通报，那个托马斯·寇恩住在西宁火车站附近的迎君来大酒店。"

"谢谢肖先生。我们马上行动。"

李古力一挂电话，关凯马上问："有消息？"

"斯蒂文在火车站的迎君来大酒店，我们马上过去。"

篇十一 —————
青海湖

章八十四

天刚放亮，斯蒂文便来到酒店大堂。

大堂外，那辆"兰州－青海湖"的大巴还在，一个拿着小红旗的女导游站在大巴门口等人。

斯蒂文走了过去。

"请问这辆车去兰州？"斯蒂文礼貌地问女导游。

"嗯，不是。我们去青海湖。"

"那这是？"斯蒂文依然礼貌地指着车窗里牌子上的"兰州"两个字。

"对。青海湖看完后，我们下午就回兰州。"

"哦，太好了。我能跟你们团么？"

女导游看了斯蒂文一眼，说："没问题。"

斯蒂文赶紧回到大堂服务台结账。他没有用房间内的任何付费物品，所以很快就完事，并取回了自己的押金。

他又回到大巴门口的女导游身边："我先上去，多少钱待会你告诉我。"

"好。"女导游答应着，让他上了车。

"嗨，斯蒂文。"斯蒂文走到车上，就听到有人喊自己的名字。他猛地抬头，心里咯噔了一下。他朝声音的方向看去。

只见鲍勃正使劲地朝自己挥舞着手臂。斯蒂文苦笑着摇了摇头，心中很是纳闷，为什么到哪儿都有这个碍事的家伙。

他一边打着招呼，一边走到鲍勃身边。

"嗨。鲍勃，你也在这里？"

"太巧了！你竟然也在这里。你也去青海湖？"看到斯蒂文鲍勃很是兴奋。昨天似乎已经过去很久了，梁菡东西没丢，斯蒂文大概也在帮梁菡，所以鲍勃心里完全没有芥蒂。

"嗯。"斯蒂文尽量让自己的表情热烈一些。他此刻真的没有和鲍勃说话的心情。他只盼着旅游车快点出发。

看斯蒂文不怎么热情，鲍勃还以为他还在为昨天的事生自己的气："昨天真的不好意思。"鲍勃道歉道，然后又问，"你昨晚什么时候到酒店的？我怎么没有看到你？出租车把我载去凯宾斯基了，太贵，于是绕了个圈，又回到了原地。"

"嗯。没什么。我们显然都误会了。"斯蒂文敷衍着。

"对了，你是说过，你也去青海湖。我怎么没有想到，不过坐到一个车里，我还真没有想到……"经过一夜安静而不晃动的睡眠，鲍勃已经精力充沛，他没有放过和一个老乡异地见面滔滔不绝的机会。

而斯蒂文心里却充满了担忧和焦躁。原以为安安静静地，下午到了兰州，就可以很快赶到北京了，却完全没有料到这个鲍勃又出现在自己的面前。唯一可以值得庆幸的是，他是一个简单的人。

旅游大巴等的人不久就齐了。汽车准点出发，在沿西湟公路向东行驶半小时后，旅行团便远离了西宁城区，进入了湟源县。

这里已然没有了城市的喧嚣，还是早晨的天空蓝得纯粹。蓝天下，低矮的平房点缀在这片土地上。

鲍勃拉开了车窗，顿时一股泛着凉意的冷风钻进车里，将车内沉闷的空气一扫而空。他深吸了口气，满脸陶醉。

"斯蒂文，多么纯净的空气。"鲍勃轻轻地推了一下身边似乎在打盹的斯蒂文，兴奋地感叹着。

斯蒂文没有说话，他很随意地朝窗外看了一眼，马上又掉转头来，继续打盹，似乎这里的一切都与他无关。

鲍勃有些无奈地看了看身边这个死气沉沉的家伙，微微耸了耸肩。他不明白为什么在火车上很精神的斯蒂文一下变得像一个无趣的老头。算了，不理他。鲍勃从背包里拿出相机，调了调镜头，对着窗外的景色拍了起来。

忽然，坐在大巴门口位置的导游，通过她手里的小型扩音器，对他说："那位先生，请把窗子关上。风进来太冷了。"

鲍勃以为是说别人，抬头看，发现大家都看他，立刻意识到导游说的是自己，于是赶紧把窗子关上。"好、好，对不起。关上了。"

游客看他尴尬而紧张的样子，默默地笑了。

这时，导游用她那带着稍许兰州口音的普通话，给大家介绍了一段下面的行程："各位，我们的车已经到了西宁市湟源县。一会我们将在湟源青藏地藏馆停留二十分钟左右。在那里，您能买到很多青海特有的矿物奇石，如各色水晶、青海玉、绿松石，等等。另外，从这里到青海湖还有很长的距离，想上厕所的朋友也请在这边解决。记住，除了特定厕所，其他地方都是要收费的。"

鲍勃听到，有些兴奋地对斯蒂文说："斯蒂文，我听说这边的玉是很有名的。值得买吗？"

斯蒂文仍然不热情："你觉得好就买吧。"

鲍勃看他实在没趣，也就不再和他说话。他开始在相机上翻看刚刚拍摄的照片。

不一会，旅行车便驶离了公路，拐进了一个院子里。这个院子并不大，一排排正面是白色的平房整齐地坐落在院子的东面，平房的其他三面却是灰黑色的砖墙。

平房的前面，是一张简单的类似于上世纪 80 年代小学生用的双人课桌，一个皮肤黝黑的中年人，站在桌子后面，眼睛紧盯着从车上刚刚走下来的游客。

此时的斯蒂文已经被鲍勃的热情攻势彻底打败了。他本来无心游览，只想熬过上午赶快赶去兰州，却硬是被鲍勃连拉带推拽下了车。

"嗨，斯蒂文，别沉着脸，来，笑一个。"来到院子里，鲍勃拿着相机就要给斯蒂文拍照，但斯蒂文显然非常不乐意，调转了头去："不要。"他似乎生气了。

鲍勃见状，赶紧道歉说对不起，心里嘀咕，难道他也迷信，照片被人拍了灵魂就会进到拍照人的相机里？

导游见大家都下了车，数了数人数，便指引着众人去那张桌子前登记。登完记的人，都会从那个皮肤黝黑的中年男子手中得到一个圆形卡片。

鲍勃饶有兴趣地接过卡片，以为是纪念品，但仔细看了一下，却没有发现这卡片有什么奇特之处。他把卡片放进口袋，随着众人走进那一排正面白色的平房。

这房子外面不显眼，里边却是别有洞天，很有艺术气息。

鲍勃在经过一个窄小的过道时，发现了一个让他极为感兴趣的东西——一个方形的玻璃罩，罩着一只公牛的铜质雕塑，而玻璃罩内的其他空间，却被各种面值不等的中国钱币塞得满满当当。

"这是什么？他们为什么要把钱放到这里边？"鲍勃转身，很是疑惑地问身边的斯蒂文。

斯蒂文摇了摇头，显然他也不清楚。鲍勃端起相机，想给这个给钱币包围了的铜牛拍照，斯蒂文却制止了他。鲍勃不明白，斯蒂文指了指墙上禁止拍照的标志。

鲍勃收起相机，摇摇头，不明白为什么不让拍照。他继续朝前走去，走了几步之后右转，而这时，一个水晶的世界出现在两人面前。

近前，是一列很长的玻璃橱窗，橱窗里摆放着各种颜色、质地的玉石。它们安静地躺在金黄色的绸缎上，淡紫色的灯光自上而下照在玉石上，使那些玉石显得更古朴、高贵和神秘。

再往前，一朵朵大大小小的莲花，绽放在玻璃柜台上。它们是各色水晶制成，雕工精细，形态逼真。鲍勃赞叹着看了看周围，没有看到禁止拍照的标志，于是举起相机近近远远地拍了几张水晶莲花的特写。

二十分钟很快就过去了。鲍勃回到车上时，发现斯蒂文已经回到了座位上。他和斯蒂文打过招呼坐下，发现窗外还没有上车的人正把那中年人给的卡片还给中年人。他也从口袋里摸出卡片，打开窗子，递了出去。

导游把卡片接了过去，给了中年人。

鲍勃还是没有明白这卡片究竟有什么用。它在自己口袋里转了一圈，又回到那中年人手里，显然这是个毫无意义的流程。

中国文化还真的是博大精深，自己要理解还得要有相当的努力，鲍勃感叹道。

所有人回到车上后，旅游大巴继续朝着青海湖进发。

章八十五

斯蒂文和鲍勃坐的旅游大巴离开酒店大约半个小时后，一辆出租车停在了迎君来大酒店的门口。李古力和关凯先跳下车来，跑到大堂服务台。

"你好，请问你们这里有个叫斯蒂文或者是托马斯的外国人吗？"李古力赶到便问柜台后的女服务员。

服务员没有抬头，依然在低头忙着自己的事情。很快就到她的下班时间了，她得赶快整理好材料交班："到底是斯蒂文还是托马斯？"

"这个。"刚赶到的王贵华把电脑上斯蒂文的照片给服务员看。

服务员刚抬起头，却被大堂立柱上挂着的电视上正在播出的早间新闻吸引住了：

昨晚十时许，火车站附近一名男性华侨，因突发心脏病，猝死。死者身高一点七五米，皮肤略黑。上身着白色衬衫，下身穿淡蓝色牛仔裤。有知情者，请速和下面的电话联系。

那照片上分明就是隼，是严默杀死的隼。

这隼到底是什么人？李古力暗自在想。

这边王贵华没有停止催促，女服务员终于把眼睛从电视上回到了王贵华的电脑屏幕上："他啊，他坐兰州—青海湖两日游巴士去青海湖了。"

"什么时候走的？"

"六点半。"

"请问你有他们导游的电话号码吗？"

"没有。"

"你知道那辆大巴的牌号么？"

服务员迟疑地看了看他，从抽屉里拿出一个本子。上面记录着所有过夜大巴的牌号。"甘 A8478。"

"好的。谢谢你。对了，你知道附近哪儿有汽车出租公司吗？"

"出去右转，走三分钟就有一家。"

"谢谢。"声音还没有停落，大堂内已经没有了李古力一行四人的痕迹。服务员把头又低了下去，继续查她一夜操作的业务，想，待会下班得赶紧回家送儿子上学。

不一会，李古力便找到那家街角的汽车租赁公司，登记付押金，提了车直奔城外。

"小王，我们的方向正确？"

"没错。去青海湖就是两条旅游路线。一是南线，另一条是北线，问题是出城后，我就不知道他们是走哪条路线了。"

李古力眉头皱了一下："两条路线有什么区别？"

"南北线从湟源县开始分开，一条偏南，一条偏北，都能到青海湖。不过一般去青海湖的旅游团都从南线去，从北线回。"

"我们能在湟源县拦住他吗？"李古力又问。

"不能，湟源县离西宁城区只有半个小时的车程，现在他们应该已经过了湟源县了。"

"既然这样，我们便走南线，我们车小、开得快，一定能追上他们。"

李古力果断作出了选择。

听到这话，关凯的脚在油门上又下压了一些，引起引擎一阵轰鸣。

高雅妮离开房间后，梁菡便没有再睡觉。

她决定今天办完自己的事后，再给董老师打电话，那时或许高雅妮他们已经找到文件了，她也可以给董老师一个交代。

现在时间还早，她独自一人在房间里很无聊。打开电视，她突然看到了隼的照片。

看到隼的新闻，她吓得一哆嗦。这人在火车上看到过！

她想不行，我不能待在房间里。我得出去走走。

她拿起自己的坤包和背包，就要取卡出门，突然一阵急促的敲门声响起。

"高姐？"梁菡一边喊一边过去开门。

门口站着一个一头淡金色长发的白人女人。

这女人大约一米七的身高，凹凸有致的身材，淡蓝色的眼睛，长长的睫毛，略尖的下巴，一个大学英语课本里的典型的金发女子形象。

"你是？"梁菡疑惑地看着眼前的这位金发女子，轻声问道。

"我叫瑞贝卡，是董老师的考察团的成员。"金发女子一边用很纯正的普通话和梁菡说话，一边朝房间里扫视了一眼。

梁菡再次看了这个女人一眼。斯蒂文给她造成的心理阴影太大了，她不敢再轻易相信任何人。

瑞贝卡看她犹豫，便从随身带着的小包中拿出一封信，递给了梁菡。

梁菡有些莫名其妙地接过信封，上面用钢笔写着自己的名字：梁菡同学启。

梁菡也未迟疑，撕开信封，看了里边的信。是董老师写的，他说他有紧急事情未做完、不能来接她，于是让顺道到西宁的考察团团员瑞贝卡帮他取资料。

梁菡认出董老师的笔迹，于是让瑞贝卡进了房间。

章八十六

    站在电视机前的瑞贝卡朝梁菡笑了笑，等她拿资料给她。只是梁菡觉得她的笑有些古怪。她突然想到虽然她告诉过董教授她会住在这家酒店，但没有告诉董教授她住在哪间房啊。这个金发女人怎么会知道的？

    "嗯。您怎么找到我的？"梁菡努力控制着心里突突的跳动。

    "哦。董教授告诉我你在这家酒店，我找到了这里问了前台，他们说你在这个房间。"

    "嗯。"梁菡觉得这可以相信。她哪里知道，瑞贝卡能找到酒店，是通过跟踪定位董教授给她的梁菡的手机号码。

    梁菡踌躇了一下，鼓足勇气，小声对瑞贝卡说道："对不起，资料被人偷走了。"

    "偷走了？"瑞贝卡猛地喝问，把梁菡吓了一跳。

    "是一个叫斯蒂文的外国人偷的。"

    "你怎么知道？你肯定？"瑞贝卡接连发问。

    "是。他是火车上一起来的。他到我房间把资料偷走了。"梁菡往后退了一步，低声解释。

"该死！这是什么时候的事？"

"昨天，昨天晚上。"梁菡嗫嚅道。

"你报警了没有？"

"没有。我想他或许还会回来。"

"你怎么知道他还会回来？幼稚！"瑞贝卡几乎声嘶力竭地吼道。

梁菡第一次遭人如此呵斥，而且还是一个外国人。她的眼泪开始在眼眶里打转。

瑞贝卡冷"哼"了一声，连招呼都没打，转身离开了房间。

站在大街上自己的车边，瑞贝卡掏出手机，拨了一长串号码，不一会，电话那头一个男人声音适时响起："喂，瑞贝卡，拿到资料了吗？"

"你在哪儿？我去找你。"

男子声音一顿，赶忙说道："我在胜利路西宁都宾酒店 408 号房间。"

得知对方所在的位置，瑞贝卡钻进车里，发动了轿车。

待她赶到酒店，凯文已经在大堂等她。她没有停下脚步，一直进了凯文的房间她才开口。

"你知道资料被偷了？"

"什么？什么时候？"凯文不敢相信这是真的。虽然他没有追到梁菡，但他却清楚地看到梁菡上了出租车。

"到了酒店之后。"

"是什么人干的？"

"那女孩说是斯蒂文。"

"斯蒂文，火车上一起的斯蒂文？"

"你知道他？"瑞贝卡眼睛里又有了希望。

"一定是那个抢包的人。"

"抢包的人？"

"是的。还在火车上的时候，我准备去抢包拿资料给你的，结果被那人搅黄了。"

凯文正说到这里，他的电话响了。他看了瑞贝卡一眼。瑞贝卡示意他接听。

"喂，谁？"

"是凯文吗？我是鲍勃。"

"嗨，鲍勃，什么事啊？"

"……"

"什么，你和斯蒂文在一起。你们正在去青海湖？"凯文的声音瞬时因为兴奋而增大了几分。

突然，电话那边出现了忙音，凯文再次喊了几声"喂"，电话那边却没有任何回应。

"你把那个号码给我。"瑞贝卡已经拿了一个小型电脑在手，她迅速输入凯文读出的数字，一瞬间，一个不断闪动的红点出现在屏幕上的地图里，但瞬间，红点消失了。

"他们去青海湖了！我们走！"瑞贝卡喊道。

章八十七

凌晨一点，西宁至青海湖的公路上，两柱强灯从一辆疾驶的吉普车前方射出。吉普车明显地在超速，但四周是山地和草原的空旷地带，路上偶尔才会遇到一辆夜间赶路的车。

关键是，对于吉普车里的乘客来说，保持这种速度能保证没有车会超过它。

一个三十出头的短发男人在驾驶座上，他身边正是严默。

严默看着窗前被强灯刺破的黑夜，一声不吭。短发男人除了在刚看到严默的那几分钟说了很多话外，也一直没有再开口。

终于，短发男人好像想起什么。

"对了，被你干掉的那个人，你完全猜不到他的背景？"

"是的。"严默简短地回答道。

"其他那些人，你也没有概念？"

"是的。"

"你是说他们在追逐一份资料，在这个信息时代，还有什么资料会那

364

么珍贵？"

"我也不知道。我会写进我的报告的。只是我有些担心那个被无辜牵扯进去的学生。"

"……先回到基地再说吧。"

严默没有再讲话。

七个小时后，在同一段公路上，鲍勃和斯蒂文所坐的大巴开了过来。

导游站在大巴前边，正面对游客讲述着这里的故事：

"前面就是这里最有名的日月山。日月山在湟源县西，是祁连山的一部分。大家知道文成公主吧？"

许多游客点头说是。

"文成公主去吐蕃也就是西藏和亲时，就是从这里过去的。她走过之后，这条路也就有了名字。大家知道是什么名字么？"

车内没有回答的声音。有人说："不知道。"

"叫唐蕃古道，而且从那时起，这条路便一直是甘肃、青海地区通往四川、西藏的必经之路。我们前面的日月山，也是我们青海湖之旅的第一站。"

导游看后面有人在探头，疑惑是不是话筒声音不够，于是把话筒靠近了嘴一些："日月山海拔 3500 多米，大家要注意防晒。有防晒霜的可以准备一下。"

"斯蒂文，她是说这个地方叫日月山，Sun and Moon Mountain 吗？"鲍勃觉得这个名字挺有诗意，但他不确定自己的理解是否正确，于是问身边的斯蒂文。

坐在窗边的斯蒂文似乎在看着窗外的远山景色，心里有事，所以完全没有听到导游在说些什么。他现在最关心的，是如何最快地到达兰州，想办法把资料传出去。鲍勃和他说话，他敷衍地答道："嗯。是。我想是的。"眼睛却没有从窗外收回。

鲍勃只好继续听导游介绍。

"另外，一会到了日月山，会有人邀请你们穿民族服装和他们的牦牛照相，大家可以多拍照留念，但是价格一定要提前说好。有什么其他问题，请随时问我。"

导游话音刚落，旅游大巴内放起了《青藏高原》。许多游客很熟悉这首歌的曲调，他们轻轻地跟着哼唱。昨天还在嘈杂大城市中的钢筋水泥建筑里，而现在放眼望去，周围山峦起伏，峰岭高耸，西边广袤苍茫的大草原上牛羊成群；东边是点点村落，梯田阡陌，虽然还在大巴里，游客们已经迫不及待地要走出大巴，融化到大自然中去。

旅游大巴爬了一长段山路后，导游告诉大家，正前方左右两座山峰，一个就是日山，一个是月山，合起来就是日月山。

鲍勃自言自语道："原来真是这样。"他同时注意到大巴在山坡上停了下来，导游说："我们在这里休息半个小时，请大家不要走远。"

大家都下车后，鲍勃看斯蒂文还是没有下车的意思，便对他说："走吧，下去看看。"

"你去吧……"斯蒂文不愿意动。

"走吧！出来透透气也好！"鲍勃还是想劝他下去，而这时前面的司机也和他们说话："你们下去吧。我也得出去一下，得锁门。"

听到这话，斯蒂文很不情愿地站起了身。

这里已经停了不少的旅游车。游客们在四处寻找着他们喜欢的风景，把它们摄入自己的相机镜头。

鲍勃举着相机，俯视公路一边的草原，感叹着："真是太漂亮了！"他对斯蒂文说，"你看那个石头堆，上面挂着很多彩色布条，你知道那是什么吗？"

斯蒂文认识那是敖包，但没有心思说话，于是回答："不知道。"

导游在一旁听到他们的对话，主动走过来给他们介绍："那是敖包。"

"敖包是什么？"鲍勃不解。

"敖包是草原上道路的标志。如果你在草原上走丢了，你找到敖包，也就找到了道路。"

"是方向标啊。"

"敖包也是许愿的地方。你绕着敖包走三周，你就可以得到你想要的东西。"

斯蒂文听到这话苦笑了一下，心想如果这是真的该多好。

"那些彩色布条是什么呢？"鲍勃又问。

"你知道哈达是什么吗？"导游问他。

"哈达？不知道。"

"哈达是丝做的围巾，它是我们国家蒙古族和藏族人民向别人表达敬意的丝巾，最珍贵的哈达有蓝、白、黄、绿、红五种颜色。"

"你是说那些彩条是哈达？"

"正是。"

"那这些哈达挂在敖包周围，如果下雨不就淋坏了吗？"

"嗯。"导游觉得这个外国人好奇心真的比国内的游客要强许多，从来没有人这样问过她，她继续介绍说："哈达挂在敖包周围，是祈祷平安，也是表示对祖先的信仰。"

"哦，是这样。谢谢。"

导游正要说话，一位老人牵着一条黑白相间的牦牛走了过来："导游，你帮我告诉他们可以骑牛拍照吧。"

导游看看老人，又看看鲍勃，不知是说还是不说，鲍勃却兴致勃勃地说道："多少钱？"

"三十元，随便照。"

看到这边有生意，几个皮肤晒得黝黑的女人跑了过来，手里都抱着一摞衣服："穿上藏袍照吧，好看，十块钱。"

只一会，鲍勃已经套上了红色的藏袍，骑在黑白相间的牦牛上。

斯蒂文拿着鲍勃塞到自己手里的相机，等鲍勃摆好姿势，他朝镜头里看去，牦牛、鲍勃和他们背后的草原山峦合成一幅美丽的景色。

斯蒂文"咔嚓、咔嚓"地拍着照片，心里感叹，如果没有那该死的核辐射，没有对自己民族生存的威胁，大家都能像现在这样享受和平，那该是一个多么好的世界。

导游在一边正介绍着日月山的故事："相传当年文成公主远嫁吐蕃的时候，在这里休息。她在山峰的顶上翘首西望，思念家乡。她取出临行前皇后赐给她的日月宝镜，宝镜里出现了长安熟悉的的景色，她心中感动，一失手，宝镜落地摔成两半。于是这里原来的'赤岭'也就变成了今天的'日月山'。"

"文成公主是谁？"鲍勃大声问。

斯蒂文觉得鲍勃无知得简直可笑，但他没有吱声。

"文成公主是中国唐朝时候的公主。你知道公主是什么意思？"导游问鲍勃。

"嗯。我知道。"鲍勃点头肯定。

"那时候，唐朝的皇帝和西藏的王打仗，唐朝皇帝说我们怎么能够就不打呢？西藏的王说，可以，你把你的公主嫁给我就不打。皇帝就说，好吧，我把公主嫁给你。这就是文成公主的故事了。"

"公主愿意了吗？"

"公主虽然不愿意，但她能够救那么多的士兵不再拼死打仗，就愿意了。"

"哦。"鲍勃无语，他为这个公主的选择而感动。

斯蒂文也止不住幻想，如果世界这样就能得到和平，那么一个公主的自我牺牲就是非常值得的了。

导游继续在解说："公主离开日月山继续往西走时不断回头向东遥望故乡，当她发现视线被山阻隔时，禁不住流下悲伤的泪水，而她的泪水变成了一条小河，河水就和公主同行，向西流去。"

导游看大家很认真地听着自己的讲解，问道："刚才这段故事里，有一个问题，大家注意到了吗？"

鲍勃第一个回答："眼泪不能变成河的。"

"呵呵。"其他游客笑他。有人说这是童话故事，还能当真。

鲍勃听到这样解释，也没有计较，问道："那有什么问题？"

导游看大家："你们注意到了吗？"

游客们面面相觑，说没有注意。

"小河能向西流吗？"

"小河为什么不能向西流？"鲍勃有开始较真。

"中国的地形是西高东低，所有的河流都是由西向东流淌。"讲到这里，导游没有停住，她怕鲍勃继续较真，所以赶紧把故事讲完："我们待会下山，就能看到一条河流，它的水到现在仍然是由东向西流淌，所以它的名字就叫'倒淌河'。倒淌河发源于日月山西麓的察汗草原，海拔三千三百米，全长有四十多公里，自东向西流入青海湖。它不仅河流蜿蜒曲折，而且河水清澈见底，看上去犹如一条明亮的缎带飘落在草原上。下面还有许多美景等待着大家。时间差不多了，大家回车上吧。"

游客们渐渐都回到了车上，导游清点完人数后，大巴又缓缓开动了。顺着山道前行，不一会大巴就穿过了日月山口。

旅游大巴内依然在播放着当地的民歌，鲍勃隔着斯蒂文看着窗外蔚蓝天空下广阔的草原，说："真是很美，你不觉得吗？"

"嗯。"斯蒂文也在看着车外，他已经尽量避免和鲍勃说话了。他虽然很想享受这一刻的美丽风景，但口袋里的那些纸片，好像没有重量，却又无时无刻不像石头一样压在他的心上。

鲍勃仍然不明白为什么斯蒂文下了火车之后就像变了个人似的，怎么会这么地忧郁。他看斯蒂文无心说话，突然想起火车上卖铁矿砂的凯文。他在口袋里一摸，凯文的名片还在。他把它拿了出来。他想问问凯文到西宁后都在忙什么。

"是凯文吗？我是鲍勃。"

"嗨，鲍勃，什么事啊？"电话那头凯文在说。

"我和斯蒂文在去青海湖的车上呢，你在忙什么？"

没等鲍勃再说话，斯蒂文一下从他手里把手机抢了过去，按下了关机按键："你在和谁打电话？"

鲍勃被斯蒂文的动作吓了一跳，惊讶道："给凯文啊，我们火车上认识的凯文。"

"是吧。"斯蒂文一边说，一边拆开了手机后盖，扒出电池，抽出手机卡，右手开窗，左手随手把手机、电池和手机卡一起扔出了窗外。

"你？！！！"鲍勃惊愕地看着斯蒂文不知说什么好。

这时的斯蒂文一下恢复了他在火车的热情："呵呵，小伙子，我是和你开个玩笑。你看外面这个世界，多么地美，为什么我们不能安静地享受这种美丽呢？"

看鲍勃仍然愤怒，斯蒂文又笑道："鲍勃，我在火车上就看到你的手机的，中国人管它叫很'老土'的那种。回头我送你一个手机，最新款的山寨 Oiphone，保证你喜欢。"

"但是，你怎么可以……"鲍勃仍然没有从他最初的诧异中回过神来。

"你真的介意啊？我是开玩笑的。真对不起。"斯蒂文像做错了什么特大的事情一般，认真地道歉起来，"真的，我是看你的手机太老了，和你开个玩笑。这样，我赔你。"斯蒂文从口袋里掏出钱包来。

"你花了多少钱？"斯蒂文问。

"三百不到。"

"你手机卡里上有多少钱？"

"我不知道。"

"你怎么不知道？"

"手机卡是商店送的。"

"哦。一般商店送手机卡的话，最多也就是五十元。喏，我给你七百元。"斯蒂文数出七张红色钞票。

"这不是钱的事，你怎么可以……"

"嗨，我真的不过是开玩笑。你说，我是回头送你一个二百美元的手机，还是你就要这七百元？"斯蒂文认定鲍勃一定会选择后者。

鲍勃迟疑了一下，接住了斯蒂文递过来的钞票。他又要说什么，导游的声音又响了起来："亲爱的游客们，我们即将到达旅游的目的地，青海湖。"

鲍勃想，事情已经过去了，也罢。不过斯蒂文今天这是怎么了？他开始听导游对青海湖的介绍：

"青海湖是中国最大的内陆湖，也是中国最大的咸水湖。青海湖每年十二月封冻，冰期六个月，冰厚半公尺以上，可以开车。湖中有五个小岛，以海心山最大。青海湖西部还有有名的鸟岛，那里是斑头雁、鱼鸥、鸬鹚等十多种候鸟繁衍生息的地方。青海湖还有很多有趣的传说，包括青海鳄，这是一种极为恐怖的湖怪，大家在湖边走的时候要非常小心，不要给它抓去哦。"

导游刚要继续说话，大巴在路边停住了。她转身看到车门外站着一名警察，警车在不远处闪着警灯。

司机把车门打开，问："什么事啊？"

"检查，你们去哪？证件呢？"警察一脸严肃，说着走上车来。

"我们去青海湖旅游的。给你，这些是证件。"

看到警察上车，斯蒂文把脸扭向窗外，似乎在欣赏着远处白皑皑的雪峰顶。

"我们是去青海湖的，兰州来的。"导游小心地解释。

警察上车后扫视着车内的每一个旅客，听导游解释，问道："车上有外来的吗？"

"我们都是一起的，从兰州来的。"导游赔着笑脸。

扫视完车内所有的旅客，警察又低头仔细地检查了一遍手中的行车证件，没有发现任何异常，于是把证件还给了司机，下车挥了挥手，说道："走吧。"

大巴启动，缓缓地行驶了三四分钟后，斯蒂文才松下自己紧绷着的神经。他在纳闷：难道他们不是在追查我？

章八十八

很快，旅游大巴便开到青海湖边。

这时已经接近中午时分，阳光一片明媚。鲍勃下车后展开双臂，闭上眼睛深深地呼吸。

这就是青海湖了，烟波浩渺、碧波连天，由浅蓝到深蓝的湖面延伸到遥远的天际；湖的四周被巍巍山脉环抱，从山脚到湖畔则是广袤平坦、苍茫无际的绿色草原。这青海湖就像是一片巨大的翡翠玉盘平嵌在高山、草原之间，组成一幅山、湖、草原壮美又绮丽的景色。

虽然想象过她的广阔，可当站在她身边时，鲍勃还是被她震撼了。

斯蒂文走在青海湖边，蹲下身来捡起脚下一颗石子，向着湖里扔去，泛起圈圈涟漪。他独自沿湖走了几分钟，便回到导游身边。

"我们什么时候离开？"斯蒂文问。

"嗯，您刚到为什么就想离开？好好玩吧，您看多美啊。"导游笑道。

"大约还有多少时间？离开这儿？"斯蒂文又问。

"嗯，一个小时吧。"导游低下头看了看手表。

有人在喊："导游小姐，过来一下！"

"这就来"，导游高声回答起步走过去，同时转过身来对斯蒂文说，"别急，您先欣赏风景，有什么需要就叫我。"

在旅游大巴不远的后面，一辆黑色轿车正飞驰着。

"开快点！"瑞贝卡坐在副驾座上冷冷地看着前方。

凯文看了一眼身边的瑞贝卡，脚下又一使劲，但他马上看到了前面有警察挥手。

警车停在警察的不远处。

凯文又看了一眼瑞贝卡，瑞贝卡没有说什么，于是凯文慢慢把车靠到路边停下。

警察走过来，敲了敲车窗。凯文按下车窗按钮，车窗缓缓落下。

"您好，请出示驾照。"警察举手敬礼。

凯文递给他一个证件。

"这不是中国的驾照。这是您的车？"警察问。

"我妻子租的车。"凯文冷静地回答。

警察低下身子看车里，瑞贝卡此时正盯着道路前方。

警察问："她是您妻子？"

凯文看了一眼旁边的瑞贝卡，笑着说："哦，是。"

"对不起，您没有驾驶证，我需要请示。请稍等。"

警察离开凯文，走回警车。他注意到瑞贝卡向他走来。

"女士有什么事吗？"

瑞贝卡没有说话，径直朝警察走来，没等警察问话，她一脚飞起在空中划过，鞋上的铁尖正中警察的太阳穴。警察没有来得及做出任何反应，当即向地上倒去，瑞贝卡快速上前一步，抓住警察衣服，猛地用力，把警察一把拉到路边沟里。

她跟着跳进干枯的沟里，从警察肩上取下步话机，随即身子一跃跳回路面。

凯文万万没有想到瑞贝卡会下如此杀手，他目瞪口呆地看着走回车来的她，一时间竟呆住了。

"快开！"

"你……你竟然杀了他？这是在中国！"

"快开，我们必须马上追上斯蒂文！"

凯文发动起轿车，随着轮胎快速和地面摩擦而发起的青烟和引擎的嘶鸣，轿车向前飞驶而去。

凯文不敢怠慢，在中国杀警察不是选择而是逼不得已，自己先前在日照的遭遇不是选择，而是逼不得已。现在瑞贝卡却是如此选择。中国警察数量众多，他们的排查力量非常之强，这是训练课程中就讨论过的事实。

现在，唯一可做的就是赶快获得资料，离开中国这个是非之地。

瑞贝卡不屑地看了凯文一眼。她来中国已经几周了，眼看资料就要到手，却在西宁丢失，当初如果坚持让董璇屏安排传真资料，就没有这么多的麻烦了，而现在，如果不从这个斯蒂文那里夺回资料，就再也没有机会了。

而这个凯文竟然显得害怕。

步话机里的声音有些杂乱，瑞贝卡调试着让声音清晰起来。

她仔细地听着里边的对话，一边说："现在要找到斯蒂文，可能只能靠这个了。"

章八十九

这是青海湖边的一个很平常的村子，红色的砖墙，水泥砌的水塔，一条大约两公里长的道路从公路上分岔开去并通向这个村子，但差不多一公里的地方，有铁丝网将村子和外面的世界分隔，一排白色窗沿的藏族风格的小屋在铁丝网的内侧。铁丝网也拦着路口。

经过这个路口向里再穿过村子，是一个巨大的沙丘。沙丘那边就是碧波荡漾的青海湖。

沙丘上面稀稀落落是青海湖边常见的耐碱的粗壮草丛，沙丘植被向沙丘下延伸，直达附近有着一个篮球架的土质篮球场。外人或者是卫星，都不会看到，这篮球场的一侧连接到沙丘下面，而下面的道路直达青海湖底。

没有人知道这里。

青海湖周围，一直是中国重要的军事基地，包括鱼雷 151 基地。核武器、潜艇、水下攻击武器，都曾在这里试验。没有人知道，在基地搬迁他处，原先的军事基地成为今日的旅游风景点之后，仍然有这样的一个小村的存在。

严默到达小村已经近四个小时了。

她汇报完毕之后，回到自己的房间。她太累了，一下就睡了过去。

她没有睡死。虽然水下基地的情报都已汇报完毕，但火车上发生的事还历历在目。她似乎觉得自己是在一个房间里寻找着什么，这时有人敲门。

她侧耳细听，敲门声又响了起来。

她醒了，敲门声还在响着。

她打开门。

是老柯。

"严默，你还有一个任务。"

严默听到任务两字，一下全醒了。

"你在火车上遇到的四个人，是李古力、关凯、高雅妮和王贵华。李古力是队长。"

"他们是？"严默疑惑地问。

"我们云南基地 C 组。"

"啊？"严默突然想起火车上阻止梁菡把资料交给他们。

"他们正在执行一项 A 级任务，追回一份失窃的绝密资料。"

"我看到了。"

"是的。你认识他们，所以需要你去给予他们配合，因为他们对这里不熟悉。"

"好的。他们现在在什么地方？"

"就我们现在所得到的情报，他们在往青海湖来的路上，他们的车牌号是青 A3746，而他们的目标在他们之前，是兰州到青海湖的旅游大巴，车牌号是'甘 A8478'，目标名字是斯蒂文。这是资料。"老柯递给她一份材料。

"斯蒂文？"他是不是那个和鲍勃在火车上说话的人？严默暗想。

"你的任务是找到李古力小队，并全力配合他们。"

"是!"

李古力等人一口气追到青海湖边的黑马河景点，却没有发现"甘A8478"的旅游大巴。青海湖边，稀稀落落地停着几辆自驾游的小车，几个村民牵着自己的牦牛在湖边让游客拍照。

斯蒂文的车还没有到，还是已经走了？

难道追过头了？

按王贵华在网上的搜索，青海湖周围有不少的景点。李古力突然想起旅游车很可能一路会经停各种商店和小景点，而自己直扑青海湖的大景点，很可能是先于斯蒂文到了。

王贵华和他想到了一起。他走到李古力身边，说："队长，我想我们是先到了。我去问一下那些村民。外国人的特征很明显，如果斯蒂文到过这边，他们或许会记得。"

"也好，"李古力说道，"如果斯蒂文已经来过的话，我们就追去下一个景点。"

不一会，王贵华便兴冲冲地走了过来。

"队长，斯蒂文恐怕还没有来到这。而且黑马河是所有旅游团的必经之地，我们在这里等着他吧。"

李古力松了口气："好，那我们先在这里等着。"

章九十

不一会，一辆大巴过来停下了，不是"甘A8478"。众人搜索着大巴上下来的游客，即使不是"甘A8478"，大家也指望奇迹出现。

没有奇迹出现。下面的时间里，更多的大巴、小车停到这里，仍然没有斯蒂文的踪迹。

"队长，我们这样等是不是有些守株待兔？我刚才和几个导游聊了会，她们说有些旅游团队不一定会停到这里，但青海湖的旅游的最后景点必定是金银滩草原和原子城，或许我们可以到那边等？"高雅妮对望着停车场一筹莫展的李古力说。

李古力看看表，的确，在这里等了一个多小时，如果导游们说所有游客一定会去原子城，那么不如现在就赶去原子城查询。

"小高、关凯，你们在这里守候，我和小王先去原子城。"

李古力和王贵华赶到坐落在金银花草原中心地带原子城的时候，这边还没有多少游客。这里的工作人员告诉他们，今天还早，每天最早的大巴也要过半个多小时才会到。

听到这话，李古力稍微放心了一些。

他转过头，向广袤无垠的金银滩看去，心里突然感觉一丝悲怆。

金银滩草原的美和云南基地的美相像而又不同：都是天高云低，但这里的白云低得似乎触手可及，低得散落到草原各处，但草原上的那些星星点点的白云，不是白云，是移动的羊群，草原上五色的野花把羊群和棕黑相间的牦牛相隔，远处赤色骏马上的骑手在绿茵茵的草原上驰骋着，好像在随性地哼唱着《在那遥远的地方》。

这美丽而又安详的家园，有多少人默默地在奉献，在保卫。

他收回眼光，向锈迹斑斑的钢铁围墙看去，这就是神秘的 221 工厂了，中国第一颗原子弹、第一颗氢弹的诞生地。看今天的原子城旧址，真的希望今天的人们能够感受中国崛起的历程和她背后所有的牺牲。

半个多小时过去，如刚才的工作人员所说，有大巴过来了，而且，一来就是四辆。

仍然没有他们期待的那辆。

"再等等。"

又是一个多小时过去了，关凯那边还是没有动静，这边停车场的车也已经很多了。车少的时候，李古力和王贵华还能努力查对所有大巴上下车的每一个游客，但现在车多，他们已经查不过来了。

李古力拍了拍震动："小王，这样不行。我们不能追着已经进来的车辆。车太多了，我们得到停车场门口去守着。"

"我过去。"王贵华应道。

只一会，王贵华在震动里喊道："队长，'甘 A8478'进来了。"

在王贵华喊李古力的时候，坐在大巴窗边的斯蒂文认出了他是和李古力一起的那个年轻人。

斯蒂文心想糟了，他们到底还是追上来了。

他立刻站起身要移到过道里去。鲍勃不解地问："都到了，干吗这么急？"

斯蒂文弯下腰："厕所。"

鲍勃把他让到过道上后，斯蒂文一路弯腰跑到大巴的最前面："导游小姐，我肚子坏了，得赶快下去！"

导游看他痛苦的模样，赶忙和司机说："师傅，你先停一下，让他先下。"随即她指着左边方向说，"下车后你向左，那排房子的最左边是卫生间。"

大巴停顿了一下，斯蒂文一溜烟闪下车去，这回司机没有再关车门，而是继续沿着道路把车开向停车场大巴停车的位置。

大巴一停下，李古力和王贵华同时扑到门口。

王贵华急着就要跳进开着的车门，却被站在门口的导游拦住："喂，你干什么？"

"找人。"

"找人也等我们人下来再找。"导游说着面对王贵华，等他让开。

看王贵华仍然没有让，司机喊道："哎，你怎么回事？让开！"

李古力在后面拉了王贵华一下，王贵华给导游让出了路。

"我们退后一步守着。"李古力说。

鲍勃在车上三十多个乘客都下车后才下来，他下来后，王贵华迫不及待地跳上了车，车上除了司机已经空无一人。

王贵华返到车外，看到鲍勃正在和李古力说话。

鲍勃认出了站在车门口的李古力。虽然在火车上的见面并不愉快，但一上午的美丽景色和风土人情让他的心情特别不错。他看出李古力似乎在找人，于是打招呼道："嗨，你也来了？你还在找你的文文？"

看到鲍勃出来，李古力顿时紧张起来，他以为酒店服务员认错了人，把鲍勃当做斯蒂文了，同时他也看王贵华失望地从车上下来。他急问：

"你好，斯蒂文不在这辆车上？"

"啊，你找斯蒂文啊？他在。"

"在哪里？"

鲍勃不明白李古力追问得那么急迫："车进来的时候他肚子坏了，车子没有停下他就去厕所了。"

"哪间厕所？"

大巴进到停车场把斯蒂文放下后转了一圈才最后停下，而且鲍勃也没有听到斯蒂文和导游间的对话。热心的鲍勃很想帮李古力的忙，于是拉过还没有离开的导游："你知道斯蒂文去了哪里？他们找他。"

导游看到李古力迫切而期待的眼神，指了指右前方，说："那排房子的最后的厕所。"

"谢谢。"打完招呼，李古力和王贵华同时起步，直奔导游所指的位置而去，留下还在发愣的鲍勃。

章九十一

斯蒂文一下车没有等大巴移开，跑向停在附近的一辆大巴，一下便消失在那辆大巴的后面，这样，他逃出了正向大巴跑过来的王贵华的视线。

斯蒂文没有在停靠在路边的大巴后面停留。他看到王贵华从他前面跑了过去，也看到了不远处李古力正从另一个方向跑向他刚刚下来的车子。又等了几秒钟，确定已经没有人再追过来后，他一阵小跑，进了路边不远处的旅游商店。

他紧张地思索着，怎么才能离开这里。

再坐来时的大巴回去显然已经不是选择，徒步在这茫茫的大草原里显然更不是一个选择。车，我需要车。

他眼睛看着商店的几个进出口，余光同时在扫瞄着商店里林林总总的旅游纪念品，寻找启发。

没有灵感迸现。

他来到商店的一个出口，站在卖明信片和墨镜的架子后面，拿起一副墨镜，但眼睛却看着门外。

不远处有一些蒙古包帐篷，那边有匹白色的马正懒散地啃着地上的草。偷马？一个闪念过去，但随即被他否决。不行，目标太大。如果李古力他们看到，一定会被追上的。

还是需要车。他注意到了马和蒙古包中间停着的几辆小车。

主意已定，他放下手里的墨镜，到门口向外探望，没有人。他于是向外走了出去，快走着但又不是奔跑，以免引人注目。

有四辆新旧不一的轿车，旁边的蒙古包里有人在说话，或许小车的主人就在蒙古包里。

斯蒂文拉了拉身边最近的小车的门把，门锁着。

他看了看四周，走向下一辆车，似乎是一位在寻找着什么的游客。车仍然锁着。

他有些焦急起来，人这么近，不会都锁着吧。

一圈走下来，四辆车都锁着。

进去和蒙古包里边的人交朋友，再跟他们一起离开？

但是他们会在什么时候离开？李古力会不会追上来？他们既然已经追到这里，很明显是冲着自己来的，他们一定会找到这个蒙古包的。

只有想办法开锁。

他注意到第三辆车是辆老款的黑色桑塔纳轿车。

斯蒂文到中国后坐过不少轿车，他一直很佩服中国人造车和开车的本领。一辆车可以轻而易举地开到二十五万公里还照样在公路上跑，这一直让他折服。眼前的这辆车，从油漆的老化程度看，一定也开了少不了二十万公里，但更重要的是，这辆车应该没有防吉米的盖板。

吉米是一个 J 字式样的平板铁片，更简单的吉米便只是一条扁扁的窄条铁皮。把吉米在车外沿着车窗向下塞进，可以用 J 字铁皮拉到开锁的搭扣，随即往上一提，锁就会弹起。新式轿车门锁的搭扣上方都装上了防吉米的盖板。

斯蒂文相信，这辆车一定没有防吉米盖板。问题是，哪里能找到一条吉米？

他的眼睛又回到了刚出来的旅游商店。

我得回到那里去找。

他走到桑塔纳轿车旁似乎随意地看了一眼窗玻璃下方的门锁暗扣。好，应该没有防吉米盖板。

剩下的就是找到一条窄条的铁片了。

斯蒂文向四周看了一眼，他不知道李古力他们在车上没有发现他后会去哪里找他，但愿他们跟着旅游团队进了景区而没有到这边来。

回到商店里，斯蒂文才注意到这是一个不小的商场，里边几十家的铺面和柜台，到处堆放着形形色色的工艺品、玩具和其他叫不出名字的东西。他低着头，一边走一边扫视各处，希望出现一把窄条的铁皮。

"朋友，狼牙要不？"一声大喝从身后传来，斯蒂文冷不丁吓了一跳。他迅速回头，一个大个男人在招呼他。大个男人看他回头，把手举了过来，怕他看不到手里那颗白色的狼牙："朋友，狼牙要不？"

"不要。"斯蒂文扭头就走。

"很便宜的，你在其他地方找不到的，这是金银滩草原上狼的牙齿。"大个男人仍然在他身后喊着，但斯蒂文没心情再和他客气。

大个男人的声音还没有完全消失，前面又有人和他打招呼了："藏獒，两块钱。"

斯蒂文没有理睬。

那是个年轻人，晒得黝黑的脸上满是好奇，他还是第一次看到金发男人。看斯蒂文没有睬他，他还以为斯蒂文没有看见他。他用手指着他铺位边笼子里的一条粗壮的黑狗，喊道："外国朋友，藏獒，两块钱。"

斯蒂文顺着他手指的方向看过去，笼子里是只藏獒的标本，那标本上的脖子上竟然还挂了块牌子"照相 2 元"。他有些哭笑不得。

转了几乎一圈，还没有他要的东西。他失望地抬眼朝新的一排铺位看过去，眼睛突然一亮，赶了过去。

铺位后的老板看他过来，马上从座位上站了起来："老板，带一把藏刀回去？"

斯蒂文拿起一把藏刀打量。

老板看他有兴趣，赶紧介绍："这是我们西藏的腰刀，结实、腰刀、铜的、不是铁的。看它柄上，那是我们这里的宝石和玛瑙。"

斯蒂文觉得这把腰刀太厚，无法插进车窗玻璃的卡槽里。

"你有薄的吗？"

"有，有。"老板拿起一把长剑，把剑从剑鞘里拔出，双手递给斯蒂文："这是我们的巴当末，非常锋利的，而且，"老板拿着还在自己手里的剑鞘说，"这是纯银的剑鞘，看这里，正面是雕龙画风，背面是线刻卷草，放在家里，多漂亮。"

老板没有想到斯蒂文只是稍微端详了长剑一眼，边递还给他边问："还有更薄的么？"

"更薄的？"

"嗯？"斯蒂文看着他的嘴，希望那里有他想听到的信息出来。

"没有了。但是，这藏剑要的不是薄，不是武当剑，这是真的要杀畜生的东西，薄了没用的。"老板没有就此放弃，但他的话讲完，面前的顾客也不见了。

斯蒂文已经有了灵感：我需要一条钢尺，或是锯条。

这里显然不会卖这些东西，但那些大一些的柜台极可能会有钢尺。

功夫不负有心人，他走到第一个大柜台，一眼就看到了玻璃柜台下面的钢尺，五十厘米。够了。他想。

他强压住内心的兴奋，和柜台后面的老板娘打招呼："你好，我能看看里边的尺子吗？"

老板娘疑惑地看他，斯蒂文一脸和气。她不好拒绝，把钢尺递给他："您要什么？"她想也许他会给太太买一套裘皮短袄？

"我买您的这把尺子了。多少钱？"

"啊？这不是卖的。这是……"

老板娘还没有说完，斯蒂文拿出一张一百元红色钞票放到柜台上："这够不够？"

老板娘看他决意要买，于是做个人情："够了，够了。"她拿过钞票，也不准备找零，因为外国人已经走了。

斯蒂文出了商场，直奔蒙古包边的轿车。他的眼角看到了正在远处原子城大门口站着四处张望的李古力。

他顾不得李古力是否已经看到自己，一路小跑，赶到那辆桑塔纳司机座一边，把钢尺在门锁位置顺着玻璃插了进去，手腕上一使劲，只听"咔哒"一声，锁已开启。

他拉门进车，随手关上车门，几乎同时一把扒下方向盘下面的线路盖板，并从里边拉出一把电线。他从中间挑出两根红线头，放进嘴里牙齿一咬，吐出两段电线包皮，把电线两段绞到一起。这两根电线连接后为引擎的启动器提供了电源，但斯蒂文还得启动引擎。

斯蒂文没有停手，他从电线堆里找出棕色的引擎启动器线。他把电线的顶端放到嘴里咬住，手上一拉，电线里的铜线露了出来。他迅速地把棕色电线贴向红色电线，脚下也踩下了油门。

"轰"的一声，引擎响了起来。在斯蒂文钻进轿车第十秒钟的时候，桑塔纳往后一退，一个转向，冲上道路，向停车场外冲了出去。

章九十二

在斯蒂文从商场出来向桑塔纳跑的时候，李古力看到了他。他一拍震动，告诉王贵华斯蒂文的位置，同时朝蒙古包跑去。

他以为斯蒂文是要躲藏，却没有料到斯蒂文钻进一辆轿车，而且不过几秒钟，轿车就冲上了道路。

他赶紧又通知王贵华马上回自己的轿车。等他们回到车上赶过去，斯蒂文已经开出了一大段距离。

幸好，这大草原上就一条公路而且没有任何障碍，李古力在后面猛赶。

斯蒂文开车出了停车场到了公路主干道上，他发现了问题：茫茫的大草原一览无遗，公路向东西两边的天际延伸，他看到东面方向很远的路上有警灯在闪亮。

他没有犹豫，又右转向西开去。

他希望李古力没有看到他的离开，但很快，在后视镜里，他看到了有车跟了过来。

他心里仍然希望那辆车里不是李古力。

在王贵华通知关凯在前面道路截拦的同时，李古力也就要追上斯蒂文了。斯蒂文的车毕竟有了年月，两车之间还剩下十多米。

但这时，意外发生了。

李古力的车突然发出"扑哧扑哧"的声响，速度一下缓了下来。

李古力脚下用劲，更多的"扑哧扑哧"声响，轿车突然没有了冲劲。

李古力把握方向盘，把车停在了路边。

他的车后，是一条细细长长的汽油痕迹。

"油漏光了。"这时也跳下车来的王贵华恨不得要骂人。

斯蒂文眼看后面车要赶上，正死命下压油门，但后面车却莫名其妙停到了路边。从后视镜里看，里边的人好像还走出了车子。

他暗自庆幸。

他脚下没有放松油门，轿车依然快速地向前飞驶。

但他依然担心。李古力一定会追过来的，说不定已经在前面设卡，如果李古力是中国政府的人的话，警察说不定也已经出动。后面方向已经有警灯闪亮，前面如果也有哨卡，资料只能是一个负担。

不行，得另想办法。这时他看到了不远处路边的敖包。

他看后面的车在一个拐弯后已经看不到了，周围没有任何车影人踪。他把车开到敖包处，在车前的手套箱里找到一个塑料袋。他把资料放进塑料袋，卷好，塞到了一处石缝之间。

这样就不急了，等傍晚的时候再回来取。现在赶去银沙滩，那里车多人杂，可以把这辆车给甩了。

知道斯蒂文在这片草原唯一的道路上，但瑞贝卡和凯文不知道他身在何处。他们这时来到青海湖边的黑马河。

他们把车停进停车场。凯文去景区内找斯蒂文和鲍勃，瑞贝卡留在车里监听步话机。

她刚才已经听到警察们的对话了，那个警察死了。

既然死了，就追不到自己了。瑞贝卡暗自庆幸自己的果断。

凯文回来，带回了有价值的信息。的确，这里外国人不多，有人看到有两个高个的外国人出现在这里过，现在可能已经去原子城了。

他们赶快发动轿车。

没过多久，步话机响了：

"金银滩草原入口处一辆黑色桑塔纳被偷，车牌号'青B3443'。目击者称盗车人是一名外国男子，身高一米八左右，四十多岁，白色衬衣，最后看到他正向西行驶。"

"是斯蒂文！"凯文喊道。

"他在向我们驶来。"

"是。"

"我们在这里等他！"

篇十二 ————
闪击

章九十三

把资料藏到敖包的石缝里后，斯蒂文赶着去下一个景点。但是，刚转过一个山坡，一辆黑色轿车挡住了去路。

斯蒂文摇下车窗，从车里探出身来，正要问话，有人已经把他的车门拉开："是斯蒂文吗？"一个女声问。

这时斯蒂文看到了她身后的凯文。

斯蒂文仍然坐在驾驶座上，强作镇定，招呼道："嗨，是凯文啊，你们去哪里？"

"我们正找你呢。"瑞贝卡没有心思啰唆，"把你偷的资料交出来吧。"

斯蒂文嘴里答应着："什么资料？"一边看前面的路上能否冲过去。

瑞贝卡显然没有给他机会，她探身进到车里要拔钥匙，结果发现车锁孔上并没有钥匙。她立刻退身到车外，抓住斯蒂文的左肩，说："出来吧。"

斯蒂文看前面冲不过去，只能下车。他庆幸自己刚才已经处理了资料。

"上我们的车。"瑞贝卡喝令道。

"怎么回事？"斯蒂文似乎不明白发生的一切。他问凯文。

凯文耸耸肩，回到驾座。

轿车开出不久，凯文看到了一条通往青海湖边的小路。那里有一些一人高的灌木。

"我们要去哪里？"斯蒂文又问。

没有人回答他。

车到了灌木林边，停了下来。斯蒂文被连推带搡地带到面向青海湖的一面。在这里，主道上车里的人们看不到他们的影子。

"斯蒂文，把资料交出来吧。"

"什么资料？"斯蒂文仍然似乎不解，他看到凯文从车里取回了一段绳索。

"关于抗辐射蛋白的资料，你从日照来的那个女孩那里偷来的资料，不记得了？"

"没有啊，我不明白你说什么。"斯蒂文无辜地举起双手，做出让他们搜身的样子。

"你自己交出来罢。"

"我还是不明白你的意思。我没有你说的东西，你让我交什么？"

瑞贝卡向凯文使了个眼色，凯文上前一步要绑斯蒂文。斯蒂文觉得他们没有资料不能对他奈何，因而没有反抗。

凯文把他绑到一棵树上。

"你们这是开玩笑吧？中国人看到，不会觉得这是幽默的。"斯蒂文冷冷地说。

瑞贝卡没有睬他，让凯文搜身，但凯文一无所获："没有。"

瑞贝卡亮出一把红色瑞士军刀，从中拉出一把刀片："你把文件藏哪了？"

"没有，我真的不知道你说的是什么。"斯蒂文不肯承认。

瑞贝卡用刀锋在斯蒂文脸上划过，一道血迹立刻渗了出来，并迅速在划口下方聚结后，向下巴流去。

"我真的不知道你说的是什么。"

瑞贝卡把瑞士军刀放到斯蒂文面前，一件件打开里边的组合，剪刀、小锯、小钩、刺尖。瑞贝卡威胁道："你一定熟悉这个刀具吧？"

"真的，无论你做什么。我是真的不知道你说的资料，凯文可以做证的。"

"哦，是吗？凯文。"瑞贝卡冷笑着看了一眼凯文，从口袋里拿出一支辣椒喷雾器，递给凯文。

凯文上前一步，一把捏住斯蒂文的腮，斯蒂文还未及把口全部闭合，辣椒水已经呛到他的口中。

斯蒂文顿时感觉从食道到胃整个身子燃烧起来，他剧烈地咳嗽起来。

瑞贝卡看他还是不肯说，绕到树干后，说："你知道中国人有一种酷刑叫十指连心么？"

她说话间，斯蒂文咳嗽还未停止，又一阵钻心的疼痛袭来，他喊出声来。

他知道瑞贝卡用什么刺进了他右手中指的指甲。他已经意识到这个女人不是一般地狠辣。他喊道："等等！等等！"

瑞贝卡回到他身前看他，等他说下去。

"资料被朱利抢去了。"

"朱利？谁是朱利？"瑞贝卡问。

"火车上的那个。"

瑞贝卡看凯文。凯文问："火车上的哪一个？"

斯蒂文心想不妙，凯文不认识他们。他赶紧解释："22号铺上的那些人。"

凯文知道他说的是谁了。他走到瑞贝卡身边，低声说："是李古力。"

瑞贝卡听到，神色一变。她追问斯蒂文："你肯定？"

"是的。我到前面原子城的时候，被他们追上了。资料被他们抢去了，我是偷了辆车跑出来的。"

"他们在什么地方？"

"当时是在原子城。"

"他们去了什么地方？"

"这个，这个我不知道。"

"走，去找李古力。"瑞贝卡收起手里的刀。

"他怎么办？"凯文看了一眼斯蒂文，问。

"带上，以防万一他说谎。"

"我们去原子城？"

"不，我们回公路上等。他们得到资料要出去一定要经过这条路。"

他们回到车上，瑞贝卡的电话响了。

是董教授来的电话："瑞贝卡，你好。你拿到资料了吗？我打电话给文文一直打不通。"

"嗯。"

"拿到了就好，拿到了就好。是你要的那份资料吗？"

"是的。"

"那就好，那就好。我再给你一个好消息。"

"什么好消息？"瑞贝卡有些没有好气，你让带的东西被人偷了，还有什么好消息。

"我们逮着一条青海鳄了！"

"什么？"瑞贝卡惊喜道，"真的？你确定是青海鳄？"

"考察组里复同大学的马教授已经断定它就是青海鳄，如果不是你坚持，我们还真以为青海鳄就是一个传说。"

"太好了！你们马上处理，把它送到西宁。我手上还有点事，回头到西宁见。"

"嗯。这个，这个还有点问题。"

"什么问题？"瑞贝卡心一沉，又有什么问题。

"村民不肯卖，怕是国家保护动物，我也觉得可能需要国家相关方面认证一下。"

听到这话，瑞贝卡大怒："什么卖不卖的，我们出钱出机器他们才抓到的，怎么还不给我们？"

"嗯——"董教授似乎难以给瑞贝卡解释。

"给钱，赶快给钱！要多少钱都给！"

"嗯。那我去说说看。"

"赶快去！给多少钱都行！你务必今天把鳄鱼送去西宁！"说着，瑞贝卡就要挂了电话，但她又想到了什么："喂，董教授，你还在？"

"在。"

"没有任何外人知道吧？"

"船刚回来不久，渔民说没有告诉过任何人，不过他们是想联系渔业局。"

"赶快，不能让他们联系！"

见董教授那边没有马上答应，瑞贝卡几乎吼了起来："董教授，我们辛苦这么长时间，不能失去这条鳄鱼的！绝对不可以让别人知道这件事！不管他们要多少钱，我们都给！你一有他们要的钱数，马上通知我，我安排。今天务必谈妥！"

得到董教授最后一个"是"字，瑞贝卡才挂了电话。

"总算没有白来。"

瑞贝卡心里开始有些坦然了一些。不管如何，有了两条线的进展：一是蛋白生产工艺资料有了着落，现在就等李古力出现了；二是青海鳄抓到了，即使没有资料也有实体可以操作了。

凯文没有心情分享瑞贝卡的喜悦，他说出了心里的担心："你知道，李古力他们，他们有四个人。"

"没有问题。"瑞贝卡回答的时候没有迟疑。

他们的轿车很快回到了主路。

"我们停在哪里？"凯文问。

瑞贝卡看了看前后，说："转过那个坡道，他们过来时我们能出其不意。"

凯文向西转去，心里嘀咕着不知道瑞贝卡打的什么主意，自己只有两人而对方有四个人。除非瑞贝卡有武器，但看上去却又不像。

关凯和高雅妮听王贵华说发现了斯蒂文，而且他的车朝他们这个方向开来，马上冲到了公路上。

"老关，我们得找个车。"高雅妮着急地东张西望，希望能找到什么能阻拦住斯蒂文的车。

一辆轿车刚好开过来。

关凯急忙招手，但轿车似乎根本没有看到他，从他身边疾驰而过。

高雅妮说："我来。"她准备开始拦车，但这回好长时间却没有一辆车走过。

关凯看到路边停着一辆拖拉机的红色机头，他跑了过去。

这是青海农村常见的那种后轮比前轮无论是直径还是厚度都大一倍的拖拉机机头，它拖上一个机身就可以载物或者载人。这辆拖拉机几乎是崭新的，关凯看到机身上有 80P 的字样，心想这家伙不小，有八十匹马力，足够在路上拦截一辆小车了。车主不在，但钥匙却还在锁孔里。

高雅妮还在焦急地等车的时候，关凯"突、突、突"地把拖拉机开上了路。"小高，上来！"

拖拉机上只有一个座位，但座位两边的支架上足够再挤坐两个人。高雅妮一路小跑，跳了上去。

"老关，你在哪儿借的？"

"路边。"

"你小心不要把它撞了。"

"不会的。这家伙这么大，我想斯蒂文不至于要撞它吧。"

"他是辆黑色旧桑塔纳，车牌号'青 A1768'。"

"知道。"

红色的拖拉机载着关凯和高雅妮以每小时差不多三十公里的速度，驶离了景点，黑烟从机头右边高高的排气管随着引擎突突的声响喷发而出。平坦的草原上一眼望去可以看到好几十公里，只是公路是依着山坡而建，所以山坡的尽头就是当它绕过缓缓公路的尽头。

拖拉机还没开出十分钟，关凯的震动响了起来。

"队长说他们的车出毛病了，只能靠我们堵截了。"

"啊？"

"没有问题。"关凯安慰道。

"嗯。"高雅妮不是担心他们俩不能堵住斯蒂文，而是纳闷那车跑了大半天了怎么在这个时候出毛病。

开出几乎一个小时，慢慢地绕过好几个山的缓坡，他们看到了一辆黑色轿车停在路边。

"不是这辆，车号不对。"快靠近时，高雅妮看到了车号。

关凯把着方向盘，看了一眼黑车，从它旁边"突、突"地开了过去。

"不对，老关，我好像看到斯蒂文在里边！"拖拉机刚过那辆路边的黑车，高雅妮轻声对关凯叫道。

"什么？"关凯一个急刹车。

"玻璃黑，但我好像看到斯蒂文贴着玻璃的脸，但只是闪了一下，我不能确定。"

"查一下。"关凯把车在道边停下，熄了火。

章九十四

　　瑞贝卡和凯文已经在车里等着他们。

　　红色拖拉机经过的时候，凯文清楚地看到了坐在拖拉机上的关凯和高雅妮。

　　"是李古力一伙的。"凯文急道。

　　瑞贝卡看的时候，拖拉机已经在他们车的前面。她还没有决定要怎么办的时候，拖拉机在前方停了下来。

　　"他们发现我们了？"瑞贝卡疑问道。

　　"我不知道。"

　　"也好。我们把他们拿下做人质。我对付那个男的，你对付那个女的，没有问题吧？"瑞贝卡觉得这次行动，凯文总是缩头缩尾的。

　　"没有问题。"

　　看到斯蒂文的车在蜿蜒的草原公路上远去，李古力恨不得也把这租来的车踢上几脚，但他没有放纵自己的情绪。

他拍打震动，连上了关凯："关凯，我们的车坏了，斯蒂文仍然在G315公路上向你方逃窜。"

听到关凯那边说没有问题，他心里多少放心了一些，但资料就在斯蒂文身上，不能再有失手，他拨通了肖先生的电话。

"我是古力。"接通了电话，他先报上自己的名字。

"说。"肖先生知道每次李古力有紧急情况时是这样开头，于是回答非常简短。

"现在我们在青海湖边原子城附近G315公路上，我们的跟踪目标在向西逃窜，关凯已经在前方一小时左右距离的黑马河堵截。目标身上有我们的东西……"

肖先生似乎明白了李古力要说什么："好，我看看。"说着，他挂断了电话。

"小王，你知道G315国道通向哪里？"李古力放下手机，问王贵华。

不到一分钟时间，王贵华已经在他的电脑上调出了G315国道的信息："它始于西宁，止于喀什，总长三千公里。在大关所在的黑马河附近和青海S206省道交汇，在那里再往西走不到二百公里就是青海的乌兰县。"

"你觉得斯蒂文为什么会向西而不是向东走？回西宁应该是向东才对，而且还近。"

"在停车场你发现他的时候，他发现你了没有？"

"我想是的。"

"那么他就需要赶紧逃离，难道他有什么特别的原因向这边走？"

李古力也不知道。

站在公路边一筹莫展了足足有二十分钟，他们看到一辆白色轿车开了过来。李古力站到路的中央拦车。

白色轿车开得很快，明显不愿意停车。它一路按着喇叭，直扑李古力，而李古力没有移动身子。

在离李古力不到一米的地方，白色轿车终于在急刹车刺耳的摩擦声中停下。车前两扇门同时打开，人还没有下来，骂声已经传来："找死啊？"

李古力赶紧走上前去："师傅，麻烦您载我们一段，我们的车坏了。"

"赶快让开，让开！"

"师傅，我们有要事在身，非常紧急，麻烦您……"

车里出来一胖一瘦两个男人。驾座一边出来的胖子司机又一句粗口，然后喊道："你能有什么急事，我们得追偷车贼。"

听到追偷车贼，李古力一愣："你们是不是在追'青A1768'？"

司机听到，也一愣："你怎么知道？"

"我们也是追这辆车。"

司机以为李古力在骗人，一点也没有想到李古力为什么会知道他们丢的车的牌照号码。他一味地着急："你追什么追？赶快让开！"

"真的。偷车的那人是逃跑的要犯。这是我的证件。"李古力说着，手向口袋里掏去。

一听偷车贼是逃犯，司机顿时来了精神，他挥手道："怎么不早说，不用看了，快上来，上来！"司机以为李古力掏的是警察证之类的，没有想到李古力口袋里只有他的身份证。

李古力看司机配合，招呼王贵华钻进了白色轿车。

司机一直没有熄火，回到车里，他左脚一踩离合器，右手挂上挡，正准备左脚松开，右脚踩下油门，一辆绿色吉普车风驰电掣般地赶到他们车的前方，堵住了去路。

白色轿车司机没有迟疑，他仍然松开离合器，踩下油门，白色轿车猛地向前一冲，司机迅速地向右狂打方向盘，意图在吉普车和右侧道路边沿空出的隙缝里穿过去。在后座上的李古力看在眼里，心想，要是我也会这样做，只是他不明白这辆吉普车里又是什么人。

司机更是不管不顾，他似乎要给车里的两位"警察"显摆一下自己的技术能力，他一秒钟内连续换挡，轿车在吉普车的前方几厘米处擦了过去。一过吉普车，白色轿车更像是脱了缰的野马，向前冲去。

副驾驶座上的人明显折服于司机高超的驾驶水平和应变能力，他一拍司机的肩膀，说："大哥，厉害！"

被称为大哥的司机"嘿嘿"一笑，眼里看着前方，脚下继续加油，同时回道："咱也不能让警察兄弟看扁呀，对不？"

副驾驶座上的人这时却在后视镜里瞄到后面的吉普车已经追了上来："大哥，后面追上来了！"

司机在后视镜里瞄了一眼，又骂了一声，说："我们看谁跑得过谁！"似乎现在追小偷追车已经不再要紧，要紧的是不让这后面的吉普车追上。

司机明显是个驾驶高手，双车道的公路上，他保持高速的同时，左闪右挪，就是不让后面的吉普车超车。

李古力不知道那吉普车里是什么人，现在追斯蒂文要紧，其他都顾不得了，于是他什么也没有说，任凭司机显示他高超的驾驶本领。

李古力心想，只要快点赶上斯蒂文就行。

几番赶超和躲避之后，吉普车似乎放弃了它的追逐。它一个右转，离开了道路，开上了草原。

司机终于笑了："好玩！这家伙，什么人么。"

李古力也由衷地夸道："师傅，您真厉害。您这是在哪儿练的？"

司机谦虚道："哪里哪里，随便玩，随便玩。"

司机的同伴为他的大哥感到骄傲："你们不知道吧，大哥是青海这边飙车第一人。"

他们谁也没有想到，开了十多分钟，转过一个缓坡，前面道路赫然又是那辆绿色吉普，它的旁边站着一个人。这回，那吉普把路挡得死死的，而轿车底盘不高，没有办法开到草原上去绕过它。

司机又开始咒骂，李古力也起了很大的疑心。

"师傅，不要开得太近。"

听到李古力的提醒，司机赶紧减速。他心想，难道吉普车里的人会有炸弹？

轿车开到十多米处停了下来。对面的人已经跑了过来。

司机觉得对面这人一定是个惹不起的主儿，说不定是那逃犯的帮凶，说不定手里还有武器，他不由得扭头看后座上的李古力。

李古力已经推门出去了。

李古力已经看到对面跑过来的人正是在火车站逃走的严默。

严默在离李古力还有三米的地方停下，试探地问："李队长？"

"你好。"李古力伸出手去，严默上前握住了他的手。

"坐到我的车上再说吧。"

李古力看到王贵华已经站到身后，说："上车！"

司机隔着前窗看到李古力和他挥手打招呼，于是也挥手招呼，同时对邻座说："没想到他们都是警察，早知如此，我们跑什么跑。"

"就是，就是。不过大哥刚才那段飙，那才叫强！"

司机没有回话，他看到前面吉普车已经调转方向驶向草原缓坡，这才想起自己还得去追那偷车贼，于是赶忙跟上。

章九十五

看到吉普车启动后便离开了主道，李古力很是纳闷。

严默看到了他纳闷的表情，一边稳着随吉普车颠簸而摇晃的身体抓着方向盘，一边解释说："这片草原上的地势有很多的起伏和缓坡，公路是在一定高度上建造的，所以它在一些地段会沿着缓坡绕弯，我们如果在草原上爬坡的话，我们就能走直线，这样就比走公路快很多。"

"那我们错开了怎么办？"后座上王贵华问。

"你看这草原上，有什么我们会看不到？"

王贵华把头靠近车窗，又努力不让头因为车身的颠簸撞到车框。他看到公路上的车并没有几辆，路上的一切一览无余，于是不再做声。

李古力问："你是怎么找到我们的？"

"你们还真难找，我已经找了半天了。前面刚好得到通知说你们在原子城西边的 G315 上，所以赶来了。也巧，我赶到时，你们还没有进到那车里，不然我又得多花一些时间。"

"嗯。太好了！"李古力看了看表，"斯蒂文逃走有四十多分钟了，我们能赶上吧？"

"应该能赶上，他跑不了的。"

李古力做事非常严谨，听严默胸有成竹的口气，眉头稍稍皱了一下。

严默见李古力没有接话，心想他可能误会了，于是说："我已经通知我这边的朋友了。你们可能不知道，今天上午一位巡警在途中遇害，警察从中午起就已经把 G214、G315 和 G109 三条能离开青岛湖区域的国道全部封锁了。不管是不是斯蒂文杀的警察，他都跑不了。"

听到这话，李古力才放下心来。他突然想到，离开原子城的时候，东边远处路上的确有警灯闪亮，想必斯蒂文转上向西的道路应该是看到了那些警灯。

严默看李古力还没有说话，又说："李队长，真的不好意思，在火车播音室那会……"严默知道，如果不是她从中阻扰，李古力早就应该得到了他追踪的资料。她以为李古力在生她的气。

"没事，只要抓到斯蒂文就好。不管怎么说，抓到了幕后的人，我们将来也少一个威胁。"

严默见李古力没有责怪的意思，便不再吱声。她的车向前面铺展出去的草原疾驰过去。

关凯和高雅妮跳下拖拉机的时候，瑞贝卡和凯文也走出了他们的黑色轿车。

一看到凯文的出现，关凯警惕起来。这个人在火车上见过，可能是斯蒂文的同伙。高雅妮也是同样想法，但这个女人又是谁？为什么他们把车停在这里？斯蒂文是在车里吗，他为什么不出来？

四个人在道路两边站着，相互打量着。高雅妮正要开口问话，一辆卡车经过，卡车上的司机看两边有人互看，怕他们抢过马路，于是按响了车上的喇叭。

大喇叭声长鸣过后，凯文在卡车卷起的灰尘里扑到高雅妮的面前，高雅妮有所防备，但却没有想到凯文动作会如此迅速，她避开了扑来的凯文，没有被他扑倒到身后的沟里，但被凯文抓住了右肩，身子不由得旋了半圈。

关凯见到，一个箭步顿起，却被赶过来的瑞贝卡从后面抓到了衣服，身形一晃，停在了半空，而瑞贝卡瞬间向后抽回手臂把关凯从空中拉回，并向后摔了出去。

半秒钟，关凯落地站稳。他看到高雅妮还在路边对付凯文，他要过去帮忙，但瑞贝卡却挡在中间，而且，这女人一把能把自己弹出去的身子拽回并甩出，手劲之大不可小觑。关凯只能定下心神，对付眼前这个女人。

瑞贝卡也没有意识到关凯能在这么短的时间内就站稳脚跟。她嘴角微微上扬，一丝冷笑中腿上猛地发力，右脚从侧面踢向关凯的太阳穴。她突然袭击的侧踢是她的杀手锏，几乎是每次必中。

关凯微微一蹲，只觉得一阵风从自己头顶扫过，他躲过瑞贝卡这一脚，随即以左腿为轴，猛地将右腿贴着地面，去扫瑞贝卡唯一着地的左腿。不料瑞贝卡也非常了得，只见她左脚猛地弹起，双腿随着身体在空中翻滚的同时并拢，在关凯右腿扫过后的瞬间双脚落地。

瑞贝卡落地时身体已经后仰，她以双手撑地，左腿自下而上划出一道弧线，直袭刚转过身来的关凯下颚。关凯没有料到对方的反应竟然如此之快，眼看躲闪不及，只得仰头翻身然后滚落到地上，狼狈地避过这致命的一击。

看到关凯滚到地上，瑞贝卡显然不打算再给关凯回扑的机会，她腾空跃起，在空中蜷曲起双腿，用膝盖朝身下关凯的前胸压去。

关凯在翻滚的惯性停止的瞬间看到下落的瑞贝卡，他已经来不及转身躲避，他只能伸出双手硬生生把瑞贝卡的双膝抓到托起，并随着惯性把瑞贝卡推过头顶。

瑞贝卡看两次杀招皆未成功，心里大骇，没有马上再次动手，而这时关凯已经一个鲤鱼打挺，站直了身子。关凯不再急于动手，因为这个女人着实了得，自己必须认真对付。

他们在相互寻找着对方的破绽，准备下一次的出击。瑞贝卡的杀手锏两次都未能成功，心里开始焦躁。她开始意识到为什么凯文会那么缩头缩尾的了，但是，她并不担心制服不了眼前的对手。

她有些后悔轻敌，没有把车里的踢踏带出来。

得尽快解决眼前这个人，因为这是主要公路，说不定有车过来看到然后就会引来警察。她倒不怕来一个两个警察，而是她在自己国家营地的训练过程中，在视频上见识过中国警察蜂拥而出的情景。那是不可能对付的场面。

必须尽快解决对手，免得节外生枝。

她试探地移动了一下脚步。如果有机会，她要回去车里取出踢踏，但关凯看她移动身形，也跟着动了动身子。

不行，不能转身跑去车里，那样的话身后就会毫无阻挡地暴露在对手前面。瑞贝卡忽然灵机一动，决定用这个动作引他上钩。

瑞贝卡猛地弓腰、转身，关凯不知是诈，赶上前去，但他看到瑞贝卡没有开跑，心下立刻开始判断瑞贝卡是跑还是会再次转回。

瑞贝卡看关凯冲上来，以为关凯会伸手抓她，或者出拳打击，不管如何用手，胸或腹部一定空虚，所以在关凯就要冲到的时候，她猛地再次转身，她看到关凯手臂放得很低，袭胸已经不可能，因而她低伏着的身体扑向关凯的下腹，两手抓向关凯的大腿根部。

关凯吓了一跳，幸好已经考虑到她可能会再次转身，看到瑞贝卡向自己的下身扑去，他双手立刻向下向瑞贝卡先伸的双臂拍去，瑞贝卡避开不及扑倒在地，前身顺着惯性已经钻到关凯的裆下。

瑞贝卡没有想到关凯已有准备，双手即将扑到目标的瞬间却被关凯一下打趴在地，但她没有慌张。她迅疾臀部着力，腰部拱起，两膝撑地猛地用力，把将要倒骑在她身上的关凯拱起向后推去，而她自己则身子一缩，从向后跌去的关凯的胯下退了出来。

关凯也没有料到瑞贝卡被打趴后仍然能如此勇猛，自己占尽的优势竟然一时全失，他站定之后回身看瑞贝卡已经起身，也不敢贸然行事。

关凯和瑞贝卡的几次交手，不分胜负，而高雅妮已经不敌凯文。凯文一心只想对瑞贝卡证明自己的能力，他对高雅妮使出杀手，徒手格斗，高雅妮不是凯文的对手，只一会，高雅妮便被凯文击晕。

凯文看瑞贝卡没有负于关凯，于是抱起晕过去的高雅妮去轿车，以免路过的司机看到，但刚回到轿车附近，他大惊失色。

他看到斯蒂文已经逃出了轿车，向坡上跑去，而且很快就要跑过坡顶，消失到缓坡的后面。

他快步向前，后车门已经被斯蒂文打开。他把高雅妮塞到后座，把门一关，便向斯蒂文追去。

手被凯文绑住的斯蒂文被押回瑞贝卡的轿车后一直在琢磨如何逃脱。他觉得唯一的办法只能是吸引公路上经过的人的注意，但这里只是偶尔有大巴或者小车经过，但如果不是特别注意，谁都不会看到黑色贴膜车窗玻璃后面的他。

但是每当他感觉到有车经过，他还是会把脸压到窗玻璃上，这样外面的人也许能看到玻璃上他扭曲的脸部器官。

他没有想到，为他停下车来的，竟然是关凯和高雅妮。

而且，如果他们开的是轿车，而不是每小时只能走不到三十公里的拖拉机的话，他们也不会注意到他。

看到瑞贝卡和凯文走出车外，他庆幸机会来得如此之快，而且，他已经自己松开了被凯文绑着的双手。

趁四个人在道路另一边惨烈地打斗时，他悄悄地溜出了轿车，向草原缓坡顶跑去。他知道这辆轿车是过不了路边的沟的，所以只要离开公路，他们即使发现他，也只能徒步追赶，而徒步追赶他就不用过于担心被赶上了。

果然，跑出一小会，他掉头回看时发现凯文正把高雅妮往车里塞。他加快了奔跑的速度。

他再次回头的时候凯文已经在后面追了过来，而这时，山脊就在眼前。

十多秒之后，他已经在山脊的另一面，凯文、瑞贝卡等都已经消失在山脊后面。

他不敢停留，因为他知道凯文还在后面跟着。他看到不远处有一辆吉普车向自己方向开来。他大喜，如果能坐上这辆吉普车，就万事大吉了。

他一边跑，一边对吉普车招手，而吉普车也似乎懂他的意思，径直朝他开来。

章九十六

吉普车里坐的正是严默。

斯蒂文一出现在远处的山脊上,王贵华就嚷开了:"那是斯蒂文!"

他在后座上一直抓着前座两边的椅背直愣愣看着前方,如果在平时,他一定开始大声嚷嚷抱怨这上下颠簸不已的草原山坡了,但此刻,他心里只有一件事,那就是希望在下一秒看到斯蒂文的黑色桑塔纳,然后冲过去,抓住他拿回资料。

严默的出现和她娴熟的吉普车驾驶技术让他的信心上升到了顶点。他没有料到,他没有看到那黑色桑塔纳,却一眼看到了下午的太阳下草原的山脊上的斯蒂文。虽然他还不在近前,但那外国人特有的身躯和形影,确是斯蒂文无疑!

严默和李古力也看到了斯蒂文,严默没有做声,加大油门,吉普车朝斯蒂文冲了过去。

斯蒂文看到吉普车快开到近前时,他停下奔跑的脚步,喘着气,伸手招呼让车停下。

吉普车开到他的身边，停了下来，李古力一下从车里跳了出来，口里喊道："别动！"

斯蒂文一下傻眼了。他张着口仍然未从刚才的奔跑缓过气来。他不知说什么好。

"把资料交出来！"李古力喝道。

斯蒂文这时看到严默、王贵华也走出了吉普车。他认识他们三个人，不过……他努力回想火车上的情景以及他们三个的关系。他觉得严默和朱利以及另一个男子不是一起的。

"朱先生？你怎么会在这里？"斯蒂文似乎没有听懂李古力的问话。

听到这话，严默有些疑惑地看李古力，又看王贵华。王贵华知道李古力有时候对外会自称"朱利"，他并没有在意。

"斯蒂文，赶快把文件交出来！"李古力再次喝令道。

"朱先生，我不明白你说什么？不过，你们一起的，是不是还有另外一个姑娘？"

"怎么了？"王贵华插话道。

"她被凯文抓住了！"

听到这话，李古力赶快拍震动呼唤高雅妮。没有回音。

难道他说的是真的？李古力不敢大意，紧接着问："在哪里？"

"就在山坡那边。你们赶快过去吧。还有一位你们的同伴还在那里和凯文两个人打架。"斯蒂文指着后面的山脊说。

"队长？"王贵华一听急了，就要过去。

看到李古力他们不再把注意力放在他的身上，斯蒂文说："你们赶快过去吧。"说着，他就要动身离开。

"慢！不行！"李古力当然不能放过斯蒂文。

"到车上去！"

"怎么？你们要绑架？我是中国邀请来的外国客人，你们没有权利绑架我！"斯蒂文被李古力堵住去路，抗议道。

这时严默走了过去，并从口袋里掏出一根红色的尼龙索扣。她命令斯蒂文道："把手伸出来。"

斯蒂文还要抗议，但严默已经走到他身前，一把抓向他的右手手腕。

斯蒂文知道他一个人对付不了眼前的三个，觉得反抗不如配合，于是便没有挣扎，任由严默用尼龙索扣把他两只手扣到一起。

四个人回到车上，严默驾车继续向山坡坡顶开去。

"斯蒂文，资料呢？"李古力坐在后座的斯蒂文身边，问。

"被那女人抢去了。"斯蒂文显得没好气的样子。

"什么女人？"

"和凯文一起的。"

李古力想起斯蒂文刚才还说关凯正和他们在打斗。

"她是什么人？"

"不知道。我没有见过。"

"没有在火车上见过？"李古力不给他含糊其辞的机会。

"哪儿都没有见过。"

李古力心里纳闷，这是什么女人，会在这个地方出现？而且，她一定是凯文一伙的。他看了看车外，窗外的云和草原疾速地向后退去。虽然还不到一两分钟，李古力觉得时间过得好慢。

章九十七

凯文追到山脊上，放眼看去，看不到斯蒂文的影子。这空旷的草原上，一眼望去可以看出几十里，而斯蒂文却像人间蒸发了似的。

这不可能！

凯文这才注意到一辆吉普车正冲着他疾驰过来，一定是斯蒂文有帮手来了，他转身就跑。幸好，他那里有一道自然形成的地坑，他沿着地坑向回跑。

严默看到地坑，不得不迅疾地向右猛打方向盘。吉普车不能跃过地坑，她不得不向右转向，再向前追去。

凯文跑到公路近前时，瑞贝卡和关凯还在扑斗，还没有决出胜负。两人都已使出全部的力量和技巧，但谁都不能占上风，所有精力都在注意着对手的一举一动，因而对周围所发生的一切，两人都没有太多注意。

当凯文跑到瑞贝卡的身边，瑞贝卡才意识到还有其他人的存在。

"太好了！你帮我把他收拾了。"

"不行。他有帮手过来了。我们得赶快走！"

"几个人？"瑞贝卡仍然沉着地问。

"不知道！"

"你看住这个，我去拿踢踏，我们能对付。"说着，瑞贝卡就要退去。

看瑞贝卡还那么自信，凯文急了，他怒喊道："不行！我们得再找机会，不能硬拼！"

看凯文从来都软绵绵的，这时却动起怒来，瑞贝卡心想他可能真的有他的理由。

"那个女的呢？"

"打晕了，在车里。"

听到有人质在手，瑞贝卡喊道："走！"

这边关凯听有人过来，虽然不知是什么人，心里也是一振。他看瑞贝卡他们要跑，虚晃一拳过来，但这次瑞贝卡完全没有接拳，拔腿就跑。关凯看到，追了过去。

瑞贝卡和凯文打定主意要跑，等关凯追到，他们的轿车已经启动。关凯刚要追赶，却见轿车刚开出几米，又停了下来。

一辆吉普车横在路中间，李古力站在路中央，对轿车里的人喝令："下车！你们投降吧！"

"冲过去！"看开车的凯文犹豫，瑞贝卡喊道。

凯文在试踩油门，引擎短促的"呜、呜"轰响。突然，他脚下一动，黑色轿车向横在路中央的吉普车车头猛冲了过去。

"嘭"的一声，黑车撞上了吉普车的车头，把吉普车撞向一边，同时在吉普车和路边的道沟间冲了过去。

关凯见状，跑了过去。李古力看他跑过来，招呼他上车，关凯看到严默，十分惊讶，但李古力来不及介绍严默，只是看她开车追赶。

严默的这辆吉普车并不是普通的越野吉普，它的功率和它加固的车身都是普通轿车所无法比拟的。只一刻，它赶上了轿车，向它的后尾撞了上去。

轿车顿了一顿，又向前面开去。李古力赶紧喊道："不能这样撞。我们有人在车上。"

严默见状，踩下油门，一下又赶到轿车的左侧，要把轿车往右道边挤去，两车刚刚相碰，轿车突然刹车，一时车体摩擦，火花直闪。

待严默把车刹住，吉普车已经冲到前面七八米。严默严阵以待，看着后视镜里的轿车，等着那里边的人出招。

她看到后面车里一左一右出来了两个人："他们出来了。"

其他人也已经看到，一时间，吉普车上的人都下了车，斯蒂文的手虽然被尼龙索扣扣住无法打开，但他仍然在打逃跑的主意。他看到其他人都向车尾走去，他没有跟上去，而是站到车头的位置。

李古力看了他一眼，他点点头，似乎表示他没有逃跑的打算。

"你们不要过来，我们有人质在车里！"瑞贝卡看吉普车里有人出来，喊道。

听到瑞贝卡的喊声，刚要走过去的所有人一下都怔住了。他们停下了脚步。

"你们把吉普车开过来，就一个人开！"瑞贝卡又喊。

"你们跑不了的！警察已经把青海湖周围都包围了，你们赶快投降！"

"不要啰唆！把吉普车开过来，不然我会把人质杀死的！"瑞贝卡再次威胁。

她看吉普车后面的人并没有服从的意思，从口袋里取出了一个不到手掌大小的塑料扁盒。

李古力还要劝她投降，却见瑞贝卡扬手向路边，"轰"的一声响，路边的一颗小树拦腰给炸断。

瑞贝卡的动作太快，大家谁都没有想到她会有如此威力的炸弹。爆炸声后，瑞贝卡手里还拿着那个小小的塑料扁盒，又喊道："赶快把车开过来，不然我就杀了人质！"

王贵华见状，一步闪到李古力身边："队长，那是踢踏，那是真的炸弹！"

"她还有？"

"她那一盒，也许有几十个！"

李古力一听，不敢大意。

瑞贝卡又在催促："我数到五，一、二、三……"

她还没有数到"五"，严默喊道："我开过去，我开！"

瑞贝卡听到严默说话，又看严默已经跑去车头，没有再说话，静静地站在那里，等着。

章九十八

李古力看严默去开车，没有阻拦。高雅妮在前面那辆车上，他也没有更好的办法。

严默把吉普车调转方向，开到轿车车边，停住，便跳下车来。站在一旁的瑞贝卡示意严默离开，严默看了瑞贝卡一眼，只能向后退回。

瑞贝卡和凯文一下跳上了吉普车。"轰"的一声，吉普车飚了出去。

李古力几步冲向轿车边，打开门，一眼看到后座上还没醒的高雅妮和地上的警用步话机。他抓起步话机，正要说话，只听外面斯蒂文在喊："大家闪开，车里一定还有踢踏！"

紧接着，王贵华在喊："队长！炸弹！"

李古力一听不好，他猛地把高雅妮拉出车外，一把抱住便向公路另一侧跑去，未及到路沿，他纵身一跃，跳进沟里。

身后一阵震耳欲聋的剧烈爆炸声响了起来，一股热浪从头顶扑过。整个轿车刹那间只剩下一个黑色的铁架。

道沟里，高雅妮被爆炸声震醒，她睁眼一看自己被人压着，双手用力要把压在身上的人托起，而李古力也刚好正要爬起。她看到了李古力的脸。

高雅妮诧异道："队长？"

没等李古力回答，关凯跑到沟边。看他们俩没事，骂道："便宜那两小子了！"

"不会的。"严默搭腔道。

听到这话，大家都看严默，严默微微一笑，把手里的遥控器亮了一亮，又指了指前方，说："下面就看我们的了。"

大家看过去，吉普车并没有走。十几米远的路上，瑞贝卡和凯文正从车上跳下。

"你这车上装了杀引擎的遥控了？"关凯问，但他并不在意严默给什么回答，因为他看到瑞贝卡没有逃成，心想这回可以一报刚才没能制服瑞贝卡之仇了。

这时，掉在路边的步话机有声音传出："有谁听到了吗？有爆炸声。"

"好像是黑马河东面。"

严默走过去拿起步话机："尚队在吗？"

步话机里声音警觉起来："你是谁？"

"尚队，我是严默，我在 G315 黑马河以东大约三十公里处。我在这里等他。"

"该死！"吉普车开出十几米突然就熄火卡住，瑞贝卡忍不住咒骂道。怎么就没有想到对手会有这一手。

"怎么办？"凯文也急了。现在没有了人质，完全被动。

瑞贝卡也在想办法，但这段路上两辆车，一辆被炸了，一辆被锁了。唯一的办法就是夺到引擎制动遥控器，但却不知道这遥控器在谁手里。

只有把他们所有人放倒。

主意已定，她对凯文说："抢遥控器！"

凯文差点没说"你疯了"。他们那么多人，我们能抢得过来么？

他们跳下吉普车，向李古力等人走来。

418

看他们走了过来，李古力喊道："大家小心那女人手里的炸弹。"

王贵华也紧接着喊："大家不要靠近她。她的射杀距离有六米，爆炸半径半米。"

大家不知王贵华哪里来的这些数据，但因为都看到刚才那棵树一下被炸段，所以一点也不敢大意，随时准备闪避。

瑞贝卡径直向前面的人走了过去，嘴里喊着："把遥控器交出来！"同时，她手一扬，一颗踢踏从她手中飞出，在她和众人之间爆开一团火焰。

这时，意外发生了。

两辆车一前一后迎着李古力他们的方向开了过来，刚开到瑞贝卡和凯文的身边时，踢踏爆开，两辆车同时刹住。

瑞贝卡几乎是同时听到引擎和刹车的声音，也看到了停在身边的轿车。

章九十九

这一前一后两辆车，前面是白色轿车，后面正是那辆被斯蒂文偷出的黑色桑塔纳。大哥司机和他的兄弟在路上找到了轿车，却因为引擎线路被斯蒂文扯坏，幸好那位大哥司机很懂轿车，折腾了一会得以重新上路。

快要开过山坡缓坡拐弯口的时候，他们都听到前方剧烈的轰响。他们还纳闷是怎么回事，紧接着开过拐口，看到前方一辆吉普车停在路边，一辆烧焦了的黑色车架还在冒烟，两个金发外国人在路边走着，而正前方正是那两个便衣警察。大哥司机顿时认出那辆吉普车是接警察走的那辆。

大哥司机正要赶去李古力身边问候，却看到前面女人手一扬，只听一声爆响，一团火在公路中间闪起。

他不知怎么回事，赶紧刹车。那外国女人已经赶到他的窗前，伸手就要抓他的脖子。

他大骇，右手急打倒车挡，脚下猛踩油门，瑞贝卡的手刚伸进车窗，便被疾速倒退的轿车打出，而大哥司机没有想到他小弟的桑塔纳正停在他车后不到五米处，"嘭"的一下，他的车尾撞上了黑色桑塔纳的车头。

420

瑞贝卡看到此景，冷笑一声，又跑了过来。大哥司机这时看到远处李古力的手举在空中，而车前女人又跑了过来。他一按关窗按钮，原来开着的车窗玻璃开始升了上去。

瑞贝卡跑到车边时，玻璃已经升上，她看到后面那辆车前面引擎盖已经被刚才的一撞顶了起来，除了身前这辆车已别无选择，于是她胳膊一弯，一肘打到窗上，钢化玻璃顿时裂出无数条隙缝，窗上被砸开了一个豁洞。

她又要伸手掏进窗上的豁洞，而大哥司机却明显没有被她吓傻。他又是一下挂挡，车猛地冲上前，离她而去，前面的凯文刚要阻拦，但司机毫无停下的意思，他只能跳回路边。

瑞贝卡大怒，走到后面桑塔纳车边，看引擎还没有熄火，于是把引擎盖一把抓住扣了下去。刚才引擎盖只是搭钩被脱开，现在经她用力一扣，竟又合上。

瑞贝卡又是一声冷笑，走向驾驶座位。

车里的小弟在刚才撞车之后已经走出车外，看到瑞贝卡走向他来，吓得拔腿就跑，一边跑还没有忘了把大哥前两个星期才给他装的遥控门锁"嗒"的一声锁上。

瑞贝卡去拉门，门被锁住。她恨恨地看了逃去远处的司机，只得再次用肘撞开车窗。

而她还没有从撞开的车窗里抽出手肘，前面已经离去的白车箭一样倒退着飚了回来，凯文的呼喊警告声刚出口，瑞贝卡已经被白车撞出十米开外，仰面倒地，两臂奔拉在身边。

凯文看瑞贝卡一瞬间被撞倒，刚要反应，关凯和严默已经同时赶到他的身边。他没有吭声，刚才举着要警告瑞贝卡轿车就要被撞到的右手没有放下，看见关凯，刚要把左手举起，却被严默一把抓住两手手腕，用尼龙索扣扣死。

逃到一边的司机看瑞贝卡倒地，小心翼翼地走到已经停住了白色轿车跟前，大拇指翘着："大哥，你太神了！"

大哥司机看"警察"已经抓住那个没有被撞的外国人，于是显得很镇定地检查着他左边的车身，满意道："还不错，没有擦到。"他当然有意忽略了车尾的保险杠已经横在不远的公路上。

这时，李古力走到斯蒂文身边，说："谢谢你刚才的提醒！"

斯蒂文似乎又有了原来的绅士风度："不客气。应该的。"说着，他把被尼龙索扣扣着的双手举起。

李古力似乎没有看到他的动作，问："说吧，资料在哪里？"

斯蒂文下意识地想说资料在被炸毁的车里，但看李古力完全没有放他的意思，一下清楚了目前自己的处境：即使被遣送回国，这个时间阶段不会短，而过了这段时间，或许自己的民族都已经不复存在，资料又有何用。

"你是中国人？"斯蒂文明知故问。

"是的。"

"我以为你和隼是一伙人。"

"隼？"

"火车上那个亚洲人。"

"嗯。"李古力没有搭腔。他不知道斯蒂文什么用意。

"他和凯文他们是一伙的。"

"哦？"

"欧洲之鹈的。"

"哦。"李古力仍然不动声色。

"资料是我偷了。我知道资料是你们中国人的，但我看到欧洲之鹈的人在抢这份资料，所以就想方设法偷到了资料。"

"嗯。"李古力仍在等他说下去。他最担心的是资料随着那炸毁的轿车而消失，因为那样即使资料可能没有丢失，却因为没有办法证明而不能保证资料绝对没有丢失。刚才和斯蒂文的对话让他看到了希望。他依然不动声色。

"资料在前面的一个敖包石缝里。"

"好。谢谢。我们去取。"

"您能否告知有关机构，说明我帮助保护了资料？我是以色列人。"

"我会的。"李古力说。

后记 ————

后记一

周日的校园和平日没有太多的不同，只是白天的教室里没有了满满的学生。实验室这边，连这一点不同也没有，包括从窗口向东看过去远处的海，依然是那样波澜不惊，偶尔泛起一片片太阳的反光。

"青海二号"的成功没能让迟军有半点松懈，因为显然核辐射的危机比想象的还要严重。幸好有"青海一号"前期的使用被证明非常地安全有效。但他仍然需要再重复实验，确认工艺过程。唯一让他心里有底的是，前几天高雅妮从西宁回来后，就一直在实验室里，和他一样几乎半步都没离开。

这时，参与实验的两个学生出去吃饭了，实验室里就剩下迟军和高雅妮两个人。

迟军喜欢有高雅妮在实验室的那种踏实感觉，因为他觉得有了依靠。特别是工艺资料失窃事件之后，他觉得有一种相当大的负罪感压迫着自己，日照的项目是他第一次整体负责的一个项目，而这第一次差一点就出了大事。

幸好没有出大事，而且，高雅妮回来之后，实验室的进展一切顺利。

"对了，组长，那条青海鳄，他们不给送到日照来？"在等待着实验反应的空隙，迟军问。

"哪条青海鳄？"高雅妮从记录本上抬起头。

"就前几天在青海湖逮到的那条？"

"哦，它呀。他们把它送去云南了。你这边也用不着它。"

"也是。不过上次的活体我就看过一次，倒是很想再看看这青海鳄的模样。"

"这个还不容易。下次你回基地的时候，够你看的。对了，迟军，岚岚在家里都好吧？我回来后还没有时间去看她。"

"都好，都好。小区里有不少老人和孩子，她也有陪伴。"

"你也泡在这里好几天了。待会你回家看看吧。"

"没事。她有事会打电话给我的。倒是医生说临产期的时候，我还真不能把她一个人放在家里。"

"嗯。到时候你这边有什么需要告诉我，我可以过来帮你。"

"还早呢。不急。"

"学校不是说会安排一个新的老师来替代周南老师，怎么没有看到有新老师过来？"

"他们说还在落实。"

"哦。"

说到周南，迟军气不打一处来："你说这周南也是的，有家有孩子，还学着私奔。"

"呵呵。据我们的同事说在张家界找到他的时候，他还正在被他的那个女朋友欺负呢。"

"男人到这个份上，也真是可怜。"迟军说完，不解恨，又说，"自作自受。"

"周南倒没什么，也算没有恶意，但那个董教授我还真搞不懂。"

"他不是在接受政府调查吗？"

"是的。但他和那个瑞贝卡在一起那么长时间，就一点也没有看出那女人心狠手辣、歹毒无比吗？"

"也许他属于出卖了自己的灵魂那一类人吧。"

"但他却不承认他是那样的人。他说他只知道这青海鳄如果真的存在的话，会给旅游业带来相当大的影响。他说世界上那么多假的不明湖怪都比不上一条真的青海鳄的。"

"他只说对了一半。的确，没有青海鳄我们也就没有'青海一号'。"迟军喜欢把所有的事情和自己的工作联系到一起。

一声铃声，提示当前试验的一步反应完成，高雅妮走到了反应柜边。

试验室外间的电话这时也响了起来。

电话是王贵华从医院打来的。他通知高雅妮和迟军，昏迷了几天的警卫小刘在医院醒来了。

李古力和王贵华这时都在医院的特护病房里，他们是在得到医院通知说小刘醒了后第一时间赶过来的。

小刘看到他们，挣扎着想要从病床上爬起来。李古力伸手制止住了他。

"队长，那人是个外国人！"小刘用力地说话。

"嗯。不要着急。我们都知道了。"

"你们都知道了？"小刘看了看李古力，又看了看王贵华，努力但又缓缓地问。

王贵华说："是的。都好几天了。那人已经被抓到了。"

"资料找回了吗？"

"找回了。什么也没有丢！"

听到这话，小刘舒了口气。他喃喃道："没丢就好，没丢就好。"说着，他又睡了过去。

出了小刘的病房，王贵华有些兴奋："队长，我说的吧，小刘一定不会有事的。"

"你什么时候学会算命的？"李古力也为小刘的恢复高兴。

"哎，我要是真的会算命就好了，那样我就不会一个人被你们丢在金乌飞船上了。"

"呵呵。那不是你算出来的？"

王贵华挠了挠头，说："那真的不是。"

"小王，我倒真有个问题要问你。"

"那个从瑞贝卡身上搜到的踢踏，你有结果了么？"

"这个，我正要汇报。我也是刚收到基地实验室发来的报告。它果然就是踢踏，在青海湖时我还只是猜测。原先还是大关告诉我有这种东西，我到网上查，查到了一点痕迹，但很不全面。"

"小王，你是要吊我的胃口？"

"不是不是。"王贵华赶紧否认，然后严肃起来，"它的踢踏这个名字是因为它的外形以及包装都是按照一款叫踢踏的口香糖设计的。每个小盒里有四十粒，每粒含零点五克太恩。"

"你是说塑料炸药太恩？"

"是的。太恩的威力几乎是 TNT 的两倍，所以踢踏的威力也相当地大。实验室的结果是，每一小粒的杀伤半径是半米，而那个盒子的射击距离是三米。"王贵华又挠挠头，说："这比我知道的要短整整一半距离。"

"当时幸亏你还知道一点，不然我们就吃大亏了。"

"是。特别是那青海的司机，那倒车的技术真是厉害。没有他，我们还得僵持一阵，说不定就拿不到踢踏的标样了。"

"嗯。还有吗？"

"有。最严重的是，它能够轻松地通过目前机场的所有爆炸物检测。"

李古力一听大惊："怎么说？"

"太恩本来体积就小，化学成分的波动性也弱，几乎很少发挥到周围的空气中去，而踢踏则完全被蔗糖、麦芽糊精、酒石酸、大米淀粉这些做口香糖的原料所包裹，所以如果是原装的一整盒踢踏的话，机场的扫描仪、狗的嗅觉，以及试纸采样都查不出来。"

"你是说如果是原装的话？"

"是的。因为踢踏有两个方法引爆。一是通过外部装置遥控，就像瑞贝卡炸掉那辆车，二是通过特殊设计的踢踏盒。"

"你是说踢踏盒不是一个简单的盒子？"

"是的。踢踏盒不但是一个射击装置，虽然射程很短，但它内部还有一个类似点火器的东西，在踢踏被射出的时候，把太恩从口香糖里暴露开来，产生爆炸。"

"所以只要使用过一次，机场的比如试纸采样就能检测出来，但那会已经晚了。"

"是的。"

"你告诉关凯了？他一定会很有兴趣知道这些细节的。"

"嗯。他不知跑哪去了。我早上到现在一直还没有找到他呢。"

这时的关凯正准备离开他已经枯坐了半天的海滩。

他答应过严默，在她的伙伴尧兵遇害的第七天，他会洒一瓶尧将酒到海里祭奠。

他走向海水。海浪卷着泡沫一阵阵地冲向海滩，然后又平缓地退回，把泡沫留下，把金色的细沙抹平。

他走到水里，把瓶盖打开，让透明的液体从瓶口冲出，融入到涌过来的海水里，酒香随着海水的退回被带进大海。

关凯心里默默道："严默，不要难过。尧兵和我们，都是你的兄弟。"

一群孩子看到他在把酒倾倒在海里。他们跑了过来。

"叔叔，叔叔，你在干什么？"

"叔叔，你是在哭吗？"

后记二

鲍勃回到美国已经差不多一个月了。

旅行的时候，一切都新鲜而又富于挑战性，而回到原来规律的生活一段时间后，鲍勃又有些闲得发慌。

"鲍勃，你今天去打了那个免疫针了吗？"鲍勃的妈妈在楼上喊。

"已经打了。"

"打了就好。听格兰说，这下我们更依赖你刚去的那个中国了，不但还欠着他们许多的钱，连健康也依赖他们了。"

鲍勃理解母亲的抱怨，谁让她是相当排外的电视名人格兰的忠实信徒呢。鲍勃自己倒是无所谓。谁借钱都一样，谁提供健康也都一样。最好，国家能给所有人都提供百分之百的健康保险。

他想起梁菡给他的电子邮箱地址。他找出了梁菡的邮箱，在她的邮箱下面还有斯蒂文的邮箱。

他花了不少时间，最后还是用拼音打出几行中文：

"亲爱的梁菡，你好！你知道吗，我今天去打抗辐射的免疫针了。记

430

得我告诉过你，我们美国人每天用的东西好多都是中国制造，现在我要告诉你，如果说那个时候，中国制造还仅仅是选择的话，今天，你们的中国制造对于我们的健康已经成了必需了。鲍勃。"

写完，鲍勃看了两遍，觉得很文绉绉的，而且是恭维的话，梁菡看到一定会高兴的。他点击了发送图标。

发完给梁菡的信，鲍勃意犹未尽。他开始在收信栏里输入斯蒂文的邮箱地址。他到现在还不明白后来斯蒂文去了哪里。说到底，他还差自己一个手机呢，虽然那并不是件什么大事。

他想起今天的热门话题，学着电视上名人的调侃输入了一句话：

"Did you take the radiation shot today？"

他没有指望能得到斯蒂文的回复，因为他离开时一声也没有吭。他没有料到，几乎是同时，斯蒂文给他的回复到了。

"Yes. I did."

鲍勃很兴奋，起码这个斯蒂文没有被外星人绑架去。他正要点击"回复"图标，突然注意到斯蒂文的邮件时间不对。我这里是晚上，他的邮件时间怎么已经是凌晨了？

后记三

云南基地

"队长，我还是没有找到任何有关'砥砒'的信息。"

"是吗？"李古力并没有觉得意外。他自己也已经花了几乎两个星期时间利用所有的关系在寻找"砥砒"这两个字的意义。

王贵华觉得自己的智商受到了严峻的挑战。他问："是不是他们给错了信息？"

"不会的。"

虽然如此，李古力心里也在疑惑，这会是怎么回事？有什么会比帮助人类渡过辐射难关的"青海一号"和"青海二号"还要重要？

但肖先生给他的指示却非常地明确。

李古力推开窗。外面仍然是蓝天白云，微风吹过，带进一丝凉意。几只不知名的鸟在不远处的树枝上叽叽喳喳叫着，或许它们在准备过冬了。

墨龙系列推荐：

《黄金：48小时》

四月，正当缅甸新年，西南山区上吉村村民 100 多人全部死于 SARS 病毒，病毒正通过香港机场和中缅边境向中国蔓延。

同时，欧洲发现就在该处有着十万多吨黄金的存储。这个数量超过了世界各国现有黄金的总量。谁拥有这些黄金，谁将主宰世界金融局势。

作为中国神秘组织成员，李古力带着由生物专家高亚妮、特种兵关凯、信息技术专家王贵华组成的四人精英小队秘密前往缅甸调查。

李古力小队一路遭遇受"欧洲之鹞"指使的缅甸毒贩、假中情局雇佣军和缅甸变节军官的伏击。

而几乎同时，在地球另一端的美国马里兰州巴尔的摩市的雷蝶森酒店发生的一起空姐谋杀案又和缅甸形势息息相关。

途中，小队又遇到、并从假中情局雇佣军手中营救了来此地调查 UFO 和外星人的美国中情局科技部情报人员。

系中国经济和国民健康于一线的 48 小时中，萨斯、黄金和 UFO，一切将如何展开和结束？

《上海：最后时刻》

十月。大量的死鱼从深海漂到上海东岸。格陵兰岛的冰盖在急剧消融。海水在以几乎每 24 小时一米的速度迅速上升。

平均海拔只有 5 米的上海危在旦夕。

而同时，世界各国在静止轨道上的卫星受到干扰。李古力奉命到上海请老一辈科学家张大明出马协助，却发现张大明失踪。

海洋学家禹红发现了张大明遗留的应对海水上升的论文批注，参加了搜寻张大明的行动。李古力和欧洲之鹈间谍分别在上海和杭州遭遇。

众多迹象显示，张大明去了格陵兰岛，而美国中情局的吉姆也已经在去格陵兰岛途中。大规模剧烈磁暴发生，许多通信卫星消失，大部分通讯中断。上海民众开始向西撤离。

渔民的儿子20岁的唐强终于决定去上海打工。在抢救女友幼儿园孩子时被压到被水冲垮的房屋中。救援军队把女友和其他孩子强行撤离。

带着李古力四人小队和禹红的包机上升到13000米高空时，突然出现异常云团，随即他们的飞机信号从地面雷达消失。

南极开始冰融，长江上游暴雨夹裹着奔腾的江水和沿岸汇集的湖水冲向低处的上海，海水倒灌而上。上海的最后一刻已经到来。

《南极：金乌之战》

李古力一行来到从外星系来的南极人的地心基地，了解到海水上升是外星系来的金乌人所为。喜水的金乌人要淹没地球从而占据地球。

为了共同的利益，李古力等人上了金乌人的飞船，却没有发现任何金乌人。而却没有任何炸弹能够摧毁金乌人的飞船。

王贵华在金乌飞船上探索的过程中手腕受伤，高雅妮在为他清洗伤口时，发现了吸收水分的怪异生命。

在经历并战胜"幻觉走廊""2.5度空间""情绪牢笼""金乌阵"给他们带来的困难和危险之后，李古力一行又陷入了金乌人的"水墙迷阵"并且爱上了金乌人的"金乌之城"。这里没有工作的概念、没有货币，物质的产生不是通过人类式的劳动，而是通过每个人做自己喜欢的事时产生的多余能量而完成。每个人都有自己漂亮的房屋、爱情也是简单而温馨。

李古力带领众人顶住诱惑离开"金乌之城"后，遭到了金乌人的攻击并被俘。而禹红的基因让她突然觉醒救了大家。

　　禹红凭着先辈的记忆指引带路，终于找到了金乌人弱点所在。一番斗智斗勇的激战之后，金乌人飞船的隐形防护罩破灭而被摧毁。

　　海水下降，上海得以拯救。